RAAK ME NIET AAN

Molly Katz

RAAK ME NIET AAN

Uitgeverij Luitingh ~ Sijthoff

Oorspronkelijke titel
Nobody believes me
Uitgave
Ballantine Books, New York

Vertaling
J.A. Westerweel-Ybema
Omslagontwerp
Julie Bergen
Omslagdia
Fotostock bv

ISBN 90 245 2348 6 CIP NUGI 331

Voor Henry Morrison, mijn beste vriend en literair agent,
met innige dank omdat hij in me geloofde.

Dankwoord

Mijn dank voor hun hulp, in alfabetische volgorde, aan:

Paul Black, Eagle Investigations, Inc.; Candace Coakley; dr. Ellen Gendler; Joan Gurgold; Leslie Holland; Joann Kunda; Rebus International Investigations, Inc.; dr. Ann McMahon; Julie Morrison; Toba Olson; Dave Peretz; Dolores Walsh.

Ik ben vooral de volgende personen bijzonder dankbaar:

de elegante en bijzondere Linda Grey; Danny Baror – onvervaard, briljant en verrassend; Joe Blades, die een aangeboren gevoel heeft voor redigeren;

rechercheur Mike Marculescu – hartelijk dank voor het feit dat je zo geduldig was en altijd bereid mij je tijd aan te bieden en te ondersteunen.

Hoofdstuk een

Met fijne vingertjes met roze nagels trok de vrouw haar linkermouw omhoog. Camera een kwam dichterbij voor een beter beeld van de blauwe plek op haar schouder. Die vlek hoorde daar niet en vormde een veelkleurige bijna-verminking van de gave, glanzende huid.

'Die is er altijd,' zei de vrouw zachtjes.

Lynn Marchette stond in het middenpad met haar rug naar het publiek toe en keek naar de dichtstbijzijnde monitor.

'Altijd?' vroeg Lynn in haar handmicrofoon. 'Is het een tatoeage?'

'Nee, een blauwe plek.'

'Blauwe plekken zijn er niet altijd. Maar deze wel, zeg je?'

De vrouw knikte. 'Als we ergens heen reden en verdwaalden, kneep mijn man me daar altijd. Hij heeft het zó vaak gedaan dat die blauwe plek uiteindelijk niet meer wegging.'

De andere gasten in de studio, allemaal vrouwen, keken haar met sombere blikken vol begrip aan. Lynn vroeg: 'Waarom had hij jou nodig om hem te vertellen hoe hij moest rijden?'

'Dat hoefde ik hem niet te vertellen.'

'Maar hij kneep je toch.'

'Ja.'

Geen van de andere gasten keek ook maar enigszins verbaasd. Ze waren allemaal het slachtoffer van een huwelijk waarin ze regelmatig werden mishandeld en waren allang gewend aan steeds weer voorkomend gestoord gedrag.

'Je zei of deed nooit iets, maar je man kneep je als hij verdwaalde?'

'Ja,' zei de vrouw.

'Hij leefde zijn woede op jou uit. Reageerde die op jou af.'

'Inderdaad.'

Lynn schudde haar hoofd en draaide zich om teneinde vragen uit het publiek op te vangen. Ze hield de microfoon voor de mond van een ongeveer dertigjarige zwarte vrouw.

'Ik zou alle dames graag willen vragen wat de aanleiding was dat ze ten slotte hulp gingen zoeken.'

Terwijl ze de reacties leidde, zochten Lynns ogen intussen het publiek af of er ook anderen waren die iets wilden vragen. Het uur vóór de show werd door haar altijd besteed om de mensen wat beter te leren kennen en het gaf haar enig idee wie wat zou gaan vragen. Dit vermogen om alle waarschijnlijkheden alvast in te calculeren en met ogen en oren onderhand allerlei andere dingen in de gaten te houden, was een kostbaar talent. Oprah en Phil hadden dat, evenals Sally Jessy. Ze hoopte maar dat ze ook de rest had van wat zij bezaten. De directie van 'Channel 3' scheen die mening te zijn toegedaan.

Zo af en toe dacht zelfs Lynn het van zichzelf.

Een gespierde, blonde jongeman vroeg of de vrouwen misschien niet te fel reageerden. Die vraag ontlokte boegeroep aan het publiek, en Lynn bracht de gasten die zich wilden laten horen weer bedaard tot rust. Ze wendde zich tot het enige lid van het forum dat zweeg, een grijze grootmoeder die de haren uit haar gezicht wegveegde.

'Wat wil jij ons laten zien, Vera? Kunnen we de camera op Vera richten?'

Een tel later vertoonden alle monitors een onregelmatig litteken van minstens tweeënhalve centimeter breed, dat van Vera's oor tot boven haar wenkbrauw liep.

'Hoe is dat gebeurd?' vroeg Lynn.

'Hij heeft me met een beitel aangevallen. Die trok hij over mijn gezicht.'

Lynn ving een teken op van de regisseur en wendde zich tot de camera. 'Over een minuut zijn we weer terug met meer gegevens over deze dappere dames.'

Terwijl de gasten de Groene Zaal verlieten, schudde Lynn hen de hand en wenste hun het beste. Enkelen omhelsden haar.

Haar gevoelens omtrent haar gasten hadden de neiging van het ene uiterste in het andere te vervallen. Ze vond het heerlijk ellendelingen als huisbazen die zich niets van klachten aantrokken, op de televisie aan te vallen, maar had er een gruwelijke hekel aan het naderhand dicht bij hen in de buurt te komen. En ze had altijd zin de in het nauw gedreven slachtoffers mee naar huis te nemen en een lekkere kop soep voor hen te maken.

Kara Millet, haar producente, klopte haar op de schouder terwijl ze afscheid nam van de laatste mishandelde vrouw. Kara was mollig, had koperkleurig haar en droeg een lange rok waarin ze voor een zigeunerin had kunnen doorgaan.

'Het was een prima show.'

Lynn draaide zich om. 'Dank je.'

'Ga je me nu niet verwijten dat ik dat soort dingen niet meer wilde?'

Lynn schudde haar donkere krullen. 'Ik wist dat ik gelijk had. Van programma's over mishandeling binnen het gezin kun je nooit te veel hebben. Daar lusten de meeste mensen wel pap van.'

'Maar het gaat erom hoe je zo'n onderwerp aanpakt. Jij verbergt niet wat je denkt. Je hebt de kijkers in je zak omdat ze niet onwillekeurig moeten denken dat je de gasten of het onderwerp exploiteert.'

Lynn haalde een stuk doughnut uit de rommel rondom de koffieautomaat vandaan. 'Iedereen die met zijn of haar programma op de televisie komt, slooft zich altijd enorm uit om iets nieuws te bedenken. Hier is *Geraldo*!' zei ze, en nam een speciale houding aan, 'met nonnen die aan kleptomanie lijden. Hier is *Sally*... met schizofrene moeder-oversten. De echte moeilijkheden, omdat ze zo gewoon lijken, worden begraven omdat er altijd aan amusement wordt gedacht. "Wat, wéér een mishandelde vrouw? Jakkie, bah! Is er ergens een spelletje?" '

'Eet dat toch niet!' Kara nam haar het stuk doughnut af. 'Ik zal een verse voor je halen.'

Lynn pakte het weer terug. 'Ik wil er alleen een hapje van. Ik ga bij mijn broer eten. Hij is pas tevreden als ik me helemaal rond en vol eet.'

'O ja, je schoonzus heeft gebeld. Ze wilde weten of je een vriend meebrengt.'

'Ik heb haar al gezegd dat ik dat niet doe.'

De telefoon aan de muur begon te rinkelen en Kara drukte het oplichtende knopje in. 'De *Lynn Marchette Show*. Wat kan ik voor u doen? Ja, ze is hier.'

Kara drukte de hoorn tegen haar borst, fluisterde: 'Orrin,' en Lynn nam hem snel over.

'Dennis?'

'Dag, Lynn. Dat was een fantastische show.'

'Vond je hem goed?'

De algemeen directeur grinnikte. 'Nou, en of! En ik was niet de enige. Er zaten hier in mijn kantoor vijf mensen van QVT mee te kijken.'

Haar hart bonsde. 'Wat vonden ze ervan?'

'Ze waren diep onder de indruk. Ze denken erover het door verschillende stations gelijktijdig te laten uitzenden.'

'Heus? O, God, Dennis, waarom heb je me niet gezegd dat ze hier zouden zijn?'

'Ik wilde dat ze je op je best en zo natuurlijk mogelijk zagen. En ze hebben me ook niet veel tijd vooraf gegeven. Ze kwamen vanochtend per vliegtuig aan en zijn alweer op de terugweg naar Los Angeles.'

'En ze vonden het programma ècht goed?'

'Ze waren erdoor gefascineerd. Zoals je dat moment uitbuitte toen die vrouw haar litteken liet zien. Ze haalden nauwelijks meer adem.'

'Dat was geen uitbuiten...'

'Dat weet ik, heus; maar hoe je het ook noemt, ze zagen wat je ermee bereikte. Al die gaten, het hele publiek – ze hadden broers en zussen van je kunnen zijn. Die lui van QTV hebben de hele week overal in het land shows bekeken. Hun ogen stonden er gewoon glazig van toen ze hier aankwamen. Ze wisten nauwelijks dat ze in Boston waren. Maar jij hebt hen weer helemaal wakker gemaakt.'

Lynn balde haar handen tot vuisten. 'Wat gebeurt er nu verder? Bellen ze me?'

'Ze willen dat je volgende week woensdag naar L.A. komt.'

Zelfs de verkeersopstopping op de Tobin Bridge hinderde Lynn die avond niet. Ze hield de raampjes van de Lexus naar beneden gedraaid en liet de koele wind over haar gezicht waaien. De radio stond aan, maar ze hoorde hem nauwelijks, ze kon zich niet concentreren... ze zocht zelfs geen plaatselijk station op waarnaar de luisteraar mocht opbellen en z'n zegje doen.

Het kon haar niet schelen hoe die anderen hun werk deden. Op dat moment stond zij nu eens níet onder druk.

Merkwaardig wat een op handen zijnd bezoek aan Hollywood teweegbracht.

Ze verlangde ernaar bij Booboo en Angela aan te komen en het hun allemaal te vertellen.

Haar broer zou juichen en ronddansen en zich vooroverbuigen om haar wild te omhelzen. Angela zou zich weten te beheersen, vragen stellen en proberen hen beiden tot bedaren te brengen. Maar toch zou Booboo samen met haar van dit alles genieten en haar helpen te geloven dat het niet meer zou verdwijnen.

Een gelukje telde niet vóór ze het met Booboo had kunnen delen.

'Heb je geen kleren nodig?' vroeg Angela terwijl ze koffie inschonk. Ze snoof eens. 'Is dit weer die Franse koffie? Ik dacht dat we vanavond die javamelange zouden nemen.'

'Ik heb het pak genomen dat het dichtstbij stond,' zei Booboo. 'Dan nemen we die java morgenochtend wel.'

Lynn nam een slokje. 'Ik vind deze heerlijk. Ja, ik zal wel een jurk nodig hebben, denk ik. Of een pakje. Misschien koop ik ook wel helemaal niets. Ik heb nog stapels kleren voor dagelijks gebruik.'

'Maar je gaat naar Californië,' zei Angela. Ze raakte even haar modieus gestileerde zwarte kapsel aan.

'Maar ik kom uit Boston. Dat weten ze, en ze hebben dat geaccepteerd.' Lynn bestudeerde afwezig de tafel en ging in gedachten de kleerkasten in haar flat af. Maar ze was nog veel te opgewonden en kon haar gedachten niet lang bij één onderwerp houden.

'Ik geloof dat ik alles heb dat ik nodig heb,' zei ze tegen Angela.

Booboo lachte eens. 'Behalve zelfvertrouwen. Jammer dat er geen catalogus van een postorderbedrijf is waarin je dat kunt uitzoeken.'

'Ik heb jou.'

'Niet alleen maar mij. Mij en vele anderen. Je baas en je producente. En alle mensen die naar je kijken, en degenen die over je schrijven, en nu dit syndicaat.'

Kara keek naar een paar in avondjapon gestoken etalegepoppen. Sierlijke vrouwenfiguren met onmogelijke heupen; wie had er nu een bekken dat uit je kleren naar voren stak? Maar een van deze japonnen was fantastisch, juist iets voor Lynn.

Ze zocht en vond een telefooncel.

'Ik heb mezelf beloofd vandaag thuis te blijven en wat op te ruimen,' zei Lynn. 'Ik loop net al m'n post door. Er zijn een paar goede ideeën voor een show bij...'

'Ik sta vlak bij een fantastische jurk; ik heb er nog nooit zó een gezien. Je móet komen kijken. Gebruik je zaterdag toch niet voor de post!'

'Maar volgende week ben ik drie dagen weg.'

'Dat merken we dan wel weer. Kom alsjeblieft naar deze jurk kijken.'

'Ben je in zo'n zaak waar ze de kleren naar je toe brengen? Waar je de rekken niet kunt zien?'

'Nee. Ik ben bij Lord & Taylor's. Eerste etage. Ik wacht bij de lift op je.'

Ze was er in twintig minuten – wat van Lynn te verwachten was – en droeg leggings en sportschoenen, en afgezakte sokjes onder een lange en te grote trui – helemaal níets voor Lynn. Ze brachten samen zoveel tijd door in een omgeving die met hun werk te maken had, dat Kara altijd vergat dat Lynn er ook zó kon uitzien – zo leek ze eerder achttien dan achtendertig, een studente in plaats van een professionele televisiepresentatrice.

'Ik weet eigenlijk niet waarom ik hier ben,' gromde Lynn nog voor de liftdeuren weer gesloten waren. 'Ik heb niets nodig.'

'Ook goedendag, en aardig dat je me belde.'

'Ja, sorry.' Ze kneep Kara in haar mollige schouder en sloeg een arm om haar heen. 'Ik ben gewoon mezelf niet meer.'

'Je bent wel jezelf. En helemaal versuft door die reis straks naar L.A. Misschien is dit wel een goede afleiding voor je. Kom eens mee en kijk.'

'O, God.' Lynn kwam wat dichterbij en keek van de bijzondere halslijn naar de mouwen die de schouders vrij lieten... en over de hele jurk viel een waterval van grote, flonkerende lovertjes naar beneden. Het licht werd gereflecteerd in pastelkleurige, glimmende schijven ter grootte van een halve dollar. Ze bedekten de stof en bengelden van de zoom naar beneden; de jurk was vrij kort.

'Pas hem eens,' zei Kara.

'Dat durf ik niet. Misschien raak ik er verliefd op. Maar ik heb hem niet nodig.' Ze keek naar de prijs. 'Vierhonderdnegentig dollar? Geen sprake van.' Maar ze liep niet weg.

Kara raakte een lovertje aan. 'Je vliegt naar de westkust en staat op het punt door meerdere stations te worden uitgezonden. Je moet vast naar allerlei feesten.'

'Als dàt zo is, kan ik nog altijd daar iets kopen.'

'Als je echt een jurk nodig hebt, vind je nooit wat je zoekt. Dat is altijd zo.' Ze duwde Lynn wat dichter naar de pop toe. 'Dat glinsterende spul zal je enorm goed staan.'

Een verkoopster die eruitzag alsof ze Chers oma was, bracht hen naar een paskamer. Ze keek eens naar Lynns gympen en kwam terug met een paar bijna afgedragen roze pumps met naaldhakken.

'Ik wist het wel,' zei Kara toen Lynn alles aan had. 'Hoe vind jij het?'

'Prachtig.' Lynn draaide even een mouw recht en trok een gezicht. 'Ik heb hier te veel loszittend vel,' zei ze en bewoog haar bovenarmen, zodat de huid daar trilde. 'Ik zal moeten afvallen.'

'Of in de zon gaan zitten. Als je armen bruiner zijn, zie je het allemaal niet zo erg. Neem je de jurk?'

Lynn keek in de spiegel berustend naar Kara. 'Ja.' Ze draaide zich een kwartslag, zodat ze zichzelf van opzij zag, bleef met een naaldhak in het tapijt haken en wankelde.

Kara ving haar op. 'Dit moet je onthouden,' zei ze lachend. 'Je kunt nooit weten wie er in de buurt is om je op te vangen.'

'Denk je dat ik er zó verlegen om zit?'

'Matig tot zéér.'

Lynn merkte dat ze ironisch glimlachte.

'Ik zou niet zo veel geld moeten uitgeven,' zei ze. 'Je doet zo'n jurk alleen aan voor iemand die veel voor je betekent en gek op je is. En als die bestaan, dan weten ze zich verdraaid goed te verstoppen.'

'Houd daar nou eens mee op en neem die jurk. Het enige dat jij hoeft te doen, is die jurk aan te trekken, dan draven de mannen in horden achter je aan. Maar voor het geval dat...' zei Kara en trok de rits los. 'Laten we eens zien hoe duur die schoenen zijn.'

Lynn moest steeds uit het vliegtuigraampje kijken. Het kon haar niet schelen of de mensen zouden denken dat ze uit de provincie kwam.

Het kon haar in elk geval niet zoveel schelen dat ze níet uit het raampje zou kijken.

Ze had in haar leven niet zo vaak gevlogen. Haar succes tot dan toe was slechts plaatselijk. Misschien zou dat nu veranderen.

Maar daar kon ze niet op rekenen. De mogelijkheden van het gelijktijdig via meerdere televisiestations uitgezonden worden, konden zowel voor- als nadelen met zich meebrengen. Ze was lang genoeg in het televisiewereldje om dat te weten; ze had al veel mensen uit Boston gezien die aan alle kanten verwend en op handen gedragen werden – en die men dan plotseling als een baksteen liet vallen.

Het was niets persoonlijks. Dat begreep ze echt wel. Als je in het hele land op het scherm wilde komen, moest je heel goed zijn. En als je dat níet was – nou ja, dan pleegde je geen zelfmoord, maar kreeg je ook geen nationale bekendheid.

Nu was zij aan de beurt om dat mee te maken.

Ze vlogen hoog boven Iowa. Onder de grote dotten wolken was de aarde verdeeld in boerderijen, groene en bruine, hier en daar vierkante grijze vlakken van meertjes, gebouwen. Ze vloog te hoog om dieren te kunnen onderscheiden, maar Lynn wist dat ze er waren. En ze wist nog veel meer.

Als kind had ze op de boerderij van haar ouders in Oost-Tennessee voor de kippen en varkens moeten zorgen. Het was slechts een van haar dagelijkse karweitjes, maar wel haar lievelingswerkje, want nadat ze weer klaar was voor die dag, werden de dieren haar publiek. Ze las hun haar schoolopstellen voor en de gedichten die ze schreef. Zij waren de enige toehoorders die tijd hadden om te luisteren.

Ja, ze kwam ècht uit de provincie.

Ze wendde zich van het raampje af en pakte het tijdschrift dat ze nog niet had gelezen.

Vroeger had ze er ook heel anders uitgezien, met haar magere lichaampje en wilde krulhaar, dat los om haar heen zwierde. Dat soort dingen was nu modern. Ze had wel haar manier van spreken moeten veranderen – niet alleen haar accent, maar ook al die boerenuitdrukkingen moeten vergeten die maakten dat plattelandskinderen spraken als oude mensen. De manier van spreken van haar broer verried nog steeds waar hij vandaan kwam. Zijn vrienden en de mensen op de bank plaagden hem er nog steeds mee.

Maar veel mensen die nu mediasterren waren, kwamen oorspronkelijk uit de provincie. Alles wat ze van haar vak wist, had ze van Phil Donahue geleerd – die zelf ook uit de provincie kwam, in zijn geval uit Dayton, Ohio.

Lynn had hem nauwlettend gadegeslagen toen ze het eerste jaar op de universiteit zat; Phil bewerkte toen het publiek in zijn Daytonshow.

'Ik heb jullie hulp nodig,' zei Phil tegen zijn publiek. 'Deze show is er voor jullie. Ik moet goede vragen stellen, zodat ik niet voor stom word gehouden.' Hij zorgde ervoor dat hij hun namen kende. Praatte met hen tijdens de pauzes voor de reclame: 'Hoe gaat het met je,

Betsy? Bedenk eens een goede vraag voor de senator die we hier hebben, Joe.'

Natuurlijk vonden ze het machtig interessant om te helpen, ze popelden om te doen wat Phil nodig had. En omdat ze dat deden, kregen alle kijkers thuis het gevoel dat zíj opstonden en de senator vragen stelden.

'Je bent totaal van je publiek afhankelijk,' zou Phil eens hebben gezegd. En Lynn nam die vermaning even ernstig alsof het een les op school was.

Als ze dan net zo provinciaal was begonnen als Phil, kon ze alleen maar hopen dat ze nu half zo vaardig was als hij.

En was dat gedoe over uit de provincie komen eerlijk gezegd geen afleidingsmanoeuvre? Waar ze zich echt bezorgd om maakte, was het feit of ze aldaar wel of niet landelijk zou worden overgenomen.

Dat ze misschien niet goed genoeg was.

Of, wat veel waarschijnlijker was, dat ze wèl goed genoeg was en overal uitgezonden zou worden. En het zou verknoeien. Weer even dom zou zijn als in het verleden. Het voor zichzelf zou bederven omdat ze het niet verdiende.

Ze legde het tijdschrift neer en keek weer naar buiten.

Na de besprekingen namen ze haar mee naar een prachtig restaurant in Malibu dat Geoffrey's heette – het was een van de belangrijkste pleisterplaatsen van Hollywood, zeiden ze. Het lag vlak aan de Grote Oceaan. Ze zaten buiten aan een zespersoonstafel tussen grote vazen met bijna bedwelmend geurende bloemen. Aan palen gemonteerde radiatoren verwarmden het zilte briesje.

Lyn zat tussen Vicky Bellinski, de vice-presidente van QTV nationale syndicaatvorming, en Len Holmes, de vice-president verantwoordelijk voor de programmering. Die middag hadden ze drie uur lang bedrieglijk ontspannen gebabbeld in rustige, zachtpaarse kantoren; een gesprek waarbij elk onderdeel van gedachten dat Lynn ooit over televisie had geformuleerd, elk sprankje van een idee dat ooit bij haar was opgekomen, was onthuld. Haar hele achtergrond. Haar kennissenkring. Directe vragen, terloopse vragen, vragen die geen vragen leken. Vicky lachte gauw en luid; Len was wat rustiger.

Ze had zich er niet op voorbereid, afgezien van het feit dat ze een klein beetje met Kara had geoefend. Het zou dom zijn geweest alles te veel voor te kauwen. Ze wilden haar om haar spontaniteit en er bestond maar één manier om hen die te geven.

Maar ze was doodop. Zelfs dit gezellige dineetje was vermoeiend. Het eerste begin had ze achter de rug, maar ze werd nog steeds gewogen door vijf mensen die overwogen een kapitaal in haar persoonlijkheid te investeren... niet bepaald een sfeer voor een ontspannen samenzijn.

Vicky gaf haar een mandje met brood door. Het was in de kleuren roze en zilver gelakt, en de sneden die erin lagen, waren in een warm servet gewikkeld, hadden een zacht korstje en roken zalig. De geur maakte dat ze plotseling merkte hoeveel honger ze had. Ze nam een groot stuk en smeerde er boter op.

Beneden hen ruiste de branding; mist danste in vlagen om de radiatoren. Het brood zorgde ervoor dat ze zich eventjes iets meer ontspannen voelde. En tegelijkertijd voelde ze zich beter en ze verwelkomde de euforie van wat er te gebeuren stond.

Want er gebeurde iets. Ze wist dat ze de tests – wat die ook geweest mochten zijn – was doorgekomen, en er nog steeds doorkwam terwijl ze daar zat. QTV, een van de belangrijkste televisiesyndicaten, was ernstig geïnteresseerd in het kopen van haar show. Om van haar een Oprah, een Sally Jess te maken.

Een Lynn Marchette.

Nog steeds vol van die gedachte slikte ze de rest van haar brood door en nam nog een snee.

Negen jaar geleden, op een avond die even koud was als deze zacht was, had ze ook brood in haar hand gehouden. Het was wit en doordrenkt met mayonaise en tunasap.

Haar flat van toen bestond uit twee kamertjes boven een pizzeria aan Huntingdon Avenue. Hij kostte tweehonderd tachtig dollar per maand, een bedrag dat ze zich nauwelijks kon veroorloven als onbelangrijk medewerkster aan de Carl Cusack-show op WBHJ-radio – een baan die ze ondanks het lage salaris enthousiast had aangenomen, want het was bekend dat Carl assistenten op het scherm bracht. Voor haar, die pas in Boston was aangekomen, na baantjes bij de radio die tot dan toe nooit een dergelijke kans hadden geboden, was het een droom die waarheid werd.

Niet zo bekend was het feit dat Carl, voor het in beeld brengen van iemand, een prijs opeiste. Niets smerigs – hij verlangde andere dingen voor zijn pretjes. Nee, Carl Cusack vond het heerlijk woedend tegen mensen uit te vallen, hen de mantel uit te vegen en hen te vernederen. Hij zette altijd en overal vallen uit.

Tot dusver was Lynn erin geslaagd aan zijn aandacht te ontsnappen en had op zijn schimpscheuten en spotternijen met kalme, logische antwoorden gereageerd. Ze was nog niet het Slachtoffer van de Dag geweest – en ze was ook nog niet in beeld gekomen. Want ze had nog niet begrepen dat je moest reageren – dat je moest schreeuwen en in doodsangst beven voor de draak – om je beloning te verdienen.

Op die avond in januari kwam ze met een door een operatie aan haar tandvlees opgezwollen wang op haar werk. De tandarts had haar bezworen naar huis te gaan en met een ijskompres op haar wang te gaan liggen, maar dat kon ze niet. Deze al lang uitgestelde operatie had haar haar laatste geld gekost, terwijl ze ook net de huur voor de lopende maand had overgemaakt. Carl betaalde je niet als je niet op je werk verscheen.

'Wat heb jíj gedaan, in één keer een halve kip verorberd?' waren Carls begroetingswoorden. Zijn snelle, droge humor was een van de redenen waarom hij zo populair was bij stukjesschrijvers en luisteraars.

'Tandarts geweest,' zei Lynn, en ze sprak zo duidelijk als ze kon, met een tong die aanvoelde alsof ze een heel ei in haar mond had.

Carl trok zijn wenkbrauwen op.

'Er mankeert me niets,' zei Lynn voor hij kon vragen of ze zo wel aan het werk kon.

Dat was een vergissing. 'Ik herinner me niet dat ik je heb gevraagd hoe je je voelde.'

Lynn knikte, sloeg haar ogen neer en keek naar de reclameboodschappen op haar bureau, dat ze met andere assistenten deelde.

'Ja?' brulde Carl. 'Bedoelde je daarmee "ja" te zeggen? Op welke vraag als ik dat mag weten?'

Lynn keek op. Zijn ogen, die altijd rood om de irissen waren alsof hij er shampoo in had gekregen, stonden wijd open en keken haar strak aan.

'Ik bevestigde alleen wat u zei.'

Ze sprak niet erg duidelijk; in het langste woord van de zin ontbrak een lettergreep. En de verdoving trok weg, waardoor er een brandende, pijnlijke plek achter haar rechterkiezen optrad.

'Zeg de Inleiding tot de Grondwet voor me op,' zei Carl.

Lynn fronste haar wenkbrauwen. 'Pardon?'

Carl boog zich voorover tot zijn hoofd op gelijke hoogte was met het hare. ' "Wij... het... volk," ' begon hij. 'Ga door. "Wij... het... volk..." '

'Nu liever niet.'

'Ken je dat niet? Hier, iets gemakkelijkers – de Toespraak van Gettysburg. "Zevenentachtig jaar geleden..." Maak die zin eens af.'

'Wilt u dat ik de hele Toespraak van Gettysburg opzeg?'

'Jui...st,' zei Carl, overdreven geduldig.

Even bestastte Lynn met haar tong het gat in haar mond en kromp in elkaar. De pijn verspreidde zich over de hele rechterkant van haar hoofd. Ze kende dit soort hoofdpijnen maar al te goed en wist dat kiespijn die nog kon verergeren.

Ze keek Carl strak aan en besloot dat de beste oplossing was datgene te doen wat hij vroeg.

"Zevenentachtig jaar geleden... stichtten onze voorvaderen op dit con... con..." '

'Con-ti-nent.'

Lynn wendde zich af, zodat ze zijn woedende blikken en nare adem niet merkte. ' "... een nieuwe natie, tot stand gebracht in vrijheid en..." '

Ze moest even wachten en rusten. Bij sommige klinkers wreef haar wang langs het gat en elke aanraking deed vreselijk pijn.

' "... gewijd... aan het..." '

Carl sloeg met een vuist op zijn bureau. 'Eruít!'

'Wat? Nee, toe...'

'Hoe durf je je binnen te dringen bij mijn programma als je nog minder dan nutteloos bent? Ik heb ervaren mensen aan mijn telefoons nodig, geen lispelende, murmelende idioot. Dit is ten hemel schreiend. Nu zorg jij ervoor dat ik op het laatste ogenblik mensen te weinig heb.'

'Ik kan wel werken. Ik...'

'Eruít, zeg ik je. En neem je spullen mee. Jij werkt niet meer voor me.' Hij draaide zich om en beende weg.

Lynn hijgde, maar het was bijna een snik. Ze holde achter Carl aan en pakte hem bij zijn wollen jasje. 'Toe, alstublieft, ik heb deze baan nodig. Ik neem meteen wat excedrine. Dat...'

'Hoe dùrf je?' Hij vloog haar bijna aan. 'Jíj hebt werk nodig? En daarom moet ik ondermaats werk toestaan op een kritieke plek in een eersteklas programma?' Hij hief zijn arm op alsof hij haar wilde slaan, maar liet hem alleen op de muur neerkomen. 'Wat jij nodig hebt, is een les in gezond verstand, beoordelingsvermogen, maar ik heb geen tijd je die te geven – ik zal zo gauw mogelijk iemand anders moeten vinden, zodat ik aan de uitzending kan beginnen.' Hij sloeg weer met een vuist tegen de muur. 'En probeer maar niet met de deur te slaan als je wegloopt, want je zult nooit zoveel lawaai kunnen maken als ik.'

Mel Medoff, de programmachef, was nog in zijn kantoor. Hij luisterde alleen maar naar het begin van Lynns verhaal, schudde zijn hoofd om te laten weten dat hij dit alles al eens eerder had meegemaakt en nam haar mee naar de coffeeshop tegenover het radiostation.

Op de een of andere manier kreeg bij Lynn een soort overlevingsinstinct de overhand, en ondanks de vreselijke pijn in haar mond merkte ze dat ze honger had. Ze werkte een kop soep naar binnen en het grootste deel van een broodje met tonijn, terwijl Mel haar ondertussen de omstandigheden uitlegde.

'Het station neemt de mensen van Carl niet in dienst, ontslaat hen niet en betaalt hen niet. Dat weet jij ook. Je hebt gelijk – hij is een schoft. Maar ik kan er niets aan doen.'

'Zijn er andere banen bij het station beschikbaar?'

Mel schudde zijn hoofd nog voordat ze de zin had uitgesproken.

'Carl zou uit elkaar springen als we je weer zouden aannemen.' Hij spreidde zijn handen uit. 'Wat kan ik nog meer zeggen? Je bent misselijk behandeld. Het is gemeen. Maar hij heeft de macht daartoe...'

Ze liep naar huis met een snee brood in een servetje, het enige dat er van haar maal was overgebleven. Ze zou zelfs niet in staat zijn naar ander werk op zoek te gaan voordat ze weer gewoon kon praten, en ze had vrijwel geen eten in huis.

Er was ook niemand van wie ze iets kon lenen. De jongens van de pizzatent zouden haar een stuk minder leuk vinden als ze een huurschuld opbouwde, en Booboo, die toen nog niet bij de bank werkte, kon zich zelf maar net redden in Tennessee, waar hij probeerde datgene wat er van de boerderij was overgebleven bij elkaar te houden.

Toen ze, na een ijskompres op haar voorhoofd te hebben gelegd en vier tabletten excedrine te hebben geslikt, in slaap viel, was haar laatste gedachte dat de toestand wel ironisch was.

Ze had nu al trek in dat doorweekte stuk brood, maar dat had ze opzij moeten leggen, want het was het enige eetbare dat ze de volgende dag in huis had.

Boston had haar doorbraak moeten zijn: eerst de Cusack-show en dan een andere, en weer een nieuwe, en ze zouden de nieuwe ster uitermate moeten verwennen...

Tegen de tijd dat de koffie kwam, was het donker. De buitenverlichting, de bloemen, de vlagen warme lucht van de radiatoren weefden een tropisch net dat over Lynn heen was gevallen. Na verscheidene glazen wijn en heerlijk Californisch voedsel leek het of ze moest blijven glimlachen.

Haar tafeltje was in gesprek geraakt met dat ernaast, waar een groepje medewerkers van een reclamebureau in Los Angeles zat. Enkelen van hen kenden een van de QTV-mensen. Het leek of Lynn wegdreef; ze hoorde de stemmen nauwelijks meer en keek een tijdje naar de oceaan. Ze dacht na over de bedwelmende mogelijkheid dat ze binnenkort een soortgelijke omgeving misschien heel gewoon zou gaan vinden. Toen ze weer tot het heden terugkeerde, gaf Len Holmes juist haar chocoladetaart door naar het andere tafeltje.

'Je vindt het toch niet erg, hè?' zei Len. 'Dan mogen wij hun pruimenmousse proeven.'

Lynn lachte, nam het bordje aan dat haar werd toegereikt en ze probeerde iets van het paarse goedje. Het was zalig. Alles was zalig.

'Lekker, hè?' vroeg een kleine, katachtige vrouw van het buurtafeltje. 'Neem nog wat. Hoe minder er over is als het terugkomt, des te minder ik eet. Tussen haakjes, ik heet Joanne.'

'Lynn. En wat jij nu doet, is een zelfbeheersingsoefening uit de vermageringstechniek die ik maar al te goed ken.'

'Een zuster in de nood!'
'Jij ook?' zei Vicky.
Lynn gaf de mousse aan haar door. 'Zie je wat we aan het doen zijn? We zijn allemaal slank, min of meer, en aantrekkelijk en succesvol. Toch is er iets in ons dat ons niet met rust laat. We blijven onszelf maar een pistool tegen het hoofd houden.'
'Heb je daar een show over gemaakt?' vroeg een van de QTV-mensen.
'Verschillende. Het syndroom kent veel verschijningsvormen. Ik zou er wel honderd shows over kunnen maken.'
'Omdat het overal aanwezig is,' zei Vicky.
Lynn knikte. 'Een soort epidemie.'
Len boog zich naar haar toe. 'Dat is nu kenmerkend voor jou, dat is wat ons aantrok. Je kent meer... wat zal ik zeggen...'
'Kanten van de samenleving,' zei Vicky. 'En je trekt je daar iets van aan.'
Heel even zag Lynn een aankondiging voor haar nieuwe nationale programma: De Lynn Marchette-Show. Ze trekt zich de dingen aan. Om niet te gaan giechelen, dronk ze gauw een slokje koffie.
'Je band met het publiek...' Vicky schudde haar hoofd. 'Die is fantastisch!'
Er werd nog wat koffie besteld, maar enkele QTV-mensen gingen naar huis. Er werd omhelsd met de mensen van het andere tafeltje, voor er ook enkelen van hen verdwenen. Toen kwamen Joanne en twee mannen van het reclamebureau bij Lynn zitten.
Misschien had ze nog last van het door de vliegreis veroorzaakte tijdsverschil, maar ze was te opgewonden om zich er druk over te maken. Elke minuut leek ze beter wakker te worden. Dit was een plek als in een droom, een droomsituatie waar mensen lachten, elkaar omhelsden en zich goed amuseerden. Ze wilde dat er nooit een eind aan zou komen.
'Wat hoorde ik daar over een show?' vroeg Joanne.
'Lynn presenteert een televisie-talkshow in Boston,' vertelde Len haar. 'En wij willen proberen die landelijk te gaan brengen.'
Willen proberen. Lynns hart bonsde.
'Je komt dus uit Boston,' vroeg een van de reclamemensen. Hij was gebruind, fors gebouwd en lachte aantrekkelijk. 'Hoe vind je dit dromenland?'
'Ik zou ervan kunnen gaan houden, maar heb er nog niet zo veel van gezien.'
'Toe zeg!' Vicky sloeg op tafel. 'Niet zo onbeleefd. Je bent hier al een hele dag en nog steeds niet rondgeleid.'
'Niet rondgeleid?' vroeg Joanne. 'Dat is geen manier om een bezoeker te behandelen. Laten we het nu gaan doen.'

‘Goed idee,’ zei Len. ‘Lynn? Heb je zin?’

‘Graag.’

De rekening werd betaald en ze stapten in Vicky’s auto, een grote Mercedes. Lynn zat voorin tussen Vicky en Len en Joanne achterin met Greg, de man met de leuke lach.

Ze reden door Bel Air, zagen Melrose en de zaken op Rodeo Drive.

‘Mann’s Chinese Theatre,’ zei Vicky. ‘Dat móet gewoon.’

Lynn vergaapte zich aan de hand- en voetafdrukken, aan de in het beton geschreven namen. Ze kocht een Lassie-botervloot voor Kara. Alles wat ze deed, leek onwerkelijk en toch heel echt. Net alsof je door een heel scherpe verrekijker keek.

Het was al over elven toen Vicky terugreed naar het parkeerterrein van het restaurant in Malibu.

‘Ik breng Lynn wel naar haar hotel,’ zei Len. ‘Vicky woont hier vlakbij,’ vertelde hij Lynn.

‘Logeer je in de stad?’ vroeg Greg.

‘Ja. In het Hyatt Tower-hotel.’

‘Dan kan ik je wegbrengen. Ik moet toch die kant op.’

De portier van het Hyatt, een tiener met kortgeknipt haar, stak zijn hand uit om Lynn te helpen uit Gregs BMW te stappen.

‘Dank je,’ zei ze tegen Greg. ‘Voor de rondrit en het thuisbrengen.’

Hij lachte haar breed toe. ‘Die rondrit was niet lang genoeg. Maar ik hoop dat je er toch van genoten hebt.’

‘Het was heerlijk!’ Ze schoof op om uit te stappen.

‘Moet je morgen terug naar Boston?’

‘Ja. Ik hoop hier weer gauw terug te komen. Ik heb nog niet half genoeg gezien.’

Hij boog zich naar haar toe. ‘Je ziet er niet moe uit. Het is volgens Boston-tijd al heel laat, maar heb ik gelijk als ik zeg dat jij iemand bent die het verjaarsfeestje niet verlaat als er nog ijs en taart over is?’

Lynn lachte. Het beeld deed haar denken aan haar lovertjesjurk die in haar kamer boven hing. Ze had hem helemaal daarheen meegenomen, keurig in vloeipapier gewikkeld. Zo hing hij boven in de kleerkast van het Hyatt, een kast die bijna even groot was als haar eerste flat in Boston, op ijs en taart te wachten.

Ze had hem nog niet nodig gehad, maar het leek of hij toch had gedaan wat ervan werd verwacht.

Ze keek even naar de portier, die er niet aan gewend leek te zijn dat gasten van het hotel aarzelden voor ze zijn hand vastpakten. Hij bleef hem uitgestrekt houden.

Greg knipte met zijn vingers. ‘Farmers Market.’

‘Daar heb ik weleens van gehoord. Wat is het?’

‘Een L.A.-verschijnsel. Je mag het niet missen, vooral ’s nachts niet.

Het is een wirwar van kraampjes waar van alles wordt verkocht: voedsel, groente, souvenirs.' Hij klopte haar met de vingers op haar hand. 'Ik zag je dat botervlootje kopen.'

'Dat is voor mijn producente. We hebben de traditie om afschuwelijke dingen voor elkaar mee te brengen als we op reis zijn geweest. En als je iets krijgt, moet je het zonder er enige verklaring voor te geven, in het bijzijn van gasten gebruiken.'

'Op de Market kunnen we nog veel verschrikkelijker dingen dan die botervloot vinden.'

Lynn klapte in haar handen. 'Laten we dan meteen gaan.'

De portier hield zijn hand nog steeds naar haar uitgestoken. Greg boog zich langs Lynn heen en pakte de handgreep van het portier. 'Dank je, maar we gaan verder.'

De jongen keek hen na en krabde peinzend over zijn kortgeknipte hoofd.

'Maar ik heb al een dessert gehad,' zei Lynn. 'Een klein beetje dan.'

'Een hapje maar. We zijn zó aan het delen geweest dat je nooit veel hebt kunnen krijgen. Maar wacht eens. Ik weet wat.'

Ze wist niet zeker waarop ze moest wachten.

'Daar,' zei hij.

Hij pakte haar hoofd zachtjes beet en draaide het voorzichtig in de richting van een balie vol bevroren yoghurt met rijen sap van verse vruchten. De geur die ze in de auto al had opgevangen toen hij langs haar heen boog, een kruidige, sexy eau de cologne die wel wierook leek, drong weer tot haar door.

'Plombières waarbij je je niet schuldig hoeft te voelen. Daarvoor moet je toch in Californië zijn?' zei hij. 'Ik neem er een, dan kun je proeven voor je beslist of je er ook een wilt.'

Terwijl de plombière werd gemaakt, nam Greg haar bij de hand en bracht haar naar een muur vol souvenirs. Hij had gelijk; in vergelijking hiermee leek het botervlootje bijna beschaafd.

Lynn koos een paar servetringen. Op elk ervan stond Elizabeth Taylor met een andere echtgenoot.

'Wat zei ik? Nee, laat maar,' zei Greg toen ze haar tas wilde openmaken. 'Ik koop toch nog een en ander.' Hij deed zijn hand open en liet haar drie rolletjes Tums zien en een boekje met postzegels.

Ze wilde protesteren, maar gaf het op. Het deed er ook niet toe. Het was een lief gebaar en ze hoefde er geen beleefdheidsgevecht van te maken.

Alles ging zo gemakkelijk als je je zo opgelucht voelde.

'Proef eens.' Hij gaf haar zijn plombière, en eer hij terug was met zijn aankopen, had ze hem bijna helemaal op. Iets wat ze op een gewone avond nooit zou hebben gedaan.

Ze liepen tussen de kraampjes door en wandelden door steegjes. De gloed van de lampions boven hen, al die elkaar verdringende mensen – het leek wel een bazaar in een exotisch land.

'Zelfs het fruit is hier anders,' zei Lynn. 'In Boston hebben we twee soorten perziken. Niet zo'n verscheidenheid als hier. Er zijn hier wel acht of tien soorten. Wat zijn die grote rode dingen? Die zien er fantastisch uit.'

Hij pakte er eentje op.

'Nee,' zei ze. 'Ik zit vol, en dat is te teer om mee te nemen. Lieve hemel, die artisjokken. Die zijn zo groot als pompoenen...'

Greg lachte. 'Ben je altijd zo?' vroeg hij, en streelde haar over de haren en trok aan een krul. 'Je bent vanavond op je best. Je straalt... licht uit. Het is heerlijk om dat te zien.'

Lynn voelde zich plotseling dankbaar voor zijn begrip en raakte zijn arm aan. 'Dank je.'

Ze bleven even in het gedempte licht van een oranje lantaarn staan om elkaar aan te kijken. Zij was nauwelijks een meter zestig en hij moest zich vooroverbuigen.

'Yoghurt,' zei hij, en veegde met zijn duim een plekje van haar kin. Maar in plaats van zijn hand weg te halen, tilde hij haar gezicht op en kuste haar op de mond.

Zijn geur overviel haar weer, maar nu in zijn geheel, niet alleen de cologne. Het aroma was warm en mannelijk, en even heerlijk als alles die avond.

Langzaam trok hij zich terug. Op zijn bovenlip was een druppeltje te zien en Lynn moest zich beheersen om niet op haar tenen te gaan staan en het af te likken.

'Laat ik je nu maar terugbrengen,' zei hij zachtjes, 'vóór je straks een artisjok wordt.'

De portier was zeker net even weg om een glaasje melk te drinken, want niemand kwam het hotel uitrennen om het portier van de auto te openen. Greg stopte langs het trottoir.

Lynn had zich afgevraagd of hij mee naar boven zou willen en wat ze zou zeggen als hij dat probeerde. Néé, natuurlijk; ze kon onmogelijk direct met iemand in bed kruipen, nota bene op de dag dat ze besprekingen met haar aanstaande bazen had gevoerd, iemand die bovendien die bazen kende. Maar in welke mate 'nee' – later misschien?

Ze had niet bang hoeven te zijn. Zoals alles in Californië verliep het allemaal volmaakt, zonder dat ze iets hoefde te doen.

'Ik weet dat het niet kan... nog niet,' zei Greg. Hij legde twee vingers op haar lippen. 'Niet dat ik niet in de verleiding ben om aan te dringen. Ik heb je net gevonden en moet je nu alweer laten gaan.'

Haar mond prikkelde onder zijn aanraking.

'Maar ik geef het niet op. Ik ben bereid geduldig te zijn. Een béétje geduldig.' Hij haalde zijn hand weg en pakte een pen en een notitieblok uit een zijvak in het portier. Toen keek hij haar vragend aan.

'Drie achttien Harbor Landing, Flat 3805, Boston 02156.' Ze gaf hem het telefoonnummer van haar huis en van haar werk.

Hij schreef het zorgvuldig op en hield het toen omhoog om het haar te laten controleren. Daarna vouwde hij het afgescheurde blaadje op en stopte het in de zak van zijn overhemd. Hij keek Lynn aan, en zijn grijze ogen hadden een katachtige, doordringende blik. Die blik zorgde er uiteindelijk voor dat ze terugkeerde uit de droomwereld waarin ze de hele dag en avond had verkeerd.

Ze wist op dat moment dat hij haar begeerde, en zij hem. Plotseling kwam er een beeld bij haar op, en zag ze die ogen boven zich, terwijl zij op haar rug lag. Ze zag hoe in die blik alle gevoelens werden gereflecteerd over wat ze samen aan het doen waren. Haar schouders bewogen zich op het ritme van...

Hou op!

Ze schoof een eindje bij hem vandaan.

Jammer dat hier niet een yoghurtdrankje voor in de plaats kon worden genomen.

'Ik moet naar binnen,' zei ze.

'Dat weet ik.' Hij leek te grinniken. Of verbeeldde ze zich dat?

'Lach je me uit?'

'Ja. Maar op een lieve manier.' Hij leunde achterover en rekte zich uit; de gebruinde armen gingen achter zijn hoofd. Hij had allang zijn jasje uitgedaan, en de korte mouwen van zijn overhemd onthulden sterke spieren en onderarmen die met dik haar waren bedekt.

'Ik zie een dame die zich keurig aan de regels houdt. Een hartstochtelijke vrouw, mooi van binnen en van buiten, een vrouw die om wel honderd redenen weet dat ze moet uitstappen, naar boven gaan, haar vitaminepillen nemen en gaan slapen... maar die zeer in de verleiding is' – hij boog zich naar haar toe en gaf haar een snelle, lieve kus en raakte haar even aan met zijn tong – 'zeer in de verleiding om te zeggen: "wat kan mij het ook allemaal schelen, ik wil onder die vent liggen." '

Bij die laatste woorden keek hij haar strak aan. Hij had het zó volkomen bij het rechte eind dat ze niet zo gauw een antwoord kon bedenken. Maar toch ging haar hand naar de handgreep van het portier, alsof dat gebaar haar eraan wilde herinneren dat – al wilden andere delen van haar in opstand komen – ze verstandig moest blijven.

'Daarom lachte ik,' zei hij. 'Omdat je gedachten zo duidelijk op je gezicht te lezen waren. En ik voelde me gevleid.'

Hij stapte uit en was op tijd aan haar kant om haar te helpen uitstappen.

'Ik neem hier afscheid van je,' zei hij, en sloeg zijn armen om haar middel. 'Vergeet niet dat we binnenkort weer ergens een avondje uitgaan, en dan gelden de redenen van nu niet meer. Dan zal het mij een groot genoegen zijn om je gedachten in waarheid om te zetten... Ster.'

Zijn beide handen drukten haar tegen zich aan. Er was niemand in de buurt en ze zou naar boven gaan, alleen, en ze zou een nationale televisiester worden. En dus reageerde ze gretig op zijn kus, terwijl haar handen door zijn overhemd heen de rug verkenden die ze binnen korte tijd veel beter zou leren kennen.

Hoofdstuk twee

'Hij klinkt fantastisch.' Kara knuffelde haar. 'Ik ben zo blij voor je.'
'Hij heeft dat cadeau voor je uitgezocht.'
'Heeft híj dit gekocht?' Kara pakte het botervlootje op.
'Nee, de servetringen. Hij was erbij toen ik dat botervlootje kocht. En toen hij daar later over begon, heb ik hem alles over onze cadeautraditie verteld. Toen zei hij dat ik naar de Farmers Market moest gaan en beloofde me dat ik daar dingen zou vinden die het botervlootje tot een conservatief cadeau zouden bestempelen.'
Kara zette het botervlootje zorgvuldig een eindje weg van alle dozen van Mexicaanse afhaalmaaltijden waarmee Lynns glazen bijzettafel vol stond. Ze doopte een pretzel in de saus.
'Neem toch een Dorito,' zei Lynn, en schoof de zak naar haar toe. 'Dit is een soort feestje.'
'We kunnen ook feestvieren zonder vet te nemen.'
'Tjonge. Wat héét.' Lynn greep naar haar glas met water.
'Heb je hem ook over díe traditie verteld? Dat je altijd de heetste salade bestelt en er dan ook altijd over klaagt?'
Lynn veegde een traan weg. 'Het had geen zin de man meteen onder al mijn rare afwijkingen te bedelven.'
'Nou, zo te horen, verliep het allemaal geweldig. Je hebt een leuke man leren kennen en de besprekingen waren een groot succes.'
'Ik kan nog niet geloven dat die zo goed verliepen. Het zou fijn zijn geweest als je erbij was geweest.'
'Denk je... QTV zal toch niet proberen je een andere producente toe te wijzen als ze je landelijk gaan presenteren, hè?'
Lynn keek op. 'Het doet er niets toe als ze dat wel doen.'
'Zou je erop staan mij aan te houden?'
'Ik zou zonder jou nooit één show willen doen.'
Ze zag dat Kara zich helemaal ontspande en voelde zich gemeen. Waarom had ze er niet aan gedacht haar meteen al gerust te stellen? Wat ongevoelig en egoïstisch dat ze zomaar vergat dat zij niet de enige bij de televisie was die ambitieus bleek.

'En hoe stond je nieuwe vriend ertegenover dat jij een nationale beroemdheid gaat worden? Geen moeilijkheden?'

'Hij scheen diep onder de indruk.'

'Tjonge.'

'Hij is intelligent, leuk en luístert. Hij maakt interessante opmerkingen, en is romantisch.'

'Die hele avond klinkt als een avontuur in een film. De oceaan, de mist, die knappe vreemdeling, dat rondrijden om alles te bekijken...'

'Hij is enorm... tja...' Lynn sprak wat zachter. 'Zoals hij tegen me praatte... hij zei zùlke sexy dingen... Weet je, Kara, ik kende de man nog maar een paar uur. En toen begon hij me al te vertellen wat hij in bed wilde doen en raadde mijn eigen fantasieën – en ik liet het niet alleen toe, maar vond het nog enig ook. Het gaat allemaal zó vlug.'

Kara kneep Lynn in de arm. 'Wens jezelf maar geluk. Hoeveel shows hebben wij wel gebracht over de moeilijkheden die mensen ondervinden over het intiem worden? Zoek nu geen dingen die er niet zijn, zoals je altijd doet.'

'Weet je, ik was bijna zover dat ik die nacht al met hem naar bed wilde.'

'Jíj? Nee!'

Lynn lachte. 'Ik geloof dat ik iets heb ontdekt. De enige voorwaarde om een knaap te ontmoeten die me ligt, was dat mijn dromen moesten uitkomen.'

'Dat is dus alles wat je nodig hebt. Een ster zijn.' Kara sopte het laatste beetje saus van het schaaltje. 'Je moet er eens een artikel over schrijven. Zo'n simpele formule zal alle *Cosmo*-meiden geruststellen.'

Het kantoor van Dennis Orrin hing vol foto's van Channel 3-beroemdheden van vroeger en nu. Toen Lynn de deur opendeed, was Dennis bezig haar foto apart aan de muur te hangen waarvoor hij hem uit een groep had weggehaald.

'Wat doe je daar?' vroeg ze. 'Oefenen?'

Dennis draaide zich om. Hij grinnikte, kwam naar haar toe en gaf haar een stevige knuffel. 'QTV heeft opgebeld. Ze willen een proefuitzending doen.'

'Ha!' Lynn sloeg hem op zijn rug.

'Ik wìst het wel. Jij had het ook kunnen weten.'

'Dat deed ik ook. Maar het duurde een héle week voor ze reageerden.'

'Hoe vaak moet ik het je nog vertellen? Ze hebben altijd eeuwen nodig om dit soort beslissingen te nemen.' Hij streek over zijn schaarse haren. 'Maar je hebt QTV overtuigd dat je veelbelovend bent. Ze vinden je een Barbara Walters.'

'Heus?'

'Je hebt hen totaal overrompeld. Voor hen is een beslissing binnen een week ongehoord snel.'

Lynn trok haar schouders op. 'Het was ongelooflijk. Alle besprekingen verliepen vlot en we konden samen goed opschieten. Alles klopte.'

'Hoe snel?' Kara pakte haar notitieboekje. 'Waar?'

'Over een paar maanden. Misschien hier, maar dan moet de studio wel worden opgeknapt. Maar misschien ook wel ergens anders, als ze een groter publiek willen hebben.'

'En... ben ik de producente?'

'Natuurlijk!'

Kara legde het notitieboekje neer. 'Dank je.'

'Je hoeft me niet te bedanken. Ik heb je nodig.'

'Ik produceer een nationale proefuitzending. O, mijn God.'

'En het is niet alleen die proefuitzending die geweldig moet zijn. QTV wil beginnen de markt te verkennen, dus elke show die we van nu af aan maken, zou de show kunnen zijn die ze voor verscheidene markten willen hebben.' Lynn ijsbeerde in haar kantoor heen en weer. Het licht van de heldere oktoberzon viel door het driedelige raam naar binnen en bescheen haar. 'Ik ben zó opgewonden dat ik gewoon niet stil kan blijven zitten.'

'Ik heb een lijst onderwerpen gemaakt die we voor de inspiratie kunnen gebruiken. O, dat zou ik bijna vergeten.' Kara snelde naar buiten en kwam terug met een enorm pak dat ze nauwelijks kon dragen.

Samen zetten ze het op een tafel. Lynn bekeek het etiket. 'Spoedluchtpost. Uit Los Angeles.'

Kara sneed het plakband door en toen maakten ze de doos open. Erin zat een kratje van een lichte houtsoort dat heel vernuftig was gemaakt, zodat elk vierkant een beschuttend plaatsje bood aan een perzik.

Prachtige perziken, zes soorten.

Lynn maakte het bijgesloten kaartje open.

In Gregs handschrift stond daar: *Perziken voor een perzikhuid. Mis je L.A.? Ik hoop het, want ik mis jou. Veel liefs en een kus. Greg.*

Kara streelde een grote, rode, zachte bol. 'Zo heb ik ze nog nóóit gezien.'

'Dat zei ik ook op de Farmers Market tegen hem. En nu stuurt hij ze me. Waar zou hij dat kratje vandaan hebben gehaald? Hij moet het speciaal hebben laten maken.'

'Wàt hij ook deed, hij heeft zich heel wat moeite getroost. Die vent is echt weg van je, Lynn. En jíj maakte je ongerust omdat hij nog niet had opgebeld.'

Lynn keek verbaasd. 'Dat heb ik nooit gezegd.'

'Denk je dat ik na al onze jaren samen die op elkaar geknepen lippen van waarom-belt-hij-niet-op niet herken? En? Bel jij hem nu?'

'Ik heb zijn nummer niet.'

'Ik zal QTV wel bellen.'

'Graag. Vraag maar naar Vicky Belinski. Zeg dat je de naam wilt weten van dat reclamebureau waar Greg Alter voor werkt. Dat ik me die naam niet herinner.' Ze lachte even. 'Het is al heel wat dat ik nog weet in welk deel van de wereld ik die avond was.'

Kara was klaar met haar notities en liep weg.

Lynn nam een perzik op, waarvan het vel zo zacht was als suède. De kleur verliep van dieprood naar botergeel. Hij was net goed rijp en gaf mee als ze er zachtjes met haar duim tegen duwde.

Ze zocht even in haar bureau naar iets om de vrucht mee te snijden en vond een oude briefopener. Ze legde de perzik op een papieren zakdoekje, sneed er een stuk af en beet erin. Het sap liep over haar kin. Ze had nog nooit zo'n heerlijke vrucht geproefd.

Ze at het stuk op, sneed nog wat af en liep toen naar het raam. Afwezig kauwend, keek ze naar het verkeer onder haar, twaalf etages lager, op Morrissey Boulevard. Er waren verkeersopstoppingen zoals altijd aan het eind van de middag; iedereen haastte zich om sneller dan de anderen op zijn bestemming te zijn.

Ze zag een Camaro van de ene rijbaan naar de andere schieten. De bestuurder vond geen opening om te passeren en het zou hem niet lukken ook, al besteedde hij nog zoveel energie aan dat gezigzag.

Jarenlang had Lynn al haar kracht op die manier aangewend – veel beweging en geen doel. Ze zat vast in haar werk, in haar leven. Ze ging bij de radio van de ene baan naar de andere, en daarna naar de produktie bij de televisie, altijd hopend dat ze op het scherm zou komen.

Eindelijk zag ze in dat ze met hopen niets bereikte. Als ze een show wilde, zou ze niet moeten voortzwoegen en wachten tot iemand van de directie haar opmerkte.

En dus had ze toegekeken en geleerd, gevraagd en mensen aan haar herinnerd, totdat eindelijk Dennis Orrin haar als een plaatsvervangende *host* had ingezet.

Lynn Marchette. De persoon met de microfoon, degene die het publiek, de hele studio in haar macht heeft. Deze keer geen lammetjes. Geen zeugen. Maar mensen.

Een geweldige prestatie voor een onopvallend meisje uit een doodgewoon milieu, een meisje dat oorspronkelijk niet veel verwachtte.

Maar ze had altijd moeten uitkijken wanneer het leven goed verliep. Ze kon verwerken om afgewezen te worden, maar succes... wat de duivels in haar ook dachten, dat ze er geen recht op had misschien – zij zou haar uiterste best doen iets te bereiken.

Als er iets geweldigs gebeurde, zoals eindelijk de kans te krijgen om in de lucht te komen, daarna haar vaste show, tot aan het wonder van het verzoek van QTV toe, en de ontmoeting met Greg, dan rilde ze vaak uren of dagen. Nu zou dat zo zijn tot de goedkeuring binnenkwam. Tot ze accepteerde dat ze het werkelijk verdiende, en er werkelijk van genoot.

Leren om al het goede te behouden... Van alles dat ze had moeten leren om te worden uitgezonden en daar te blijven, was dat het moeilijkst geweest.

Ze kon de invloed van pillen in haar leven terug volgen tot aan haar eerste dagen in Boston, toen ze zichzelf van medicijnen moest voorzien, omdat ze zich geen echte arts kon veroorloven.

Haar kiespijn was een voortdurende en ondermijnende kracht in haar leven.

Natuurlijk was er geen geld voor tandverzorging geweest toen ze opgroeide. Toen ze elf was, lag ze 's nachts vaak wakker van de pijn en als die pijnscheuten bijzonder erg waren, nam haar moeder haar op zondagmiddag mee naar 'the Little Red Hen' in Greenville, het enige restaurant daar. Op zondag gebruikte Fenton Cabell, de enige tandarts van Greenville, daar zijn maaltijd. Cabell legde dan zijn mes en vork neer en ging vervolgens naar het toilet om zijn handen te wassen. Daarna liet hij zijn karbonaadje koud worden terwijl hij rondkeek in Lynns pijnlijke mond.

Hij schreef altijd iets voor om op de kies te doen en vroeg Lynns moeder haar dochter de volgende maandag bij hem in de praktijk te brengen. Dan zou hij alles in orde maken en niet meteen aandringen op betaling. Maar die bezoeken aan zijn praktijk vonden nooit plaats. En als er zich weer een vreselijke kiespijn voordeed, werd de zondagtraditie herhaald.

Lynn was al een eindje in de twintig voor ze plaats nam op de stoel van een tandarts. Tegen die tijd moest er enorm veel aan haar gebit worden gedaan. Dat kon ze niet allemaal betalen en dus liet ze alleen hier en daar iets repareren dat ze zich kon veroorloven, zoals een vulling en schoonmaken, en meer belangrijker ingrepen wanneer de tandarts zijn armen over elkaar sloeg en erop aandrong.

Maar na al die jaren van verwaarlozing bleef de pijn komen en ging vaak over in verschrikkelijke hoofdpijnen. Dan werd ze om een uur of twee wakker en moest ze zoveel excedrine nemen – niets anders hielp tegen de pijn – dat de cafeïne erin haar wakker hield.

Ze begon vreselijk op te zien tegen die kringloop.

Toen ze op het werk doezelig werd, werd ze wanhopig. In die tijd was ze produktie-assistente. Ze mocht haar baan niet kwijtraken. Als ze beter werk kreeg, zou ze ook meer verdienen, hield ze zichzelf voor, en daarmee kon ze zich dan een goede behandeling veroorloven. Maar als ze aldoor in slaap zou vallen en zou worden ontslagen, zou haar gebit slecht blijven en zouden de hoofdpijnen nooit overgaan.

En dus nam ze valium bij de excedrine.

Maar haar lichaam vroeg meer excedrine tegen de pijn, en meer exedrine leidde tot meer valium.

Ze nam het middel alleen 's nachts, maar het effect duurde langer dan ze wilde. Meer pillen hadden ook meer invloed.

Wanneer precies haar pijn-excedrine-slapeloosheid-valium-syndroom was begonnen, wist ze niet meer. Lynn wist alleen dat op de dag dat haar broer op de luchthaven Logan arriveerde om te doen waarom zij hem had gesmeekt al vanaf dat ze in Boston was aangekomen – ook daar te gaan wonen – ze elke minuut op haar tellen moest passen zodat een ander niet zag dat ze onder invloed van pillen was.

Hij had honger toen hij aankwam en dus nam ze hem mee naar een Friendly-restaurant. Ze bestelden vanille-milkshakes – thuis noemden ze die 'iceburgers' – terwijl ze op hun broodjes wachtten.

'Ik hoop dat je je flat prettig zult vinden,' zei Lynn voor de derde keer.

'Als ik er op meer dan een brander kan koken en mijn hoofd niet tegen het plafond stoot, vind ik het prima,' zei Booboo. 'De laatste jaren ben ik niet zo kieskeurig meer. De eerste kamer die ik nam nadat ik het huis uit was, had een gat in de muur dat zó groot was dat een havik er zo doorheen had kunnen vliegen.' Hij grinnikte. 'Ik heb het dichtgestopt met mijn hoofdkussen. Toen wilde ik een ander kussen kopen, maar ik raakte eraan gewend het zonder te doen. Nu zeggen ze allemaal dat het gezonder is zonder kussen te slapen.'

'Ja,' zei Lynn. 'Een kinderarts heeft dat in een show gezegd. Laat de baby vanaf het prille begin plat slapen en dan vermijd je daardoor rugnarigheden later.'

Booboo zat haar aan te staren en ze was opeens bang dat hij iets aan haar ogen kon zien. Om te tonen dat ze helemaal niet zo sloom was als hij dacht, pakte ze haar milkshake en dronk die gretig uit.

Maar het was broederlijke trots, geen achterdocht, die in zijn blik lag. 'Ik verheug me erop op de eerste rij te zitten als jij je show doet.'

'En ik verheug me erop dat je erbij zult zijn.'

'Mijn grote zus een televisieberoemdheid. Wie had dat ooit kunnen denken?'

Lynn sloeg speels met haar servet naar hem, maar kwam zelfs niet in zijn buurt. Maar zij was de enige die ervan schrok. Hij wist niet dat ze wel vijftien centimeter naast haar doel sloeg.

De flat die ze voor hem had gevonden, lag in Marblehead. Lynn at haar broodje helemaal op en dronk nog de laatste druppels van haar milkshake, zodat dit samen de medicijnen zou uitschakelen die haar rijgedrag mogelijk zouden kunnen beïnvloeden. Het hielp en ze voelde zich goed, reed goed en Booboo was verrukt van haar keus.

'Hoever is het water verwijderd?' vroeg hij, en snoof de lucht op bij het raam dat hij net had opengedaan.

'Twee blokken. Dichter kon ik niet bij het water komen als ik niet van plan was een gigantisch bedrag aan huur neer te tellen. Mooi hier, hè?' Ze schoof nog twee ramen open, trok een rieten fauteuil met kussens dichterbij en zette die tussen hen in. Ze liet zich er verrukt in neerzakken. 'Het ruikt hier als in een huis aan zee en ik was heel blij dat ik dit kon vinden. Ik verheug me er zó op dat ik straks misschien een flat vlak aan het water kan nemen en toch midden in de stad.'

'Hoeveel minuten duurt dat nog?'

Ze lachten samen, net zoals vroeger, toen de biggen hun handen kietelden wanneer ze de restjes aannamen die zij van hun eten hadden overgehouden.

De herinnering daaraan was zeer levendig. Lynn leunde tegen de kussens en voelde weer zo'n snuit met snorharen in haar hand. Ze lachte alsof er een vochtige tong over haar pols gleed.

De geur was die van modder in plaats van zeelucht. De bekende geur hing overal, de scherpe geur van het moeras onder het raam van de eetkamer, een moeras dat nooit droog werd, zelfs niet in droge zomers, wanneer al het gras bruin werd.

Lynn hoorde hoe haar moeder in de keuken eieren sorteerde, het geluidje als haar vingers, die er al zo oud uitzagen, de grotere eieren in de blauwe kom legden en de kleine exemplaren in de gele. Ze mompelde dat er zoveel kleine waren... omdat er kleinere kippen waren. Alles werd kleiner, vooral het bedrag dat ze aan voer konden besteden, dus wat wilde je dan?

Plotseling verdwenen de geur en de geluiden. Lynn was duizelig, vreselijk duizelig. Haar maag leek in haar lijf om te draaien, terwijl ze een gevoel kreeg alsof ze om en om tuimelde.

Maar ze had toch gegeten en gedronken?

Lynn drukte beide handen op haar buik om haar maag weer op zijn plaats te krijgen.

Toen verdween het tuimelende gevoel.

Ze keek neer op haar handen en bleef kijken terwijl ze zich weer op het heden concentreerde. Ze zag haar horloge en hijgde even.

Er waren acht minuten verstreken.

'Je deed even een dutje.' Booboo zat op de grond een telefoonboek door te kijken. 'Ik vond dat ik je maar met rust moest laten.'

Lynn stond op en liep naar de badkamer.

Het was geen dutje geweest. Ze wist vrijwel zeker wat het wèl was geweest: een black-out. Zoals alcoholisten wel kregen.

Als ze zoveel medicijnen had genomen dat ze er nu een black-out van kreeg, dan was ze veel te ver heen geweest om veilig auto te rijden.

Toch had ze dat gedaan, met haar broer bij zich in de auto.

Ze leunde tegen de gesloten badkamerdeur en snikte zachtjes.

Eindelijk mocht ze worden uitgezonden. En ze had eindelijk ook haar broer daar. Ondanks haar goede bedoelingen en iets waarvan ze ten onrechte had aangenomen dat het haar juiste oordelingsvermogen was, had ze iets gedaan dat op een drama had kunnen uitlopen.

Het was voldoende haar zodanig te laten schrikken, dat ze het valium weggooide.

Maar toen ze eenmaal had geleerd de ellende van de pijn te verdragen en niet te slapen en toch geen pillen te nemen, vond haar onderbewuste toch een manier om haar dwars te zitten. Haar smaak voor mannen was het onderwerp van eindeloze moppen. Kara zei dat haar ideale man voortdurend woedend keek en van een werkloosheidsuitkering leefde.

Lynn bracht er niets tegenin. 'Zet maar eens zes mannen op een rij voor me neer,' had ze tegen Mary Eli gezegd, die zowel een vriendin van Kara als psychiater was. Mary was verschenen in hun show over 'Intelligente vrouwen maken vaak een vreemde keus' – 'en dan loop ik regelrecht af op degene die me de grootste ellende zal bezorgen.'

Zou die tijd nu voorbij zijn? Hoefde ze zichzelf niet meer te straffen?

Een van de grootste en succesvolste televisiestations wilde haar engageren. Er was een man die haar miste, aan haar dacht, haar bewonderde en geweldige dingen stuurde – geen dwaze mislukkeling, maar een intelligente, verstandige, knappe en echte man.

Beroepsmatig en persoonlijk had ze de hoofdprijs getrokken.

Glimlachend en met de kleverig pit van de perzik nog in haar hand wendde ze zich af van het raam en ging Kara zoeken.

De ijsblokjes tinkelden toen ze tot rust kwamen in de karaf van zwart glas die op het bureau van Dennis Orrin stond. Bij de karaf hoorden een bijpassend blaadje en twee modieuze glazen. Hij was afgezet met koper en dat koper werd gepoetst, net zoals de karaf altijd vol verse ijsblokjes werd gehouden; dat deden de mensen van de onderhoudsploeg.

Ze voerden die taak trouw uit omdat zelfs zij –, of, dacht Dennis Orrin soms in een van zijn cynische buien, juíst zij – het verschil begrepen tussen die karaf en die van het lagere personeel.

Hij schonk wat water in een glas terwijl hij naar de tape keek die net uit Cleveland was binnengekomen.

Niet gek. De jongen kon tenminste lezen. Een schrikbarend hoog aantal kon dat niet. Je kon zien hoe ze de woorden fonetisch vormden, net als iemand van zo'n niet Engels sprekende rockgroep.

Maar in feite was het weer zo'n kind dat uit was op een belangrijke baan, een goed plekje. En als er één ding was waar Dennis op stond, was het dat volwassenen de plaatsen van volwassenen innamen.

Hij had nog vijf maanden om iemand te vinden – iemand die kon lezen, op wie je kon rekenen dat hij elke avond zou verschijnen op de wijze die de televisie vereiste en die dat ondefinieerbare had, dat betrouwbare gezag dat de mensen ertoe bracht op Channel-3 af te stemmen voor, na of tijdens het eten. En dat even regelmatig als ze 's morgens hun tuinpad afliepen om hun ochtendkrant op te halen.

Hij spoelde de tape weer terug en legde hem op de Uit-tafel om terug te laten sturen. Toen ging hij naar zijn bureau, belde Cleveland en bedierf de dag voor zijn sollicitant.

Hij ging zijn badkamer in om zijn handen te wassen, een dwaze gewoonte; jaren geleden had hij gemerkt dat hij dat deed nadat hij mensen had afgewezen. Toen had een psycholoog in een Marchette-show eens een en ander gezegd over dwangmatige handelingen, en daar viel ook onder wat hij de 'Lady Macbeth-dwang' – het handenwassen – noemde. Dennis had er goed naar geluisterd, er eens over nagedacht, er het nodige afgetrokken omdat het om een televisieuitzending ging, en hij voelde zich daarna nogal opgelucht. Alleen maar een gekke gewoonte.

Toen hij weer achter zijn bureau zat, keek hij naar de rest van zijn berg cassettes en besloot nog even te wachten voor hij er weer een bekeek. Als hij er te veel achter elkaar zag, beïnvloedde dat zijn oordeel.

Lynn Marchette had hem dat eens horen zeggen en grinnikend gezegd: 'Net als met parfum.'

'Wat?' had hij gevraagd.

'Ze zeggen altijd dat je in een zaak niet meer dan één soort parfum moet keuren. Anders ruik je geen verschil meer.'

Hij keek naar Lynns foto, nu helemaal alleen tegen de muur. Ze had een fijn gevoel voor humor, zelfs nog meer voor de camera dan in haar gewone doen. Een echte volwassene. QTV had een verstandige keus gemaakt. Een paar jaar geleden had hij er een tijdlang aan getwijfeld of Lynn het ooit zover zou schoppen. Hoofdpijnen, slapeloosheid... Hij had haar zelfs meer dan eens slapend achter haar bureau aangetroffen. Ze had hem toevertrouwd dat ze bang was verslaafd te raken aan kalmerende middelen, en dus was ze ermee opgehouden die te gebruiken.

Dat alles scheen nu achter haar te liggen – dat gedoe met die kalmerende middelen althans.

Niet dat hij het niet begreep. Zijn dagen met marihuana lagen maar een klein beetje verder achter hem dan het probleem waarmee Lynn had geworsteld, en zij was haar probleem veel sneller de baas geworden. Hij herinnerde zich nog goed hoe onschuldig het was begonnen: eerst elke avond, daarna ook overdag, een stickie bij de koffie. Toen in de plaats van koffie.

Maar hij had een beslissing moeten nemen en had dat gedaan.

Dat was zijn kracht – en die had hem deze karaf opgeleverd. Zijn vermogen om een situatie te doorzien en zijn prioriteiten vast te stellen. Dat was ook altijd de inhoud van de artikelen in tijdschriften die over hem gingen. Dat hij instinctief wist wanneer hij moest telefoneren en een joch bellen dat in Cleveland naast het toestel zat te wachten; dit deed hij liever dan zich aan de regels te houden en tijd te verliezen met een brief te dicteren, zoals het protocol vereiste.

Hij had zich goed omhoog gewerkt en was nu een vooraanstaande en gerespecteerde man in de televisiewereld, met een gezin dat hij uitstekend kon onderhouden.

Hij keek even glimlachend naar de foto van Bern en de meisjes, schonk nog wat ijswater in en deed weer een cassette in het apparaat.

De hemel mocht weten hoe hij op twee hoog kwam, maar een vastberaden eekhoorntje was een geregelde bezoeker van Lynns terras met uitzicht op de haven. Om te beginnen, werd hij aangetrokken door het zaad dat Lynn daar voor de vogels neerstrooide, maar nadat ze een jaar lang tegen hem had gepraat met wat zij en Kara haar eekhoorntjesstem noemden, een sjirpend en geruststellend geluidje, at hij nu eindelijk uit Lynns hand.

Ze voelde zich die dag gelukkig en onthaalde Chip, zoals ze het diertje had gedoopt, op een stuk perzik. Hij snoof eraan, terwijl zijn staartje met het opvallende kale plekje trilde, en verslond het toen.

'Zo denk ik er ook over,' sjirpte ze tegen hem.

De telefoon ging over toen ze aan haar vierde stuk perzik van die dag begon. Ze zette het geluid van de televisie lager en holde naar de keuken om daar de telefoon op te nemen.

'Ik hoop dat je niet teleurgesteld bent,' zei hij. 'Smaken ze even lekker als ze eruitzien?'

'Greg!'

'Hoe gaat het met je, Lynn?'

Haar hart bonsde. 'Geweldig. En met jou?'

'Ook goed. Ik popel om meer te horen over die overeenkomst voor uitzendingen op grotere schaal. Heb je daar al nieuws over?'

'Net vandaag. Ze willen dat ik een proefopname maak.'

'Fantastisch!'

'Ik had de nagels bijna van mijn vingers gebeten, maar mijn baas zegt dat het snel gaat. Je hebt met die zending perziken net de goede tijd uitgezocht. Ze deden nu dienst als een gelukwens met cadeau en zijn verrukkelijk. Ik eet ze achter elkaar op.'

'Dat wilde ik horen.'

'Ik had je willen opbellen, maar kon thuis nergens je nummer vinden, en bij Bailiss Agency konden ze je niet vinden. Toch nog heel hartelijk bedankt. Het is heel attent van je.'

'Ik wilde je een soort herinnering aan Los Angeles geven. Hoe werden de servetringen ontvangen?'

'Kara was in de wolken. Ze had het je zelf willen vertellen als ze je vanmiddag had kunnen bereiken.' Lynn pakte haar potlood op. 'Geef me het telefoonnummer nu maar terwijl ik eraan denk.'

'Ik weet het beter gemaakt. Ik kom bij je boven en overhandig het je.'

Lynn liet haar potlood vallen. 'Waar... waar ben je?'

'Ongeveer een kwartier van jouw flat, als ik deze stadskaart goed bekijk. Schikt morgen je beter? Dan kan ik jou en Kara mee uit lunchen nemen.'

Lynn glimlachte en pakte een servet om het overal aanwezige perziksap van haar gezicht te vegen. 'Vanavond is prima.'

Hij bracht een rode wijn mee die even heerlijk en ongewoon was als de perziken.

'Saint Leu,' zei hij, toen ze het hem vroeg terwijl hij het laatste restje in een van haar beste glazen schonk. Ze zag hem door een waas van opwinding heen. Hij straalde zó'n schokkende seksualiteit uit, dat ze er geen weerstand aan kon bieden.

'Het is niet zo dat ik chauvinistisch ben wat Californische wijn betreft,' ging Greg door. 'Maar ik wilde iets heel unieks voor je meebrengen en wist dat jullie deze wijn hier in het oosten niet zouden hebben. Hij komt uit een plaatselijke wijngaard. Vind je hem net zo lekker als de perziken?'

Ze begon te giechelen. 'Ik kan alleen maar aan appels en sinaasappels denken.'

Hij zei: 'Het zijn perziken en druiven.'

Ze viel lachend achterover op de bank. Greg had al gegeten voor hij bij haar kwam en zij had het te druk gehad met de perziken. De cheddarkaas en het roggebrood dat ze had gekocht, stonden vrijwel onaangeroerd op het lage tafeltje.

Afgezien van een knuffel bij het binnenkomen, had hij haar niet aangeraakt. Maar haar hoofd was nu net op zijn arm terechtgekomen en hij tilde haar kin op om haar te kussen.

De herinnering was onmiddellijk scherp, de smaak van Gregs mond nog geïntensiveerd door de wijn, die kruidige geur. Ze voelde weer die alles overstelpende vreugde om in L.A. te zijn en een wonderbaarlijk avontuur te beleven. Samen met deze leuke man die daarvan deel uitmaakte, en – nog belangrijker – die graag bereid was met haar mee te genieten. Wanneer had ze ooit zo'n man opgepikt – nee, had ze zo iemand leren kennen – nee, opgepikt; het was het principe dat Mary Eli, nu ook Lynns vriendin, haar altijd weer voorhield... Wanneer had ze ooit een man opgepikt die zich niet door haar succes bedreigd voelde, of er woedend om was, of – in het gunstigste geval – er onverschillig tegenover stond?

Greg trok haar dichter tegen zich aan en sloeg een been over haar beide onderdanen. Ze voelde hoe stevig zijn spieren waren. Overmoedigd door de wijn, liet ze haar hand omhoogglijden, aan de binnenkant van zijn dij, en voelde hem opspringen.

Hij nam haar hand in de zijne en tilde die op. Haar nog steeds vasthoudend, zei hij zacht: 'Ik heb een hotelkamer en ben van plan daar vannacht te gaan slapen.'

Hij bekeek haar gezichtsuitdrukking.

Haar reacties, die Kara altijd zo duidelijk las, vormden vermoedelijk ook geen geheim voor Greg. Iedereen zei dat haar openheid deel van haar kracht uitmaakte. En als heel Boston haar kon doorzien en haar gevoelens raden wanneer ze een onderwijzer ondervroeg die ervan beschuldigd werd dat hij kinderen lastigviel, of een lesbisch tienermeisje dat gediscrimineerd werd, dan hoefde ze hem nu waarschijnlijk ook niet met woorden te antwoorden.

Maar ze zei: 'Blijf alsjeblieft hier.'

'Ik wil niet dat je denkt dat ik dat verwachtte.'

'Dat doe ik niet.'

Hij keek haar nog altijd recht in de ogen en drukte haar hand op zijn erectie.

Zijn aanwezigheid naast haar in bed had iets bekends, alsof die plek steeds voor hem was gereserveerd. Vermoedelijk had ze daar van hem liggen dromen en had ze daar niet meer aan gedacht tot haar zintuigen nu iets bekends waarnamen.

Hij beminde haar heel geconcentreerd, liefkoosde haar benen en kuste haar knieën en enkels. Minutenlang gleed hij met zijn mond over haar schouders en de binnenkant van haar armen voor hij zich verder omlaagboog. Niemand had haar ooit zo langzaam en methodisch, zo onzelfzuchtig bemind.

Toen ze eindelijk aanstalten maakte om hem boven op zich te helpen, glimlachte hij en schudde zijn hoofd. 'Ik wil dat jij eerst komt,' fluisterde hij.

En dus leverde ze zich uit aan Gregs alles onderzoekende tong en sloeg haar hand voor haar mond om het niet uit te schreeuwen toen hij haar naar een nooit-gehaalde climax voerde terwijl haar voeten op de matras op en neer trappelden.

Greg werd het eerst wakker. Hij leunde op een elleboog en keek op Lynn neer toen ze haar ogen opende.

'Ik kan 's ochtends nooit lachen,' zei ze schor en ze probeerde het, maar slaagde er niet in.

Hij grinnikte en ging rechtop zitten. 'Zal ik even koffie voor ons beiden zetten?'

'Dat helpt niet. Niets helpt om me te laten lachen.'

Hij lachte zelf en ze vond dat hij er 's ochtends vroeg even aantrekkelijk uitzag als de vorige avond; nog aantrekkelijker zelfs, omdat de kleine rimpeltjes en vouwtjes hem zo menselijk maakten.

Lynn zag haar eigen gezicht elke ochtend in de spiegel en ze wist dat ze er bleek en opgezet zou uitzien, met nog restjes mascara onder haar onzichtbare naakte wimpers. In een van de vele tijdschriften die haar bureau passeerden, beweerde Cindy Crawford dat zij daardoor wist dat iemand van haar hield: haar man kon 's ochtends vol adoratie naar haar gezicht kijken.

Greg moest van hetzelfde hout zijn gesneden en hij staarde Lynn nu aan alsof ze er echt normaal uitzag.

Niet op haar gemak ging ze rechtop zitten, trok haar pantoffeltjes aan en zei met een laatste, mislukte poging tot een lach: 'Ik ga me wassen.'

Ze zaten op de hoge ontbijtkrukken aan de ontbijtbar van haar keuken. Evenals het grootste deel van haar flat was ook hier alles erop gericht zo veel mogelijk van het uitzicht te kunnen genieten. Een raam omlijstte de haven, waar een schuit voorbijvoer; op voedsel beluste meeuwen achtervolgden het schip.

Het was precies het beeld dat ze zich had voorgesteld toen ze de flat had betrokken – vol hoop en misschien naïef, gevoelens opgewekt door brochures: een man op de kruk naast haar die, vóór hij naar zijn werk gaat, een teder moment met haar deelde terwijl de zon het hele panorama als een plaatje bescheen.

'Kun je vandaag vrij nemen?' vroeg Greg.

Lynn schudde haar hoofd. Haar haren waren getemd, ze had zich al opgemaakt, had haar panty aan en was bijna klaar om te vertrekken.

'Een halve dag dan. Alleen de ochtend met de lunchpauze. Dan zal ik je tot de avond laten gaan.'

'Ik kan het ècht niet doen.' Ze greep naar de bloempot waarin ze allerlei dingen bewaarde. 'Neem een sleutel mee. Dan kun je wat rondlopen en alles bekijken, als je er dan genoeg van hebt, kom je hierheen terug.'

Hij stopte de sleutel in zijn zak en nam een slokje van zijn koffie. 'Laat me eens raden. Je neemt zeker vrijwel nooit vakantie.'

'O, jawel. Ik probeer vier weken per jaar te nemen, en meer als ik het nodig heb. Dan ga ik met anderen op reis, of alleen. Maar als ik hier bèn, werk ik ook hard.'

'Oké,' zei Greg. Hij zette zijn handen in zijn nek en rekte zich uit. Het waren mooie handen, groot en hoekig, met brede vingers. Lynn keek ernaar en herinnerde zich heel goed hoe ze wetend op haar heupen hadden gerust.

Ze wendde zich af en dronk haar kopje leeg. 'Lekkere koffie. Dank je dat jij die hebt gezet,' zei ze.

'Eigenlijk is hij niet eens zo lekker.'

'Nee?'

'Nee. Als jij nu een halve dag vrij zou nemen, zou ik je eens echt lekkere koffie laten proeven. Met een lekkere volkorencake met krenten.'

Lynn haalde hun jassen uit de kast en deed de voordeur open. De hal werd helder verlicht door een dakraam, en de geur van de haven hing warm in de lucht. Het raam in de gang bood uitzicht op de schuit in de verte, te ver om nog meeuwen te kunnen zien.

Weer die herinnering aan dat gevoel vol hoop. Eindelijk leefde ze nu zoals ze het in haar verbeelding vaak deed.

'Och, wat,' zei ze.

Ze liet hem de haven zien, alle moderne gebouwen zoals dat van haar, hotels, restaurants en winkels. De bries was kil, maar de zon werd al warm en Lynn was vol trots op haar eigen omgeving. Greg kwam van een streek vol met jacaranda en palmen, en hier bevond zich de andere kant, de anti-palmzijde, háár stad aan het water.

Ze kochten koffie in plastic bekers en dronken ervan terwijl ze voortliepen en de damp ervan door de wind werd weggeblazen. In een souvenirwinkel kocht Lynn voor Greg een bonenpot met een kabeljauw erop als deksel.

'Betekent dit dat ik als lid van het geheel ben aangenomen?' vroeg hij.

Ze knikte. 'Je moet hem – bij voorkeur met bonen erin – op tafel zetten als je gasten hebt.'

'En niet zeggen dat het maar een grap is.'

'Je kunt zeggen wat je wilt.'

Greg lachte verrukt. 'Het is zo...'

'Potsierlijk. Hoe ordinairder, hoe beter. Kara heeft voor mij eens een zonnebril uit Maine meegebracht in de vorm van twee kreeftescharen, en toen heeft ze me gedwongen die op het strand te dragen.'

'Nu we het dáárover hebben...' Greg dronk zijn koffie uit en liet haar beker en de zijne in een vuilnisvat vallen. Hij stond tegenover Lynn en nam behoedzaam haar zonnebril af. 'Veel beter,' zei hij.

'Wat bedoel je?'

'Je hebt prachtige ogen. Ik zie ze zo graag.'

'Maar je moet zo'n ding dragen om geen rimpels te krijgen van het turen,' zei Lynn, maar ze stopte haar bril toch weg.

'Rimpels doen er niet toe. Die verdienen we. Kijk dáár eens naar.'

Hij was blijven staan voor een winkel met badartikelen en wees op een jade-met-zwartkleurig badpak in de etalage. Het was een soort ééndelige bikini, waarvan de bovenkant en het broekje door een zilveren band om het middel van voren en van achteren met elkaar werden verbonden.

'Ga mee naar binnen,' zei hij.

Lynn schudde haar hoofd.

'Toe, kom nou. Pas dat badpak eens aan. Jij hebt mij iets gegeven en nu ben ik aan de beurt.'

'Ben je gek? Het is al moeilijk genoeg om alleen badpakken te gaan passen. Al die niet door de zon gebruinde witte huid onder die felle lampen. Nee, hoor.'

Hij liet zijn hand onder haar mantel verdwijnen en onder haar trui bij het middel. 'Hoe kun je nu vergeten,' zei hij met een zogenaamd beledigd gezicht, 'dat ik precies weet wat ik onder dat licht zal zien?' Hij streelde even langs haar middel. 'Daardoor weet ik hoe mooi alles is. Ik kijk naar dat badpak en stel me er jouw lichaam in voor, met al zijn rondingen.'

Het licht in de paskamer was vriendelijker dan ze had verwacht, maar niet zo flatterend als slaapkamerlicht, en ze trok een vies gezicht toen ze haar vlees zag uitpuilen tussen de bovenkant en het broekje van het badpak. Waren haar armen maar wat steviger. Maar nadat ze zichzelf van alle kanten had bekeken, verzamelde ze voldoende moed om de paskamer uit te komen.

'Jezus,' fluisterde Greg enthousiast, terwijl zijn blikken haar helemaal opnamen. De verkoopster keek op van haar werk in de etalage en knipoogde tegen Lynn.

'Vind je het mooi?' vroeg Lynn hem.

'Mooi?' Hij deed zijn mond open, sloot hem weer en haalde toen zijn schouders op. 'Ik kan slechts zeggen: alleen voor boven de achttien.'

'Het is een vreemd seizoen om een badpak te kopen.'

'Je gaat weer terug naar L.A. en daar heb je altijd badpakken nodig.'

'Ik weet het niet. Op zakenreizen heb je het meestal veel te druk om te gaan zwemmen.'

'Geen zákenreizen.' Hij bleef met zijn handen zorgvuldig van haar af en fluisterde in haar oor: 'Plezier! Wanneer je bij mij logeert.'

'O,' zei ze verbaasd, en werd toen opgewonden.

'Neem dat badpak nou maar,' drong hij aan.

'Goed dan. Ik neem het.'

'Ster...' fluisterde hij. 'Zo denk ik altijd aan je.'

Greg haalde zijn portefeuille te voorschijn en wilde naar de kassa lopen.

'Nee,' zei Lynn snel, 'ik betaal zelf.'

Hij draaide zich om. 'Ik wilde je dit cadeau geven.'

'Dank je, maar liever niet.'

Toen ze in de paskamer weer voor de spiegel stond, bekeek ze zichzelf nog eens kritisch. Merkwaardig hoe bewondering van anderen het beeld kon beïnvloeden dat je van jezelf had. Haar lichaam dat ze zojuist nog bleek en niet glad genoeg had gevonden, zag ze nu zoals Greg het blijkbaar zag, met alleen maar fraaie rondingen.

Ze had eigenlijk niet zo bazig moeten doen over dat betalen. Hij wilde alleen maar aardig zijn. Susan Faludi zou niet onmiddellijk met een politiepetje op te voorschijn springen om haar een bon te geven.

Er werd geklopt en Greg kwam binnen met een ander badpak in zijn hand. 'Ik heb tegen de verkoopster gezegd dat ik je dit wilde brengen om aan te passen,' zei hij, en legde het neer op een stoel. 'Ik wilde alleen een excuus om hier binnen te gaan. Nu hebben we samen even de tijd.' Hij deed de schouderbandjes van het groenblauwe badpak omlaag.

'Dat ik je dit laat doen!' fluisterde Lynn tegen zijn hals. 'Ik kan het zelf niet geloven...'

Met zijn mond legde hij haar het zwijgen op. Hij trok het badpak helemaal omlaag, pakte haar bij haar blote billen en drukte zijn heupen dicht tegen haar aan.

Lynn sloeg haar armen om hem heen en kreeg even een glimp van hun beeld in de spiegel, met Gregs vingers op haar borst.

Ze kon even aan niets anders denken terwijl ze opgewonden tegen elkaar aan wreven. Hij was helemaal gekleed, maar zij had het badpak half uit en zijn ruwe jasje voelde prettig aan op haar huid.

Hij draaide haar zodanig dat ze het spiegelbeeld goed kon zien en Lynn voelde hoe haar lichaam veranderde terwijl hij haar bekeek. Hij liet haar los en wilde zijn riem afdoen.

'Dat kunnen we niet doen!' fluisterde Lynn en deed een stap achteruit. Ze nam haar trui op en hield die voor zich.

'Maar...'

'We zijn in een wìnkel!'

Hij zuchtte. Lyn zag hoe hij zich moeizaam probeerde te beheersen; toen lachte hij even. 'En jij maakte je druk om te fel licht.'

Ze slenterden over Quincy Market, proefden hier en daar wat kaas of chocola en keken naar de etalages.

'Moet je toch zien!' zei Greg. 'Je kunt een pasfoto laten maken, een Movado-horloge kopen of een diamant in je neus laten zetten.'

Hij nam een aquamarijn oorbel op van een blad en hield die omhoog tot hij fonkelde. Toen bracht hij hem omhoog naar Lynns oor. 'Fantastisch! Past precies bij je nieuwe badpak.'

'Ik heb geen gaatjes in mijn oren.'

'Nee? Die maken ze hier vermoedelijk wel even. Ja, daar staat het. Het kost niets als je iets koopt.'

Lynn trok een afwerend gezicht.

'Ik fuif je erop,' probeerde hij haar over te halen.

Maar ze wilde geen gaatjes laten maken. Ze had voldoende leuke oorclips.

'Iets anders dan. Je wilde niet dat ik je dat badpak gaf – dan iets dat erbij past?' Hij raakte even haar wang aan. 'Je weet niet hoe ik van de afgelopen' – hij keek even op zijn horloge – 'vijftien uren heb genoten. Het was heel bijzonder. Misschien is het wel jammer dat we deel uitmaken van een samenleving waarin je je dankbaarheid toont door geld uit te geven, maar dat doen we nu eenmaal.' Hij grinnikte. 'Laat me dus mijn gang gaan.'

Ze liepen nog wat rond. Een man met zilvergrijs haar die een tweelingwagentje voortduwde, wuifde naar Lynn; twee studentes lachten wat verlegen.

'De mensen herkennen je!' zei Greg.

'Hmm.'

'Wat gewèldig!' Hij kneep in haar hand. 'Kan ik je straks nog handtekeningen zien weggeven?'

'Wil je dat?'

'Ik sta te trappelen om dat te zien.' Opeens bleef hij staan. 'Kijk eens!'

'Waar moet ik naar kijken?'

'Daar kun je je laten tatoeëren.' Hij trok haar mee naar de winkel. De etalage lag vol met allerlei slanke lichaamsdelen in onwaarschijnlijke kleuren die op verschillende hoogten aan schitterende zilveren en paarse koorden waren opgehangen. Het roze licht van een ronddraaiende bal weerkaatste op de schouders en enkels en liet vooral de aangebrachte figuren erop zien.

'Ja,' zei Greg, 'ja.' Hij streelde Lynns schouder. 'Misschien hier. Of op je voet. Iets teers en damesachtigs.'

Lynn keek hem met grote ogen aan.

Hij deed de winkeldeur open.

'Moet ik daar naar binnen?' vroeg ze.

'Je zegt overal nee tegen,' zei hij, en trok haar mee.

Ze stapten op het zachte, zilvergrijze tapijt waarin hun voeten diep wegzonken. Allerlei voorbeelden van tatoeages hingen aan de wanden. Ergens klonk zachte muziek, de 'Appassionata', en er hing een geur van jasmijnthee.

Een heel klein vrouwtje, gekleed in een pak met een krijtstreepje, zat achter een bureau te werken; over de rugleuning van haar stoel hing een witte jas. Ze keek op en glimlachte tegen hen, waarbij bleek dat ze diepe kuiltjes in haar wangen had. 'Goedemorgen.'

'Goedemorgen,' zei Greg. 'Mijn vriendin is geïnteresseerd in een tatoeage.'

'Niet waar! Ik bedoel...,' stamelde Lynn, geïrriteerd over zijn commentaar. Ze zocht naar een positieve ontkenning. 'Ik ben alleen maar, hmm, geïnteresséérd. Niet...'

'Laten we de mogelijkheden eens bekijken,' zei Greg.

De vrouw leidde hen naar een deel van de muur die duidelijk voor de vrouwelijke smaak was bedoeld, met kleine bloemen en andere vormen, kunstzinnig en niet te fel gekleurd. Er waren initialen, enkele en door elkaar gestrengelde, waarvan sommige met een krul eromheen. Een oog met lange wimpers, harten, poezen, sterren, muzieknoten.

'Deze zijn heel populair,' zei de vrouw, en wees op een groep afzonderlijke bloemen: een lelie, een tulp, een chrysant.

Greg bekeek ze en liep langzaam langs de wand. Hij stak zijn hand uit en wees op een paar volle, pruilende lippen, die heel fijn en dun waren aangegeven. 'Deze vind ik mooi,' zei hij.

De vrouw knikte. 'Heel mooi. Wat gewaagd, en toch gereserveerd. Heel bijzonder.'

Greg wendde zich tot Lynn. 'En?'

'Tja,' zei ze. Ze haalde eens diep adem. Ze had al zó vaak nee gezegd.

De vrouw glimlachte. 'Wilt u er meer van weten?'

'Ja.' Eindelijk. 'Is het volkomen veilig? Hoelang duurt het? Doet het pijn?'

Lynn schrok zelf van haar bereidwilligheid en miste het begin van het antwoord; ze moest de vrouw vragen dat te herhalen.

'Het doet een beetje pijn en veroorzaakt een onaangenaam, krassend gevoel. Wat veiligheid betreft,' zei ze, en liep weer naar haar bureau, 'hier heb ik wat literatuur. Ik neem mijn eigen veiligheidsmaatregelen, afgezien van de standaardprocedure.'

Ze stak Lynn een pamflet toe. 'Deze tekening duurt ongeveer een uur.'

Lynn probeerde haar opluchting niet te tonen. 'O, dan kan ik het niet doen. Ik ben al zo laat.'

'We komen wel terug,' zei Greg. 'Om hoe laat sluit u?'

'Om zes uur. Of ik kan u nu een semi geven. Die duurt maar vijf à tien minuten.'

'Wat is een semi?' vroeg Lynn.

'Dezelfde tekening, maar ze gaat niet zo diep. Dan gebruik ik een naald met plantaardige verf.' Ze hield een puntig apparaatje omhoog. 'Het blijft een paar weken zitten en verdwijnt dan langzamerhand.'

Greg zei: 'Ik vind dat we later moeten terugkomen en een echte tatoeage moeten nemen.'

'Dat kan ik niet; ik heb nu de hele ochtend al vrijgenomen,' zei Lynn. Ze was er nu helemaal bij en vond het wel een avontuur – vooral omdat het geen belangrijke beslissing betrof. 'Oké. Ik heb een besluit genomen. Ik wil zo'n semi.'

In Lynns kantoor hing Kara de hoorn op en bleef er even lachend naar staan kijken. Toen zag ze hoe laat het was, keek snel om zich heen en besloot dat ze nog wat tijd had om een en ander te doen. De stapels tapes op de grond bij de bank moesten maar blijven liggen; ze zou wachten tot ze voldoende tijd had om ze netjes op te bergen in plaats van ze ergens onder te duwen. Maar ze kon in elk geval nog Lynns bureau en de tafels opruimen.

Wat een heerlijke verrassing om een hele ochtend te hebben waarin ze alle rommel kon opruimen. Dat kon ze alleen doen wanneer Lynn niet aanwezig was, anders zou ze daar haar handen staan wringen en jammeren dat ze niets kon vinden als ze niet in haar eigen bergen rommel kon rommelen.

Wat een wonderbaarlijke bof voor Lynn dat ze iemand had die haar tijd in beslag nam, dacht Kara.

En het zou vooral heerlijk zijn haar het nieuws over te brengen dat Dennis Orrin net telefonisch had meegedeeld dat de show van morgen zou worden gebruikt om de markt mee uit te proberen.

Lynn zou zo ongeveer op haar kop gaan staan; dit soort dingen maakte de mogelijkheid dat haar shows nationaal zouden worden uitgezonden steeds waarschijnlijker. En Kara's lach werd nog breder, elke keer dat ze zich voorstelde wat er zou staan bij de aftiteling die volgende week in een zestal steden te zien zou zijn: OPGENOMEN DOOR WDSE-TV, BOSTON. En een paar regels daaronder: PRODUCENTE: KARA MILLET.

Ze keek nog eens op de klok. Nog twintig minuten voor ze weg moest om Lynn en haar nieuwe vriend te ontmoeten om mee te gaan lunchen. Ze zou het bureau opruimen, het stof uit haar haren schudden en de extra blouse aantrekken die ze altijd in de kast in de Groene Zaal had hangen. Dan had ze nog net genoeg tijd over om haar zussen te bellen en het nieuwtje te vertellen – en dan pas haar moeder, die kon haar dan niet voor zijn met het bericht door te geven.

Kara hief haar glas wijn op. 'Op de nieuwe nationale Lynn Marchette-show'.

'Ik weet iets nòg beters,' zei Greg, en hief zijn glas op. 'Op de nieuwe nationaal best bekeken presentatrice.'

Lynn glimlachte. 'Moet ik nu iets bescheidens zeggen? Mezelf wegcijferen soms?'

'Ben je gek?' zei Kara. 'Dan zou ik een dokter roepen.'

'Wanneer maak je de proefuitzending?' vroeg Greg. 'Hebben ze al een datum vastgesteld?'

Lynn schudde haar hoofd. 'De eerste maanden nog niet. QTV wil volgende week de show van morgen in Chicago en Los Angeles en andere plaatsen uitzenden. Ze hebben een goed programma uitgezocht – vrouwen die vrouwelijke gezondheidsproblemen bespreken waarvan wordt gezegd dat mannelijke artsen ze kleineren.

En dus stellen ze een tape beschikbaar aan de belangrijkste stations, in ruil voor kijkcijfers. Dan slaan ze aan het analyseren en besprekingen houden, laten alles bezinken en voeren weer nieuwe besprekingen...'

'Je ziet er niet erg blij uit.'

'Het is ook zo frustrerend. Ik weet dat ze tijd nodig hebben om de zaken op een rij te zetten. Ze willen de belangrijkste maatschappijen interesseren. Zo bekijk ik het als ik mezelf dwing het zakelijk te beschouwen.'

Kara zei: 'Maar om je de waarheid te zeggen, we popelen om te kunnen beginnen. We kunnen ons nauwelijks meer beheersen.'

'Ik wil dat ze me morgen dagelijks in het hele land kunnen zien. Vandáág nog.'

Lynns salade werd gebracht en ze beet in een blad.

Kara staarde haar aan.

Lynn vroeg: 'Wat is er aan de hand?'

'Dat ruikt naar knoflook. Ik ruik het zelfs hier.'

'O.' Lynn keek Greg aan. Kara had gelijk; haar mond brandde al na nog maar één hapje. Had ze zo weinig afspraakjes met leden van het mannelijk geslacht dat zaken als 'slechte adem' haar moesten worden bijgebracht?

Greg loste het probleem op de hem eigen manier op van alles al door te hebben vóór het vraagteken geplaatst was; hij nam een stukje sla en stopte dat in zijn mond. Al kauwend keek hij Lynn en Kara aan.

'Ik denk dat ik aan een andere tafel ga zitten,' zei Kara.

'Hij is volmaakt.'

'Ja, hè?'

Kara keek haar even strak aan. 'Geen nare gewoonten die ik niet merkte? Geen irriterende dingen?'

Lynn lachte. 'Niets, tenzij je vergeet dat hij overal waar hij rondloopt verpakkingspapier van Tums achterlaat.'

'Is hij zo sexy als hij eruitziet?'

Lynn kreeg een kleur en er kwamen allerlei beelden van de afgelopen nacht bij haar boven – en van die ochtend in de paskamer. 'Hij moet alle artikelen hebben gelezen die ooit zijn geschreven over hetgeen vrouwen wensen.'

Kara lachte even. Lynn keek in de spiegel in de damesgarderobe hoe Kara haar wenkbrauwen met een tandenborstel gladstreek. Het was een oud, oranje ding dat er onfris uitzag, en Lynn had het haar al zien gebruiken vanaf het begin van hun tijd samen als produktie-assistenten.

Het gezellige effect ervan deed haar warm aan.

Ze had er eens een show over gebracht, de belangrijkheid van vrienden voor mensen die weinig familie hadden. De vrienden werden dan een grote steun en daardoor familie. Dat had elke idioot je kunnen vertellen, maar zoals met veel ogenschijnlijk elementaire waarheden werden ze pas echt levend en aannemelijk zoals Lynn ze demonstreerde en onder woorden bracht in de omgeving die zij speciaal daarvoor creëerde.

Lynn zei: 'Merk je iets anders aan me?'

'Bedoel je de lach? De goede bui? Het feit dat je al een week lang een man kent die je nog niet om geld heeft gevraagd?'

'Nee, dìt bedoel ik.' Lynn tilde haar voet op. Onder de doorzichtige stof van haar panty was, een centimeter of wat boven haar enkel, een blauwe artdeco G te zien, met daaronder de omtrek van een paar gulle rode lippen.

Kara hield even haar adem in. 'Wanneer heb je dat laten doen?' Ze boog zich eroverheen.

'Vanochtend. Het was Gregs idee. Een cadeau van hem.' Ze lachte. 'Hij heeft die tekening uitgezocht en noemt het een draagbare kus.'

'Fantastisch! Het ziet er niet pijnlijk uit, of zo. Deed het pijn?'

'Nee. Het is geen echte tatoeage – ze noemen het semi-permanent. Het slijt er binnen een paar weken af.'

Kara ging weer rechtop staan. 'Wat een merkwaardige man! Hoelang blijft hij hier?'

'Nog maar twee dagen. Hij is hier vrij vaak voor zaken. Ik herinner me niet dat hij me dat in Californië heeft verteld. Maar,' zei Lynn, en schudde haar krullen, zodat de lange tressen over haar schouders omlaag dansten, 'Tom Brokaw had me die avond kunnen uitnodigen om bij hem en Bryant Gumbel in een warm bad te komen zitten en ik zou het niet hebben gemerkt.'

'Denk eens goed na. Als hij dat heeft gedaan, hebben ze een vrouwelijke partner voor Bryant Gumbel nodig.'

'Laten we nu de show voor morgen maar eens bekijken. Ik kan me nauwelijks voorstellen dat ik een hele ochtend heb vrijgenomen op de dag vóór zo'n belangrijke uitzending.'

'Je wist het niet. Maar word nou niet te gespannen, hè? Die show is dik voor elkaar.'

'En ik moet om zes uur weg.'

'Laat me eens raden,' zei Kara. 'Uit eten met de draagbare kus.'

'Goed geraden. En wie nog meer, denk je?'

'Wie nog meer? Mary? Dennis?'

Lynn schudde haar hoofd. 'Booboo.'

Kara staarde haar aan. 'Nu al?'

'Vind je dat te gauw?'

'Ik kende je al een jaar voordat ik je broer leerde kennen. Ik ben, geloof ik, alleen maar geschrokken – geschrokken omdat je zo gauw zo ernstig hierin opgaat.'

Lynn deed haar tas met een klik dicht. 'Maar ik neem hem niet mee om kennis met mijn familie te maken. Mijn broer en ik hebben de laatste keer dat ik daar was deze afspraak al gemaakt, en ik zou het vervelend vinden die nu af te zeggen. Je kent Angela. Als ik vanavond niet kom, is ze boos op me omdat ik Booboo teleurstel.'

'Laat haar.'

'Dat kan ik niet doen!'

Kara volgde Lynn haar kantoor in. 'Je broer en schoonzus hebben hun eigen leven en jij het jouwe. Jij hebt het het drukst, vooral nu. Waarom zou jij jezelf opofferen...'

Lynn legde haar met een gebaar het zwijgen op. 'Je weet niet wat het betekent vrijwel geen familie te hebben. Jij bent omringd door stoeten zussen en schoonfamilie. De enigen die ik heb, zijn mijn broer en zijn vrouw. Ik wil geen moeilijkheden. Begrijp je dat een beetje?'

'Hm.'

'Nou ben je boos.'

Kara glimlachte. 'Ik ben niet boos. Houd er maar over op. Jij hebt besloten Greg mee te nemen naar Booboo en Angela.'

'Ik had Greg willen zeggen dat ik vanavond bezet was. En toen dacht ik eraan dat Angela altijd zeurt dat ik iemand moet meenemen. En dus... breng ik iemand mee.'

Angela kwam de keuken in en trok haar neus op. 'Wat ruikt daar zo sterk?'

Booboo grinnikte. 'Knoflook. Heel fijn gehakt. Een paar grote lepels vol. Daarom zijn mijn Mexicaanse schotels altijd zo geliefd. Het tijdschrift *Gourmet* kan elke dag vragen of ze hier een fotoreportage mogen komen maken.'

'Ik zal even spuiten,' zei ze, en liep weg.

Even later klonk het gesis van haar lievelingsgeur, Lenteregen van Glade. Het geluid kwam en ging terwijl ze door de huiskamer, eetkamer en vestibule liep.

'Blijven Lynn en haar vriend hier slapen?'

'Nee,' zei Booboo. 'Ze heeft morgen een belangrijke show.'

Angela kwam naar de keuken en sprak over de halve deurtjes heen. 'Dan is dit geen goede avond om laat met een man op stap te zijn.'

Hij haalde zijn schouders op en ging door met het hakken van de chilipepers. 'Het schijnt dat ze precies weet wat ze doet.'

'Ik weet het zo net niet,' zei Angela weifelend.

'Nou ja, we zullen zien. Het klinkt zo alsof die man een echte heer is.'

'Hij komt uit Californië.'

'En?' zei Booboo. 'Daar hebben ze óók heren.'

'Moet ik een karaf water op tafel zetten? Met al dat pittige eten...'

'Hm. Doe er dan wat ijsblokjes in, en een paar schijfjes citroen.'

Ze pakte een citroen uit de koelkast. 'Is deze al gewassen?'

'Ja.'

'Weet je het zeker? Het etiketje zit er nog op.'

'Dan misschien niet. Wat was zijn naam ook weer, zei ze? George?'

'Greg.' Ze keek eens naar zijn kakibroek en T-shirt. 'Verkleed je je nog?'

'Zodra ik klaar ben met dit dipsausje.'

Terwijl hij op zijn beurt voor de douche wachtte, streek Greg een overhemd. Lynn had een strijkijzer in haar slaapkamer met een handig strijkplankje zonder poten dat op een marmeren tafeltje stond. Terwijl hij bezig was, keek hij terloops naar de andere dingen die daarop stonden – een rij boeken tussen boekensteunen die waterspuwers voorstelden, een sieradendoosje met glazen deksel en een paar ingelijste foto's.

Op een ervan stonden Kara en Lynn op een strand, met op de achtergrond palmen. Lynns haar was toen veel korter. En Kara was ook anders. Hij moest goed kijken om te zien wàt er anders was: ze had het haar in vele vlechtjes, met daartussenin allerlei hangers.

Op een grotere foto stond een aantal mensen die aan een banket aanzaten, onder wie ook Lynn en Kara, met een vent die bijna kaal was en een smoking droeg. Hij hield een of andere eremedaille in de hand.

Aan het eind van het marmeren tafeltje stond een fotocollage waarvan sommige foto's zwart-wit waren. Hij zette zijn strijkijzer neer, nam de collage op en bekeek die terwijl hij weer doorging met persen.

Ze schenen allemaal van Lynn en haar broer te zijn. Op de onscherpe oudere foto's stonden mensen die waarschijnlijk hun ouders waren; op de nieuwere stond een andere vrouw, misschien de vrouw van Lawrence – hoe heette ze ook weer? Angela?

Lawrence was lang, twee hoofden groter dan Lynn. Hij leek wel zo te zijn geboren, want er waren geen foto's waarop hij klein was. Gek dat zo'n reusachtige kerel zo'n kinderachtige bijnaam had.

Op de jeugdfoto's stond Lynn als een heel mager meisje in een te grote broek en te lange jurken. Ze stond nooit rechtop en zat ook scheef; de camera trof haar altijd als ze erbij hing.

Greg schudde een mouw uit en dacht na over het contrast tussen die Lynn en degene die hij nu leerde kennen.

Die van nu zat vol zelfvertrouwen aan de tafel te lunchen wanneer mensen voorbijliepen en ze wist dat ze herkend werd en was trots op die aandacht, had er recht op. Ze liep rechtop, hoofd omhoog en sierlijk – ze was echt een verschijning.

Merkwaardig hoe sommige vrouwen zich ontwikkelden.

Hij wilde haar aan het werk zien en had erop aangedrongen de volgende dag bij haar show aanwezig te zijn. Maar nee, hoor. Ze was heel duidelijk geweest. Deze keer niet, bij die show was de spanning al groot genoeg.

Een andere keer.

Hij trok de stekker uit het stopcontact en hing het hemd over een knaapje.

Er waren geen jeugdfoto's van hem. Zijn ouders hadden geen fototoestel gehad – noch een huis of land, een auto of zelfs maar pannen om in te koken. Ze waren landarbeiders geweest, het soort dat door het hoger staande onderhoudspersoneel van een plantage 'kreupelhoutslaven' werd genoemd. Want het groene gras werd een soort kreupelhout onder de meedogenloze zon van het zuidelijk middendeel van Californië als het niet steeds door arbeiders met water werd besproeid.

Hij had zijn vroegste jaren doorgebracht op een reeks luxueuze plantages in de buurt van Aguanga, terwijl zijn familie als losse arbeiders werkte; zo trokken ze van de ene plantage naar de andere, mee met de behoeften en wensen van de eigenaren. Hun huis was een of andere vervallen hut die aan losse seizoenarbeiders werd toegewezen; de kreupelhoutslaven kregen de slechtste onderkomens, en het was niet ongebruikelijk dat Greg en zijn ouders en zusjes een kamer met twee andere gezinnen moesten delen.

Dat leven lag allang achter hem. Zijn flat nu was een paleis van vijf kamers met chroom en zwart glas en alle pannen die hij zich maar kon wensen. Maar hij kwam nooit langs een ouderwetse ranch zonder eraan te denken hoe vreemd die hem nog steeds voorkwam.

Lynn was nerveus, maar Greg blijkbaar niet. Hij complimenteerde Booboo met zijn kookkunst en zei dat hij Angela's halsketting zo mooi vond. Hij deed alsof hij niet merkte dat Angela hem in alle opzichten – behalve met een liniaal – opmat. Ondanks al het gedrein leek Angela, nu Lynn werkelijk iemand had meegebracht, heel beschermend en achterdochtig.

‘Werk je?’ vroeg ze aan Greg, die nog wat van de Mexicaanse schotel nam die Booboo had toebereid.

‘Natuurlijk werkt hij,’ zei Lynn. ‘Hij is bij een reclamebureau.’

‘Nee, dat is niet waar,’ zei Greg.

Lynn keek geschrokken. ‘Maar je bent hier toch voor zaken?’

‘Ja, maar geen zaken die iets met reclame hebben te maken.’

Lynn spreidde langzaam wat spinaziedipsaus over een cracker uit en viste de overhangende slierten omhoog.

‘Wat doe je dan wel?’ vroeg Booboo rustig.

‘Ik ben vertegenwoordiger van Texaco en bezoek onze grootste stations in het hele land.’

Booboo knikte. ‘*Troubleshooter*.’

‘Juist. Ik bouw hun moraal op, luister naar klachten...’

Booboo haalde zijn schouders op terwijl hij Lynn aankeek alsof hij wilde zeggen dat het er niet toe deed.

Maar zij was geschrokken.

‘Waarom heb je me nooit verteld dat je voor Texaco werkte?’ vroeg Lynn zodra ze weer in haar auto zaten.

Hij ontkoppelde en reed achteruit de oprit af. ‘Je hebt niets gevraagd.’

Ze hield met moeite een scherpe opmerking binnen en gaf geen verder commentaar; ze moest nadenken.

Waarom ben je eigenlijk boos? hoorde ze de stem van Mary vragen, en ze moest antwoorden: Omdat ik voor mijn familie voor gek stond. *Is dat alles? Maar Greg heeft gelijk. Je hèbt hem niets gevraagd.*

‘O, nee,’ kreunde Lynn, en liet zich op haar stoel onderuitzakken.

‘Is het zó erg? Ik ruik toch niet naar benzine, is het wel? Ik heb geen zwarte vetrandjes onder mijn...’

‘Houd toch op. Ik ben idioot. Wat egoïstisch van me. Ik zit zo vol van mijn show, mijn mogelijke landelijke uitzendingen, dat ik zelfs geen beleefde vraag heb gesteld, en ik heb je zeker niet uitgehoord.’

Greg draaide zich even om teneinde te kijken of er iets aankwam en zei: ‘Moet ik hier naar het zuiden?’

‘O, ja. Sorry. Ik keek niet.’

‘Het lijkt of de auto het zelf al weet. Hij doet alles automatisch.’

‘Alles, zei de verkoper, alleen maakt hij geen lunch klaar. Vind je m’n wagen mooi?’

‘Geweldig. Dank je dat ik hem voor je mag rijden. Wat heeft Boston leuke voorsteden! Veel leuker dan Los Angeles. Hé, kijk eens naar dat wasbeertje op het gras daar. Ik lees overigens wel veel over hondsdolheidsproblemen hier in het oosten.’

Lynn keek even. ‘Hij ziet er gezond uit. Je moet ze uit de weg gaan als ze zich slingerend bewegen en vreemd doen. Het spuug van een hondsdol dier is fataal als je daarmee in aanraking komt. Als je dan niet onmiddellijk injecties krijgt, ga je dood.'

'Kom je hier uit de buurt vandaan?'

'Nee. Ik wist zelfs niet wat een voorstad was. Booboo en ik zijn op een boerderij opgegroeid, in Oost-Tennessee. Onze ouders hadden het zó druk met te proberen in leven te blijven, dat ze voor niet veel anders tijd hadden; dat was hun bestaan.'

'En slaagden ze daarin?'

'Ze zijn beiden maar midden veertig geworden.'

Greg nam een rolletje Tums uit het zakje van zijn overhemd en stak er een in zijn mond. 'Ze moeten er ooit goed hebben uitgezien. Je broer is een knappe kerel. En jij krijgt geen tien voor je uiterlijk, maar een twaalf. Hoe is hij aan die bijnaam gekomen?'

'Zo noemde hij zichzelf. Lynns booboo. Vóór hij broertje kon zeggen.' Ze lachte even. 'Ik weet dat het stom klinkt en zou hem Lawrence moeten noemen. Maar hij is mijn enige familielid. Mijn booboo.'

'Geen wonder dat je zo veel van dieren af weet, met zo'n achtergrond.'

'Als je te midden van beesten opgroeit, leer je veel. Je moet de volgende afslag nemen. Dan komen we weer bij de brug.'

'Maar jij en Booboo zijn wel gaan studeren?'

'Hij heeft mij geholpen en is toen zelf gaan leren. Hij zei altijd dat ik veel ambitieuzer was.'

'Is dat zo?'

'Ja.' Het was gemakkelijk zo iets tegenover Greg te bekennen.

Hij kneep haar even in haar dij. 'Sexy.'

'Wat?'

'Jij. Zoals jij bent.' Hij liet zijn hand onder haar mantel glijden, over haar maag en toen naar beneden. Zijn vingers drukten. 'Zo eerlijk. Een echte ster.'

Hij wond haar op, maar ze zei: 'Daar kun je beter mee ophouden.'

'Waarom?'

'Je zit achter het stuur.'

'Ik kan met één hand sturen.'

'Toch begrijp ik niet...'

Hij liet zijn hand nadrukkelijk omlaagglijden en ze kon een rilling van genot niet onderdrukken.

'Ik heb maar één hand nodig om...'

'Zeg het niet,' zei ze. 'Dat klinkt zo grof.'

'Als je echt eerlijk was,' zei Greg zachtjes, 'zou je niet proberen me tegen te houden. Ik voel je reactie, Ster. Doe je ogen dicht en kom.'

Later, in haar bed, terwijl Greg op haar rug naar de sluiting van haar beha zocht, vroeg Lynn: 'Hoe kwam je in L.A. bij die mensen naast ons? Die waren toch van een reclamebureau, maar jij werkte daar niet.'

'Hm?'

'In L.A. Die avond waarop we elkaar leerden kennen. Ik dacht dat iedereen die aan dat tafeltje zat bij het Bailiss Agentschap werkte.'

'Waarom dacht je dat?'

'Het leek zo. Een stel mensen die samen werken en uit eten waren gegaan.'

Hij trok haar beha uit, streelde haar rug tot haar middel en drukte haar dicht tegen zijn eigen blote borst aan. Ze voelde zijn harde, stevige lid tegen zich aan en begon sneller adem te halen.

Vóór ze nog iets kon zeggen, kuste hij haar, hield haar hoofd vast en gebruikte zijn tong. Hij bleef doorgaan en hield nauwelijks op om adem te halen; Lynn raakte buiten adem.

Ze wist dat ze nog een stel vragen moest stellen, maar die leken steeds onbelangrijker.

'En nu "OUT",' klonk de stem van de regisseur uit de speakers van de studio.

Het applaus ging door, zelfs al hadden leden van het personeel in de zaal die het applaus leidden, opgehouden met aanwijzingen te geven toen ze de stem van de regisseur hoorden. Lynn wierp het publiek een kushand toe. Ze vond het heerlijk als men zo bleef klappen.

Met uitgeschakelde microfoons liepen de artsen de zaal uit. Lynn gaf elk van hen een hand.

'Voor het geval je het nog niet mocht weten,' zei Kara toen ze elkaar tussen de drukte in de Groene Zaal tegenkwamen, 'deze tape is niet alleen voor Boston. Bel je familie en vrienden op in Chicago, L.A., Cleveland, Detroit, Baltimore en Minneapolis. De uren van uitzending liggen op het tafeltje bij de deur.'

Tien minuten later was de zaal leeg. Kara en Lynn vielen neer op de bank. De produktie-assistente liep rond en ruimde wat op.

'Ga zitten, Pam,' zei Lynn. 'Neem even rust.'

'Zodra ik het ergste aan kant heb. Een geweldige show, allebei gefeliciteerd.'

'Ongelooflijk,' zei Kara, wel voor de vierde of vijfde keer. 'Ze waren allemaal fantastisch. En jíj was op je best, Lynn. Béter dan best. De uitdaging gaf je inspiratie.'

'Ze applaudisseerden langer dan ze hoefden te doen. Heb je dat gemerkt?'

'Heb ik dat gemèrkt? Natúúrlijk! Wat dacht je dan?'

Lynn stond op en zocht tussen de resten van de etenswaren naar een nog heel koffiebroodje. Ze brak het in tweeën en gaf de helft aan Kara.

'Zijn er geen volkorenbroodjes meer?' vroeg Kara.
'Nee,' antwoordde Pam. 'Zal ik er wat laten halen?'
'Laat maar zitten.' Kara beet in haar broodje. 'Ik loop wel een paar keer de trap op en neer. Er zijn gelegenheden die gewoon vrágen om een dikmakend koffiebroodje.'
'Werd er te veel over vet gesproken?' vroeg Lynn. 'Hebben we ons zo nauwkeurig aan de medische achtergronden gehouden als we van plan waren?'
'Dat heb ik gehoord,' zei Dennis Orrin, die kwam binnenlopen en naar Lynn keek. 'Maak je je alweer ongerust? Kun je nooit eens rustig alle lof aanvaarden? Het was een geweldige show!'
'Ik was bang dat hij te oppervlakkig zou overkomen,' zei Lynn. 'Heb je iets gehoord wat je nog niet wist?'
'Dat hebben we allemaal,' zei Pam. ''Ik wist niet dat er verschil van mening bestond over het al dan niet innemen van calcium door vrouwen in en na de menopauze. Ik heb mijn moeder altijd gezegd dat ze het moest nemen.'
Kara zei: 'Ik wist niet dat je door osteoporosis zo misvormd kon raken. Die arme vrouw.'
Lynn fronste haar voorhoofd. 'Welke vrouw?'
'Degene die de vraag over magnesium stelde. Weet je wel? Zo in de derde ronde.'
'Die kleine vrouw in het geel. Ja? Ik heb geen misvorming gezien.'
'Je stond recht tegenover haar. Je moet de tape maar eens bekijken.' Kara liep naar de muurtelefoon. 'Evan? Ik ben in de Groene Zaal. Kunnen we een klein stukje van de show zien die we net hebben opgenomen? Even vóór de derde ronde.'
Lynn kreunde toen ze de opname van opzij zag. 'Ze heeft bijna een bochel. Wat verschrikkelijk!'
'Weet je dit nog?' vroeg Dennis, toen het beeld veranderde. Hij wees op een van de artsen die in het panel zaten. 'Summiere samenvatting van de situatie.' Hij zette het geluid wat harder.
'Er wordt absoluut onvoldoende research gedaan naar de menopauze,' zei de vrouw. 'Als mannen zo'n vijftig worden en geen erecties meer zouden krijgen, zouden we heel wat meer horen over de problemen van het ouder worden.'
'Juist,' zei Kara. 'Iemand van het panel zegt iets dat briljant is, en ook nog eens grappig en schandalig, en dat uitgerekend in de show die als proef voor een landelijke uitzending gebruikt gaat worden. Is het niet fantastisch zoals de dingen soms uitpakken?'

'Ik ben blij dat je me belt,' zei Lynn. 'Ik heb in gedachten steeds met je gepraat.'
'Wat zei je dan?' vroeg Mary Eli.

'Ik heb je al mijn fantastische nieuwtjes verteld.'
'Zo?' zei Mary. 'Op je werk of privé?'
'Val niet flauw. Op beide.'
'Geweldig! Nou, je weet wat ik altijd zeg.'
Lynn grinnikte. 'Weet je wel hoeveel je altijd zegt? Welke van je achthonderd uitspraken bedoel je?'
' "Alle boten drijven als het vloed wordt." '
'Ik kan er een eed op doen dat ik je dat nog nooit heb horen zeggen.'
'Nee? Nou, stel het je eens voor. Maar vertel me nu wat er allemaal is gebeurd.'
'QTV wil me landelijk gaan uitzenden. Ze zijn vanuit L.A. hierheen gevlogen...'
'Wat fantastisch!'
'... en het schijnt dat ik alle tests met goed gevolg heb afgelegd, hoe die dan ook waren. We hebben zojuist een show opgenomen die als proef in een stel steden zal worden uitgezonden om bij hun samenwerkende maatschappijen wat los te maken. De volgende stap is dat we een echte proefuitzending maken. Als alles goed verloopt, kan mijn show over een paar maanden in het hele land worden ontvangen.'
'Lynn, dat is enorm! Ga je verhuizen?'
'Nee. We nemen alles in Boston op. Het enige wat ik moet doen, is hetzelfde dat ik nu al doe.'
'Kara ook?'
'Natuurlijk Kara ook.' Lynn leunde achterover op haar bureaustoel en stak haar benen recht voor zich uit. Toen liet ze haar schoenen vallen. 'En ik heb in Californië een man ontmoet, een fantastische man, die Greg Alter heet.'
'Heerlijk!'
'Hij is nu voor zaken hier en we hebben het prima samen. Hij heeft Kara al leren kennen, en ook mijn broer en schoonzus...'
'Hoe ging dat?'
'Ze zijn dol op hem.'
'Vertel me eens wat meer.'
'Hij is vertegenwoordiger van Texaco en bezoekt exploitanten van benzinestations. Hij is zo'n een meter tachtig, gebruind – dat is daar gewoon wettelijk verplicht – kent wijnen... gaat graag uit...'
'Hoe oud is hij?'
'Misschien drie of vier jaar ouder dan ik. Veertig, denk ik, misschien tweeënveertig.'
'Wéét je dat niet?'
'Ik weet eigenlijk helemaal niet veel. We moeten elkaar nog nader leren kennen. Om je de waarheid te zeggen,' zei Lynn, keek naar de open deur van haar kantoor en begon toen zachter te praten, 'ben ik

de afgelopen vijf dagen alleen maar aan het werk geweest of heb met hem in bed gelegen. Het enige dat ik van zijn smaak af weet, is dat hij dol is op goede koffie, en ik heb altijd alleen Maxim. Verder is er nog nauwelijks tijd geweest om zelfs maar te ontdekken of hij 's ochtends cornflakes eet.'

Mary's diepe lach klonk door de telefoon. 'En dat heb je me allemaal in gedachten verteld? Tja, ik moet al dat goede nieuws even verwerken. Wanneer mensen bij mij binnenwandelen, is het meestal niet om me te vertellen dat ze de kans van hun leven op hun werk hebben gekregen of dat ze zo'n heerlijk seksleven hebben. Gefeliciteerd, Lynn.'

'Dank je. Ik zou het leuk vinden jullie aan elkaar voor te stellen.'

'Wat denk je van volgende week zondag? Gideon en ik hebben dan een barbecue op de patio. De laatste van dit seizoen. Daarom belde ik je eigenlijk.'

'Dan is Greg niet hier. Hij gaat morgen terug.'

'Wat jammer! Probeer eens uit te vissen wanneer hij weer komt; dan kunnen we iets regelen.'

Voor hun laatste avond wilde Greg haar iets heel bijzonders aanbieden.

'Alle clichés,' zei hij, terwijl hij in de huiskamer was en zij zich in de slaapkamer verkleedde. 'Kaarslicht, dansen, champagne.'

'Het klinkt verrukkelijk. Waar?'

'Dàt is een verrassing.'

Lynn verscheen op de drempel en hing haar werkrok op een hangertje. Ze had haar blouse en panty nog aan. 'Je moet het me tòch zeggen. Hoe zou ik anders moeten weten wat ik moet aantrekken?'

Greg stond op en liep snel op haar toe om haar door haar panty heen te betasten.

'Greg.' Ze lachte en deed een stap achteruit.

Hij zei: 'Je moet eens in zo'n catalogus rondsnuffelen waarin ze pikant ondergoed aanprijzen. Dan zou ik je kunnen aanraken en klaarmaken zelfs terwijl je deze dingen draagt.'

'Maar het gaat om nú,' zei ze en liep verder weg toen hij probeerde haar te grijpen. 'Nu is het probleem wat ik wel en wat ik niet moet aantrekken.'

'Wil je me afleiden?'

Ze lachte weer. 'Ja.'

Bruusk liet hij zijn handen zakken en lachte verleidelijk.

'Wil je niet dat ik je klaarmaak?'

Lynn trok een afwerend gezicht. 'Zeg het niet zó.'

'Sorry. Het is je eigen schuld, want je ziet er zo heerlijk uit. Dan word ik dierlijk.' Hij kuste haar keurig op het voorhoofd. 'Ik dacht dat je het leuk vond als ik sexy met je sprak.'

'Soms. Maar niet zo... ronduit.' Ze lachte even. 'Hoe dan ook, nu moet ik me aankleden.'

'Ik help je wel.' Hij ging naar de kast en duwde haar kleren heen en weer.

'Je hoeft niet...'

'Laten we iets gekleeds nemen. We gaan naar het dakterras van de Ritz.' Hij draaide zich om teneinde haar reactie te zien.

'Verrukkelijk.'

'Ik heb Kara gevraagd wat de meest romantische plekjes hier waren. Hier. Doe dit aan.' Hij stak haar een lang, zwart gewaad met heel dunne spaghettibandjes toe.

'Dat is een nàchtjapon.'

'Maar sexy! Je kunt er dwars doorheen je tepels zien.'

Lynn verbeet zich. Vastbesloten nam ze de hanger van hem over en hing die weer in de kast. Toen bracht ze hem naar de huiskamer, duwde hem neer op de bank en nadat ze de deur van de slaapkamer achter zich had gesloten, liep ze weer naar de kast.

De Ritz. Ze wist precies wat ze moest aantrekken.

Ze ritste een kledingzak open en nam er de witte cocktailjurk uit met de grote parelmoeren lovertjes, de jurk die ze samen met Kara had gekocht toen ze naar L.A. ging. Ze bukte zich, keek in een paar schoenendozen tot ze haar zilveren sandalen had gevonden en paste er een. Ja. Prima bij die jurk, en het enkelbandje net onder haar tatoeage, waardoor die des te meer opviel.

Het prijskaartje hing nog aan de jurk. Ze was al bang geweest dat hem hetzelfde lot beschoren zou zijn als de paar andere cocktailjurken die ze in de loop van de jaren had gekocht. Ze bleven in haar kast hangen tot ze niet meer in de mode waren; dan knipte ze de prijskaartjes eraf, want het was te gek om ze weg te geven met het prijsje er nog aan.

Ze was eens op haar verjaardag, in de Ritz geweest, met Booboo en Angela. Booboo had het gewild en had alles betaald, hoewel hij toen nog maar een klein filiaal beheerde.

Bij de toost had Angela haar een vriend toegewenst die 'je meeneemt naar plekjes zoals hier'.

Lynn had gezegd wat ze altijd zei als Angela het over die boeg gooide – dat ze liever zelf rijk was dan met iemand uitging die rijk was, waarop Angela haar had aangekeken alsof ze Swahili sprak.

Maar in feite had ze slechts wat gepreveld. Haar dappere reactie was wel waar, zoals altijd, maar het was toch ook iets dat ze zichzelf wilde horen zeggen. Omdat datgene wat voor Angela slechts een eenvoudige opmerking was, voor Lynn een soort steltlopen betekende. Afgezien van de economische aspecten leek het alsof ze maar geen relatie kon krijgen die echt de moeite waard was.

Toen Angela die toost uitbracht, ging ze veel uit met Mark Manatay.

Ze hadden elkaar op een radioconventie in New York ontmoet. Mark was programmaleider van een all-jazz FM-station in Portland, Maine.

'Boston,' had hij peinzend gezegd toen hij naar haar naamkaartje keek. 'Wat zeggen ze ook altijd weer? "Daar komen de bonen en de kabeljauw vandaan." '

'Ja. Maar ik zal tegen jou niets over kreeft zeggen als jij ophoudt Boston belachelijk te maken.'

Hij lachte. Het was een aanstekelijke lach, het soort lach dat aangeeft dat de persoon in kwestie vaak lacht. Hij was spraakzaam en opgewekt, droeg bretels en bracht pinda's in een servetje voor haar mee toen hij haar frisdrank ging aanvullen.

Die avond hadden ze samen gegeten. Hij stelde intelligente vragen over haar werk en beschreef zijn liefde voor muziek, zijn flat in Portland, zijn twaalfjarige dochter, de ex-vrouw met wie hij, om het kind, nog steeds contact hield.

De volgende dag was de laatste dag van de conventie. Lynn en Mark waren naar verschillende seminars geweest, maar ze lunchten samen en dineerden ook met z'n tweeën. Tegen die tijd praatten ze samen al zo gemakkelijk alsof ze elkaar veel langer kenden. Ze wist dat ze hem altijd overal het zout moest aangeven, omdat hij dat bij alles gebruikte. Hij bestelde hete, gepeperde pizza voor haar.

Afgezien van de langdurige telefoontjes met zijn dochter, waarvoor hij zich excuseerde, bracht hij de meeste tijd met Lynn door als zij niet naar vergaderingen of workshops moest. Wat haar betreft, voelde ze zich in zijn gezelschap zó prettig, dat ze zich af en toe moest voorhouden waarom ze daar eigenlijk aanwezig was.

Ze namen samen een taxi naar La Guardia. Hij bracht haar naar haar gate, omhelsde haar, gaf haar een zachte kus en zei dat hij zou bellen.

Toen er twee weken waren verstreken en ze niets hoorde, dacht ze dat zij hem het idee moest hebben gegeven dat een telefoontje van hem niet welkom zou zijn. Dus belde ze hem op zijn station op, kreeg zijn secretaresse en liet haar naam en telefoonnummer achter.

De volgende dag belde hij terug. Hij had aan haar gedacht. Kon ze een weekend naar Portland komen? Hij hoopte dat ze kon en had alvast een kamer in een hotel voor haar gereserveerd.

Die twee weken stilte hinderden haar, maar ze zette het van zich af en nam zijn uitnodiging aan. Ze ging op donderdagmiddag na het werk winkelen en kocht een mooie koraalrode trui en bijpassende lippenstift. De volgende avond vloog ze in weer en wind naar Portland.

Hij haalde haar af van de luchthaven en bracht haar naar hotel Radisson. Terwijl zij haar nieuwe trui aantrok, ging hij naar beneden om een krant te kopen – en kwam een uur later vol excuses terug. Hij had met zijn ex-vrouw getelefoneerd; er waren problemen met zijn dochtertje die zijn aandacht vroegen en het speet hem dat ze helemaal hierheen was gekomen, maar...

Maar er waren grenzen, en Lynn had die nu bereikt. Ze ging terug naar Boston en bracht het weekend alleen door, werkte wat administratie door, keek naar Chip en de vogels die op het natte terras hun eten kwamen halen en was zelfs te veel van streek om Kara te bellen.

Mark verontschuldigde zich uitgebreid op haar antwoordapparaat; die boodschap wachtte 's maandags op haar. De crisis was voorbij. Hij vond het vreselijk dat het weekend al voorbij was voordat het nog was begonnen, maar helaas gingen kinderen voor. Konden ze het nog eens opnieuw proberen? Hij was zo op haar gezelschap gesteld.

Ze liet hem wachten, overwoog de zaak nauwkeurig en besloot eindelijk hem het voordeel van de twijfel te gunnen. Problemen die ouders hebben, schiepen soms bizarre situaties.

Ze raakten eraan gewend elkaar over en weer te bezoeken, gingen naar films omdat Lynn daarvan hield en naar jazzclubs omdat Mark die leuk vond. Maar wat ze ook deden, er waren altijd lange pauzes tussen de afspraken in voor telefoongesprekken, en er werd herhaaldelijk afgezegd. Maar zo scheen het te zijn als degene op wie je verliefd was ook ouderlijke plichten had.

Booboo en Angela wisten al gauw dat ze een vriend had en drongen erop aan dat ze hem meebracht voor haar verjaarsdineetje.

Mark nam de uitnodiging niet aan, want er was iets op school waar hij naartoe moest.

Twee weken later kwam hij naar Boston en gingen ze naar de Parallel Bar, een donkere club waar de band krassende klarinetmuziek speelde, vrijwel zonder ophouden, en Mark genoot. Hij liet haar daar de hele avond aan een piepklein tafeltje zitten in een nog kleiner stoeltje voor hij zich vooroverboog en iets zei dat ze niet verstond.

'Wat zeg je?' vroeg ze, en wuifde de rook weg.

'Ik ga naar huis,' schreeuwde hij.

Lynn dacht even dat hij nu meteen bedoelde, en haar teleurstelling maakte plaats voor verwarring, omdat er een telefoongesprek direct aan vooraf was gegaan.

'Je dochter...'

'Nee.' Hij boog zich weer naar haar over. 'Ik heb geen kind en ik heb gelogen. Sorry. Ik ga terug naar mijn vrouw. We hadden een proefscheiding...'

'Je hebt geen kind? Met wie belde je dan altijd?'

'Met mijn vrouw. Dat kon ik niet zeggen, zie je. Ik wilde niet dat je achterdochtig zou worden en zou denken dat ik misschien naar haar zou teruggaan...'

'Maar je gáát nu naar haar terug.'
'Dat wist ik toen nog niet.'
Op dat moment dacht Lynn aan Angela's verjaarstoost en alle stukjes van de puzzel vielen op hun plaats: de wens en de werkelijkheid.

Ze zat daar op dat kleine, harde stoeltje, te zeer versteend van woede en verdriet om te huilen of weg te gaan terwijl Mark maar doorpraatte – totdat eindelijk haar hersens weer gingen werken en ze de Parallel Bar uitrende en een taxi nam.

Zij en Greg namen Dover sole, dronken samen anderhalve fles champagne, vermaakten zich met de muziek en sloegen geen dans over.

Hij bewoog zich op de dansvloer zoals hij in bed deed, langzaam en weloverwogen, terwijl hij haar stevig vasthield. Lynn voelde dat anderen naar hen keken, niet omdat ze Lynn Marchette was, maar omdat ze een relatie uitstraalden waarom anderen hen benijdden.

Er was nòg iets waarnaar ze altijd had verlangd. Nu had ze iemand voor wie ze leuke kaarten kon kopen, naar wie ze kon kijken als hij sliep... en met wie ze een paar vormde op wie anderen jaloers waren.

Toen ze in de flat terugkwamen, liep Lynn naar de keuken om te zien wat ze in huis had voor ze iets aanbood. Het leek eeuwen geleden dat ze naar de supermarkt was geweest tijdens deze periode als assepoester. Wat somber keek ze rond in haar slordige keuken die ze meestal smetteloos schoon hield en goed voorzien. Al die wanorde was ontstaan doordat ze zich alleen met Greg had beziggehouden, en ze had er geen idee van wanneer hij na die avond weer aanwezig zou zijn om haar aandacht op te eisen.

Greg kwam binnen en ging achter haar staan.

'Je lijkt zo ver weg,' zei hij. 'Waar denk je aan?'

'Dat jij vertrekt. Ik mis je nu al. Wanneer kom je terug?'

'Dat weet ik niet.' Hij liet zijn hand over haar schouder heen de voorkant van haar jurk binnenglijden. 'Dat heb ik nu al de hele avond willen doen. Ik keek maar en wachtte.'

Lynn wierp haar hoofd achterover en wreef over zijn kin. 'Je hebt dan zeker geen zin in een hapje nu?'

In plaats van te antwoorden, kneep hij in haar borst, niet te hard zodat het pijn zou doen. 'Laten we naar binnen gaan, Ster.'

In de slaapkamer hielp hij haar met het openritsen van haar jurk en eruit te stappen zonder dat ze de lovertjes beschadigde. Hij bleef even staan terwijl hij haar vasthield en keek van haar jurk naar haar lichaam, heen en weer, alsof hij blij was dat ze hem eindelijk had uitgedaan. Toen kleedde hij zichzelf uit.

'Ik moest steeds aan jou denken in die panty,' zei hij. 'Zo een met een gat in het kruis. Daar zou ik zó mijn tong doorheen naar binnen kunnen steken.' Hij stapte in bed en scheen haar geërgerde uitdrukking niet te zien. 'Zou dat niet enorm opwindend zijn? Ik zou het overal kunnen doen – in jouw kantoor, in een taxi... Wat is er aan de hand?'

Ze was verstrakt. 'Ik heb je gevraagd niet zo te praten.'

'Sorry, dat was ik vergeten.'

'Ik heb je gezegd dat ik niet van dat soort taal houd...'

'Ja, dat zei je.'

'Waarom doe je het dan toch?'

Hij kwam een eindje omhoog, leunde op zijn elleboog en keek op haar neer. 'Lynn,' zei hij rustig, 'wat ik ook zei, ik bedoel het vol liefde. Het laatste wat ik wil, is jou van streek maken.'

Zijn gezicht boven haar keek bezorgd en haar afkeer ging langzaam over in een soort verlegenheid. Maakte ze een berg van een molshoop? Deed ze preuts en onvolwassen? Of, wat erger was, ondermijnde ze een veelbelovende relatie?

Nou ja, als hij het zo leuk vond overdreven sexy dingen te zeggen. Eerst had ze het ook wel leuk gevonden, maar nu bleek dat hun smaak toch enigszins verschillend was. *Zoiets kan in elke echte relatie gebeuren, idioot.* Hij ging in die taal alleen wat verder dan zij.

Nu had ze haar gevoelens kenbaar gemaakt en hij had onmiddellijk zijn gedrag veranderd. Dat was toch niet zo'n enorme verrassing! Hij wàs menselijk. En wilde ze dat niet juist hebben, iemand die echt menselijk was?

Waar had ze het dan over? Ze was terug op bekend terrein. 'Als een veelbelovend vriendje een nijnagel heeft,' had ze tegen Mary gezegd toen ze elkaar net hadden leren kennen en ze haar manieren had beschreven als ze een man leerde kennen, 'dan laat ik hem schieten. Als een vent een voet mist, dan zeg ik: "Niets aan de hand – er zal wel een nieuwe aangroeien." '

'Sorry,' zei Greg weer.

Ze zuchtte. 'Het spijt mij ook.'

'Zullen we het maar vergeten?'

Kon ze dat?

'Toe!' Hij lachte breed tegen haar, ging op zijn rug liggen en spreidde zijn armen wijd uit.

Lynn deed erg haar best zich over te geven aan het liefdesspel. Ze dacht aan de paskamer in de winkel aan de haven, waar zijn handen onder haar badpak waren gekropen. En aan haar rillingen van genot op de dansvloer.

Maar het hielp niet.

'Het gaat niet,' fluisterde ze eindelijk, toen Greg zijn hele repertoire had afgewerkt om haar te bevredigen. 'Ik kàn gewoon niet.'

'Waarom niet?'

'Ik weet het niet. Misschien te veel champagne.' Ze ging met haar hoofd op zijn borst liggen en hij sloeg zijn arm om haar heen, maar Lynn voelde dat hij gespannen was.

Uiteindelijk viel ze in slaap. Toen ze zo'n twee uur later wakker werd, hield Greg haar nog steeds vast. Ze drukte zich wat dichter tegen hem aan en sloot haar ogen.

Hoofdstuk drie

Kara kwam naar het werk met verse uienbroodjes, waar Lynn dol op was. Ze bracht er een, met boter besmeerd, naar Lynn.

'Nee, laat maar,' zei Lynn. 'Alleen koffie.'

Kara keek naar de twee lege koppen op haar bureau, terwijl Lynn zich in haar draaistoel draaide en haar toetsenbord begon te bewerken.

Kara vroeg: 'Hoe laat was jij hier al?'

'Om een uur of zeven,' antwoordde Lynn, zonder om te kijken.

Kara liep om het bureau heen en ging naast het beeldscherm staan. 'Wil je praten?'

Lynn zuchtte. 'Eigenlijk niet.'

'Gaat het over Greg? Hoe ging het gisteravond?'

'Zozo.' Nu keek ze Kara aan. 'Ik wil aan het werk, weet je. Laten we vergeten dat ik een slechte bui heb en ons gewoon in ons werk verdiepen.'

'Weet je dat zeker?'

'Ja. We moeten plannen maken voor shows en voor die proefuitzending, en... ik moet afleiding hebben. Is er iets interessants bij de post?'

'Ik heb gisteren een paar notities gemaakt.' Kara viste een paar boodschappenblaadjes en een los blaadje van een tafel die snel weer in een even grote rommel veranderde als voordat ze hem had opgeruimd. Ze trok een stoel naar zich toe. 'We hebben een telefoontje van een vrijwilliger van de dierenbescherming in Brighton. Carol Hirsh. Ze wil weten of wij een stel hondjes en poesjes kunnen laten zien en haar toestaan hun programma pleegouders voor dieren uit te leggen.'

'Is dat nu niet juist een manier om mensen aan te moedigen dieren te houden?'

'Vermoedelijk, maar...'

'Maar het is nodig. Oké. Geen hele show, anders barsten we allemaal in tranen uit en nemen een dier mee naar huis.'

'Met Kerstmis?'

Kara las haar notities door. 'Omgangsverbod. Deze rechter, van ergens op de Cape, wil komen uitleggen hoe ze die beter kunnen uitvoeren.'

Lynn haalde haar schouders op. 'Geweldig, als hij werkelijk iets te zeggen heeft dat we nog niet gehoord hebben.'

'Ik zal hem eens bellen en uithoren. Oké, een zekere – hm – Philip Tank – dat staat er, heus – belde en deed een voorstel omtrent een samenvatting over op recept verkrijgbare medicijnen. Hij krijgt zomaar wat terwijl hij voor een merknaam betaalt.'

'Niet weer datzelfde.'

'Hij zegt bewijzen te hebben.'

'Nou ja... kijk maar wat je ervan denkt. Maar hoor hem goed uit, wil je? Je weet dat ik de pest heb aan die halfzachte verhalen.'

'Ja, dat weet ik.' Ze nam haar blaadjes nog eens door. 'Dat is het wel.'

'Hoever staan we met de show over de "Parks Commission"?'

'Ik heb gisteren met die vrouw gesproken.' Kara pakte een folder. 'Pennina Russo. Ze is blijkbaar assistent-commissaris geweest – nu laten ze haar telefoontjes beantwoorden. Ze zegt ronduit dat het komt omdat ze een van de leden van het bestuur heeft uitgescholden, een zekere Allen Dray. Die probeerde steeds weer haar tot een afspraakje te dwingen.'

'Zou ze ronduit praten?'

'Ze draait eromheen. Ze was daartoe bereid tot ze ontdekte dat wij alle vier de commissarissen ook in het programma wilden hebben. Ze is pas zesentwintig.'

'Desiree Washington was achttien.' Lynn nam de folder aan, zocht het telefoonnummer op van de 'Parks Commission' en draaide het.

'Pennina Russo, alstublieft. O, dag – met Lynn Marchette. Het spijt me te horen dat je nog steeds telefoontjes beantwoordt. Ik zou dat graag voor je willen veranderen.'

Terwijl ze luisterde, pakte Lynn het beboterde broodje op en begon dat op te eten.

Eindelijk zei ze: 'Dat begrijp ik. Maar laat me je even uitleggen waarom we het op deze manier willen doen. Weet je, het versterkt jouw positie wanneer de tegenpartij ook wordt toegestaan een forum te vormen. Zo geef je hun de ruimte zichzelf schade...'

Vlak voor de lunch werd er op de deur geklopt.

'Binnen,' riep Lynn.

Pam bracht een mooi verpakte, langwerpige doos binnen. 'Voor jou, Lynn.'

Lynn keek naar het etiket. 'Het komt van een zaak die Viviane heet. Waar is die?'

Pam keek toe hoe ze het papier eraf scheurde. 'Ik dacht dat hij bij de "Combat Zone" was.'

Lynn hield even op en kreeg een vreemd gevoel. Maar Pam en Kara bleven nieuwsgierig staren, dus verwijderde ze het papier en maakte de doos open. Ze greep onder het zilverachtige papier en hield een waterval van zwarte zijde bij de schouderbandjes van namaakdiamantjes omhoog.

'Wat een jurk!' fluisterde Pam.

Er lag een kaartje in de doos. Kara gaf het aan Lynn, die de jurk over haar arm nam om het te lezen.

'Van Greg. "Voor onze volgende afspraak. Ik popel om je hierin te zien".' Ze lachte even.

'En jij zei dat het gisteravond niet goed was verlopen,' merkte Kara op. 'Ik zou weleens willen zien wat hij je stuurt als jullie avond wèl goed verloopt.'

'Ik... ik ben met stomheid geslagen. Ik dacht dat hij woedend was.'

'Geef eens hier.' Pam hield de jurk omhoog. 'Kijk eens naar het lijfje!'

'De schouderbandjes?'

'Nee.' Pam hield het kledingstukje bij zichzelf voor. De tepels van haar met een rode trui bedekte borsten staken erdoorheen.

Lynns hand ging naar haar hals.

'Lieve God!' zei Kara.

Pam draaide met de jurk om en om. 'Een tatoeage, het dakterras van de Ritz en nu dit. Ik ben diep onder de indruk.'

Kara stak haar handen uit naar de jurk. 'Laat mij eens kijken. Lynn, wat bof je! Niemand is ooit zo in mij geïnteresseerd geweest dat hij me wilde zien in iets waar je doorheen kon kijken. Laat staan dat hij me dat stuurde.'

Het duurde even voor Lynn begreep dat zij de enige was die allesbehalve verrukt was van dit geschenk.

'Zou jij het niet erg vinden zo'n ding te krijgen?' vroeg ze.

Kara en Pam hielden op met giechelen.

'Erg vinden?' herhaalde Kara. 'Ik zou die man me onmiddellijk toeëigenen. Patent op hem nemen.'

'Vind jíj het erg?' vroeg Pam.

'Ja, nogal.'

'Waarom?' vroeg Pam, zó verbaasd alsof Lynn zojuist matrasvulling voor haar lunch had besteld.

Lynn trok het lijfje van de jurk uit elkaar terwijl Kara die voor zich hield. 'Is dat sexy? Of vernederend? Twee weken geleden kende ik Greg zelfs nog niet. Om nu zó hard van stapel te lopen...'

'Soms ontwikkelt de liefde zich snel. Zoals nu bij jullie beiden,' zei Kara. 'Greg heeft je niet alleen maar leren kennen, koffie met je gedronken en gezegd: "Ik zal eens een choquerend cadeautje sturen aan die vrouw die ik maar net ken." Je slaapt al de hele week met hem!'

Tegen de tijd dat hij haar in de late namiddag op haar werk belde, was Lynn weer wat gekalmeerd.

'Heb je hem gepast?' vroeg Greg.

'Nog niet.'

'Je zult er fantastisch in uitzien.' Zijn stem had weer die verleidelijke klank die ze zich van hun eerste samenzijn herinnerde. 'Ik wil dat je hem de eerste keer dat we samen uitgaan draagt.'

'Uitgaan? Onmogelijk.'

Kara tegenover haar lachte.

Greg zei: 'Dat moet je wel doen. Daar gaat het nu net om. Maak je geen zorgen. Dat lijfje heeft kruisbanden en gaat dus alleen open als wij dat willen.' De laatste woorden fluisterde hij.

'Hoe was je terugreis?'

'Goed. Eenzaam. Ik hoop dat ik gauw weer naar de oostkust moet.'

'Mijn vrienden Mary en Gideon Eli hebben volgende week zondag een barbecue. Je bent uitgenodigd met mij mee te komen.'

Weer gefluister. 'Ik zou dolgraag tegelijk met jou kómen.'

Ondanks zichzelf voelde Lynn zich opgewonden worden.

Toen ze geen antwoord gaf, vroeg Greg: 'Ben je niet alleen?'

'Hmmm.'

'Kara?'

'Ja.'

Hij grinnikte. 'Dus je bent aan mijn genade overgeleverd?'

'Nee,' zei ze, niet bereid mee te spelen. 'Dat ben ik níet, want ik moet weer aan het werk. Meende je dat van de barbecue? Kom je dan hierheen?' Ze hoorde hem weer grinniken en was hem snel voor met de woorden: 'Ben je hier dan aanwezig?'

'Nee, zó gauw kan ik hier niet meer weg.'

'Jammer dan.'

'Maar ik voel me vereerd dat je me aan je vrienden wilde laten zien.'

Dat had ze niet gezegd, maar het was waar. 'Een andere keer dan.'

Hij was altijd knap geweest om te zien en viel op tussen de kreupelhoutslaven. Zelfs toen hij nog klein was, vond men al dat hij een geweldige uitstraling had. De mensen wilden die met hem delen. Als hij naar iemand opkeek met zijn grijze ogen, omringd door volle, donkere wimpers en met een glimlach om zijn zachte mond, dan moest die man of vrouw wel teruglachen en zich verwarmd voelen door de gloed die dat kleine persoontje uitstraalde.

Het was niet ongewoon voor de kinderen van de kreupelhoutslaven om dicht bij de woonhuizen op de plantage te komen. Maar Greg viel op. De familie van de eigenaar zag het mooie jongetje, gaf hem karweitjes om op te knappen of stuurde hem om een boodschap, en soms kreeg hij als beloning een paar schoenen die de bewoners van het huis te klein waren geworden, of een vrucht.

Af en toe kwam Greg door die karweitjes in zo'n huis, waar hij dingen zag die bij een leven hoorden dat hem zo vreemd voorkwam alsof hij een insekt was. Dan ging hij terug naar het onderkomen dat in dat jaar hun huis was en vroeg zijn ouders waarom de dingen hier en daar zo anders waren.

Zo is het nu eenmaal, zei zijn vader.

Ga je wassen voor je naar bed gaat, zei zijn moeder.

Lynn vond drie dagen later thuis in haar brievenbus een geelbruine envelop die met de hand was geschreven en uit Los Angeles kwam. Er zat een lingeriecatalogus in met een briefje: *Ik zat hierin naar een cadeautje voor je te zoeken en dacht opeens dat je misschien liever zelf iets wilde uitzoeken. Ik verheug me er al op. Veel liefs, Greg.*

Lynn bladerde er eens in. Het was niet wat ze gedacht had – ondergoed met veel kant dat veel bloot liet – maar hoerige dingen met stukken eruit gesneden en met kwastjes. Er waren haremuitrustingen met beha's die tepels toonden en ook de panty's zonder kruis waarover Greg al had gesproken. De modellen poseerden in pornohoudingen en hadden allemaal dezelfde, stomme uitdrukking die toch ook nog gretig moest lijken.

Ze gooide de catalogus in de vuilnisemmer in de keuken en deed het deksel er stevig op.

'Wat heb je gekozen?'

'Sorry?'

'Uit de catalogus.'

Lynn had besloten te liegen. Maar ze had niet verwacht dat Greg diezelfde avond al zou opbellen of hun gesprek met deze vraag zou beginnen.

'Welke catalogus?'

Hij zweeg even. 'Ik stuurde je een geschenkcatalogus en schreef er in een briefje bij dat je wat mocht uitkiezen. Ik geloof niet dat je hem niet hebt ontvangen.'

Dat was slechts een manier van spreken, hield Lynn zich voor, en ze voelde zich enigszins misselijk worden. Het was een heerlijk gevoel te weten dat het boek veilig onder vruchtenschillen en eierschalen bedolven lag. Hij weet niet dat ik lieg.

Ze leidde het gesprek in een frissere richting en ze praatten nog een tijdje. Ze was opgelucht dat Greg de catalogus blijkbaar was vergeten; hij vroeg er niet nog eens naar.

De volgende week arriveerde er een groter pak, van Bullock's in Westwood, Californië. Het lag met haar post op haar te wachten toen ze na haar werk thuiskwam. Niet op haar gemak, maar toch hoopvol, sjouwde ze ermee naar de keuken en sneed het plakband door met een mes.

'Ha!' prevelde ze in zichzelf toen ze de doos in het karton zag. Greg had haar een koffiezetapparaat gestuurd, een moderne en dure Braun, en een paar zakken cafeïnevrije koffie en gewone, gebrande Italiaanse. Het kaartje was getooid met blauwe bloemen en er stond op: *Nu heb je altijd wat voor ons klaar.*

Lachend trok Lynn de doos verder open en greep erin om het glanzend witte apparaat eruit te halen.

Haar glimlach bestierf en ze liet de Braun op het aanrecht vallen, waardoor er een deuk in het chroom kwam.

Onder het apparaat bevond zich weer een exemplaar van de catalogus.

'Sorry dat je op me moest wachten,' zei Kara, en maakte haar veiligheidsgordel vast. 'Ik wilde Nicky nog even uitlaten voor ik wegging. Wat heb jij meegenomen?'

Lynn reed met haar Lexus weg van het trottoir. 'Ik wilde wijn meenemen, maar vond dat toch te saai. Dus heb ik sangria genomen.'

'Mooi zo. Ik heb een salade gemaakt van tomaten met komkommer.'

'Dat zal Mary heerlijk vinden.'

Zwijgend reden ze verder. Het was zondag en er was weinig verkeer. Een vochtige novemberwind sloeg de mantels tegen de mensen aan, maar de zon gaf nog wat warmte.

'Ik ben blij dat het niet nog kouder is,' zei Kara. 'Weet je nog die openluchtmaaltijd van hen in april? Gideon stond buiten met een parka aan en een skimuts op de kippen te braden.'

'Hmm.'

'Jammer dat Greg niet op tijd voor de barbecue kon zijn. Het zou een leuk verhaal over onze gewoonten hier zijn geweest voor zijn gebruinde vrienden. Hoe gaat het met hem?'

'Ik heb hem deze week niet gesproken. Hij... hij stuurt me wel bepaalde dingen.'

'Wat leuk!'

'Dat weet ik nog zo net niet.'

'Wat heeft hij je gestuurd? Net zo iets als die fantastische jurk?'

'Een koffiezetapparaat met koffie. En een catalogus met pornoondergoed. Hij wilde dat ik er iets in uitzocht.'

'En heb je dat gedaan?'

'Néé.' Lynn remde harder dan nodig was, vlak na een parkeerruimte. 'Het was niet mooi. Ik vond het walgelijk!'

Lynn en Kara pakten hun zakken met voedsel en sangria van de achterbank en liepen de inrit op van het huis van Mary en Gideon, met een aparte ingang voor Mary's kantoor en een met leien bedekte patio achter het huis, waar de barbecue zou plaatsvinden. 's Zomers waren daar de feesten... legden ze kussens op het zachte gras en genoten van Mary's frambozenmargarita's.

Er waren al minstens twintig mensen, die in groepjes in de verschillende kamers met elkaar stonden te praten. 'Hoeveel mensen komen er?' vroeg Kara aan Mary toen ze haar aantroffen in de keuken, waar ze een taart in de oven zette.

'Nog een paar. Totaal achtentwintig. Hoe gaat het met jùllie?' Mary knuffelde hen.

Kara keek naar de kommen en schotels met voedsel. 'Je gebruikelijke Spartaanse tafel. Alles ziet er prima uit. Wat is dat?' Ze pakte een splinternieuw stel grillhulpstukken op van dik koper met houten handgrepen. 'Gideon heeft prima spullen.'

'Dat is een cadeau,' zei Mary en lachte ondeugend. 'We hebben die net gekregen.'

'Ons cadeau is niet zo indrukwekkend,' zei Lynn, en zette twee flessen sangria op het aanrecht. Kara zette haar salade neer.

'Iedereen is dol op sangria. Hm, die zien eruit als zomertomaten.'

'Het zijn kastomaten,' zei Kara.

Mary stelde de ovenklok in voor de taart en raakte Lynns hand aan. 'Ga eens met me mee. Ik heb een verrassing voor je.'

Haar gladde, blonde haren bewogen als een glanzend gordijn terwijl ze Lynn de drukke kamer in bracht; Kara volgde hen. Lynn zag hoe Gideon geanimeerd stond te praten in een groepje bij de haard en wilde gebaren met zijn bierfles maakte. Hij keek op toen ze naderbij kwamen. Een man in de groep draaide zich om. Het was Greg.

Lynn was blij, maar toch in de war, vond het leuk maar toch ook weer vreemd. Even bleef ze roerloos staan terwijl hij zijn armen wijd uitspreidde en haar knuffelde. Ze was zich erg bewust van de nabijheid van Mary, Kara en Gideon, die stralend naar hen stonden te kijken. En meteen rook ze Gregs geur weer.

Toen hij haar losliet, zei Lynn: 'Ik dacht dat je niet kon komen.'

Greg gaf haar een knipoog. 'Hij belde me gisteren,' verklaarde Mary. 'Zei dat hij het zo had geregeld dat hij weg kon en jou wilde verrassen. Dus hebben we hem aanwijzingen gegeven, en hier is hij. Mèt dat stel fantastische koperen hulpstukken. Hij is net een uur vóór jullie aangekomen.'

'En dat was maar goed ook,' zei Gideon, 'want nu hadden we de kans hem eens even te bekijken.'

Greg grinnikte tegen hem. 'Geslaagd?'

Gideon lachte terug van onder zijn zware wenkbrauwen. 'Tot nu toe. Zolang je goed voor onze vriendin zorgt.'

Mary kneep Lynn even in haar pols. 'Wat een schat is dat! Een fantàstische keus,' zei ze vol nadruk.

Lynn staarde Greg nog steeds aan. 'Hoe ben je aan hun telefoonnummer gekomen?'

'Via de telefoondienst. Ze hebben ook niet zo'n doodgewone naam. Wat is er?' Hij pakte haar handen beet. 'Ben je niet blij me te zien?'

'Natúúrlijk wel.'

Mary liep weg. 'Ik moet wat voedsel gaan klaarzetten voor al die wilden hier.' Kara en Gideon liepen met haar mee.

Greg droeg een witte katoenen schipperstrui over een blauw overhemd en was enorm gebruind.

'Ik lijk wel een kind,' zei hij zachtjes. 'Ik vind het zó fijn je weer te zien dat ik nauwelijks kan blijven stilstaan. Ik werd gisteravond steeds weer wakker en hoopte dat het toch maar gauw ochtend zou worden.'

Het vertrek was warm door het haardvuur, maar Lynn had het gevoel of het koude zweet haar was uitgebroken. Ze huiverde even en ging wat dichter bij de haard staan.

'Ik ben gevleid,' zei ze, en wilde dat ze meer kon zeggen, meer kon voelen. Wat hàd ze, verdomme? Waarom was ze zo geschrokken dat ze Greg bij de Eli's zag, terwijl alle anderen het leuk vonden, niet in de laatste plaats de Eli's zelf?

Goed, zij wisten niets van die catalogus af. Maar Kara wel. Maar ja, alles wat Kara wist, was het feit zelf; zij had die misselijkmakende afbeeldingen niet gezien en haar was niet gevraagd zoiets pervers uit te zoeken...

Greg had het over zijn tocht van de luchthaven naar de stad en de taxichauffeurs van Boston. Ze lachte zo'n beetje en luisterde met een half oor, maar haar gedachten dreven steeds weg. De haard gaf een heerlijke, geruststellende warmte.

Maar misschien was de hele situatie glashelder. Zij scheen de enige volwassen vrouw langs de oostkust te zijn die vrijwel pornografische kledingstukken niet opwindend vond, te oordelen naar de reacties van Pam en Kara.

Ze scheen daar ook de enige te zijn die Gregs verrassende bezoekje niet onmiddellijk leuk vond.

Misschien zou ze zich moeten schamen.

Lynn en Greg hielpen Gideon met het grillen en droegen schotels met ribbetjes en potten marinade af en aan. Greg scheen geen enkele angst te voelen als hij over de open vlam heen moest reiken om de vloeistof over het vlees te gieten.

'Pas op je trui,' zei Gideon en trok Gregs mouw weg. 'Het is fijn een hulp te hebben. En een bliksemafleider. Meestal krijg ìk alle schuld en hoor dan dat ik te dicht bij het vuur kom.'

'Niet met delen van je lichaam, hoop ik,' zei Greg.
Lynn reikte nog wat marinade aan. 'Zijn snor.'
Greg wreef de vloeistof uit en likte toen een druppel van zijn vinger. 'Hm. Pittig. Wat is dit?'
'Azijn, abrikozenjam, gehakte gember...'
Gideon ging maar door, maar Greg luisterde niet meer; hij smeerde de marinade ook niet meer uit over het vlees.
Lynn volgde de richting van zijn blikken naar de hoge, groene struiken aan het eind van de patio.
'Wat is er aan de hand?' vroeg ze.
Plotseling haastte hij zich met grote stappen naar de struiken toe.
Gideon en Lynn volgden hem toen hij om een hoek verdween. 'Wat ìs er, verdomme?' vroeg Gideon.
Even later kwam Greg terug en sloeg zich af. 'Ik dacht dat ik iemand zag.'
'Dat kan,' zei Gideon. 'We hebben buren.'
'Iemand die aan het loeren was, bedoel ik.'
'De kip kan geserveerd worden,' riep Mary.
Gideon sloeg Greg op zijn schouder. 'Wil je wat? Of zit je liever met dat marinadeborsteltje achter gluurders aan?'
Greg keek nog eens naar de struiken. 'Ik doe gek, hè? Komt zeker omdat ik verliefd ben.'

Ze hadden hun bordjes op hun schoot en zaten op een of ander meubelstuk of op de grond. De sangria was een groot succes en bleek al op te zijn terwijl ze nog massa's eten hadden.
'Ik had meer moeten meenemen,' zei Lynn tegen Mary. 'Ik dacht niet dat ze zo in trek zou zijn.'
'Heb je een paar flessen rode wijn en wat citrusvruchten?' vroeg Greg. 'Dan maken we gauw nog wat.'
Mary legde een ribbetje neer. 'Prima idee.'
'Ik doe het wel.' Greg liep naar de keuken. Lynn pakte de dichtstbijzijnde lege sangriakaraf op en volgde hem.
'Wat moet je hebben?' vroeg ze.
'Wijn. Brandy, als dat er is. Kaneel.' Greg keek in de grote dubbele koelkast en haalde er een grapefruit uit, een paar sinaasappels en een limoen. 'O, ook nog wat sodawater.'
Lynn keek toe terwijl hij de wijn met het fruit mengde, er een scheutje brandy aan toevoegde en toen gesneden stukken van de vruchten. Hij eindigde met het sodawater en de kaneel. Toen stak hij Lynn een volle lepel toe. 'Proef eens.'
'Hmm. Lekkerder dan wat ik heb gekocht.'
Ze brachten de drank naar binnen.
'Fantastisch!' zei Mary terwijl ze eraan nipte. 'Is er iets dat hij níet kan?' vroeg ze aan Lynn.

Mij een gevoel van zekerheid geven, dacht Lynn, en schaamde zich onmiddellijk.

Greg was lief voor haar, en ook voor haar vrienden. Iedereen vond hem aardig. Hij was attent, beleefd, aantrekkelijk, kon zijn woordje doen en scheen haar te aanbidden.

Wat wilde ze nog meer?

Later, toen ze een door Mary gemaakte lekkernij van marshmallows ronddeelde, merkte Lynn dat ze heel hartelijk keek toen ze bij Greg kwam. Of het nu kwam door de drie glazen sangria of omdat het al wat later was, maar ze voelde zich zekerder.

Toen ze klaar was, zette ze het blad op tafel, haalde koffie en ging naast Greg zitten.

'Heerlijke koffie,' zei hij.

'Altijd hier. Gideon is daar bijzonder op gesteld. Tussen haakjes – bedankt voor de Braun.'

Greg dronk zijn kopje leeg. 'Ik vroeg me al af of je hem had gekregen.'

'Ik heb geprobeerd je te bellen, maar je lijn is altijd in gesprek.' Ze had het slechts twee keer geprobeerd, met het plan hem goed duidelijk te maken wat ze van die catalogus dacht. Maar omdat ze dat niet kwijt kon toen ze nog goed nijdig was, had ze ervan afgezien om te bellen.

'Maar je vond het apparaat goed?'

'Ik heb het nog niet gebruikt. Ik ben zo ongeveer dertig uur per dag op mijn werk. Maar die Italiaanse koffie ruikt heerlijk.'

Lynn hield haar adem in en hoopte dat hij niet over de catalogus zou beginnen. Maar hij nam alleen haar hand in de zijne, drukte er zachtjes een kus op en ze ontspande zich.

Hij moest haar afkeer hebben aangevoeld, hebben ingezien dat hij haar niet moest dwingen dergelijk ondergoed te kopen.

Ze had net een hapje in Mary's lekkernij gezet toen Greg zei, zo zacht dat alleen Lynn het kon horen: 'Ik heb een cadeautje voor je.'

'Wéér een cadeautje?' zei ze gedachteloos, en schrok toen zelf van haar onhebbelijke reactie. 'Sorry. Ik bedoel alleen maar dat je zo royaal bent. Het wordt een beetje gênant.'

'Ga eens even mee.' Hij stond op.

'Waarheen?' Ze nam nog een hapje.

Greg nam de gepofte marshmallow uit haar hand en zette die op tafel, zodat ze er niet bij kon. Zonder antwoord te geven, pakte hij haar hand, trok haar overeind en nam haar mee de kamer uit.

Hij bracht haar naar de badkamer voor de logés. Een andere gast kwam er net uit, een lange blondine die eruitzag of ze een fotomodel was. Ze keek bewonderend naar Greg, zag Lynn en grinnikte toen zij samen naar binnen gingen. Greg lachte terug en sloot de deur achter haar.

Lynn moest moeite doen om de deur niet weer te openen. 'Waarom zijn we hier?'

'Dat zie je zo.'

Hij greep onder zijn trui en haalde een pakje te voorschijn dat in lavendelkleurig papier was verpakt. 'Alsjeblieft.'

'Wat is het?'

Hij kuste haar in haar hals. 'Maak het maar open en kijk.'

Toen Lynn het papier eraf wikkelde en het doosje opende, tintelde haar huid prettig van Gregs warme mond. In het doosje zat een stukje opgevouwen zwarte stof.

Greg nam het opgerolde stukje stof in zijn hand, liet het openvallen en hield haar cadeautje omhoog: een panty zonder kruis.

De koffie draaide zich om in haar maag.

Vóór ze iets kon zeggen, zei Greg: 'Trek hem nu aan.'

Ze schudde haar hoofd.

'Lynn...'

'Néé!'

Hij staarde haar aan en scheen stomverbaasd te zijn. 'Ik dacht dat je het leuk zou vinden en dat het zou helpen. De laatste keer samen ben je niet gekomen. Dat heeft me bezorgd gemaakt.'

Ze rilde nog en schudde haar hoofd, maar Greg ging door. 'Toe nou, Lynn – doe dat ding aan. Dan neem ik je hier. Zou dat niet opwindend zijn?'

Ze pakte de deurknop beet. Greg keek naar haar hand en toen weer naar haar gezicht. 'Ik moet over een uur weg – ik kan zelfs vanavond niet blijven. Dit is alle tijd die we samen hebben. Laten we er eens goed gebruik van maken.'

Lynn trok met een ruk de deur open en holde weg.

'Het spijt me,' zei Lynn, met de telefoonhoorn tegen haar oor geklemd. 'Het spijt me echt.'

'Maar wat gebéurde er? Jij en Greg schenen zich allebei goed te vermaken. En dan, opeens, ren jij de deur uit...'

'Ik weet het. Ik voel me afschuwelijk. Jou met hem op te schepen... en Kara achter te laten zonder een lift naar huis...' Lynn zat op de sofa in haar zitkamer en wreef in haar nek om de spanning die zich daar had verzameld wat te verminderen. 'Feesten jullie nog steeds? Of is iedereen weg?'

'De laatste verdween net vóór jij belde. Ann Boden. Die lange blondine in die olijfkleurige jumpsuit. Ze vroeg nog naar Greg, om je de waarheid te zeggen. Ik merkte dat ze hem leuk vond. Ze zag jou en Greg samen de badkamer ingaan.'

Lynn had dat niet aan Mary willen vertellen. Ze was zelf te veel in de war om in staat te zijn een ander een zinnig verhaal te doen, laat staan iemand die voor zijn beroep moest luisteren. Ze had alleen gebeld om zich te verontschuldigen dat ze zo plotseling was weggerend. Over de rest wilde ze zwijgen.

Maar ze voelde zich ongelukkig. Haar flat, waar nog zo pas een andere aanwezigheid was geweest dan alleen zij en de haar omringende lucht, bedrukte haar. Toch moest ze het feit onder ogen zien dat deze simpele daad van paren, zo doodnormaal voor iedereen, voor alles, haar verwarde.

'In elk geval,' ging Mary voort, toen Lynn het invallende zwijgen niet opvulde, 'heb je me met niemand opgezadeld. Greg is niet lang meer gebleven. Hij en Kara hebben samen een taxi genomen.'

Lynns nek voelde stijver aan dan ooit en ze wreef er nog wat over. 'Wat zei hij toen ik wegging?'

'Niet veel. Hij was van streek. Hij zei dat hij je moest hebben beledigd, maar eigenlijk niet begreep waarmee. Hij zei het vreselijk te vinden te moeten vertrekken zonder het eerst met jou te hebben bijgelegd, maar hij moest terug naar L.A. Hij bedankte ons nog voor het feestje.'

Lynn zei niets.

'En?' drong Mary aan. 'Wil je erover praten?'

Ze dacht erover na en vroeg zich af waar ze moest beginnen; het was heel verleidelijk al haar zorgen eens te luchten. Maar Mary was nog niet klaar.

'Omdat ik je graag zou willen helpen, Lynn. Ik weet dat je deze relatie niet verkeerd wilt laten beginnen. Greg is... we vinden hem allemaal reusachtig.'

Lynn kwam in de verleiding, maar... nee. Niet als er van dat beginpunt moest worden uitgegaan.

Ze excuseerde zich en maakte een eind aan het telefoongesprek.

Gideon kwam met een zak vuil de keuken in. 'En?'

'Ik weet het niet. Ze probeerde eronderuit te komen.'

'Dat is haar goed recht.'

'Natuurlijk.' Mary streek de gouden haren uit haar ogen. 'Waar is die verdraaide haarband van me? Ik transpireer zo vreselijk.'

Gideon zag hem achter de broodrooster liggen en gaf hem aan haar. Ze gebruikte hem om de haren uit haar gezicht te vegen en depte toen het vocht weg met een tissue.

'Opvliegers?'

'Ja.'

'Heb je Lynn gevraagd je een bandje van die show te geven?'

'Dat ben ik vergeten. Ik was te druk bezig haar liefdesleven weer in

orde te brengen. Hoe waren ze op de patio? Konden ze het toen wel met elkaar vinden?'
'Ja. En hij heeft hard meegewerkt. Behalve toen hij daar opeens de struiken instoof.'
'Waarom deed hij dat?'
'Hij dacht dat daar iemand rondzwierf. Later vertelde hij me dat hij een tijdje geleden een vrouw achter zich aan had die hem maar niet met rust wilde laten. Zo'n situatie als wel bij David Letterman voorkomt. Dat maakte hem gek.'
'Begrijpelijk,' zei Mary. 'Zo'n aantrekkelijke man... Maar hoe vind je deze spullen?' Ze wees op de barbecueset.
'Ja, prachtig.' Gideon legde ze weer in de doos, zette die in een keukenkast en wilde toen de keuken uitlopen.
'Waarom bewaar je ze niet bij de grill in het schuurtje?'
Hij bleef staan. 'Ja, dat zou ik kunnen doen.'
'Het is geen verlovingscadeau. Je hoeft het niet terug te sturen als ze weer uit elkaar gaan.'
'Maar waarom wil ik ze dan toch nog niet gebruiken?'
Mary lachte even. 'Dat weet ik ècht niet.'
Hij dacht evan na. 'Ik lijk wel gek,' zei hij toen, haalde het barbecuestel en bracht het naar het schuurtje.

Kara bevond zich in een ander deel van het gebouw toen Lynn de volgende dag op haar werk verscheen. Lynn verdiepte zich enthousiast in haar dagelijkse bezigheden, begon in de papierberg te zoeken en beantwoordde telefoontjes. Werk deed haar altijd goed; het leidde af en bracht haar gevoelens in andere banen.
Om een uur of tien kwam Dennis Orrin gehaast haar kantoor binnen en zwaaide met een circulaire. Verslag van de kijkcijfers van je proefshow. Dat zal je opkikkeren!'
'Dennis! Heus?'
'Je kunt dolblij zijn.' Hij boog zich met haar over de circulaire. 'Kijk eens naar die cijfers! In Chicago buitengewoon.'
Lynn wees op een cijfer op het blad. 'In L.A. staan we vrijwel aan de tòp!'
'... en in Cleveland, Baltimore en Minneapolis ging het heel goed. De enige stad waar we niet genoeg kregen, was Detroit, maar daar werden op dezelfde tijd twee plaatselijke footballwedstrijden gespeeld.'
Lynn liet zich wegzinken in een stoel. 'Fantastisch!'
'Je bent op de goede weg, meid. De QTV-mensen zullen wild zijn over die cijfers. Die vechten ér straks onderling om wie de proefuitzending het eerst mag doen.' Hij boog zich voorover en gaf haar een smakzoen op haar voorhoofd. 'Dit moeten we zo veel mogelijk uitbuiten.'

Lynn sprong op en liep in haar kantoor op en neer terwijl de adrenaline door haar aderen werd gepompt. Ze zag de cijfers weer voor zich en voelde zich trots en opgewonden als ze eraan dacht dat de topmensen van allerlei stations ze zouden zien.

Plotseling dacht ze aan Greg. Die gedachte temperde haar enthousiasme weliswaar niet, maar sloeg er wel een gat in. Zelfs in die korte tijd waren Gregs reacties belangrijk voor haar geworden.

Ze wilde... Ze wilde dat ze hem alles zou willen vertellen.

Ze beantwoordde een telefoontje van Pennina Russo en zei bijna hardop 'hoera' toen iemand anders aan het toestel kwam van het 'Department of Parks'.

'Nee,' zei Pennina toen ze aan de lijn kwam. 'Ik heb mijn functie niet terug – maar ik belde om je te zeggen dat ik niet meer bij de receptie zit en een "hearing" krijg. Vermoedelijk een eerlijkere, nu mijn klachten zo duidelijk zijn.'

Nadat ze afscheid van elkaar hadden genomen, bleef Lynn het woord 'duidelijk' bij.

Lynn had dat begrip naar voren gebracht in de show over het 'Parks Department'. Uit een of ander afgesloten kastje was een eindmonoloog naar voren gekomen, zó duidelijk en begrijpelijk en zó overtuigend dat Lynn haar mensen even had doen verstijven van schrik toen ze, in plaats van de ingestudeerde slotzinnen, een eigen visie uitte.

'We hebben het vandaag over macht,' had Lynn voor de camera gezegd. 'Een geheime macht die door de duisternis wordt gevoed – de duisternis waar alles plaatsvindt, en de duisternis die ontstaat wanneer we weigeren de dingen te zien of te bespreken.

Het gaat niet alleen om mannen tegen vrouwen. Zo eenvoudig ligt de zaak niet.

We beginnen ons af te vragen wat we nu eigenlijk denken van seksuele intimidatie, misbruik en verkrachting – wat gebeurt er nu allemaal op de plaatsen waar de macht heerst.

Wat denken we daarvan? Wat dachten we ervan? Bestaat er verschil tussen hoe we zèggen dat we ons voelen en zoals we het in werkelijkheid ondergaan? Wie maakt anderen tot slachtoffer? Dragen vrouwen bij aan het zichzelf tot slachtoffer maken? Geloven we heimelijk dat we dat doen? Willen we dat geloven?

We zijn allen dank verschuldigd aan de duidelijkheid van gevallen zoals die van Pennina Russo, van Hill-Thomas, Bowman-Kennedy en Washington-Tyson. Vroeger gebeurde dit allemaal en bleef het in duister gehuld, bleef het achter de schermen. Maar we beginnen de zaken nu te belichten en deuren te openen... en dat is de enige manier waarop we kunnen proberen die macht te doen afnemen.'

De show had Lynns plannen voor de proef voor QTV meer basis gegeven.

Haar dagelijkse programma's volgden steeds meer een thema – het thema dat ze zo vol vuur naar voren had gebracht in haar spontane woorden ter afsluiting van het laatste programma: het verbijsterende aantal vragen over het rancuneus maken van slachtoffers.

Dus wat was een beter uitgangspunt voor haar proefshow dan te beginnen bij de tijd waar de eerste slachtoffers vielen – in hun jeugd?

Tussen de boodschappen die ochtend was er een voor Kara geweest van de persoonlijke assistente van Oprah Winfrey, die had teruggebeld. Als Kara bofte, kon ze nu voorbereidingen treffen voor een uitnodiging van Lynn aan Oprah. Ze zouden proberen nog een paar beroemdheden meer te strikken die als kind waren misbruikt. Een klein panel van specialisten in kindermishandeling zou de bezetting van een interessante proefopname volledig maken en het zou gaan over de kracht van het maken van slachtoffers.

Toen Kara eindelijk het kantoor binnenkwam, holde ze op Lynn toe en knuffelde haar.

Helemaal ontwapend knuffelde Lynn haar ook. 'Dank je,' zei ze tegen Kara's haren.

Kara deed een paar stappen achteruit. 'Je zag eruit alsof je dat nodig had. Ik heb alles over de kijkcijfers gehoord. Heeft het geholpen?'

Ze glimlachte. 'Jij hebt het altijd al voorspeld.'

'Zie je wel!'

'Dennis zegt dat de top van QTV onze deur zal platlopen om die proefopname te krijgen. En nu we het daar tòch over hebben – Oprah's assistente heeft een boodschap voor je achtergelaten.'

Kara greep het notitieblaadje en draaide meteen het nummer. 'Verdraaid. In gesprek.'

'En ik heb Pennina Russo gesproken. Iemand anders beantwoordt nu de telefoon, en ze krijgt een "hearing".'

'Goddank.' Kara begon automatisch de papieren chaos op Lynns bureau te ordenen. 'Heeft Mary je gezegd dat Greg en ik samen een taxi hebben genomen?'

Lynn knikte. 'Sorry dat ik je zo in de steek liet.'

'Het was maar goed dat je dat deed, míj in de steek liet, bedoel ik. Daardoor was ik degene die naar hem luisterde en niet die Ann Dinges, of een van de elf andere dames die verrukt de taak op zich zouden hebben genomen. Heb je het alweer goedgemaakt met hem? Zeker niet, hè?'

'Wat heeft hij tegen jou gezegd?'

'Dat hij te hard van stapel was gelopen en dat je beledigd was.'

Lynn grinnikte even, zonder echt geamuseerd te zijn.

'Hij zei dat hij er niets aan kon doen,' zei Kara. 'Hij had je zo verschrikkelijk gemist, en toen hij je weer in levenden lijve zag, moest hij alweer zó gauw weg...'

'Hij laat het echt líef klinken.'

'Maar dat ìs het ook. Ik zou er wat voor overhebben een man als Greg te vinden die me zo onweerstaanbaar vond dat hij probeerde me in de badkamer van vrienden te beminnen.'

'Dat is niet wat er gebeurd is.'

Lynn verlangde naar koffie. Maar als ze nu niet de waarheid onthulde, zou ze die misschien nooit meer durven vertellen. Ze móest het doen, want het ergste was dat niemand aan haar kant stond. En hoe kon dat ook, als ze niet wisten dat er twee kanten waren?

'We waren toe aan het dessert, maar plotseling sleepte hij me mee naar de badkamer, want hij had een cadeautje voor me. Dat cadeautje was... een panty zonder kruis. En hij wilde dat ik die onmiddellijk aantrok.'

Kara knikte.

'Hij wilde me nemen. Zulke woorden gebruikte hij, erger nog.'

Lynn zag verbaasd dat het niet tot Kara doordrong, dat ze echt niet begreep waarover ze zich druk maakte. Toen ze in gedachten naging wat ze had gezegd, besefte ze dat – zonder de achtergrond – het allemaal niet zo erg klonk.

'Dit is een geschilpunt tussen ons. Hij...'

'Seks? Ik dacht dat het zo klopte tussen jullie.'

'Dat wàs ook zo. Maar toen begon hij vreemd te doen. Hij gebruikte grove taal, zelfs nadat ik hem had gevraagd dat niet te doen. Zelfs nadat ik er zó door van streek raakte, dat ik nergens meer toe in staat was. Weet je nog wel die ochtend van zijn vertrek, toen ik zo in mineur op het werk verscheen? Dat ging dáárom.'

'Maar zo heeft hij toch van het begin af aan gesproken?' zei Kara. 'Je vond het leuk. Dat zei je tegen me.'

'Eerst wel. Maar hij bleef ermee doorgaan en werd steeds schunniger. Toen begon hij me dingen te sturen...'

'Ik herinner me die jurk.'

'Niet alleen die jurk.' Lynn hoorde zelf dat haar stem schel klonk en dwong zich even te zwijgen, rustiger te klinken. Ze stond op het punt nu het ergste te onthullen. Kara moest dat begrijpen.

'Hij begon al over die panty toen hij nog hier in Boston was. "Dan zou ik zo mijn tong in je kunnen stoppen," zei hij. Daarna stuurde hij me die catalogus. Die was niet sexy, maar pornografisch. Daar stond die panty in. Toen ik deed alsof ik die nooit had ontvangen – en luister nu goed – stuurde hij me weer zo'n catalogus, maar nu verstopt in een aardig cadeau, een koffiezetapparaat, zodat ik niet kon zeggen dat ik hem niet had gekregen. Toen ik nog steeds niet wilde meespelen, nam hij de panty mee naar Mary!'

Kara staarde haar aan.

Lynn stak haar hand naar haar uit. 'Zie je het nu?'

'Ik zie een volhardende knaap die niet zo gauw een wenk ter harte wil nemen.'
'Wènken!'
'Heb je ooit ronduit gezegd dat je geen panty wilde hebben?'
'Dat heb ik heel duidelijk gemaakt!'
'Weet je dat wel zeker, Lynn? Weet je wel zeker dat hij geen reden genoeg heeft om het allemaal niet te begrijpen? Ik begrijp het zelfs niet. Ik herinner me dat jij nog maar een paar weken geleden zei dat Greg alle artikelen moest hebben gelezen waarin staat wat vrouwen echt willen.'
Lynn voelde weer die kramp in haar nek en ze hief haar hand op om zich daar te wrijven.
Het hielp niet. Kara begreep er niets van.
Haar nek ontspande zich een beetje, maar dat verstijfde gevoel zou wel terugkomen, net zo goed als dat tandengeknars. En daarna zou die afschuwelijke hoofdpijn weer opkomen.
'Bel hem op,' zei Kara.
'Ja. Maar alleem om hem te zeggen dat we het wat rustiger aan moeten doen.'
'Wat bedoel je? Jullie hebben elkaar verkeerd begrepen. Dat gaat wel weer over. Als je jou hoorde, zou je zeggen dat je Greg nooit meer wilt zien.'
Lynn zag een Channel-3-beker met een beetje koude koffie erin tussen de stapels papier op haar bureau staan. Ze pakte de beker op, maar veranderde van mening en zette hem toen weer neer. 'Ik weet ook niet of ik dat nog wil.'
'Maar het ging zo mooi! Hij leek volmaakt. Jij zei dat je hem volmaakt vond.' Kara maakte een niet-begrijpend gebaar met haar handen. 'Hoe kan er iets volmaakts in een paar weken veranderen in iets twijfelachtigs?'
'Dat is niet zo – àls het in het begin ècht volmaakt was.' Lynn liep naar het raam.
Met haar rug naar Kara gekeerd, zei ze: 'Greg en ik hebben elkaar in een heel onwezenlijke sfeer ontmoet. Ik was door alles heen van vreugde en het was helemaal míjn dag. Die avond gingen we bijna met elkaar naar bed. Toen vertrok ik en binnen een week was hij hier en zijn we aan die duizelingwekkende romance begonnen. Maar nog vóór die tijd voorbij was, kreeg ik al twijfels.'
Ze draaide zich om. 'En nu twijfel ik nog veel meer. Het is alleen maar verstandig dat te erkennen. De oude ik zou vreselijk naar hem verlangd hebben zonder naar instincten te luisteren. Ik...'
Er werd op de deur geklopt en ze zweeg.
'De deur is open,' riep Lynn.
Pam kwam binnen. 'Er is iets voor je afgeleverd. Een enorm pak. De man die het bracht, kon het nauwelijks dragen.'

Lynn zuchtte. 'Laat hem maar binnenkomen.'

Het was een reusachtige, pluizige speelgoedwasbeer. Lynn streelde het dier afwezig en begon het bijgesloten kaartje te lezen. ' "Het spijt me dat ik mezelf niet de baas was...," ' las ze hardop. ' "Het was heerlijk je weer te zien. Ik bel je." '

Kara trok het diertje even aan een oor. 'Wat een enig cadeau!'

Lynn tilde het uit de doos. De kop tolde achterover en de pootjes bengelden erbij. Ze liet het vallen, maar het viel naast de doos en belandde op de grond.

Kara wilde het oppakken, maar Lynn zei: 'Niet doen.'

'Waarom niet?'

'Kijk eens goed. Die kop en pootjes zitten helemaal los, alsof het dier... ziek is. Kijk eens naar de ogen. Hij is scheel.'

Kara staarde haar aan.

'Kíjk dan,' zei Lynn.

'Ik kijk. Het enige dat ik zie, is een opgezet beest.'

'Vind jij het niet griezelig?'

Kara pakte het dier op en deed het zachtjes weer in de doos. 'Lynn, de man doet zijn uiterste best om aardig te zijn en geeft toe dat hij te ver ging. Hij verontschuldigt zich en stuurt je een cadeau. Wat wil je nog meer?'

Ze moest toegeven dat het dier, zoals het daar in de doos lag, er niet meer zo walgelijk uitzag. Maar toch, toch...

'Ik wil... ik wil... ik wil doen wat mijn instinct me zegt te doen. En dat is: deze hele affaire in de kiem smoren.'

Kara wilde iets zeggen, maar Lynn ging door. 'Luister eens, dit is iets nieuws voor me. Voor de verandering denk ik nu eens met de juiste organen daarvoor – niet met mijn hormonen of vanuit mijn hoogst onzekere binnenste.'

Kara wilde opnieuw beginnen en Lynn hief haar hand op. 'Laten we maar gaan werken. We halen wat hete koffie en beginnen.'

Kara pakte een handjevol boodschappenmemo's op. 'Zoals je wilt.'

'We moeten plannen maken voor vijf dagelijkse shows en een nationale proefballon. Dat wil ik. Wat hebben we? Iets goeds?'

Kara belde Pam om koffie en ging zitten met haar memo's. 'De rechter die het omgangsverbod wil aanpakken? Het klinkt goed. Doordacht. Maar ik geloof niet dat we weer zo'n show moeten hebben over is-het-niet-vreselijk-dat-vrouwen-op-bestelling-worden-vermoord.'

'Toch is het vreselijk. Alleen het feit dat we er al programma's over hebben gebracht, verandert niets aan het feit.'

'Natuurlijk niet. Maar ik dacht dat het tijd werd dat we het onderwerp eens wat gingen uitdiepen. Dus ben ik aan het telefoneren gegaan en heb met een paar scheidingsadvocaten gesproken die boos zijn omdat het zo gemakkelijk is een omgangsverbod te krijgen. Zij vinden dat sommige onschuldige kerels door de advocaat van de vróuw worden uitgemolken – hun woorden – die uit een oogpunt van "public relations" handelen.'

'Je bedoelt: om het te doen voorkomen dat de man gevaarlijk is.'

'Hmm.'

'Dat kan een belangrijk gegeven zijn voor een show.'

'Dat leek mij ook.'

'Dank je, Pam. Heerlijk,' zei Lynn toen Pam een blad neerzette met koffie, koekjes en twee appels. Ze wendde zich weer tot Kara. 'Die verhouding echtgenote - advocaat is ook de moeite waard om eens uit te diepen. Zijn sommige advocaten beter voor de een dan voor de ander? Hebben ze vooroordelen?'

'Reken maar,' zei Pam, die net de kamer wilde uitlopen.

'Hoe weet jij dat?' vroeg Lynn.

'Ik heb zo ongeveer achtentwintig vrienden en vriendinnen die gescheiden zijn.'

Kara trok haar schouders op. 'Een goed voorbeeld.'

'Roep maar als je meer wilt,' zei Pam en liep weg.

'Wat hebben we nog meer?' vroeg Lynn.

'Osteoporose. Je wilde dat ik uitzocht wat we nog meer konden doen na die show met de artsen...'

'Dat weet ik. De vrouw met die misvormde rug. Ga door.'

'Het blijkt dat een hormoontherapie de enige behandeling is waarover vragen bestaan. Veel artsen schrijven enorme doses van zekere vitaminen voor en een heel stel anderen keuren dat streng af. Die denken dat ze schadelijk zijn. Het komt erop neer dat het een belangrijke kwestie is.'

'Daarover ben ik het met je eens.' Lynn sneed een appel in partjes en gaf Kara er een.

'Eens kijken. Oefeningen. Spieren opbouwen en de botmassa door het hele lichaam inspannen, een nieuwe methode waarbij gewichtheffen komt...'

'Is dat een zakelijke onderneming?' vroeg Lynn kauwend.

'Nee. Een vrouw die Elizabeth Vail heet, heeft zelf die therapie ontwikkeld. Zij werkt bij de "Broome Club", maar het is haar idee. Zij geeft je, als je dat wilt, een bandje waarop echte mensen staan, ouderen, die oefeningen doen, en de diagrammen van de botmassa laten je de uitwerking ervan zien.'

'Ik kan dat toch niet als onderwerp voor een heel programma zien.'

'Ik ook niet, maar we kunnen het bij de bespreking van osteoporose erbij nemen.'

'Als zij zich daar echt op richt.'

'Dat doet ze. Daarom belde ze op – ze zag die show over de gezondheid van vrouwen.'

‘Oké. Nog wat?’

‘Slaapstoornissen. Dit...’

‘Dat hebben we al zo vaak gedaan.’

‘Weet ik. Maar wil je even luisteren?’

Lynn wreef zich in de ogen. ‘Natuurlijk. Sorry.’

‘Vertrouw me wat meer, wil je? Je kunt een idee afkraken nadat ik het heb gebracht, maar laat me eerst helemaal uitpraten.’

Een van de weinige aspecten van haar baan die Kara haatte, was de hiërarchie die Lynn het recht op het laatste woord gaf wat de inhoud van elke show betrof. Zij en Lynn waren het niet vaak oneens, maar àls dat het geval was, voelde Kara pijnlijk dat ze ondergeschikt was aan Lynn. Lynn was de presentatrice, maar haar eigen ervaring en beroepsoordeel waren minstens zo goed als die van Lynn.

Kara ging door. ‘Een vrouw belde op over griezelige dingen die ze ’s nachts hoort. Janet... Janet Drake. Nee, Drew. Ze wordt ’s nachts wakker en moet dan weglopen voor allerlei dingen.’

‘Is ze...?’

‘Je bedoelt of zij ze wel allemaal op een rijtje heeft? Ja. Maar ik heb eens een en ander bij een paar slaapklinieken nagetrokken, en er zijn veel mensen zoals zij. Ze belde ons omdat ze wanhopig is. Medicijnen helpen niet veel. De artsen geven dat toe. Omdat die zaak zo veel vraagtekens oproept, dacht ik dat we er althans eens over konden denken.’

‘Je hebt gelijk. Ga eens na wat andere patiënten te vertellen hebben.’

‘Goed. Mag ik dat laatste stukje appel?’

‘Als ik de rest van de koekjes mag opeten.’

Hoofdstuk vier

Greg nam een draadloze telefoon mee in zijn documentenkoffertje die hij in de auto gebruikte en waar hij hem verder nog nodig had. Hij had gewoon een autotelefoon kunnen nemen – dat deed iedereen – maar daardoor werd er ook vaker in hun auto's ingebroken. Autotelefoons waren zichtbaar – ze vróegen erom gestolen te worden. En hij moest er niet aan denken dat zijn auto zou worden opengebroken. Dat was zo'n inbreuk op je privacy.

Hij reed een Wendy binnen en dacht er even aan of hij zou opbellen, maar besloot toen dat het te vroeg was. Hij nam zijn plaats in de 'drive-up'-rij in en wachtte achter een witte Saab met schuifdak tot hij bij het portierraampje zou worden geholpen. De bestuurster van de Saab kon niet bij het bedieningsraam en moest uitstappen om haar bestelling op te halen. Greg zag een lange, donkere paardestaart die door een oranje lint bij elkaar werd gehouden. Een mooie vrouw, slank in haar fietsbroek. Sterke dijen; ze fietste zeker veel.

Hij keek nog even bewonderend naar haar terwijl ze betaalde, haar zak met broodjes naast zich zette en haar veiligheidsgordel weer vastklikte. Toen reed ze weg en stond hij bij het raam en bestelde een broodje met kip en ijskoffie.

Hij dacht dat hij de Saab weer zag toen hij op een mooi plekje parkeerde waar hij zijn maaltijd wilde nuttigen. Hij keek uit naar het oranje lint, maar zonder echt enthousiasme.

Mooie fietsjuffen waren niets vergeleken met de ster uit een talkshow.

Nee, leuk om naar te kijken, maar hij had het te druk.

Druk met Lynn.

Te veel koffie. Lynn kon koffie goed verdragen, maar de acht of negen kopjes die ze tijdens deze lange dag had gedronken, waren zelfs voor haar te veel, en tegen etenstijd hing ze in de keuken rond met een maag die alles afwees waarvan ze overwoog het naar binnen te werken.

Dus deed ze zomaar wat en ruimde hier en daar de rommel op. Ze had het niet bijgehouden; door de gebeurtenissen met Greg was ze te druk met andere dingen bezig geweest. En de flat lag nog vol met emotionele landmijnen. Elk karweitje bracht een beeld mee: een glas zoals hij gebruikte, de geur van zijn aftershave op het kussen. Ze was het boodschappenlijstje kwijt dat ze altijd in de keuken bijhield en moest een nieuw maken. Proberen zich te herinneren wat ze al had opgeschreven en wat niet, zoals cocktailsnacks, scheercrème.

De stukjes zilver-en-blauwkleurig papier die ze op het vloerkleed vond, waren vooral zo typerend. Gregs Tumswikkels... overal waar hij was geweest lagen snippers. Ze had er een grapje met hem over gemaakt en gezegd dat hij zo zijn territorium uitzette, net als dieren dat deden door op de grond en tegen bomen te urineren.

Terwijl ze zo rondliep om op te ruimen, werd haar verdriet groter. Korte tijd had ze in extase geleefd; de stukjes van haar vreugde lagen hier overal verspreid. Geen wonder dat ze geen zin had een of ander karweitje dat ze begon ook af te maken.

Het was zo moeilijk zich te concentreren op hetgeen ze wist dat ze moest doen.

Eindelijk draaide Lynn de radio uit, trok haar nachtpon en peignoir aan en maakte een Magere Maaltijd klaar. Langzaam at ze die op terwijl ze naar *Murphy Brown* keek... langzaam, omdat de speelgoedwasbeer steeds weer voor haar ogen verscheen met al zijn loszittende ledematen en kop – en omdat ze zichzelf had beloofd dat ze Greg pas na het eten hoefde te bellen.

Ze moest nog een paar hapjes naar binnen werken toen de telefoon rinkelde.

'Doe nou niet!'

'Ik móet wel, Greg.'

'Je moet níets. God, we waren nog maar net begonnen. En het klikte. Ik weet dat jij dat ook hebt gevoeld. Dat zei je.'

'Ik was te impulsief.'

'Weet je waar ik ben? In mijn auto in Malibu. Dicht bij Geoffrey's restaurant. Waar we elkaar hebben leren kennen. Herinner je je die avond nog?'

Ze zweeg.

'Zeg iets, Lynn. Je zegt niets!'

Op het zwijgende beeldscherm liep Miles Silverberg door de redactiekamer, waar het enorm druk was. Lynn keek en hield de telefoon met vochtige vingers vast. Het was veel moeilijker dan ze had gedacht.

Ze was kortaf en met opzet vaag. Dat was een van de vele lessen die ze tijdens de *Lynn Marchette-show* had geleerd, iets dat je moest doen als je moeilijke situaties de baas wilde blijven: geef de andere persoon niet voldoende stof om je vast te houden.

'Het gaat niet, Greg. Het is het beste dit in de kiem...'

'... in de kiem te smoren. Dat heb je al gezegd. Maar het zegt me niets. Laten we het er liever over hebben hoe ik je weer gelukkig kan maken. Wat kan ik doen?'

'Niets,' zei ze zachtjes en luisterde naar de sombere stilte die nu viel.

Greg liet het portierraampje zakken om de etenslucht uit de auto te verdrijven. Er kwam een andere auto op zijn mooie plekje staan, compleet met schetterende radio. Hij trok een afwerend gezicht en draaide het raampje snel weer omhoog.

'Dat is zo koud,' zei hij.

'Misschien wel. Maar...'

'Ik had nooit gedacht dat jij koud kon zijn.'

De teleurstelling en afkeer in Gregs stem doorboorden het beschermende schild dat ze om zich heen had getrokken en niet wilde prijsgeven.

Er kwamen verontschuldigingen bij haar boven, maar ze zei slechts: 'Misschien ben ik dat toch wel.'

'Nee. Niet in je hart.' Hij begon te fluisteren en zijn mond moest de hoorn aanraken. Het was even intiem alsof Greg naast haar op de bank zat en zijn mond haar oor aanraakte. 'Met mijn tong in jou was je niet koud. Met mijn pik in...'

Lynn smeet de hoorn op de grond. Ze staarde er even geschrokken naar, pakte hem op en gooide hem toen op de bank. Toen huilde ze in haar vochtige handen.

Hij liet overal boodschappen voor haar achter. Er waren er twee of drie op haar antwoordapparaat, elke avond als ze thuiskwam.

Ze klonken normaal, geen sekspraatjes, maar toch werd ze er misselijk van. De zachtjes aanhoudende stem die van geen ophouden wilde weten, maakte haar gek.

'Lynn, ik mis je ècht. Het spijt me als ik iets heb gedaan dat je van streek heeft gemaakt. Ik wil zo graag met je praten. Bel me toch, alsjeblieft!'

Op een avond toen ze ervoor terugschrok naar bed te gaan en later lag te woelen omdat een opkomende hoofdpijn haar belette de slaap te vatten, besloot ze haar niet-agressiestrategie te herzien. Als geen notitie ervan nemen niet hielp, moest ze het tegenovergestelde doen: haar boodschap luidkeels verkondigen. Ze had nooit met zoveel woorden tegen Greg gezegd: ik wil geen verder contact met je, en als je me niet met rust laat, haal ik de politie erbij.

Gesterkt door dat voornemen belde Lynn het nummer dat hij haar had gegeven. Het was in gesprek, zoals altijd. Ze probeerde het nog een paar keer, maar bleef de in-gesprektoon krijgen en zette eindelijk wat kamillethee en probeerde te gaan slapen.

Hij begon ook boodschappen op haar werk achter te laten. Ze vond de roze notitieblaadjes met 'Terwijl U Weg Was' erop, wanneer ze van de lunch of besprekingen terugkwam, of aan het einde van een uitzending.

'Heb je helemáál niet met hem gepraat?' vroeg Kara toen ze haar weer zo'n blaadje gaf.

'Niet sinds de avond dat ik genoeg van zijn praatjes kreeg en de hoorn heb neergegooid.'

'Zou je het hem niet wat duidelijker maken, als je zo vastbesloten bent er een einde aan te maken?'

'Ik heb het een paar keer geprobeerd, maar zijn nummer is altijd in gesprek.'

'Hij laat ook zo veel boodschappen voor je achter,' zei Kara verwijtend.

Lynn keek op van de programmalijst die ze aan het overlezen was. 'Hoor ik daar Arme Greg in? En Gemene Lynn? Ik ontloop die man niet. Ik wil het regelen. Als ik hem kon bereiken, of als hij eens belde als ik op kantoor was, dan kon ik dat doen. Hij weet wat mijn uren zijn en wanneer ik bij een uitzending ben. Het lijkt bijna alsof hij met opzet belt als ik weg of onbereikbaar ben.'

Pam stak haar hoofd om de hoek van de deur. 'Een pakje.'

'Alsjeblieft geen cadeau!' kreunde Lynn. De andere had ze allemaal weggegooid – de wasbeer, de jurk, het koffiezetapparaat – alles had ze bij het vuilnis van haar flatgebouw gedeponeerd.

De bezorger bracht met een karretje een pak naar binnen dat leek op dat waarin destijds de perziken waren verpakt.

Lynns maag deed vreemde dingen toen ze keek. Het was dezelfde sticker voor de bezorging. Het deed pijn te denken aan de verrassing en verrukking die zijn zending toen had veroorzaakt. Het enige dat ze nu voelde, was een zekere misselijkheid.

Zij en Kara kregen het pak moeizaam open. Weer perziken, maar deze keer geen keurig verpakte die elk in een afzonderlijk hokje lagen. Het leek of ze zo in de doos waren gegooid.

'Ze zijn rot,' zei Lynn.

Ze keken naar de vruchten. Sommige hadden bruine rotplekken zo groot als een kwartje en andere waren al beschimmeld.

'Nu móet je hem te spreken zien te krijgen. Hij moet zijn geld terug vragen,' zei Kara. 'Die doos moet gedurende de nacht in een gloeiendhete loods hebben gestaan.'

'Is het ergens tussen hier en Los Angeles gloeiendheet in november?'

'Dat zie je maar. Geef me zijn nummer. Ik zal eens zien wat de telefooncentrale kan doen als er een andere manier van opbellen wordt geprobeerd.'

De sneeuwsluier rondom de Tobin Bridge was prachtig, maar je moest daardoor langzaam rijden. Lynns Lexus was in dit soort weer beter dan andere sportauto's, dank zij de greep van de banden op de weg en hun profiel, en meestal vond ze het wel leuk door sneeuw te rijden, vooral als een van Booboo's bieslookomeletten haar in Salem opwachtten. Maar nu werd alles wat ze deed somber en ze kon die somberheid niet van zich af zetten. Ze kon Greg niet bereiken en hij nam nooit regelrecht contact met haar op, ondanks al zijn telefoontjes die voor haar waren bestemd.

Haar vingers speelden met de knoppen van de radio terwijl ze heen en weer ging tussen Bob Hemphill en Cleo Costello. Cleo was een ouderwetse Boston-Ierse figuur met een zwaar zuidelijk accent. Bob lag meer in Lynns lijn, een doordenkende persoonlijkheid, die zich met sociale vraagstukken bezighield. Soms was hij zó goed dat ze zich bedreigd voelde. Nu kon ze zich troosten met de gedachte dat ze straks landelijk zou worden uitgezonden, terwijl Bobs station nauwelijks Worcester bereikte.

Daar dacht ze verder over na en probeerde zich blij te voelen.

Het sneeuwde nog toen ze het huis bereikte, maar alleen van die losse, dikke vlokken die nooit bleven liggen. De geur van gebraden boter drong al tot haar door nog voor Angela de deur had geopend.

'Je vriend heeft opgebeld,' zei Angela.

Lynn bleef op de stoep staan.

'Kom maar binnen.' Angela droeg een poncho met franje over haar wollen trui. Haar altijd aanwezige halskettingen dansten over en onder haar poncho. 'Blijf daar niet in de kou staan.'

'Greg.' Lynn deed de deur achter zich dicht en veegde haar voeten op de gehaakte mat.

'Wat een aardige kerel,' zei Booboo, die de keuken uitkwam en zich daarbij moest bukken. Hij verpletterde haar bijna met zijn omhelzing en het duurde even voor hij merkte dat ze totaal niet reageerde.

Hij deed een stap achteruit en keek haar vragend aan.

'Greg heeft hier opgebeld?' vroeg Lynn.

Booboo knikte. 'Gisteravond. Hij zei dat je niet thuis was en dacht dat je misschien hier zou zijn.

'Ik heb laat doorgewerkt en daarna zijn Kara en ik een pizza gaan eten. Wat had hij verder te zeggen?'

'Dat hij het zo leuk bij ons had gevonden en dat mijn guacamole beter was dan die van Spago. Hij zal me wat speciale hete pepers sturen om erin te doen. Laat eens zien, wat zei hij nog meer? Hij mist je en neemt contact met je op.'

'Kom nou hier zitten,' riep Angela vanuit de huiskamer. 'De zon is te voorschijn gekomen.'

'Wat is er aan de hand?' vroeg Booboo aan Lynn terwijl hij haar onderzoekend aankeek.

'Het is... zo vreemd. Weet je, ik ga niet meer uit met Greg en wil hem niet meer zien. Dat heb ik hem gezegd, maar hij... blijft overal bellen en boodschappen voor me achterlaten...'

Booboo nam haar aan de hand mee naar de huiskamer en zette haar op de bank naast Angela.

'Hij wil je vermoedelijk overhalen het níet uit te maken,' zei Angela.

Lynn schudde haar hoofd. 'Zo eenvoudig is het niet.' Ze vertelde hun wat er gebeurd was: de ongewenste cadeautjes; de wasbeer, haar aanvankelijk zo dappere besluit een relatie af te breken waarvan ze voelde dat er iets fout zat... de telefoontjes, de verrotte perziken. Ze struikelde een beetje bij de seksuele elementen – Gregs vocabulaire, de panty, en de catalogus.

'Van het begin af aan was er iets vreemds aan,' besloot ze. 'Het duurde alleen even voor het tot me doordrong.'

'En wij vonden hem zo geweldig,' zei Angela. Haar toon hield in dat zij er niet van overtuigd was dat ze zich vergist zouden hebben.

Booboo krabde eens over zijn kin. 'Ik begrijp eigenlijk niet wat je zo vreemd vindt. De man wil je graag weer zien, dus blijft hij opbellen. Je geeft toe dat je hem niet ronduit genoeg hebt verteld hoe de zaak er, wat jou betreft, voor staat.'

'Jullie tweeën waren hier nog net twee tortelduiven,' merkte Angela op.

'Die kwestie over waar hij werkte, was gewoon een misverstand – dat heb ik zelf gehoord,' zei Booboo. 'En wil je heus zeggen dat hij een speelgoeddier uit zijn verband heeft gerukt om jou van streek te maken? Je zegt dat hij je vriendje, dat gestreepte eekhoorntje, op je terras heeft gezien, en misschien was een wasbeer het beest dat er het meest op leek toen hij ernaar zocht. En de perziken – je kunt toch niet ècht denken dat iemand je met opzet half verrotte vruchten stuurt?'

'Hij wist wel hoe ze verstuurd moesten worden,' antwoordde Lynn. 'Dat deed hij de eerste keer. En we hebben hier over wasbeertjes gesproken, op de terugweg naar Boston, hoe ze deden als ze dol waren...' Lynn zweeg. Ze klonk, zelfs in haar eigen oren, niet overtuigend. 'En die telefoontjes. Zo veel gesprekken, maar hij bereikt me nooit rechtstreeks. En hij laat een nummer achter dat altijd in gesprek is...'

'Wil je daarmee zeggen dat hij niet wìl dat je hem bereikt?' vroeg Booboo ongelovig.

'Já!'

Het enige hoorbare geluid was dat van de smeltende sneeuw. Het zonlicht wierp beweeglijke patronen op het zachtgrijze vloerkleed. Lynn kreeg het koud, al was het in de kamer warm – daar zorgde Angela altijd wel voor. Ze wreef zich in de handen.

Booboo kwam op haar toe en sloeg zijn armen om haar heen.

'Kijk eens,' zei hij, 'als die man weer belt, zal ik zeggen wat jij wilt dat ik zeg. En wat is dat? Dat je er helemaal niet op gesteld bent ooit nog iets van hem te horen?'

Lynn maakte zich van hem los. Evengoed als ze wist dat Greg haar niet wìlde bereiken, wist ze ook dat hij hier niet nog eens zou bellen. 'Ja.'

'Goed zo. Dan doe ik dat.'

'Kunnen we nu eten?' vroeg Angela. 'Ik verga van de honger.'

'Ik ook,' loog Lynn.

Booboo stond op. 'Ik ben over drie minuten met die omeletten klaar. Dan moet je ons eens precies vertellen hoe het met je proefuitzending staat.'

Lynn hoorde haar telefoon rinkelen toen ze de deur van haar flat opende.

'Jij bent zo moeilijk bereikbaar. Ik mis je,' zei Mary. 'Nu je bijna een nationale ster bent, begin je – geloof ik – je oude vrienden te vergeten.'

'Maar Mary, natuurlijk niet!'

'Hoe staat het met de proefuitzending? Wanneer neem je die op?'

'QTV wil ze binnen zes weken hebben. Marilyn Van Derbur en Sandra Dee hebben voorlopig ja gezegd. We zijn nog met een paar anderen in onderhandeling. Ik wil dol- en dolgraag Oprah hebben, maar tot nu toe hebben we haar nog niet kunnen overhalen.'

'En verder? Hoe is het met Greg?'

Lynn zuchtte vermoeid en vertelde haar alles. 'Ik heb een besluit genomen en het uitgemaakt. Maar dat hielp niet. En iedereen denkt dat ik gek ben.'

Omzichtig zei Mary: 'Je moet je niets aantrekken van wat iedereen denkt als jij zelf achter je besluit staat.'

'O, Mary,' zei Lynn. Ze trok haar laarzen uit. Haar tatoeage was nog niet aan het verbleken en ze bedekte die met een speciale make-up die alles bedekte en uit een medisch vooraadje afkomstig was. Ze probeerde er verder niet aan te denken. 'Ik vind het allemaal heel erg vreemd.'

Mary zweeg.

'Maar voordat ik dit besluit nam, voelde ik me nog erger. Nu heb ik tenminste íets gedaan.'

'En nu?' hield Mary na een stilte aan.

'Dat weet ik niet. Heb je geen toepasselijk spreekwoord voor me?'
'Zoiets als baby's met het badwater weggooien?'
'Nee, meer zo iets... als je eigen mening volgen.'
'Dat is altijd goed,' zei Mary. 'Maar dat badwater is ook niet slecht.'
'Zeg dat nu niet. Wees niet de zoveelste die probeert me ervan te overtuigen dat ik Greg moet aanhouden. Ik kreeg steeds meer een aversie tegen hem. Wat ik je net vertelde, was walgelijk. Die panty, de catalogi, al die smerige praatjes...'
'Sommige mensen vinden dat sexy.'
'Er is geen enkel verschil. Althans niet bij Greg.' Lynn wreef over haar pijnlijke hoofd. 'Je bent het er niet mee eens, hè?'
'Jij wel?'

Ze sliep die zaterdagavond nog slechter dan gewoonlijk. Haar hoofd bonsde en zelfs Tylenol extra sterk hielp niet. Ze dacht nog maar zelden met enig verlangen aan valium, maar nu wel.
Tegen zondagmiddag was ze wanhopig en zat met warme thee op het terras om te proberen alles uit te zweten terwijl ze naar de grauwe haven keek.
Het was al erg genoeg dat Kara geen begrip voor haar had, en Booboo en Angela hadden de druk nog eens verhevigd. Niet met opzet, maar het feit dat ook zij vonden dat ze het wat Greg betrof bij het verkeerde eind had – en dan nog eens Mary's zachte steken onder water – dat alles was genoeg geweest om haar weer ernstig aan zichzelf te laten twijfelen.
Ja, ze vertrouwde op haar instinct. Maar hoe stond het dan met de instinctieve gevoelens van iedereen om haar heen? Het leek erop dat Greg het eindelijk had opgegeven en er kwamen vrijwel geen telefonische boodschappen meer.
Alle aanwijzingen die hadden gezorgd dat ze zich terugtrok, waren te verklaren.
Vooral het feit dat zij zich terugtrok was verklaarbaar.
Ze nipte aan de thee en nam toen de beker in haar andere hand om die in de damp te warmen. In de verte trok een sleepbootje een lange aak. Als ze naar binnen ging en haar verrekijker haalde, kon ze de mensen op de sleepboot zien en bekijken wat ze deden, maar ze wilde de kijker niet halen.
Ze had nergens zin in.
Vier jaar geleden had ze een relatie gehad met een man die vijftienhonderd dollar van haar had geleend om een verlovingsring voor haar te kopen. Maar hij besteedde het geld aan een Soloflex. Ze vergaf het hem en leende hem nog meer. Dat besteedde hij eveneens en daarna maakte hij het uit.
Om zich te troosten had ze snel aangepapt met een regisseur van

documentaires. Hij masseerde elke avond na het werk haar rug en gaf haar voor haar verjaardag een weekend op St. Thomas. Toen hij zich beklaagde over haar gebrek aan belangstelling, verloor ze elke interesse in hem.

Kon zij er iets tegenin brengen als Kara, Mary en haar broer lieten merken dat haar oordeel over mannen maar povertjes was?

Ze dronk nog wat thee en kroop op haar stoel in elkaar.

Hoofdstuk vijf

Kara was altijd heel zorgvuldig. Wanneer ze rekeningen betaalde, las ze steeds de wenken die op de achterkant van de envelop gedrukt stonden en stelde dan die vragen aan zichzelf.

Ze was nu bezig rekeningen te betalen en maakte er een keurig stapeltje van op het bureau in haar hal.

Nog even en dan moest ze de hond uitlaten. Nicky wist niet dat het zaterdag was; op weekends besefte hij ook niet dat hij niet tot zes of zeven uur hoefde te wachten, en dus drong hij ook aan om eerder te worden uitgelaten.

Heel lief van haar lieve brak om zo precies te doen wat er van hem werd verwacht.

Kara plakte ergens een postzegel op en dacht eraan hoe ze gewoonlijk beslissingen nam. Ze was er niet bang voor; ze was er eigenlijk wel dol op. Sommigen van haar collega's vonden het vreselijk beslissingen te nemen, gaven er de voorkeur aan dat zij het voor hen deed, en op die manier kreeg ze de kans een zekere aanleg ervoor te demonstreren.

Maar af en toe gebeurde er iets dat ze vreselijk vond om onder ogen te zien.

Zoals nu.

Er was geen beslissing hierover die ze kon accepteren. Ze moest degene kiezen die haar het minst hinderde.

En dat had ze bereikt door zichzelf af te vragen: hoe zou ik willen dat Lynn dit aanpakte als de rollen omgekeerd waren? Wat zou Lynn doen dat het beste zou zijn voor mij, voor zichzelf en voor het blijvend succes van de show?

Het antwoord drong langzaam tot haar door terwijl ze haar cheques uitschreef, in enveloppen stopte, de flappen bevochtigde en postzegels op de adreszijde plakte.

Kara wist dat als zij een veelbelovende relatie verkeerd inschatte en die misschien schade toebracht, en als Lynn de kans had te helpen, zij zou willen dat Lynn dat ook deed.

Doen wat zij nu deed, en helpen Lynns kansen niet te bederven. Zorgen dat ze wat tijd kreeg om nog eens over alles na te denken.

Lynn van zichzelf redden was niets nieuws, maar gelukkig was het in de loop van de jaren steeds minder noodzakelijk geworden.

Haar band met Lynn was heel innig, als werkpartners èn als vriendinnen. Maar ze had haar huidige positie als producente van een belangrijke show bereikt door haar keuzen zorgvuldig af te wegen – niet door blindelings Lynns ster of die van een ander te volgen.

Al waren haar pogingen om Lynn op het persoonlijke vlak in een rustig vaarwater te houden gebaseerd op werkelijk medeleven en een wens dat Lynn gelukkig zou zijn, toch was ze realistisch genoeg om in te zien dat er hier ook sprake was van een investering.

Ze besteedde moeite en zorg aan alles wat nodig was om de show vooruit te helpen en een indrukwekkende proefuitzending op touw te zetten. Om er landelijk tegenaan te gaan en alle anderen op dezelfde markt uit te schakelen.

Ze wilde blijvend succes en voldoening voor Lynn en zichzelf.

De laatste tijd verliep dat allemaal ook geheel naar wens.

Als het soms leek of zij harder moest werken dan Lynn en er minder voor terugkreeg – nou ja, zo was het leven.

Niet dat Kara jaloers was. Niet direct, in elk geval; haar doeleinden waren heel verschillend van die van Lynn.

Ze legde haar chequeboek weg en haalde een Cola-light. Ze was dol op echte Coke, maar bewaarde die voor gelegenheden waar anderen Moët voor te voorschijn haalden. Ze kon zich de calorieën gewoon niet veroorloven.

Daar bofte Lynn ook zo mee: ze klaagde over haar gewicht, maar haar buik was zo plat als een dubbeltje, en ze had geen Cola-light nodig om zo te blijven.

Als zij Lynn was, zou ze liever dankbaar zijn en niet meer klagen.

En ze zou absoluut voorzichtiger omgaan met haar eigen kansen.

Iedereen wist dat Lynn vóór een show een kwartier absolute rust nodig had. Die nam ze nu terwijl ze op haar bureaustoel achteroverleunde en langzaam ademhaalde.

Het was een meditatietechniek die altijd hielp. Dan zag ze het eind van het programma voor zich en voelde zich voldaan over de wijze waarop ze de zaak had aangepakt. Dan doorliep ze alles nog eens vanaf het begin en voegde er nog enkele wenken voor die dag aan toe: ik handhaaf het evenwicht tussen de sprekers... ik oordeel niet... ik lijk niet zenuwachtig.

Die dag was het al erg moeilijk om haar ontspannen toestand lang genoeg te handhaven om te mediteren. Ze vlóóg erdoorheen. Dat moest maar voldoende zijn. Het was het beste wat ze ervan kon maken.

Ze belde om Kara. Eindelijk had ze een besluit genomen. Ze zou het aanbod aannemen dat Kara haar al een paar keer had gedaan: om Greg aan de lijn te krijgen, zodat ze met hem kon praten.

Het spijt me dat ik zo moeilijk te bereiken was, zou ze zeggen. Dank je wel voor alles dat je me hebt gestuurd. Laten we nog eens opnieuw beginnen.

Ze zou voorstellen het langzaam aan te doen. Ze wilde geen waanzinnige, hartstochtelijke, kunstmatige verhouding. Maar ze zou het heerlijk vinden als ze elkaar nu eens wat beter zouden leren kennen. Ervan uitgaande dat híj dat nog steeds wilde.

Dan zou ze eindelijk weer kunnen slapen, zonder te piekeren over wat haar fantasie de arme man allemaal toedichtte.

'Kara is er niet. Ze is in de studio,' zei Pam over de intercom. 'Moet ik haar bellen en zeggen te komen?'

'Nee, ik ga wel naar haar toe. Wat ik wil, kan toch niet gedaan worden vóór de show achter de rug is.'

Lynn liep de drie trappen naar studio C af. Het publiek zat er al en keek naar de laatste details voor de uitzending. Sommige mensen lachten tegen haar toen ze haar rustig zagen binnenkomen via een deur die op het middenpad uitkwam. De meeste toeschouwers hadden haar al een hand gegeven toen ze een tijdje tevoren de studio binnenkwamen.

Kara was al aanwezig en zette stoelen klaar, terwijl een geluidstechnicus er snoeren voor de microfoons naartoe leidde. 'Zes,' zei Kara toen Lynn het trapje opkwam. 'Niet, Lynn? Drie rechercheurs, de sociale werker en de twee consulenten die crises in verband met verkrachting behandelen. De professor komt niet.'

'Juist,' zei Lynn. 'Zorg dat er veel water staat. Smerissen drinken water. Ze moeten toch íets doen.'

De geluidstechnicus verdween en Lynn raakte even Kara's arm aan. 'Als we hier klaar zijn, wil ik met je praten.'

Ze zag niet dat Kara scheen te schrikken, omdat ze net omlaag keek om een stuk snoer met haar voet opzij te schuiven. Terwijl ze dat deed, zag ze een paar glimmende dingen op het blauwe kleed liggen. Ze keek op en wilde voorstellen dat er vlug even werd gestofzuigd, zag Kara's gezicht... en kreeg het gevoel alsof iemand haar een stomp in de maag had gegeven toen ze in haar onderbewustzijn de stukjes van de puzzel aan elkaar legde.

Er was gelukkig even een moment van verwarring vóór Lynn doorhad wat die stukjes glinsterend papier waren, wat hun aanwezigheid daar betekende en hoe Kara's gezicht bij dat alles paste.

'Greg is hier geweest,' fluisterde ze tegen Kara. 'Nietwaar?'

Kara slikte.

De regisseur riep: 'Vijf minuten!'

'Om jou te hèlpen,' fluisterde Kara terug.

De produktieassistenten brachten de gasten het toneel op. Lynn zorgde er altijd voor aanwezig te zijn om hen te verwelkomen en een beetje met hen te praten vóór de uitzending begon, maar nu trok ze Kara opzij, buiten gehoor van de anderen en de controlekamer.

'Hij belde me gisteren thuis op en stond erop met me uit eten te gaan. Hij was maar één dag in de stad. Hij smééktte me gewoon, Lynn, en zei dat hij jou niet had kunnen bereiken en mijn raad nodig had.'

'Ga verder,' zei Lynn, en haar stem was even koud als haar handen.

Kara slikte nog eens. 'Dat is eigenlijk alles. We hebben samen gegeten en hij vertelde me dat hij je zo miste. Hij blééf maar vragen wat hij moest doen. Hij wilde de studio zien waar jij werkt en ik had mijn sleutels, dus heb ik hier opengemaakt en hem alles laten zien.'

Enige drukte op het toneel dwong Lynns aandacht daarheen. De gasten zaten allemaal op hun plaats, maar de mensen van het geluid liepen nog heen en weer met snoeren.

'Wat is er mis?' riep Lynn.

'Er komt uit sommige geen geluid. We moeten ze vervangen.'

Lynn sloot haar ogen.

Kara zei: 'Trek nu geen idiote gevolgtrekkingen, Lynn. Níet doen. Hij heeft alleen gekeken en is hier nauwelijks twee minuten binnen geweest. Je weet dat microfoons het vaak laten afweten.' Ze pakte Lynn beet bij de schouders. 'Het spijt me allemaal. Sorry als je nu van streek raakt. Misschien was het niet zo verstandig van me. Maar we moeten deze show doen. Je moet je beheersen.'

Lynn knikte en drukte haar handen hard tegen elkaar en liep de controlekamer in.

'Nog geen geluid?' vroeg ze.

Een van de technici antwoordde, maar Lynn hoorde hem niet. Er was iets anders dat haar aandacht trok.

Er stond een wit Braun-koffiezetapparaat op de kast waarin de geluidsbenodigdheden zaten. Het zat vol koffie en stond klaar om te worden aangezet.

Trillend boog ze zich eroverheen en bekeek het nader. De kleine deuk in de afwerking van chroom was aanwezig. De koffie rook naar gebrande Italiaanse.

Ze holde naar Kara toe. 'Waar komt dat ding vandaan?'

Kara keek naar de kast en toen naar Lynn. 'Welk ding?'

'Dat koffiezetapparaat.'

'Weet ik niet.'

Lynn verliet de controlekamer vóór ze tegen Kara kon zeggen dat ze het antwoord op haar eigen vraag al wist.

Greg had het afvalhokje in haar flatgebouw doorzocht – ze zou overgeven als ze zou gaan nadenken wannéér hij dat had gedaan – en hij had er het apparaat en de koffie uitgehaald. En had het ding, zonder dat Kara het wist, op een of andere manier in de controlekamer neergezet, zodat Lynn het zou aantreffen op de dag nadat hij hier was geweest, op de dag dat de microfoons het niet deden.

Lynn liep voorzichtig het toneel op.

Twee jaar geleden, toen orkaan Bob zich brullend langs de kust een weg naar Boston baande, had ze op het terras gezeten, nog even van een laatste rustig moment genoten voor ze haar huis verliet om bij Booboo de veiligheid op te zoeken. Terwijl ze over de vreemd donkere haven uitkeek en wist wat er op komst was, had ze moed verzameld voor alles wat er kon gebeuren.

Al had ze er geen idee van wat Gregs doel was, nu wist ze zeker dat al haar vroegere voorgevoelens juist waren geweest. Ze kon hem niet redelijk behandelen, evenmin als ze met een orkaan in dispuut had kunnen treden. Hij bevond zich aan het ene eind ergens van en zij aan de andere kant, en wat zich tussen hen in bevond, was onbekend en angstaanjagend.

Ze had al eens shows gedaan terwijl ze koorts had en ook met vreselijke pijn na een wortelkanaalbehandeling. Ze had er een gedaan op de ochtend dat haar gynaecoloog erop had aangedrongen dat ze na een week buikpijn naar het ziekenhuis ging. Meteen na de show was ze flauwgevallen en een uur later lag ze op de operatietafel voor een spoedoperatie aan een cyste aan haar eierstok.

Ze bracht het er nu ook geweldig van af.

Het onderwerp was misdaden op seksueel gebied, goddank. Ze had een uitdagend onderwerp nodig omdat ze te zeer geschrokken was om iets anders te kunnen doen dan zich ijzig in bedwang houden terwijl ze doorging met haar bijna dansachtige stappen, automatisch luisterde naar de plaatsen waar ze moest ophouden, een of andere gast moest aanspreken of een dringende vraag stellen, het publiek inlopen.

Ze kon het beeld maar niet van zich afzetten van Greg die daar rondzwierf en overal keek naar de plekken die haar zo bekend en dierbaar waren... in haar gebouw, hier, in haar studio. Het feit dat ze juist die ochtend eindelijk besloten al haar achterdocht opzij te zetten, maakte dit een nog veel ergere inbreuk op haar privacy.

Wat voor achterdocht? Dat was de vraag die haar het hele weekend had gekweld... die had bijgedragen aan de emotionele toestand van het staakt-het-vuren die ochtend. Wat dacht ze eigenlijk dat hij wilde bereiken? Er was geen enkele zinvolle verklaring te vinden die aansloot bij de duivelse handelingen die hij scheen uit te voeren.

Iets trok haar aandacht – niet de zogenoemde precisie van de manier waarop de show verliep, maar haar werkelijke interesse. Een van de politiemensen sprak, een rechercheur die Mike Delano heette.

'Mike, dat is belangrijk. Wil je dat nog eens zeggen, en langzaam.'

Ze bestudeerde hem in een close-up op de monitor. Hij had heel zwarte ogen onder zware wenkbrauwen en een brede kin met een kuiltje erin. Op het scherm was zijn blik gepijnigd en ernstig, niet het mediamasker dat zo veel politiemensen droegen.

Hij zei: 'Een seksuele misdadiger is niet zomaar een kerel die een vrouw op een trap te grazen neemt of zich met geweld aan de ander opdringt bij een afspraakje, of aan een kind. Hij kan iemand zijn met wie je bereid was seks te hebben, die altijd een driedelig pak draagt en kaviaar voor je koopt.'

Lynn kon nauwelijks meer ademhalen en vroeg: 'Waaruit bestaat de misdaad dan?'

'Daar wilde ik het net over hebben,' zei hij geïrriteerd en vatte, jammer genoeg, haar vraag op als een uitdaging. 'Dit is een pathologie waarvan we steeds meer leren. Hij is vaak aantrekkelijk en komt dus gemakkelijk iemands leven binnen. Hij slaapt met je, overstelpt je met aandacht. Alles lijkt rozegeur en maneschijn. Maar hij is een ziek mens en uiteindelijk laat hij dat blijken, op een of andere manier, en zijn gewezen partner breekt met hem. Dat is het moment waarop het eigenlijke geweld begint. Het publiek beschouwt dit als een soort achtervolging van een stuk wild. Wij noemen het pathologisch lastigvallen – met andere woorden, zware, geestelijke kwellingen.'

De regisseur gaf haar een teken om te onderbreken, maar Lynn kon haar ogen niet van de monitor afhouden.

Nu begon ze te begrijpen waar Greg op uit was.

Hoofdstuk zes

Ze zat op een stoel naast zijn bureau op hem te wachten toen hij met een lunchzak binnenkwam. De vorige dag, bij de show, was hij in burger geweest, in een kostuum plus das. Vandaag droeg hij een spijkerbroek en een grijs sweatshirt van de politie-academie, Tufts, met capuchon.

Ze zag hem door de zaal aankomen en tegen sommige collega's wuiven. Toen hij haar ontdekte, aarzelde hij en viel op zijn bureaustoel neer terwijl hij zijn lunch neerzette.

'Dank je dat je bij de show wilde komen,' zei Lynn. 'Daarom ben ik niet hier, maar ik wil je tòch bedanken. Je hebt me persoonlijk geholpen.'

'Goed zo. Waarom ben je hier?'

Lynn zweeg even. 'Is er een kantoor waar we samen kunnen praten?'

'Hier. Maak je om de anderen geen zorgen,' zei hij, en wees op de zaal vol vlak op elkaar staande bureaus. 'We zullen hier niet over iets praten dat zij niet elke dag horen.'

'Hoe weet je waar we het over zullen hebben?' vroeg ze zachtjes.

Mike Delano zuchtte eens. 'Gisteren heb ik bij je show over seksuele misdaden gepraat. Vandaag zit je al voor de lunch naast mijn bureau en bedankt me voor mijn hulp aan jou persoonlijk. Als ik nu geen gevolgtrekkingen zou kunnen maken, dan kan ik beter terug naar de academie. Ook een?' vroeg hij, terwijl hij twee hot dogs uit de zak haalde.

'Nee, dank je. Wat je zei dat me hielp, was over die pathologische kwellingen.'

Zo kort mogelijk legde ze hem uit wat er met Greg was gebeurd.

'En iedereen vindt jou de schuldige,' eindigde Mike voor haar terwijl hij wat zuurkool uit het vetvrije papier nam en die aan zijn al half opgegeten hot dog toevoegde.

Ze voelde tranen opkomen. 'Ja.'

Zonder zich ervan bewust te zijn, keek ze naar de worst op zijn bureau. Ze had er al in dagen niet meer aan gedacht om te lunchen, en opeens kreeg ze het gevoel dat ze half verhongerd was.

'Verdomme, néém hem toch,' zei Mike. 'Ik bood hem je toch aan?'

'Ik kan toch niet de helft van jouw lunch opeten!'

'Eet er dan een kwart van.' Hij gaf haar het worstje waar hij aan was begonnen en pakte de nog hele worst op van zijn bureau. 'Dat is een deel van de manier van doen van die kerels. Hun handelingen kunnen op twee manieren worden uitgelegd. Jouw vrienden houden vol dat hij een ongevaarlijk slangetje is, maar jij weet dat hij een gemene gifslang is. De echt goede op dit gebied kunnen er zelfs voor zorgen dat je zelf gaat twijfelen. Je zei dat hij je een telefoonnummer heeft gegeven?'

Lynn knikte. 'Maar als ik...'

'Wacht even. Dat was 1288.'

Ze legde haar worstje neer. 'Ja.'

'Overal in het land zijn bij sommige centrales alle 1288-nummers altijd in gesprek. Dat gebruiken die gasten altijd. Wij doen het ook.' Hij boog zich naar haar toe en zijn donkere ogen keken haar doordringend aan. 'Dat feit lost wel elke twijfel op die je nog zou kunnen koesteren; die kerel is een halve gare.'

Lynn had het al beseft nog voor Mike het onder woorden bracht. Ze leunde achterover op de harde stoel en de hot dog lag haar opeens als een steen op haar maag. Grote opluchting, dodelijke angst – alles tegelijk.

Ze had gelijk. Ze zocht niet zomaar naar de worm in de appel, wrong zich niet voor niets in allerlei bochten.

'Wat gaat er nu verder nog gebeuren?' vroeg ze.

'Hoe kan ik dat nou weten?'

'Bij de show noemde je jezelf anders een deskundige!' snauwde Lynn. Niemand aan de andere bureaus keek op of om.

'Ik ben ook een deskundige, maar ik ben Kreskin niet. Luister eens, sommigen gaan heel ver, anderen niet. Ze halen hun gerief door jou in kringetjes te laten rondlopen – verschijnen en verdwijnen overal, maar zijn nooit bereikbaar. Ze pesten je ermee om je te tonen hoe gemakkelijk ze je overal kunnen volgen en je leven in de war schoppen. Hun belangrijkste doel is de zaak compleet in handen te krijgen. Sommigen krijgen opeens genoeg van iemand en gaan over op een volgend slachtoffer, maar sommigen blijven bij je hangen. Hoe was hij in bed?'

'We... Hij...'

'Je hebt toch seks met hem gehad?'

'Ja, maar– het leek of hij het minstens even fijn vond om erover te praten als om het te doen. Misschien vond hij het praten erover nog wel beter. En dan zo grof!'

'Aha,' zei Mike. 'En verder? Vreemde verzoekjes?'

'Die panty. De panty zonder kruis, waarvan hij wilde dat ik die zou aantrekken. Hij wilde steeds dat ik die droeg... dan kon hij zó bij me. Zijn tong in me steken. Hij wilde dat in de badkamer van mijn vrienden doen.'

Ze werd misselijk en haalde diep adem.

'Dat gore geklets. Heb je tegen hem gezegd daarmee op te houden?'

'Já!'

'En hij ging gewoon door.'

'Soms hield hij zich even in. En als ik dan wat bijkwam, werd hij erger. Ik vertelde het aan een vriendin van me die psychiater is. Degene die dat feestje gaf. Zij zei me echter dat zijn taal niet smerig was, alleen maar sexy, en ze liet doorschemeren dat ik duidelijk het verschil niet kende.'

Mike nam de papieren van zijn lunch op en gooide ze in een prullenmand. Hij keek haar even strak aan. 'Ik denk dat jij dat verschil best kent.'

Lynn wreef haar koude handen over elkaar. Het was heel warm in de zaal en het zweet droop langs haar rug. Ze had alle andere details vermeld – de telefoontjes, de wasbeer en de perziken – en daardoor had ze niet uitgeweid over de seksuele kant. Het was walgelijk dat ze daar nu over moest praten.

Ze slikte eens. Zou ze opstaan en naar de w.c. gaan?

Mike zei: 'Dit klopt wel met de rest van wat je me verteld hebt.'

'Hoezo?'

'Ze willen je onder controle krijgen.' Hij spreidde zijn handen. 'Hij geniet als jij steeds niet weet waar je aan toe bent. Laat haar zich maar ontspannen, dan sla je weer toe. Steeds weer opnieuw.'

Vermoedelijk omdat ze zich zo slecht op haar gemak voelde, viel ze plotseling tegen hem uit. 'Tjongejonge, wat leren ze jullie toch veel op Tufts!' Ze keek woedend naar zijn sweatshirt.

Mike schudde zijn hoofd. 'Ik ben niet op Tufts geweest. Neem nooit zondermeer aan dat wat je ziet, ook de waarheid is.'

Hij haalde een notitieboekje uit een la van zijn bureau. 'Laten we eens aan het werk gaan.'

Toen ze die avond de deur van haar flat opende, voelde Lynn haar gebruikelijke vermoeidheid – alleen iets minder dan anders – en ook enige opluchting.

Het feit dat ze niet in staat was geweest iemand in haar omgeving ervan te overtuigen dat ze niet onevenwichtig was, was een enorme druk op haar geweest. Doordat ze zich steeds tot het uiterste had moeten inspannen voor de proefuitzending en daarnaast elk woord had moeten overwegen dat ze tegen haar vrienden en familie uitte – plus de voortdurende angst voor eventuele nieuwe kwellingen die haar konden wachten – dat alles had haar uitgeput.

Haar lunchgesprek met Mike Delane was het eerste sprankje hoop. Het was zo heerlijk weer eens te worden geloofd.

Niet dat er eigenlijk íets was veranderd. Mike had haar gewaarschuwd dat er niets kon worden gedaan, want er had geen misdaad plaatsgevonden.

'Die kerels vinden het prachtig dat we hen niets kunnen maken,' zei hij. 'Een omgangsverbod? Vergeet het maar. Ze lachen je in je gezicht uit. In Massachusetts hebben we een wet op achtervolging, maar we kunnen hen zelfs niet arresteren tenzij ze je bedreigen.'

De troost die ervan uitging om hem te zien knikken terwijl alle anderen hun hoofd schudden, het gevoel van veiligheid terwijl hij alle details opschreef, was een warm bad vergeleken met de afschuwelijke verwarring en onzekerheid van de afgelopen weken.

Ze zette haar boodschappentassen op het aanrecht in de keuken en keek naar buiten, naar de lichten van de schepen in de haven. Een late kardinaalvogel zong ergens zijn avondlied. Ze zette de boter en yoghurt in de koelkast, deed de vis in een vergiet om te wassen en haalde haar mixer te voorschijn voor de salade.

Dit was de eerste dag dat ze zin had in iets anders dan thee. Die avond kon ze zelfs durven hopen dat de beste mogelijkheid die Mike die ochtend had geopperd zich kon voordoen. Greg kreeg er genoeg van, zou met zijn spelletjes ophouden, wàs er misschien al mee gestopt.

Ze deed de lampen in de zitkamer aan en zette de televisie aan. Toen deed ze de overgordijnen open en keek weer naar de lichten, die zich glinsterend in het water weerspiegelden.

Vervolgens liep ze haar slaapkamer in om haar spijkerbroek aan te trekken, ging op de rand van het bed zitten en trok haar schoenen uit...

... en hield opeens op, terwijl ze nog een zwarte hak in haar hand hield.

Op de grond, vlak bij het nachttafeltje, lag een stukje van een Tumswikkel.

Lynn verzette zich tegen haar neiging de flat uit te rennen. Het was maar één stukje. Misschien had het onder het bed gelegen. Misschien was het aan haar stofzuiger ontsnapt.

Als een verdwaasd dier holde ze rond in de slaapkamer om zich ervan te overtuigen dat er niet meer waren. Ze keek onder de meubels en trok haar vingers door het hoogpolige tapijt rondom het bed.

Eindelijk werd het geril minder en ze pakte het snippertje op en liep naar de badkamer om het door de w.c. te spoelen. Ze trok het licht aan en bleef toen verstijfd staan, waarbij het snippertje uit haar hand viel.

Er lagen minstens tien kapotgetrokken Tums-wikkels op de vloer van haar badkamer.

'Heb je niets gehoord van wat ik vanmiddag heb gezegd?'

'Heb jíj mij niet gehoord? Ik zei dat hij in mijn flat is binnengedrongen!'

'Dat wéten we niet,' zei Mike. 'We weten alleen dat er rommel op de grond ligt. Ik kan geen arrestatiebevel aanvragen omdat er rommel ligt.'

Lynn leunde tegen het plastic windscherm van de telefooncel. Ze was zonder jas naar buiten gerend, maar de wind was stevig en vochtig. Ze legde de hoorn over haar schouder en sloeg haar armen over elkaar voor haar borst.

'Hij wist precies wat ik zou gaan doen en liet die wikkels niet achter waar ik ze meteen zou zien. Hij weet dat ik wat rondscharrel als ik net thuis ben en voor ik me ga verkleden. Dat ene stukje liet hij achter waar ik het het eerst zou vinden, en bang zou worden, maar niets zeker zou weten, en daarna heeft *hij precies aangevoeld wat ik dan zou gaan doen!'*

'Ik kan een agent naar je toesturen om je flat te doorzoeken, zodat je zeker weet dat zich daar niemand heeft verstopt.'

'We wéten dat daar niemand is. Hij heeft zijn doel bereikt. Jij vindt dus alleen maar dat ik mijn slot kan veranderen, weer naar binnen gaan en wachten welke streek die gek me nou weer gaat leveren.'

'Zo moet je niet denken. Geef het niet zo gauw op; je hebt een eigen wil.'

'Kun je dan tenminste zijn werkelijke telefoonnummer ontdekken en hem waarschuwen? Als hij weet dat de politie van zijn doen en laten op de hoogte is...'

Lynn wreef met haar duim over Mikes kaartje terwijl ze naar hem luisterde. Hij legde haar weer uit dat Greg niets misdadigs had gedaan.

'Het klinkt vreemd,' eindigde hij, 'maar blijf hopen dat als hij niet van plan is op te houden, hij dan de volgende keer een of andere stunt uithaalt die bedreigend genoeg is om hem over de streep naar de misdaad te trekken. Inbreken bijvoorbeeld, in plaats van de sleutel te gebruiken die jij hem zelf hebt gegeven. Dan, en als we weten dat híj het was, kunnen we misschien iets doen.'

Hij kon overal binnenkomen.

Dat was iets dat hij altijd al koos.

Geen andere kreupelhoutslaaf zou zijn hele leven lang gedurfd hebben wat Gref al op zijn twaalfde deed.

Het was begonnen zoals de avonturen van twaalfjarigen meestal beginnen, ontsproten aan de enorme nieuwsgierigheid van die leeftijd. Hij snakte ernaar te zien hoe heerlijk het leven van de bewoners van de plantage was en hij hoorde er steeds maar verhalen over.

Wat níet natuurlijk was, was dat het niet ophield met verlangen. Zien was ook absoluut niet voldoende. Hij moest de daden, de smaak en de geur, elk voel- en tastbaar stukje van hun leven ervaren.

Jaren vóór hij wist dat er zo iets bestond als sleutels laten namaken, en vóór hij ooit een ijzerwarenzaak had gezien, was Greg er al een expert in om overal binnen te komen, zich te verstoppen en te spioneren. Hij kon klimmen als een eekhoorn en gebruikte ramen en vensterbanken. Hij vouwde zich op in kasten en in kruipruimten, onder tafelkleden en achter de geplooide overhangende kleden van toilettafels.

Daar werd hij eens ontdekt, voor het eerst en voor het laatst.

Haar naam was Danita Colfax. Ze was vijftien en had chocoladekleurig haar dat zo kortgeknipt was als van een jongen, maar verder was ze heel vrouwelijk – en ze werd zijn eerste verovering.

Op een avond toen ze naar bed wilde en aan haar toilettafel ging zitten om haar nagels te vijlen, zat hij eronder. Een blote voet raakte hem aan; ze gaf een gil en trok met een ruk het kleed omhoog – en had hem gesnapt.

Hij krabbelde te voorschijn. In zijn paniek overwoog hij zich te verontschuldigen, haar genade te smeken door de vreselijke gevolgen voor hem te beschrijven als zij iets zou vertellen. Maar eer hij iets kon zeggen, voelde hij de onderstroom al: ze was bang, dat stond vast, maar ze voelde zich ook tot hem aangetrokken.

Zijn volgende impuls was dat te gebruiken, te dreigen dat als zij hem zou verraden, hij zou zeggen dat ze hem had gevraagd naar binnen te komen. Hij kende het huishouden goed genoeg, wist dat Danita's moeder haar dochter altijd onderhield over haar geflirt, en dat ze daarom haar mond zou houden.

Maar toen, terwijl Danita hem opnam met ogen als kaarsvlammetjes, zag hij haar voor zich zoals hij haar in bad had gezien, waar ze zich altijd betastte. Greg voelde een andere mogelijkheid opkomen.

Hij begreep er nog maar een beetje van, maar het was genoeg.

In plaats van als een slaaf te kruipen en te buigen, ging hij zo rechtop staan als hij kon. Hij lachte tegen het meisje, en het was de lach waarvoor volwassenen hem lekkernijen toestopten. Hij zei dat het hem speet dat hij zich had verstopt, maar hij kon er niets aan doen omdat hij haar zo leuk vond.

Die avond bleef hij een uur.

Danita begon hem te helpen zich in haar kamer te verstoppen. Ze vond zijn kussen heerlijk en zat graag de halve nacht met hem op, alleen maar om te kussen. Maar toen de opwinding van zijn verblijf in huis bij Danita wat geluwd was – het ging met haar medewerking zo gemakkelijk – had Greg iets anders nodig. Hij ging aan het experimenteren en probeerde haar te betasten zoals hij haar zichzelf had zien doen. Toen ontdekte hij algauw dat ze zich niet meer verzette, en dat vond hij ook machtig interessant.

Hij ging verder.

Maar na elke grensoverschrijding kwam er een gevoel van teleurstelling.

Hij was te jong en te onervaren om van het principe van de jacht te genieten, om dat te begrijpen – en zelfs als dat wel het geval was geweest, zou hij niet hebben beseft dat het gevoel in hemzelf, zelfs op twaalfjarige leeftijd, alleen maar een dwanghandeling was.

Hij wist alleen dat het kussen en betasten en zo niet leuk meer waren. Het enige dat leuk was, was Danita dingen te laten doen die ze niet wilde doen.

En uiteindelijk was het alleen maar leuk te weigeren datgene te doen wat zíj wilde.

Mike Delano stapte uit de ondergrondse bij Commonwealth. De wind woei om zijn oren en hij greep in zijn jack om de capuchon van zijn sweatshirt over zijn hoofd te trekken.

Soms kwam hij zo op zijn werk aan en lachten ze hem uit. Hij zag er op die manier belachelijk uit. Afgezien daarvan bofte hij vermoedelijk dat hij nog niet was neergeschoten; hij was niet zo lang en die capuchon was het uniform van de tienermisdadiger.

Zijn flat lag aan Newbury, een prettige wandeling van de T-halte als het goed weer was en een ijsbaan als dat niet het geval was. Die avond was het weer absoluut niet goed, al was het dan officieel nog geen winter.

Een heel stel van zijn collega's vroeg zich elk jaar, als het in Boston begon te vriezen, weer af wat ze daar verdomme toch deden in plaats van heerlijk in een Crown Vic in West Palm of zo rond te rijden.

Maar Mike vroeg zich dat nooit af, hardop of in stilte.

Hij was twee keer in Florida geweest, en een keer in Arizona en Californië. Al die zon vrat je grijze cellen op. Er was daar meer misdaad, ergere misdaad, van het gemene en lage soort dat alleen maar zieke mensen voldoening kon verschaffen... en ze waren zo stom! Het leek of de zon dat aanwakkerde, net zoals die gekke, doornachtige dingen die ze daar planten noemden. Het was verbazingwekkend zoveel gekken ze daar hadden.

Nee, hij bleef wel hier.

Die sufferds hier in het noordoosten waren net als het weer – zijn haat jegens hen was een reflex. Ze waren bekend. De ergsten onder hen gingen op die idioten in de bayous lijken, maar meestal volgden ze een vaststaand patroon.

Die schoft bijvoorbeeld, dat stuk idioot dat achter Marchette aan zat, dat was geen Boston-type. Ze had hem niet eens hoeven vertellen dat die kerel van Daarginds vandaan kwam.

Misschien ging hij weer terug en liet hij de dame aan haar lot over.

Misschien.

Een rukwind trok bijna Mikes capuchon van zijn hoofd en hij haastte zich van de brede boulevard af te komen om de hoek naar Newbury om te gaan. Halverwege het blok wapperde het zonnescherm boven de deur van Nancy Jean. Toen hij daar was, dacht hij even na en stapte naar binnen.

Bij Nancy Jean was het warm als in een schoolklas, en dat was grotendeels de reden waarom hij er zo vaak kwam; het ging niet om het bier dat hij altijd wel bestelde maar nooit opdronk. Of Nancy's chili, die ze vermoedelijk samenstelde uit oude horloges.

'Hoe is het?' begroette Nancy Jean hem. 'Doe de deur goed achter je dicht, schat.'

'Dat doe ik altijd.'

Er stonden een stuk of tien krukken bij de bar en de helft daarvan was bezet. Erachter lag een vertrek met een heel klein dansvloertje en een paar tafeltjes, helderder verlicht dan de mensen leuk vonden, maar Nancy was even gul met licht als met warmte. Stelletjes en paartjes praatten en aten. Niemand had ooit tegen Nancy Jean gezegd dat er volgens de wet nu ook een afdeling niet-roken moest zijn, en overal hing een blauw waas.

Hij hing zijn jack op en nam een kruk.

Nancy Jean ging achter de bar staan. Ze was nog geen een meter vijftig, maar de vloer daar was verhoogd, zodat alles vanaf haar bruine haren tot aan haar onderkin en haar grote, laaghangende borsten boven de bar te zien waren.

'Biertje, schat?'

'Graag.'

Hij zou thuis wel eten, maar intussen was het hier warm en gezellig. Al die stemmen zouden veel mensen geïrriteerd hebben als ze al de hele dag in een vertrek werkten waar het nooit stil was, maar Mike vond het vergelijkenderwijs ontspannend. Thuis kon hij zo veel stilte krijgen als hij wenste.

Hij keek zo'n beetje naar de kleine televisie die achter de bar stond. Nancy Jean had het toestel daar tussen de flessen neergezet omdat sommige klanten dat wel leuk vonden. Er kwam reclame, toen even het weer, net wat hij wilde – een of andere meid die eruitzag alsof ze in iets hards beet terwijl ze vrolijk over de kou stond te babbelen.

Dat was geen Channel-3, waar hij gisteren was opgetreden.

Daar had je geen idioten.

Die Lynn Marchette had wel iets. Een goed programma, een prima vrouw – nogal strijdlustig.

Maar in haar situatie zou hij dat ook zijn.
Verdomme, hij wàs het, daarmee uit.

De smid die Mike had aangeraden, kwam snel, had zijn werk gedaan en was toen weer vertrokken. Lynn bleef maar naar het nieuwe slot op haar deur kijken terwijl ze een paar telefoontjes afwikkelde.

Natuurlijk had het hoofdkwartier van Texaco in Los Angeles nooit van Greg Alter gehoord. De enige andere aan wie Lynn kon denken, was de vrouw van het Bayliss-agentschap, die Joanne Barbato.

Ze keek op de klok – tien voor halfnegen. Min drie uur. Joanne zou nog op haar werk zijn, als ze altijd van negen tot vijf werkte.

Lynn rook de vis in het vergiet in de keuken terwijl ze de telefoondienst, afdeling inlichtingen, in Los Angeles belde. Zodra ze hiermee klaar was, zou ze de vis inpakken en wegzetten.

Geef het niet op.

'Natuurlijk weet ik wie je bent, Lynn,' zei Joanne. 'Hoe zou ik een ontmoeting met een tv-ster kunnen vergeten? Ik heb je een paar weken geleden nog gezien. Je was geweldig!'

'Dank je. Ik bel je op over Greg Alter. Hij vroeg me voor hem uit te kijken naar een baantje voor zijn neef bij de televisie, en er is hier een mogelijkheid, maar ik ben zijn kaartje kwijt. Weet jij waar ik hem kan bereiken?'

'Néé. Ik kende zelfs zijn achternaam niet.'

'Is hij dan geen vriend van jullie?'

'Nee,' zei Joanne. 'Ik ontmoette hem die avond zomaar en dacht dat hij bij een van de anderen hoorde. Ik kan weleens nagaan of iemand zijn telefoonnummer heeft.'

Terwijl ze op Joannes antwoord wachtte, begon Lynn na te denken wat ze tegen Greg moest zeggen als ze iemand vond die contact met hem kon opnemen of hem een brief kon geven.

Ze kon eisen dat hij haar met rust liet, zeggen dat ze bij de politie was geweest.

Of ze zou hem kunnen aanvallen. Proberen hem woedend te maken, hem zover krijgen dat hij roekeloos werd.

Joanne belde terug dat niemand iets naders van Greg af wist. Roger Massey had hem weleens hier en daar gezien. Wilde Lynn dat Roger hem een boodschap gaf als hij Greg toevallig weer eens tegen het lijf liep?

Lynn beet op haar lip. Wilde ze dat? Ze kon Roger een verzegelde brief sturen... maar wie wist wanneer en òf Greg die ooit zou krijgen? En wilde ze een dreigbrief van zichzelf bij dat agentschap in Los Angeles laten rondzweven? Terwijl ze misschien over een paar maanden op de televisie in het hele land zou zijn?

'Nee, dank je,' zei ze tegen Joanne. 'Ik heb dat kaartje nog wel ergens. Ik vind het wel.'

Ze bleef met haar vingers op de telefoon zitten trommelen. Ze dacht aan de vis, liep doelbewust naar de keuken, pakte hem in en legde hem toen in de koelkast. Ze overwoog de gordijnen dicht te trekken, maar deed het niet.

Geef het niet op.

Ze snakte ernaar Greg een brief te schrijven. De zinnen lagen klaar in haar hoofd. Maar wie kon die brief aan hem doorgeven? En hoe kon ze anderen vertrouwen niet te lezen wat er in zo'n brief stond? Iemand die de situatie niet kende, zou denken dat zij gestoord was.

'Betrek mij er alsjeblieft niet in,' smeekte Kara. 'Ik heb sinds die zondag niets meer van hem gehoord, en dat zit me nog steeds niet lekker.'

'Omdat het buiten mij om ging,' zei Lynn. 'Dit is iets anders, ik weet ervan en vraag het je zelfs. Je hoeft hem niet te zien. Het enige dat je moet doen, is lang genoeg met hem praten om een postadres van hem los te krijgen, of te regelen dat er ergens een brief voor hem kan worden bezorgd.'

'En als ik nu nooit meer iets van hem hoor?'

'Dan kun je hem natuurlijk ook geen brief sturen. Maar als dat wèl gebeurt...'

Kara had een notitieboekje, een klembord en een map in haar handen. Ze legde ze op de grond en trok een stoel bij.

'Ik dacht dat we nu een bespreking zouden hebben over de kinderpsychiaters, voor die proefuitzending. Daarom kwam ik hier.'

'Dat doen we ook,' zei Lynn en klopte op haar eigen map. 'Maar laten we eerst dit regelen. Hier is de brief. Ik zal hem in een verzegelde envelop doen!'

Lynn keek hem nog een laatste keer door voordat ze het vel papier opvouwde. In haar kleine, ronde schrift stond:

Greg – wat je doet, is dwaas. Je bent niet beter in het lastig vallen van mensen dan in bed. Houd dus op met die spelletjes. Het enige dat je ermee bereikt, is dat je me dodelijk verveelt.

Lynn likte over de achterkant van de envelop. 'Zorg ervoor dat dit hem bereikt. Dat is alles wat je hoeft te doen.'

'Kun je het niet zelf doen?' vroeg Kara, maar ze nam de brief aan. Toen zei ze op een voor haar ongewoon harde toon: 'Sorry, dat was ik vergeten. Hij vermijdt jou met opzet.'

Lynn slikte met moeite een agressief antwoord in en zei rustig: 'Ik heb je toch verteld wat er met dat 1288-nummer aan de hand is!'

'Je hebt me verteld wat jóu is verteld.'

'Kara, hij is mijn flat binnengedrongen! Hoe kun je verontschuldigingen zoeken voor...'

'Geen verontschuldigingen. Verklaringen. Jij hebt Tums-wikkels gezien, die uit het vuil kunnen zijn gewaaid. Je hebt hem zelf je huissleutel gegeven...'

'Ik was vergeten dat hij die had. Hij had geen recht die te gebruiken.'

'Maar wáárom zou hij bij je binnendringen? Je zei dat er niets gestolen was, niets vernield. Luister eens, als hij zo slecht is, waarom ben je dan niet bang om mij?'

'Mike Delano zegt dat dit soort lui niet zomaar overal slachtoffers maakt. Hij zoekt een vrouw uit die hij achtervolgt.'

'Bof ik even.'

Lynn zette haar tanden op elkaar. 'Houd alsjeblieft op. Dank voor je hulp. Er was niemand anders die ik dit wilde vragen.'

'Goed, hoor.' Kara nam de map op van de grond. 'Maar ik wil nog één ding zeggen voor we beginnen. Je haalt die Mike Delano aan alsof hij persoonlijk de grondwet heeft opgesteld. Vraag je je niet af of je misschien op zijn lijstje staat?'

'Iedereen heeft lijstjes.' Ze sloeg de map voor haar proefuitzending open.

Angela rilde terwijl ze zich naar Booboo toe boog. 'Is dit de rij voor de houders of voor de kopers van kaartjes? Dat weet ik nooit.'

'Ik zal het even vragen. Blijven jullie hier staan.' Booboo liep naar de ingang van de schouwburg en zijn lange, rode das wapperde om hem heen.

'Ik bevries nog,' zei Angela. 'Nú al. Ik had mijn bontjas moeten aantrekken.'

Lynn bedacht – zoals wel vaker – dat Angela een van de mensen was die altijd totaal onpersoonlijke gesprekken voerden. Alles wat Angela zei, kon iedereen altijd horen.

'Je vriend heeft een leuk pakje gestuurd,' zei Angela.

Lynn draaide zich met een ruk naar haar toe. 'Wie?'

'Greg natuurlijk.'

'Houders van kaartjes,' zei Booboo, nog hijgend van het sukkeldrafje. 'Ik heb de kaartjes. Ik vergeet altijd weer dat ze zeven vijftig kosten.'

'Je wìlt het je niet herinneren,' zei Angela.

Hij wilde antwoorden, maar Lynn viel hem in de rede. 'Wat voor pakje hebben jullie van Greg gekregen?'

Booboo knipperde met zijn ogen. 'Hete pepers. Voor mijn guacamole. Weet je wel? Hij zei...'

'Gebruik ze niet. Gooi ze weg. Of nee... geef mij ze.'

Ze keken haar aan, Booboo enigszins bedroefd en Angela verbaasd.

Lynn stak hun haar gehandschoende handen toe. 'Behandel me alsjeblieft niet alsof ik geestesziek ben. Ik heb jullie verteld wat die rechercheur zei. Dit is een patroon van pathologisch kwellen...'

Booboo sloeg zijn armen om haar heen. 'Stil maar. Laten we nu maar fijn naar die film gaan kijken.'

Lynn bleef bij Booboo en Angela logeren en reed na het ontbijt naar huis. Ze had een stukje bananenpannekoek in haar handtas voor haar eekhoorntje.

Het pakje van Greg lag in de kofferbak. Daar kon het blijven tot ze het de volgende dag naar Mike bracht.

De laatste tijd deed ze altijd bang de deur open als ze thuiskwam. Zelfs met het nieuwe slot moest ze door de hele flat rondlopen om zeker te weten dat hij niet weer was binnengedrongen. Op de dagen dat ze heel bang was, zocht ze de flat keer op keer af.

Ze vulde haar vogelvoederhokjes en liet het stukje pannekoek achter voor het eekhoorntje. Daarna ging ze weer terug naar binnen en zag hoe het diertje het stuk aandachtig onderzocht, toen plotseling de telefoon ging.

'Het is voor elkaar,' zei Kara.

'Je hebt Greg de brief gestuurd?'

'Ja.'

'Hoe ging het? Heeft hij je een adres gegeven, of een plek waar de brief kon worden achtergelaten?'

'Lynn, ik heb gedaan wat je wilde. Ik heb zó genoeg van die hele zaak. Kunnen we dat vraag- en antwoordspelletje niet beter laten?'

'Ja, sorry.'

'Je hoeft dat niet te zeggen. Wees alleen...'

'Wàt? Ik verstond je niet.'

'Laat maar. Ik zie je morgen wel. Dag.'

Lynn wist het niet zeker, maar ze dacht dat Kara had gezegd: 'Wees alleen weer jezelf.'

Behalve eten en koken was er weinig waarop Lawrence Marchette meer gesteld was dan op de Patriots, de club die hij als zijn favoriet had uitgekozen in de staat die hij als woonplaats had gekozen. Hij had zich de hele week verheugd op de wedstrijd van die middag.

Hij lag languit op de bank, met een schaaltje popcorn op schoot, en keek naar het spel. Angela was naar haar fitnessclub en hij zou het nu eigenlijk heerlijk moeten hebben.

Maar dat was niet zo.

Lynn was een paar uur geleden vertrokken. Toen hij haar bij het weggaan omhelsde, had hij haar bijna gevraagd hem op te bellen als ze thuis was gekomen – maar hij had dat niet gedaan, want ze werd door al zijn zorgen geïrriteerd en dat wilde hij niet verergeren.

Maar hij wàs bezorgd.

Een luide kreet op de televisie maakte dat hij opsprong. Waarachtig, een doelpunt, en hij had het gemist.

Hij stond op en haalde een biertje uit een pak van vier dat Angela voor hem had meegebracht uit een zaak waar Ierse import werd verkocht. Hij dronk weinig en kauwde lang op zijn popcorn, maar toch kon het spel hem niet boeien.

Hij dacht aan de dag waarop Lynn naar haar flat aan de haven was verhuisd. Hij en Angela hadden geholpen, samen met Lynns vriendin Kara en twee van Kara's zussen – het was een vrolijk groepje.

Ze hadden allen met kartonnen dozen gesleept, vloerkleden uitgerold en meubels verzet tot het donker was. Toen had Lynn hen meegenomen om ergens een hapje te gaan eten en ze wilde niet dat een van de anderen bijdroeg aan de kosten.

Dat was prima. Hij vond het ook fijn te weten dat zijn zus zich nu de flat en dat etentje kon veroorloven en hij zag hoe ze van dit alles genoot.

Maar voordat ze nog waren opgestaan om te vertrekken, had hij alweer gezien hoe de twijfel haar besloop. Ze kon dat verbergen, maar niet voor degene die haar als zijn eigen broekzak kende. Ze hield zich goed, maar was ergens bang voor en kon niet rustig ergens van genieten.

Maar dat was een tijdje geleden en de laatste tijd had hij het niet zozeer meer bij haar waargenomen, en hij lette er niet meer zo op.

Lawrence liep naar de keuken en pakte een schoteltje met in pepersaus bereide eieren uit de koelkast.

Wat was er nu toch in 's hemelsnaam aan de hand? Ze neemt een vent mee met wie we kennis moeten maken, een intelligente, knappe, welbespraakte man, en dan opeens heeft ze zichzelf ervan overtuigd dat het een griezel is. Nee, niet zichzelf: die andere vent, die rechercheur, had haar overtuigd. Wat was dat voor een type?

Het kwam erop neer dat Lynn, die in alle staten van verrukking zou moeten zijn over het feit dat haar programma vermoedelijk landelijk zou worden uitgezonden, elke keer dat Lawrence haar zag meer van streek was.

Hij ging opeens rechtop zitten en de schaal met popcorn gleed van zijn schoot.

Dat landelijk uitzenden.

Dáár moest het om draaien!

Ze was gewoon zenuwachtig.

Als ze eenmaal de routine van die belangrijke nieuwe programma's doorhad, zou ze wel weer in orde zijn.

Het spel op de beeldbuis ging door en hij had nu meer zin om te kijken.

Hij overwoog die kwestie eens met Angela te zullen bespreken als ze terugkwam, maar besloot toen het maar niet te doen. Angela vond toch al dat hij zich te veel bezorgd maakte om zijn zus.

Hij bukte zich en raapte wat popcorn op, maar ging toen toch maar even de stofzuiger halen.

'Het zijn alleen maar hete pepers,' zei Mike door de telefoon. 'Er zit niets bij. Ik verwachtte dat eigenlijk ook niet.'

'Wel een opluchting, hè?'

'Hoezo?'

Lynn leunde achterover op haar bureaustoel, strekte haar benen voor zich uit en wreef over het oor waar ze de telefoonhoorn tegenaan gedrukt hield. Ze was al de hele dag aan het telefoneren, want de proefuitzending begon een beetje uit de verf te komen. Dank zij Kara's methode om gunsten uit te wisselen in haar zakelijke kennissenkring had Lynn met Roseanne Arnold persoonlijk gesproken, en het leek alsof zij er werkelijk in geïnteresseerd was eens als gast te fungeren.

Ze hadden nog geen antwoord van Oprah, de enige gast van wie de aanwezigheid een absoluut succes van de proefuitzending zou garanderen.

Werk was Lynns enige slaapmiddel, een punt tussen vlagen van depressie en de niet-aflatende angst dat ze zich nooit echt kon ontspannen.

Ze was zó moe!

'Ik dacht er eigenlijk aan dat je zei te hopen dat hij de wet zou overtreden,' zei ze.

'En dan?'

'Dan zou je hem hebben.'

Even een gespannen stilte; toen zei hij: 'Ik moet je blijven voorhouden dat het niet zo eenvoudig ligt. Ten eerste moet er een heel duidelijk dreigement geuit zijn. We moeten weten dat zo iets van hem afkomstig is. Dan moet hij worden gearresteerd en in staat van beschuldiging worden gesteld, en daarvoor zal niemand mensen naar Californië willen sturen. Dan, nou ja, Jezus, dan zijn er nog tientallen manieren waarop het kan verlopen. Hij kan een advocaat nemen, hij heeft zijn rechten...'

'Wat voor rechten? Hij probeert met opzet me bang te maken, me te vernederen, me gek te maken. Niemand gelooft wat hij me aandoet. Zelfs mijn beste vriendin en mijn broer vinden dat hij een aardige kerel is die ik belachelijk behandel. Als dàt geen kwelling genoeg is...'

'Ja, maar hoop niet te veel...'

'Jíj was degene die me aanmoedigde te hopen dat Greg te ver zou gaan.'

'Ik heb een gesprek op de andere lijn en moet nu afbreken.'

'Ik houd me ook voor dat jij zei: "Geef niet op",' zei Lynn. 'En omdat ik dat niet doe, denk ik dat Greg ons zal teleurstellen.'

Maar de verbinding was al verbroken.

Lynn bevond zich in de controlekamer toen Dennis Orrin zijn hoofd om de hoek van de deur stak. 'Kan ik je even spreken?'

'Natuurlijk.'

'Bern zou vandaag graag kijken,' zei hij, toen ze naar buiten was gekomen. 'Vind je het erg?'

'Helemaal niet. Je had het niet eens hoeven te vragen!'

'Dat heb ik tegen haar gezegd, maar zij...'

'Ik dwong hem het je te vragen,' zei Bernadine Orrin en kwam op hen toe. 'Ik wilde niet dat je me zou beschouwen als de bazige vrouw van de baas die ik ben. Goed dus?'

'Natuurlijk. Maar misschien verveel je je dan. Het onderwerp is osteoporose.'

Bernadine lachte. 'Lieverd die je bent. Ben je vergeten dat ik de oudste nog in leven zijnde moeder van tieners ben?'

'Ja,' zei Lynn. 'Het is gemakkelijk dat te vergeten.'

'Tien minuten,' riep iemand op de set, en de Orrins namen afscheid. Lynn zag Bernadine naast Dennis weglopen. Haar marineblauwe pakje was prachtig gesneden en deed haar keurige, slanke figuurtje heel mooi uitkomen. Ze had kleine handen en voeten en bewoog zich als een jazzdanseres.

Ze was vijftien jaar ouder dan Lynn, maar Bernadine maakte dat Lynn zich een luie vrouw van middelbare leeftijd voelde die alleen nog maar graag canasta speelde.

Lynn werd door een vlaag van schrik bevangen, net zoals toen ze Angela in haar maillot had gezien, of zoals ze kreeg als ze aan het zappen was en een aerobic-show te zien kreeg. Wat deden deze mensen dat zij níet deed maar dat ze wel moest doen voor het te laat was?

De Groene Zaal zat vol deskundigen die er nog over redetwistten wat hun vitaminetherapieën voor uitwerking hadden – maar Lynn zag dat ze zelf doughnuts smikkelden.

'Fantastisch programma,' zei Bernadine en lachte tegen Lynn en Kara. 'Heel evenwichtig. En díe jongedame' – ze wuifde naar de producente van de afdeling oefeningen, die in de buurt van Kara stond – 'wéét zoveel.'

'Dank u,' zei de vrouw.

'Dit is mevrouw Orrin, de vrouw van de algemeen directeur,' zei Kara.

'Bernadine. En jij bent Elizabeth...?'

'Elizabeth Vail.'

'Dat systeem van je, om het lichaam te spannen, is heel interessant. Hoorde ik je zeggen dat jij bij de Broome Club werkt?'

'Daar verzorg ik de training.'

Lynn zei: 'Dat is de club van mijn schoonzus, Angela Marchette.'

'Ik zal eens naar haar uitkijken,' zei Elizabeth. 'Ben jij al lid?' vroeg ze aan Bernadine.

Bernadine schudde haar hoofd. 'Ik ben bij de Haven Sportclub. Maar ik kan natuurlijk van club veranderen. Elke keer dat ik net aan een trainer gewend ben, gaat hij weg. Zo kom ik niet verder.'

Kara en Lynn keken elkaar even aan en Kara raakte even Bernadines slanke onderarm aan. 'Vind jíj, met die armen, dat je niet verder komt?'

Dennis kwam binnen. 'O, daar ben je,' zei hij goedmoedig tegen Bernadine. 'Wat vond je ervan?'

'Ik ben blij dat ik gekomen ben. Die show was uitstekend. Ik vroeg net aan Elizabeth Vail hoe die Broome Club was. Moet je per jaar betalen, of per maand?'

Elizabeth glimlachte. 'Ze hebben nu net een speciale aanbieding, een kennismakingsaanbieding. Drie maanden voor negenennegentig dollar. Het is normaal negenennegentig dollar per máánd.'

'Dat klinkt goed,' zei Bernadine.

'Is het ook. Ik wilde jullie dat laten weten.' Ze keek het kringetje rond.

Bedoelt ze mij? Lynn ging meer rechtop staan en trok haar buik in. *Vindt ze dat ik in een slechte conditie verkeer?*

'Ik voelde me gisteren zo'n vetzak,' zei Kara. 'Toen die trainster van de Broome Club met ons praatte, weet je wel? Ze keek me strak aan. Ik had het idee alles te moeten overgeven dat ik had gegeten. Ik ging bijna zover om die banden over bulimia op te sporen om eens te zien hoe ze dat doen.'

'Idioot,' zei Lynn.

'Dat weet ik. Maar als ik niet lach, begin ik te huilen.'

'Ik had het over mezelf, niet over jou. Ik dacht dat ze míj strak aankeek.'

De telefoon rinkelde en Kara nam de hoorn op. Het was Bernadette Orrin voor Lynn.

'Ik ben in de bijkeuken. Ik heb geregeld dat er een persoonlijke presentatie komt voor die trainingsmethode. Willen jij en Kara meedoen? Of heb je geen tijd?'

'We hebben over een kwartiertje een vergadering voor een proeffilm.'

'Wil je dat we naar jouw kantoor komen?'

Lynn aarzelde en zei toen vastbesloten: 'Goed. Kom maar binnen.'

'Vasthouden,' zei Elizabeth Vail, en ze gaf een halter aan Lynn, een aan Kara, aan Pam en aan Bernadine.

'Hij is niet zwaar,' zei Lynn. 'Maar deze is voor beginnelingen, hè? Je werkt langzaam naar zwaardere toe. Dáár zie ik zo tegenop. Het is zo vervelend; en als je jezelf te veel inspant...'

'Nee,' zei Bernadine. 'Dat doen ze nu bij deze methode juist níet.'

Elizabeth nam de halters uit hun handen en legde er andere in. 'Dit zijn twaalfponders, en verder ga ik voorlopig niet. Later komen er nog opduwoefeningen, maar met een ander soort halter van vijftien pond – niet zo een die gewichtheffers gebruiken.'

'Deze zijn zo erg niet,' zei Kara.

'Maar toch zijn dit de dingen die een vrouwenlichaam nodig heeft om de spieren in conditie te houden, en de botten. Je hoeft geen Arnold Schwarzenegger te worden – je wilt er alleen goed uitzien en gezond blijven. Ik volg zelf deze methode, en ík ben niet sterk – maar wel in conditie. En ik doe wat nodig is om osteoporose te voorkomen.'

Bernadine tilde nog een twaalfponds-halter op en hief ze toen beide boven haar hoofd. 'Denk je ècht dat dit me goed zal doen?'

'Ja. Je zult het zien.'

Kara keek naar Bernadines slankmakende rok, die tot de kuiten kwam. 'Helpt dit een mens om pondjes kwijt te raken?'

'Op zichzelf niet,' zei Elizabeth. 'Gewichtheffen noemen we anaerobic-oefening. Om gewicht te verliezen, moet je minder vet in je opnemen.'

'Heb je een kaartje dat ik aan mijn moeder kan geven?' vroeg Pam.

Elizabeth gaf haar er een. 'Zeg maar tegen haar dat het nu negenennegentig dollar voor drie maanden is. Wat denkt u ervan, dames? Wilt u niet meteen voor een kwartaal intekenen? Als u dan niet tevreden bent, is er nog niets gebeurd. Al bent u dan misschien wel wat centimetertjes kwijt.'

Bernadine zei: 'Ik zal je een cheque geven.'

Dennis kwam de conferentiekamer binnen. 'Sorry, weer een agent met weer een bandje dat ik werkelijk meteen moest bekijken. Het kostte me alleen al tien minuten om haar eruit te werken. En wat hebben we hier?'

Er stond een schoolbord op een ezel bij de tafel. Dennis kwam wat dichterbij en las wat erop stond.

SEKSUEEL MISBRUIK BEROEMDHEDEN, stond er met blokletters op. Om de tafel zaten Lynn, Kara, Dennis en twee produktieassistenten, die de woorden bestudeerden.

Dennis wreef over zijn kin. 'Ik weet het niet. Je kunt dat op twee manieren uitleggen. Het kan ook betekenen dat de beroemdheden degenen zijn die zich aan seksuele misbruiken schuldig maken.'

Kara zei: 'Wat zou je denken van "BEROEMDHEDEN SEKSUEEL MISBRUIKT".'

Lynn schudde haar hoofd. 'Dat sluit de jeugdperiode uit.'

' "BEROEMDHEDEN IN JEUGD SEKSUEEL MISBRUIKT",' zei Dennis.

'Hm,' zei Lynn. 'Komt er dichterbij, maar mist toch nog iets.'

'En het is zo lang,' zei Kara.

Dennis veegde het bord schoon en schreef: BEROEMDHEDEN DIE SEKSUEEL MISBRUIKTE KINDEREN WAREN.

Lynn keek er kritisch naar. 'Nòg langer. Maar ik vind het wel duidelijk.'

'Ik ook,' zei Kara. 'Zo kan er geen sprake van misverstanden zijn.'

Dennis vroeg: 'Hoe staat het met de gasten?'

'Twee hebben bevestigd,' Kara klopte op haar dossier. 'Sandra Dee en Marilyn Van Derbur zullen per satelliet optreden. Roseanne Arnold komt waarschijnlijk. Van Oprah hebben we nog niets gehoord. We hopen nog.'

'Wie zijn de gasten in de studio?'

'Kinderpsychiaters, misschien een sociaal werker. Verder weten we het nog niet zeker.'

Terwijl Lynn luisterde naar wat Kara daar zo zakelijk beschreef voor de show die ongetwijfeld de belangrijkste show van haar hele carrière zou worden, werd ze door een lichte paniek bevangen.

Maar die verdween weer en maakte plaats voor zelfverzekerdheid: ze zou de proefuitzending, die haar nationale beroemdheid zou verschaffen, doen, en goed ook.

Greg had haar dingen afgenomen, deed dat nòg. Maar haar werk – daar kon hij niet aankomen.

Pam deed de deur open. 'Lynn?'

'Is het echt belangrijk, Pam? We wilden niet gestoord worden.'

'Dit kwam net per expresse voor je.' Ze gaf Lynn een envelop.

'Hij is al weg, mevrouw.'

Lynn zei: 'Kunt u contact met hem opnemen? Alstublieft, het is dringend.'

'Als u me zegt waar het over gaat, kan ik u misschien iemand anders...'

'Niemand anders kan me helpen.' Lynn kon niet blijven zitten en ijsbeerde in haar kantoor heen en weer, met de telefoonhoorn tegen haar oor. 'Ik móet Mike Delano spreken.'

'Ik zal eens zien wat ik voor u kan doen.'

Mike belde al heel gauw terug. 'Wat is er aan de hand, Lynn?'

'Ik heb net een expresse van Greg gekregen. Een *bedreigende* brief. Ik hoop dat het genoeg voor je is om iets te doen, want...'

'Ik heb niet alles verstaan. Zeg het nog eens.'

'Ik kan jou ook nauwelijks horen,' riep Lynn luid.

'Ik zit in de auto. Praat hard en langzaam.'

'Ik heb een heel bedreigende brief van Greg gekregen. En Mike – in míjn handschrift! Hij heeft mijn handschrift prima gekopieerd!'

Even hoorde ze alleen statische geluiden en het gebons van haar eigen hart. '*Mike*?'

'Ik ben over tien minuten bij je.'

' "Lieve Lynn," ' las Mike hardop. ' "Je maakt een dwaze fout als je mij wilt achtervolgen." ' Mike keek op. 'Wat bedoelt hij daarmee, verdomme?'

'Ik heb hem een briefje geschreven en gezegd me met rust te laten.'

'Hoe heb je hem dat toegestuurd?'

'Kara heeft dat gedaan. Ik weet niet hoe. Ik gokte erop dat hij zich weer met haar in verbinding zou stellen en vroeg haar achter een postadres van hem te komen, of te regelen dat ik ergens een brief kon achterlaten.'

'Schreef je dat met de hand?'

'Ja.'

'Prachtig. Je hebt het hem wel gemakkelijk gemaakt.'

'Het was voor zijn doel geschikt, hè? Is een dreigbrief een wetsovertreding?'

'Daar wilde je op aansturen? Hij is wel nijdig geworden.' Mike leunde tegen haar bureau en las: ' "Als je je keurig had gedragen, had ik je met rust gelaten. Ik heb ook genoeg van jou, weet je. Maar als je wilt gaan touwtrekken, zal ik je eens laten zien wie de sterkste is.

Als je weer eens een belachelijke ingeving krijgt en denkt dat je mij kunt pesten, denk er dan aan wie hier de touwtjes in handen heeft. Het zou zo gemakkelijk zijn geweest jou met die witte jurk aan pijn te doen. Denk eens na. Weet je nog dat ik daar zo naar keek? Al die kringen hadden met een scheermesje in je vlees getrokken kunnen worden. Maar dat is te gemakkelijk... en ik rek mijn pleziertjes met jou liever nog wat. Laat me maar eens zien hoe genoeg je van me krijgt, Ster.

P.S. Je had gelijk – je puilde inderdaad overal uit dat badpak." '

Mike keek naar Lynn. 'Je staat te trillen!'

'Maar ik heb iets bereikt. Jij bent hier. Wat doen we nou?'

'Nu gaan we inlichtingen inwinnen.'

Lynn riep Kara naar binnen. 'Je kent Mike Delano nog wel.'

'Ja.' Ze keek hem achterdochtig aan.

'Laten we gaan zitten,' zei Mike. 'Ik wil dit briefje eens bespreken. Lynn zegt dat het een reactie is op een brief die jij voor haar aan Greg hebt gegeven.'

'Ja.'

'En hij nam contact met je op?'

'Ja.'

Lynn keek haar met gefronste wenkbrauwen aan. Kara zat stijf rechtop op het puntje van haar stoel met haar vingers te spelen. 'Wil je me vertellen hoe je dat hebt gedaan?'

'Hij belde.'

Mike knikte bemoedigend, maar Kara zei verder niets.

'Toe, Kara, vertel me nu alles,' zei Lynn zachtjes.

Kara draaide zich om en keek haar woedend aan. De woede op haar gezicht maakte Lynn aan het schrikken. 'Dat wil je toch niet, dat ik doe.'

'Natuurlijk wel. Waarom...'

'Lynn.' Kara schudde haar hoofd. 'Kijk, ik vind dat we het volgende moeten doen. Ik vind dat we terug moeten gaan naar de vergaderzaal en doorgaan met onze bespreking. Die liep goed...'

'Wat heb jij?' Lynn staarde haar vriendin aan. 'Nu kun je toch niet meer twijfelen.' Ze stond op en griste de brief uit Mikes hand. 'Hier is het bewijs van wat Greg is. Je zag dat dit deel van de puzzel voor je ogen werd opgelost. Ik stuurde hem via jou een briefje met het verzoek me niet meer lastig te vallen. Hij kopieert daarvan zorgvuldig mijn handschrift als deel van zijn campagne om de mensen te laten denken dat ik me dit alles alleen maar inbeeld, en schrijft me over scheermesjes in mijn vlees.'

Ze stak Kara het briefje toe, dat trilde in haar hand. 'Jij was bij dit alles aanwezig. Je hebt alles gezien. Jíj weet dat ik me dit niet inbeeld.'

Kara keek van de brief naar Lynn en toen naar Mike. Eindelijk zuchtte ze diep. 'Toen Greg belde,' zei ze, 'was hij erg van streek. Het enige dat hij wilde, was met jou praten, alles weer goedmaken. Je had zijn stem moeten horen, Lynn! Die man is stapelgek op je.'

Lynn keek naar haar, hoorde wat ze zei en dacht dat dit niet waar kon zijn.

'Toen ik tegen hem zei dat ik een brief van jou voor hem had, was hij heel blij. Hij stond erop dat ik hem openmaakte.'

Kara zweeg even om adem te halen. Ze keek noch Lynn noch Mike aan. 'Ik wist niet wat ik moest doen en wilde ervan af. Dus... dus maakte ik de envelop open en las hem de brief voor.'

Ze wendde zich tot Lynn. 'Ik weet het niet zeker, maar ik geloof dat hij huilde. Ik voelde me ellendig, Lynn. Schandelijk wat je daar schreef! Hoe kun je tegen een man zeggen dat je je met hem dodelijk verveelt en dat hij in bed ook niet deugt? Ik had je brief niet moeten lezen. Het spijt me.'

Ze stond op. 'Hij heeft je handschrift niet gekopieerd, want hij heeft de brief zelf nooit gekregen!' schreeuwde ze Lynn toe. 'Ik ken je handschrift beter dan wie ook. Ik zie het elke dag voor mijn neus. Er schrijft maar één mens precies zoals jij, en dat ben je zèlf, Lynn!'

Ze duwde met een woedend gebaar de brief in Lynns trillende hand van zich af en haastte zich het kantoor uit.

Hoofdstuk zeven

Lynn en Mike keken naar de dichtgevallen deur. Een vel papier op een tafel ernaast wapperde nog wat.

Lynn snoof om haar tranen van schrik weg te krijgen, liep naar haar bureau en legde de brief voorzichtig neer. Mike nam hem op en stopte hem in de zak van zijn jasje.

'Kara denkt dat ik hem zelf heb geschreven,' zei Lynn ongelovig. 'De brief schreef en hem toen per express aan mezelf stuurde.'

Mike schudde zijn hoofd. 'Kalm aan. Bekijk het eens van háár kant.'

'Dat probeer ik.' Maar ze was versuft.

'Ik geloof dat je moet doen wat Kara zei. Naar je bespreking teruggaan.'

'Meen je dat?'

'Já. Je moet je hier niet zo door van de wijs laten brengen.'

'Jij gelooft me toch, hè?' vroeg ze.

'Versimpel het niet tot geloven of niet geloven.'

Ze snakte naar adem. 'Dat is geen antwoord.'

Schuif het niet op mij af. Je deed het prima –'

'Hoe zou jíj je voelen? Ik hèb mezelf geen idiote brief per expresse gestuurd. Ik wéét gewoon dat er ergens een halve gek rondloopt die bij mij aan de touwtjes wil trekken en geniet van het feit dat de mensen denken dat ik de gek ben. En ìk moet maar slikken dat iedereen die mij vertrouwde daar nu mee ophoudt.'

Lynns keel deed pijn. Ze wreef over haar hals en zag hoe Mike haar met sombere ogen aankeek. Somber om wat haar werd aangedaan? Of om wat zij zichzelf aandeed?

Zou het nu zo verder gaan? Zou zij zich nu voortaan steeds moeten afvragen of de mensen die haar het naast stonden, èn de politie, haar als slachtoffer of als een maniak beschouwden?

Of zou dat onnodig zijn, omdat Greg erin zou slagen elke twijfel teniet te doen?

'Wat ga je nu doen?'

'Terug naar Dorchester en proberen te ontdekken waarom een kind van zeven blauwe plekken in zijn kruis heeft en uitslag aan zijn geslachtsdelen.'

'O, God!'

'Onderweg zal ik dit even op het bureau afleveren.' Hij klopte op zijn zak waarin hij Gregs brief had gestopt. 'En ik moet meer gegevens van je hebben. Waar ben je om een uur of zes?'

'Vermoedelijk hier. Als ik niet gillend naakt door de stad rondren.'

'Ik zie je dan wel hier voor het gebouw.'

'Ik heb gedaan wat je zei en ben teruggegaan naar de bespreking.'

Mike trok zijn wenkbrauwen op. 'En?'

'En... mijn rol gespeeld. Ik was de opgewekte Lynn van vroeger, die plannen voor haar proefuitzending maakte.'

'Goed zo.'

'Vind je? Al mijn collega's denken intussen vermoedelijk dat ik gek ben. Ik probeerde naderhand met Kara te praten. Maar ze heeft me gedurende de rest van de middag vermeden.'

Mike zag Nancy Jean op hun tafeltje afkomen. 'Honger?' vroeg hij aan Lynn. 'Of wil je alleen koffie of een biertje?'

'Eigenlijk zou ik iets moeten eten.'

'Er is vanavond chili,' zei Nancy Jean, en legde kleine plastic menukaarten voor hen neer.

'Dat wil ik graag,' zei Lynn. 'Met thee.'

Mike bestelde hot dogs met zuurkool. Toen die werden gebracht, moest Lynn door de geur ervan denken aan haar bezoek aan het politiebureau.

Toen ze daar wegging, had ze zich hoopvol en beschermd gevoeld: ze fantaseerde niet, het was geen neurose of wat ook. Greg was de gek, en de politie zou hem wel te pakken krijgen.

'Hoe is de chili?'

'Een beetje... taai.'

'Zelfs het bier is hier taai.'

Even aten ze zwijgend door. Toen zei Mike: 'De brief is van West-Los Angeles naar een kantoor aan Morissey Boulevard gestuurd. Dat was alles dat we hebben kunnen ontdekken.'

Lynn keek op. 'Ik had al weinig hoop. Als hij dom was, zouden we niet zoveel moeite met hem hebben.'

Mike draaide de zuurkool als spaghetti om zijn vork. 'Je begrijpt het politiewerk niet. In de meeste gevallen wachten we gewoon tot de slechterik in een eigen val loopt.'

'En als hij dat níet doet.'

'Dan wachten we langer.'

Lynn had genoeg van haar chili en legde haar lepel neer.

Mike keek ernaar. 'Ik had je moeten waarschuwen. Wil je een toetje? De Indiase pudding is wel goed. Al het andere is vreselijk.'

'Alleen nog wat thee.'

Een rookwolk kwam aandrijven en bleef boven hun tafeltje hangen. Lynn wuifde hem weg.

'Vertel me eens wat meer over Kara,' zei Mike. 'Ze is je assistente en vriendin, hè? Intieme vriendin?'

'Heel goede vriendin. Ze is de zus die ik nooit heb gehad. Ik ben de... de zus die haar aanmoedigt om te slagen. Ze heeft veel soorten echte zussen, maar geen die dat doet.'

'Ongetrouwd?'

'Ja.'

'Mannen?'

'Ze is eens verloofd geweest, met een journalist van Channel-Zeven en heeft nog wel enkele verhoudingen gehad. Op het moment niets.'

'Het ziet ernaar uit dat ze Greg wel mag.'

'Iederéén mag hem.' Lynn voelde zich weer misselijk worden toen ze eraan dacht hoe eenvoudig de zaak leek te kunnen worden opgelost bij het bezoek van haar aan het politiebureau. 'Zoals jij al zei, vinden ze allemaal dat het aan mij ligt.'

Hij liet zijn stoel op de achterpoten steunen en keek haar aan. Het felle licht in het vertrek maakte dat zijn ogen er glanzend zwart uitzagen. Hij fronste zijn voorhoofd, maar dat deed hij vaak. Het was niet mogelijk na te gaan wat hij dacht.

Deze keer verbrak Lynn de stilte. 'Ben je er nog van overtuigd dat ik níet de schuldige ben?'

'Je bedoelt dat ik vind dat hij een gek is? Ja, dat vind ik nog steeds.'

'Dus voor zover het jou betreft,' begon Lynn, en zocht naar woorden om een soort net te vormen, zoals ze ook deed om voor de camera antwoorden op te vangen, 'is er door die brief niets veranderd. Volgens jou bestaat er geen twijfel aan alles waarvan ik zeg dat het de waarheid is.'

Mike bleef op zijn half achterovergekantelde stoel leunen. Niets bewoog. Maar de pauze sneed door Lynn heen als een ijspriem.

Hij zei: 'Ik zei al dat je niet alles zo moet versimpelen.'

'Ben je daarom hier, in plaats van in jouw of mijn kantoor? Je wilde me treffen na een ellendige dag, als ik moe en van streek ben, en wie weet wat ik dan wel zou bekennen?'

Hij ging met een ruk gewoon zitten. 'We zijn hier omdat er tijdens mijn dienst geen plaats voor ons was en ik omstreeks deze tijd honger krijg. Op de rest geef ik niet eens antwoord.'

'Maar je...'

'En ik was nog niet klaar met mijn vragen. Is Kara jaloers op je?'

Wéér een steek. 'Je probeert mijn aandacht in andere banen te leiden.'

'Ik probeer na te gaan wat hier speelt,' zei hij, kortaangebonden. 'Is ze jaloers?'

'Om Greg?'

'Om Greg, je baan, je juwelen, wat dan ook.'

'Misschien,' zei Lynn aarzelend. 'Ik heb het me weleens afgevraagd.'

'Ik zou het me best kunnen voorstellen.'

'Waar wil je heen?'

Hij trok zijn schouders op. 'Heeft Kara die brief geschreven?'

'Néé!'

'Loog ze over het feit dat ze die van jou niet aan hem had gegeven? Om jou in een kwaad daglicht te stellen? Of misschien was het waar, maar kon het haar niets schelen om tot de conclusie te komen dat jij deze brief had geschreven?'

Lynn schudde heftig haar hoofd. 'Misschien is ze jaloers, maar Kara zou nooit... Daar is ze niet toe in staat.'

Mike zei rustig: 'Jammer dat ze niet net zoveel vertrouwen in jou heeft.'

Lynn probeerde niet te voelen hoeveel pijn die opmerking haar deed en zei alleen maar: 'Dat heeft ze wel.'

Hij reageerde niet, zei verder niets en wachtte of ze niet iets zou zeggen dat haar blootgaf.

Lynn zei: 'Soms, in een crisissituatie, kan Kara zich niet meer beheersen. Dan raakt ze van de wijs en zegt nare dingen. Dat is meer dan eens gebeurd.'

'Dessert?' vroeg Nancy Jean. 'Ik heb vanillepudding, Indiase pudding, ananaskwarktaart en chocolademousse.'

Plotseling kreeg ze zin in chocolade en bestelde die.

'De Indiase pudding,' zei Mike.

'Met ijs erop?'

'Ja. Twee bolletjes.'

Nancy Jean liep weg en Mike zei: 'Daar zul je spijt van hebben.'

Het werd leger om hen heen. Lynn keek eens op haar horloge en zag dat het bijna acht uur was. Haar auto stond nog in de garage van Channel-3. Ze dacht eraan dat ze alleen naar huis zou moeten rijden en naar binnen gaan, en huiverde.

'Chocolademousse,' zei Nancy Jean en zette het voor haar neer. 'En Indiase pudding.'

Lynn nam een hapje. Mike had gelijk; het smaakte nergens naar, hoogstens naar scheerzeep, en ze legde haar lepel neer.

Hij schoof haar bordje opzij en zette een ander voor haar neer waarop hij de helft van zijn pudding legde, met een bolletje smeltend ijs erop.

'O,' zei ze. 'Dank je wel.'
'Luister de volgende keer beter naar me.'

Tegen lunchtijd de volgende dag was Lynn er nog steeds niet in geslaagd Kara even te spreken te krijgen. Ze was sinds de show die ochtend niet in de buurt geweest en leek druk en afgeleid als ze wel in de nabijheid was.
Bernadine belde op.
'Ik kan nu niet met je praten,' zei Lynn.
'Je praat somber. Is er iets mis?'
'Het is... nogal ingewikkeld,' zei Lynn. Ze merkte dat ze de hoorn als een reddingsboei vasthield en probeerde haar vingers te ontspannen.
'Ik zal je niet ophouden. Ik ben in de Broome Club – en belde alleen om te vragen of je ook meedoet. Het leek me dat Kara niet erg geïnteresseerd was...'
'Heb je met haar gesproken? Vandaag?'
'Zojuist. Ze was erg negatief. O, wacht eens even. Goed. Lynn? Elizabeth zegt net tegen me dat deze oefeningen uitstekend zijn tegen stress.'

'Ik vind dat we nu moeten gaan. Samen,' zei Lynn, en ze probeerde zich niet te laten beïnvloeden door Kara's koppige gezicht. 'We moeten eens praten, en het lukt me niet je hier zover te krijgen. Als je niet wilt, doen we gewoon niet aan de oefeningen mee. Ze hebben stoombaden. En er is een snackbar...'
'Oefen toch niet zoveel druk op me uit!' Kara sloeg haar armen over elkaar. 'En behandel dit niet als een kinderruzietje. Ik ben erg van streek.'
'Ik ook,' zei Lynn rustig, en deed een stap achteruit. In haar enthousiasme om weer met Kara te kunnen praten, had ze haar bijna tegen de tafel met verversingen in de Groene Zaal gedrukt.
Kara zei: 'Je hebt me in een situatie gebracht waar ik uit weg wil. Wèg. Ik weet niet meer wie ik moet geloven...'
'Hoe kùn je dat zeggen, Kara! Ik ben al tien jaar je vriendin en collega, en je kent Greg nauwelijks. Denk je nu toch dat je hem eerder kunt geloven dan mij?'
'Het enige dat ik kan geloven, is wat ik hoorde en zag...'
'Maar Greg regelde dat zo.'
'Hij regelde niet wat jíj aan hèm schreef!'
'Ik weet dat dat grof was. Voor ieder ander dan een... een gek zou dat een vreselijke brief zijn geweest. Maar de politie zegt steeds machteloos te zijn, tenzij Greg iets doet dat verboden is. Ik probeerde hem daartoe te dwingen, alleen maar om hem van me weg te krijgen!'

Ze zwegen, keken elkaar aan en, zonder dat ze het wisten, dachten ze hetzelfde: *Ik wist zo zeker dat ik haar absoluut kende.*

Lynn begon weer, bang om de zaak te forceren, maar nog banger om dat níet te doen. 'Jij gelooft dus werkelijk dat ik mezelf een dreigbrief schreef.'

Kara keek de andere kant op en kneep haar lippen op elkaar terwijl Lynn angstig wachtte.

Eindelijk zei Kara: 'Ik weet niet meer wat ik moet denken. Ik denk er steeds aan en wéét het niet. Ik blijf me afvragen waarom je dat zou doen. Maar dan denk ik aan het handschrift, jóuw handschrift. Dat ken ik zo goed...'

'Hij heeft het gekopieerd, Kara! Hij kan de gekste dingen doen, hij...'

'Hij is toch geen tovenaar, Lynn!'

Lynn voelde zich langzaamaan boos worden en er kwamen verbitterde woorden bij haar boven. Ze kon Kara's eerste reactie afdoen als schrik, maar nu was het een dag later en ze had toch wel recht op enig begrip.

Vóór Lynn kon reageren, boos of normaal, klonken er stemmen in de gang: een groepje schoolkinderen werd rondgeleid en kwam op de Groene Zaal af.

Lynn zette haar tanden op elkaar en snelde naar buiten vóór ze zich tot een glimlach tegen de bezoekers moest dwingen.

Gregs hospita hield niet van te harde muziek of van een televisie die keihard aanstond. Het was een uitdrukking die mevrouw Minot graag gebruikte, en ze liet ook duidelijk blijken als er iets was waar ze niet van hield; hij wist precies wanneer ze aan de telefoon zou zijn.

Hij was zelf ook niet zo op harde geluiden gesteld, maar soms kwamen ze weleens te pas.

Het wekte de indruk dat de ergste zonde die haar bovenbuur kon begaan het maken van te veel lawaai was.

Het leidde haar af van andere eigenaardigheden van hem, zoals zijn gebrek aan bezoekers, persoonlijke post en telefoontjes – al deed hij met de beide laatste weleens alsof hij die wel kreeg, voorzichtig mens als hij was.

En het gaf mevrouw Minot reden om af en toe contact op te nemen met haar knappe, welbespraakte huurder, en niemand beter dan Greg wist hoezeer zij zo'n contact nodig had; het was een van zijn belangrijkste bezigheden dergelijke behoeften te creëren.

Niet dat hij bepaalde plannen had met die beste vrouw. Hij wilde haar precies daar hebben waar ze was. Er bestond niets beters dan het hebben van een bijzonder respectabele hospita om jezelf ook een bepaald aanzien te laten uitstralen.

Hij hoorde haar nu onder zich rondlopen. Ze was bezig haar haren te verven en hij rook de chemicaliën. Dat soort zaken hield hij bij. Het was nuttig te weten wanneer ze niet in de buurt van ramen en deuren wenste te komen.

Hij deed nog een lamp aan, veranderde toen van mening en knipte hem weer uit. Het maanlicht had die avond een vanilleachtige kleur. De hele hemel werd erdoor verlicht en schitterde in de kerstverlichting, die hij het hele jaar door in de palmboom liet hangen.

Binnenkort was het weer tijd die aan te steken.

Hij wist dat Lynn dol was op kerstlichtjes, dat had ze hem zelf verteld, hoewel ze deze niet zo mooi zou vinden.

Hij dook behaaglijk weg in zijn favoriete stoel.

Waar zou Lynn op dit moment zijn? Hij vond het geweldig zich zijn Ster trillend en geagiteerd voor te stellen. Intussen zou ze wel half gek zijn, nu ze zag hoe haar vrienden en collega's met een boog om haar heen liepen.

Hij genoot van de plannen die hij nog voor haar in petto had. Ze kon er zelfs nu nog niet bang voor zijn, want ze had er geen idee van hoever zijn kundigheden zich uitstrekten.

Hij genoot er enorm van alles heel geleidelijk op te voeren.

Hij had de hele procedure even nauwkeurig geleerd als een glasblazer zijn vak leert – maar natuurlijk zonder iemand die hem instrueerde. Gewoon al doende.

Het was heel lang geleden al begonnen, met die kleine Danita.

Hij had toen niet geweten wat hij leuk vond, had gedacht dat elk deel van de zaak zijn doel was – tot hij overging tot een volgend deel.

En zo leerde hij wat het allerfijnste was – het toetje, de top van de berg.

Ze stoven dan uit elkaar als insekten wanneer je hun dak van steen weghaalde. Geen toevlucht meer. Ze waren je slavinnen en stoven de kant op die jíj wilde.

Met Danita was hij nog onhandig geweest. Vergeeflijk; hoe kun je weten wat je doet als je het nog nooit hebt gedaan? Maar hij had tòch een fantastisch resultaat bereikt, alleen maar door zijn instincten te volgen. Tegen het eind had ze aan zijn onzichtbare draad gehangen, gevloekt als een ketter, haar jeugdige schoonheid bedorven door de ellende die haar opvrat.

Hij had haar veranderd.

'Hij stal het etiket uit de postkamer van een kantoor aan Hollywood Boulevard,' zei Mike, en streek zijn notities glad terwijl hij met Lynn telefoneerde. 'Die postkamer is van een accountantsmaatschap. Ze hebben hun expreslabels voor luchtpost op een balie liggen. De man wandelde er vermoedelijk gewoon naar binnen, pakte er een en liep daarna weg. Men miste er maar één.'

Ze praatten nog even en hij nam nog eens een paar details van een tijdje geleden met haar door.

‘Ik heb alles al zo vaak beschreven,’ zei ze. ‘Er is nooit ander nieuws.’

‘Denk dàt niet. Belangrijke details komen soms naar boven zonder dat je het zelf beseft.’

‘Ik kan je er zó een vertellen en ik weet hoe hij mijn handschrift heeft kunnen kopiëren.’

Mike had niet via een van de automatisch vastgelegde lijnen gebeld, maar hij drukte nu op een knop om zijn persoonlijke bandje aan te zetten. Hij hoorde het nauwelijks merkbare geruis terwijl de band draaide en vroeg: ‘Hoe?’

‘Van mijn boodschappenlijstje. Dat miste ik kort geleden. Ik heb het altijd met een magneetje vastgeplakt op de deur van mijn koelkast en vul het steeds aan, en op een dag was het weg. Hij heeft vermoedelijk ook andere papieren meegenomen. In mijn leven is er genoeg papier om hele bomen van op te zetten. En veel daarvan mis ik nooit.’

‘Waarom denk je dat hij daar zo knap in is?’

‘Ik weet het niet,’ zei Lynn. ‘Een van zijn vele talenten, denk ik.’

Hij was niet erg voldaan over de uitdagende klank van zijn eigen stem en veranderde van onderwerp. ‘Hoe gaat het vandaag met je assistente? Praten jullie weer?’

‘Niet veel,’ zei Lynn, maar hij kon nagaan dat ze weer net zo agressief keek als bij Nancy Jean, toen hij haar had geplaagd omdat ze hem niet vertrouwde.

Hij besloot met de belofte te zullen bellen als er enig nieuws was en legde toen de hoorn neer.

Toen zette hij het bandje af en nam het uit het apparaat. Hij hield het even in zijn hand, stak toen zijn pen erin en scheurde het met opzet in stukken.

Lynn voelde zich belachelijk toen ze daar in de gymzaal rondliep in haar maillot met laag uitgesneden hals, die Bernadine haar had helpen uitkiezen in de winkel van de Broome Club. Maar ze werd beziggehouden en haar gezweet leidde haar af van het gevoel dat ze bij vol daglicht een nachtmerrie beleefde.

‘Twee programma’s voor twee dagen,’ had de trainer een week geleden gezegd, en had een figuurtje getekend van oefeningen met benen opheffen. ‘Mensen vermoeien zich te veel als ze te hard van stapel lopen. Je kunt toch wel twee keer per week komen, hè?’

‘Ik zal het proberen.’

Nu was ze bezig aan haar derde ochtendoefening, en Lynn was verbaasd te merken dat ze niet opzag tegen de tien minuten die ze straks de trap op en neer moest lopen.

'Je lichaam raakt eraan gewend,' verklaarde Elizabeth. 'Tijdens de activiteit van het hart en de spieren komen chemicaliën vrij en je lichaam leert zich daarop te verheugen.'

Als het maar helpt, dacht Lynn.

Later toonde de trainster haar een paar bicepsoefeningen en zei: 'Het zal niet zo lang duren voor je weer stevigheid in je spieren ziet.'

'Denk je dat?' vroeg Lynn.

'Ja, hoor. Je begint goed. De meeste leden zijn te zwaar en moeten gewicht kwijtraken, of verkeerde eetgewoonten afleren.'

'Ik dacht dat ik de enige was met zulke slappe spieren.'

'Slap,' Elizabeth tikte met haar potlood op Lynns bovenarm. 'Vrouwen beginnen na hun dertigste daar al vaak slap te worden. Je hebt nog een behoorlijk ontwikkelde triceps.'

'Dat klinkt bemoedigend. Ik had niemand met wie ik me kon vergelijken, behalve met mijn schoonzus en met Bernadine Orrin.'

De vrouw glimlachte. 'Bernadine is een geval apart. Je schoonzus ken ik niet. Maar als je werkelijk vergelijkingsmateriaal wilt zien, kijk dan maar eens rond.' Ze keek even op haar horloge. 'Halfacht. Ben je niet wat laat?'

'God, ja. Ik moet naar mijn werk.'

'Laat ik nog even wat strekoefeningen met je doen, of je vervloekt me morgen. Dat zul je tòch wel doen, maar dit helpt een beetje.'

Toen Lynn zich na een snelle douche afdroogde, dacht ze erover of ze nog eens met Kara over de club zou beginnen. Misschien zouden ze het in deze omgeving, waar aan van alles werd gedacht en waar al je natuurlijke chemicaliën weer begonnen te vloeien, weer beter met elkaar kunnen vinden. Lynn miste haar gesprekken met haar vriendin, en hun wankele verhouding, die hoofdzakelijk bestond uit zwijgen en elkaar vermijden, was geen goede vervangster voor hun prettige omgang tot dan toe.

Toen Lynn de club verliet, liep ze Angela tegen het lijf. Ze probeerde zich er met een vluchtige groet van af te maken, maar Angela zei: 'Ik heb je iets te vertellen.'

'Wat?'

'De bloeddruk van Lawrence was veel te hoog toen hij zich gisteren liet controleren.'

'Dat heeft hij me niet verteld. Is het erg?'

'Niet verschrikkelijk, maar... je kunt wel helpen, Lynn. Ik weet dat hij zich erg bezorgd maakt om jou. Misschien zou je je wat kunnen beheersen en hem niet te veel vertellen...'

Zijn enige ervaring met Danita had Greg geleerd hoeveel leuker het was om dingen te dóen dan alleen maar toe te kijken. En daarom was hij begonnen op de mensen in het huis enkele vormen van techniek toe te passen waarmee hij tot dan toe buiten had gewerkt.

In de moes- en bloementuinen, waar de kreupelhoutslaven hun eindeloze dagen doorbrachten, was er gelegenheid genoeg om te experimenteren. Hij had geleerd dat hij, door een zaailing op een bepaalde manier vast te binden, een misvormde plant kon doen ontstaan; verwrongen asperges, zonnebloemen die maar voor de ene helft bloembladeren hadden, planten met miniatuurbladeren. Als je op strategische wijze stenen plaatste, moesten planten vechten om te groeien en licht te krijgen en dan zagen ze er griezelig uit als ze uitgegroeid waren.

Hij begon kleine beetjes kruiden toe te voegen aan de etenswaren die de mensen in het huis aten, dronken en op hun huid smeerden. Hij wist meestal wel welke planten hij moest kiezen, omdat het personeel buiten ze ook gebruikte bij sommige behandelingen, en dus kende hij hun eigenschappen. Hij vermeerderde zijn kennis door zorgvuldig te observeren wat de resultaten van zijn handelingen waren.

En er waren veel resultaten. Hij begon te leren inzien wie in de familie dit of dat had gegeten of op andere wijze tot zich had genomen, door hun gedrag in de gaten te houden, naar hun huid te kijken of de geur van hun urine in zich op te nemen. Een speciaal soort wortel, fijngestampt en gedroogd en aan de thee toegevoegd, zorgde voor verhoogde energie en een rood aangelopen gezicht. Een ander soort maakte dat je steeds weer naar de w.c. moest. Gregs favoriet was witte chili, kleine witte bloemetjes die rode bulten op je lippen lieten ontstaan als je ze door het eten mengde.

Maar toen hij ouder werd, begon de beperkte wereld van het leven op de plantage hem te vervelen en hij overwoog bij zijn familie weg te lopen; hij had er tòch niet veel aan. De dood van zijn beide ouders, enkele maanden na elkaar, aan een soort moeraskoorts, vergemakkelijkte zijn besluit. Nu waren alleen nog zijn zussen over, en hij voelde geen enkele band met hen. Het leek of zij met hun allen op een andere planeet terecht waren gekomen dan hij, deze mensen die het leven zonder meer aanvaardden.

Dus ging hij naar San Diego en liet zijn chemische spelletjes en rijke slachtoffers achter. Daar begon hij te leren hoe gemakkelijk en voldoening schenkend het was om mensen te veranderen door niets anders te gebruiken dan zijn persoonlijke hulpmiddelen en zijn magnetisme, zijn intelligentie en vindingrijkheid.

Na haar ochtendgym was Lynn de eerste die op haar werk op de twaalfde verdieping aankwam. De post was er al en lag op een stapel bij de glazen deur van de receptie. Afgeleid door haar bezorgdheid om Booboo en haar irritatie over de bemoeizucht van haar schoonzus, wilde Lynn de post eigenlijk laten liggen, maar bedacht zich.

Terwijl ze naar haar sleutels zocht, keek ze even de enveloppen door en zag dat er een aantal grote bij waren die er precies hetzelfde uitzagen, met dezelfde getikte adressen erop. Ze nam een sleutel en maakte de envelop open waarop haar naam stond en haalde eruit wat erin zat: een foto.

Een blik op een naakte vrouw in de pornografische houding met de benen een eind uit elkaar was voldoende om te zorgen dat Lynn regelrecht naar de receptiebalie liep. Haar hart bonsde terwijl ze de foto in haar vuist verkreukelde en haar andere hand al naar de prullenmand onder het bureau greep.

Maar toen bleef ze staan, haar hand nog uitgestrekt en het beeld drong beter tot haar door.

Het patroon met de blauwe klokjes onder die naakte heupen was het patroon van *haar eigen kussen.*

Ze streek de foto glad en staarde ernaar – en het was zo. Het was het kussen uit haar bed. Het was háár bed. En de vrouw, lieve God, die vrouw was zíj!

Die avond was Greg bijzonder lief geweest, had haar steeds weer over haar rug gestreeld, en zijn warme handen vormden een fel contrast met de scherpe herfstwind die door het openstaande slaapkamerraam naar binnen woei. Hij had een kussen onder haar hoofd en schouders gelegd en een onder haar heupen, en had gemompeld dat haar huid daar zo heerlijk zacht was. Lynn herinnerde zich Elton John en een waterval van pianomuziek, de melodie die geheel in ritme was met die van hun lichamen.

En ze waren direct al zo intiem geweest, meer dan ooit anders het geval was geweest, wist ze. Ze verwonderde zich over deze man en het gemak waarmee ze met hem omging, de man die haar rimpels als eerbewijzen zag...

Ze was zó op haar gemak geweest dat het niet in haar was opgekomen een andere houding aan te nemen, al was het nog niet helemaal donker geweest in de slaapkamer toen Greg was opgestaan om nog een condoom te pakken...

Toen moest hij het hebben gedaan. Hij had niet alleen een condoom gepakt – ze herinnerde zich het klikgeluid van rubber even goed als de rest van het tableau – maar ook een camera waarmee in het donker foto's konden worden genomen. En hij had haar lichaam genomen in de meest vernederende positie die maar mogelijk was, en je zag alleen maar vlees, haar, vliezen en zelfs vocht.

De foto was overal op het station aangekomen. Een veiligheidsbeambte die Jaime Cortez heette, zorgde ervoor ze te verzamelen en alle te vernietigen die hij kon vinden. In twee gevallen had hij ze zelfs, volgens Kara, opgeëist van technisch personeel dat ze wilde houden.

'Het spijt me,' zei Kara toen Lynn vastbesloten recht op haar bureaustoel zat, vijfentwintig minuten vóór de uitzending. Ze wachtte tot de Tylenol zou werken en haar hoofdpijn zou doen ophouden. Ze moest naar de studio, ze moest een goede show afleveren, ze moest een ijzeren wand optrekken tegen die brandende vernedering, de schande. 'Het spijt me zo, dit alles, en ook dat ik de hele week zo naar tegen je ben geweest.'

Lynn keek haar aan, en het was die ochtend de eerste keer dat ze haar ogen op iemand durfde te vestigen.

'Ik heb met Mary gepraat,' ging Kara door. 'Ze hielp me te ontdekken dat ik gek was, omdat jij zo vreemd aan het worden was. Ik was bang dat je de kans van ons beiden zou verspelen om landelijk te worden uitgezonden. Dus zette ik mijn angst opzij met andere dingen, waar die angst niet thuishoorde, en het spijt me zo. Ik had je moeten bijstaan. Maar nu ben ik weer helemaal tot je beschikking.'

Hoofdstuk acht

Greg viel meestal niet op roodharige vrouwen. Maar deze vrouw had prachtige en tere trekken, een fijn mondje, roze stenen in haar roze oren... hij vond het geheel aantrekkelijk genoeg om haar bij B. Dalton naar binnen te volgen.

De laatste tijd keek hij niet zoveel naar vrouwen; hij had al genoeg te doen. Sinds hij met Lynn was begonnen, had hij niet veel meer nodig gehad om in een goed humeur te blijven.

Dat was een grote verdienste van Lynn, iets dat bij al het andere moest worden gevoegd. Hij moest eigenlijk een medaille laten maken.

De vrouw bleef bij een schap staan. Hij stond een eindje achter haar en rekte zich uit om te zien wat voor boek ze nam.

Leermethoden voor pubers. Ze was zeker een soort lerares. Hij voelde zich opgewonden worden. Dat was weer iets dat hij aan Lynn te danken had. Ze had hem bedorven voor gewone werkende vrouwen. Dit soort uitdaging was zoveel prettiger.

De naar binnen vallende zonnestralen vielen op de haren van de vrouw, en schenen vuur uit te stralen. Greg zag dat ze de bladzijden omsloeg; haar vingers waren merkwaardig breed en haar nagels groot en ongepolijst. Het leek of ze allerlei ingewikkelde diagrammen in één oogopslag begreep.

Hij moest zijn hand voor zijn mond slaan om niet hardop te grinniken.

Maar dat was een van zijn aantrekkelijkste kenmerken – zijn gevoel voor humor. Dat had Lynn hem vaak verteld.

Het zou leuk zijn te weten hoe ze nu over zijn gevoel voor humor dacht.

Hij dacht aan een andere keer met zijn fototoestel, waarmee hij in het donker foto's kon nemen: Marti, de schoonheidsspecialiste uit Calistoga. Omstreeks die tijd was hij begonnen met zijn traditie om liefdesnaampjes te bedenken, en zijn naam voor haar was Pony geweest, geïnspireerd door haar lange, donkerrode haren, die ze in een paardestaart droeg.

Van haar had hij diverse opnamen terwijl ze zich over een stoel boog, met het haar los omlaaghangend en haar billen in de hoogte – leuke billen, waard om er twee condooms voor om te doen, en dat was zijn echte excuus om haar even in de steek te laten en zijn camera te pakken.

De volgende avond, een zondag, was hij in haar kapsalon binnengedrongen en had de foto's aan de binnenkant van de etalageruit geplakt, zodat ze die meteen zag als ze op maandagochtend haar zaak zou openen. Toen hij wegging, zorgde hij ervoor dat de deur bleef klemmen.

Voor Lynn was een enkele foto al voldoende geweest. Zij had het instinct van een verslaggeefster; hij was bang geweest dat ze de klik zou horen, zelfs maar één keer.

Maar ze had niets gehoord, en nu was hij gepromoveerd van een kapsalon met alleen maar de eigenaresse, die alles alleen deed, naar een televisiestation – als achtergrond voor zijn daden.

God, ze werkte inspirerend!

Hij dacht verrukt hoe ze nu in zak en as zat en zich zou afvragen wat zijn volgende stap zou zijn. Hij genoot ervan als hij bedacht dat de politie, of wie dan ook, zijn gangen zou nagaan – bij postkantoren en dergelijke. Misschien zou zelfs Lynn Marchette bij dat soort instellingen geen aandacht krijgen.

Misschien later.

De vrouw ging naar de kassa en betaalde haar twee boeken. Hij volgde haar naar de uitgang en toen zag Greg hun spiegelbeeld in de glazen deur. Ze was heel tenger; hij stak bijzonder gunstig bij haar af. Hij zou haar zó voor zich kunnen winnen.

Maar hij kwam tot de ontdekking dat hij dat niet wilde.

Hij was nu met Lynn bezig en kon alleen maar aan Lynn denken.

'Ik heb geprobeerd je te bereiken,' zei Mike. Hij stond voor de deur van Lynns flat en had een zwarte spijkerbroek aan, een donkergroen jack en zijn eeuwige sweatshirt. Op dit shirt stond B.C. 'Ik heb een uur geleden een boodschap voor je achtergelaten op kantoor.'

Lynn deed een stap achteruit om hem te laten voorgaan. 'Ik ben vroeg naar huis gegaan en heb mijn boodschappen nog niet opgevraagd.'

Ze was opgehouden met Tylenol toen haar hoofdpijn door alle pillen heen alleen maar erger werd. Ze had zich door een moeilijke show heen moeten worstelen, ondanks de wetenschap dat allen om haar heen zojuist naar haar vagina hadden gekeken – en dat had al haar reserves voor die dag opgeslokt.

Mike zei: 'De foto's zijn in twee pakken verzonden – uit West-L.A. en uit Studio City. Gewoon in brievenbussen gegooid.'

Lynn liep naar de bank. Er lag een ijskompres op het lage tafeltje. Haar tandarts had haar na haar laatste wortelkanaalbehandeling een recept voor Percodan gegeven, maar dat had ze nog niet weggebracht. 'Heb je daarom gebeld?'

'Nee, ik belde voor je toestemming om L.A. meer details te geven.'

'Wat voor details?'

'Wie je bent,' zei hij.

'Néé!'

Lynns telefoon rinkelde en ze liep naar de keuken om de hoorn op te nemen.

'Ik ben het,' zei Dennis. 'Kara zegt dat je ziek naar huis bent gegaan.'

'Zware hoofdpijn.'

'Begrijpelijk. Hoe gaat het er nu mee? Kunnen we praten over hetgeen er aan de hand is?'

'Liever morgen.'

Lynn liep terug naar de huiskamer. Ze had dat ijskompres nodig, bezoeker of niet, en legde het op haar voorhoofd.

'Dat was mijn baas. Luister eens, ik wil niet negatief klinken, maar ik heb toch liever niet dat de politie van L.A. weet dat het om mij gaat.'

'Denk eens door,' zei Mike. 'Als er iemand gegevens over die kerel heeft, dan zijn zij het. Bovendien hebben zij de enige anti-achtervolgingseenheid in het hele land en ze doen allerlei kunstjes voor beroemdheden. Ze zijn immers in L.A.'

'Maar waarom moeten ze weten dat ik het ben voor ze jou gegevens verstrekken?'

'Ze hebben een reden nodig om er wat dieper in te duiken. En ik heb geen andere mogelijkheid. Er is geen overtreding, zelfs geen...'

'Hij heeft me vernederd door een walgelijke, persoonlijke foto van me te nemen, heel heimelijk, en hij heeft me in een brief bedreigd...'

Mike schudde zijn hoofd. 'Het is geen misdaad om een foto van iemand te nemen, zelfs heimelijk, of die aan mensen toe te sturen. Wat de brief betreft: daarin vertelde hij je wat hij níet ging doen. "Het zou zo gemakkelijk zijn geweest je letsel toe te brengen... maar dat zou omgaande bevrediging betekenen." Kijk, Lynn, ik vind het vreselijk om het te zeggen, maar de kerel was, nee, ìs briljant. Technisch gesproken achtervolgt hij je zelfs niet. Ik kan me niet veroorloven veel tijd aan deze zaak te besteden, en als hij wordt gevonden, is praten het enige dat we met hem kunnen doen. Wat wilde je baas?'

De rechtstreekse vraag maakte dat ze opkeek. 'Hierover praten. Hij is nerveus. We zijn met die proefuitzending bezig en met een uitzonderlijk moeilijke dagelijkse show.'

Mike knikte en bestudeerde haar. Ze merkte steeds weer hoe hij genadeloos kon observeren, niet de andere kant opkeek, de spanning handhaafde. 'Waar gaat die over?'

'Hij wordt live door tweeëntwintig stations overgenomen en we zullen telefoontjes uit het hele land krijgen.'

Er kwam een krakend geluid uit de keuken en Lynn sprong op. Mike rende erheen.

'IJs,' riep hij. 'Er staat een hele schaal vol een beetje te smelten.'

'Ik ben òp,' zei Lynn. 'Elk geluid maakt me aan het schrikken.'

'Wie doen er mee aan deze show?'

Ze was eraan gewend dat hij plotseling van onderwerp veranderde en volgde hem dan alleen maar. Waarom ook niet? Ze had niets te verbergen.

Ze zei: 'Ouders van wie de dochters aan een zelfde uitgevoerde abortus zijn gestorven.'

'Een goed onderwerp. Je zou meer aan onderwerpen moeten doen die met kinderen te maken hebben. Pleeghulp – ik kan je meer gegevens verstrekken dan je zou kunnen verwerken.'

'Daar kom ik misschien nog weleens op terug.' Ze legde het ijskompres neer en hield haar hoofd achterover om de toenemende druk in haar voorhoofd te verminderen.

'Wat neem je daartegen?' vroeg Mike.

'Tylenol, vanochtend. Het heeft niet geholpen.'

'Gewone aspirine is het beste. Heb je die?'

'Ik weet het niet zeker.'

Hij vond de badkamer zonder haar te vragen waar die was. Lynn hoorde dat hij kastjes opende en sloot. Ze stond op om naar hem toe te gaan – maar bleef toen doodstil staan. De pijn bonsde nu in haar hele hoofd, en opeens drong de betekenis van een van Mikes opmerkingen tot haar door.

Ik kan me niet veroorloven veel tijd aan deze zaak te besteden.

Wat deed hij hier dan?

En waarom ging hij door met de zaak?

Om een ongepleegde misdaad op te lossen die door een onzichtbare was gepleegd die echter geen misdadiger was? *Of misschien omdat hij dacht te maken te hebben met een pathologische televisiepersoonlijkheid die zich bepaalde dingen inbeeldde?*

Lynn stond op. De pijn werd steeds erger, en nu werd ze ook nog door paniek bevangen. Ze liep onzeker, maar ging recht naar de badkamer toe.

Mike zat op zijn hurken voor het kastje onder de vaste wastafel, zocht tussen de flesjes met kosmetische artikelen en vitaminen en vond het flesje met de aspirine.

Lynn stond op hem neer te kijken. 'Als je het je niet kunt veroorloven veel tijd aan mijn zaak te besteden, waarom ben je dan hier?'

Hij keek naar haar op en schonk haar een taxerende blik alsof hij op een thermometer keek. Toen stond hij op.

Zij was op haar kousen en hij had laarzen aan, maar ze waren bijna even groot. Ze rilde van pijn, angst en woede, maar ze pakte de rand van de vaste wastafel beet en keek hem strak aan. 'Je denkt dat ik gek ben,' zei ze. Die woorden deden pijn, en het leek alsof elk geluid een slag op haar hoofd was. 'Je liet me denken dat je aan mijn kant stond, maar dat doe je níet. Je graaft een gat rondom me en wacht totdat ik erin val!'

Ze verwachtte dat hij zou beginnen te schreeuwen, verlangde daarnaar; ze had de werkelijkheid van zinnen en antwoorden en bevestigingen en ontkenningen nodig. Wat er ook naar voren kwam, alles was beter dan dit nutteloze heen-en-weerdrijven tussen allerlei vreselijke dingen.

Maar in plaats daarvan liep hij langs haar heen naar de huiskamer en nam onderweg een glas water mee uit de keuken.

'Kom eens hier,' riep hij achterom. 'Ga zitten.'

Ze bleef staan waar ze stond. 'Doe niet zo vaderlijk! Ik wacht op een antwoord.' Haar hoofd deed zo erg pijn, dat ze het moest vasthouden.

Hij maakte het buisje met aspirine open, gaf haar drie tabletten en het glas water.

'Ik zal je alle antwoorden geven die je wenst. Maar slik eerst deze dingen door.'

Ze liep terug naar de bank en deed wat hij zei – dat was het gemakkelijkste.

Mike zette haar in een stoel neer, trok die dichter bij de tafel, waardoor de afstand tussen hen kleiner werd, en boog zich voorover. Even herinnerde Lynn zich dat hij bij haar show ook zo had gezeten. Al die agressieve intensiteit was via de camera goed overgekomen.

'Ik wil wel bekennen dat ik er eerst niet veel van begreep,' zei hij. 'Je assistente beschuldigde je – je vriendin...' Hij schudde zijn hoofd. 'Het klopte niet. En die rotbrief klopte ook niet. Jouw handschrift nabootsen... kom nou!'

Hij boog zich nog verder naar haar toe. Zijn ogen waren bijna zwart. 'Ja, ik dacht eens over je na. Misschien wilde je meer aandacht voor jezelf opeisen. Er een verhaal uit slaan. Misschien was je zelf wel vreemd.'

Al had ze dat zelf al overwogen, Lynn kromp toch in elkaar nu ze de woorden uit zijn mond in zich opnam.

'Na een dag,' ging hij door, 'besloot ik dat je dat niet was. Jij zou er nooit iets in hebben gezet over het feit dat je uit je badpak puilde.'

'Was dat de enige reden?' vroeg ze.

'Nee. Het is alleen de enige die ik onder woorden kan brengen. En die foto's vandaag...' Hij schudde zijn hoofd weer. 'Is dat voldoende antwoord voor je?'

Ze zei: 'Nee. Ik begrijp nog steeds niet waarom je hieraan aandacht blijft besteden.'

Hij zuchtte. 'Omdat we te maken hebben met een ander soort gek dan ik dacht. Een heel ander soort. Jouw handschrift zodanig nabootsen dat zelfs je assistente het niet van het ware kan onderscheiden... foto's met een nachtcamera nemen en rondsturen...'

'Wat? Is dat het einde?'

'Ik wéét het niet. Daar gáát het nu juist om.' Hij zweeg even. 'Vóór die brief verliepen al zijn daden volgens het geijkte patroon. Uniek, hier en daar, maar toch toepasselijk. Het was te verwachten dat hij er genoeg van zou krijgen en een ander slachtoffer zou gaan zoeken, jou met rust zou laten. Nu...' Hij trok zijn schouders op. 'Dat zal vermoedelijk niet gebeuren. Het zal vermoedelijk alleen maar erger worden.'

Dennis trok een stoel voor haar bij. 'Hoe is het vandaag met je hoofdpijn?'

Beter dan met mijn waardigheid, had Lynn willen zeggen, maar ze deed het niet. Tijdens de lange nacht was ze tot de slotsom gekomen dat dit nu net de bedoeling van die foto was geweest: haar te laten wegkruipen voor iedereen die de foto had gezien.

Geef het niet op.

'Ik zou nu een kletspraatje met je kunnen beginnen,' zei Dennis, 'maar dat wil je zelf ook niet. Ik wil alleen dìt zeggen: gezien alle aandacht die je bij shows aan achtervolgingen en bezetenheid hebt geschonken, is het wel verrekt ironisch dat je nu zelf slachtoffer bent.'

Lynn ging wat rechter op de luxueuze stoel zitten. 'Dank voor je begrip, Dennis.'

'In Hollywood is het nu een epidemie. Ik lees er steeds weer over. 'Ik heb nooit gedacht dat ik het ook van nabij zou gaan meemaken.'

'Ik ook niet,' zei Lynn.

'Het schijnt dat we er steeds weer aan herinnerd moeten worden dat er ook een andere kant aan beroemdheid zit. Je zegt op het beeldscherm wat je van iets denkt, maar je kunt niet vaststellen wie je daar allemaal mee aantrekt. Een of andere gek wordt erdoor bezeten, denkt dat je hem iets schuldig bent... Wat doet de politie? Ik wil ze wat onder druk zetten.'

'Een rechercheur werkt eraan wanneer hij kan – hij is eens een gast bij een show geweest. Maar ze kunnen niet veel doen. Er is geen misdaad begaan.'

'Gelul. Hoe kwam die man in je flat om die foto te nemen?'

Lynn besefte dat Dennis niets van Greg af wist. Ze had gedacht dat verschillende versies van het verhaal overal de ronde zouden doen.

'Die man is geen vreemde,' zei ze. 'We hadden een relatie. Maar toen begonnen er vreemde dingen te gebeuren en ik maakte een eind aan de verhouding. Daarna begon hij me dingen te sturen, me te achtervolgen. Hij heeft me een dreigbrief gestuurd in mijn eigen handschrift...'

'Dat was het feit waardoor die bespreking toen moest worden uitgesteld?'

'Ja.'

'Zei je in jóuw handschrift?'

'Hij had het zó goed nagebootst, dat zelfs Kara het niet van het echte kon onderscheiden.'

'Wanneer heeft hij die foto genomen?'

'Heimelijk, toen we nog samen uitgingen.'

Dennis keek haar sprakeloos aan. 'Hoelang ben je met die man omgegaan?'

'Maar een paar weken. Hij woont in Los Angeles. Daar heb ik hem leren kennen toen ik met QTV ging praten.'

Er werd bij Dennis op de deur geklopt en Kara kwam binnen. 'Ik heb net de assistente van Oprah aan de lijn gehad. Ze denken nu echt na over de proefuitzending. Ze vindt dat jij Oprah moet bellen.'

'Nu?'

'Nu.'

Hoofdstuk negen

Greg had nog nooit zo veel plezier gehad met het maken van plannen voor zijn verrassingen.

Gewoonlijk was er maar één persoon die moest worden verrast. In Lynns geval had hij een veel groter publiek voor het geval hij zou verkiezen gebruik te maken van de aanwezigheid daarvan. En dat was hij wel van plan, o ja. Die dag had hij de basis gelegd, en die zou hij hechter maken bij zijn volgende bezoek in haar omgeving.

Hij was nog niet klaar met Lynn.

Gewoonlijk was hij omstreeks deze periode al wel klaar met hen. Hij had zijn herinnering, en er gebeurde altijd voldoende om zijn belangstelling gaande te houden.

Af en toe was zijn enthousiasme verdwenen vóór dat van hen, hetgeen bewees – voor zover er iets te bewijzen was – dat er nog gekkere mensen in de wereld rondliepen. Soms kreeg een van hen het in haar nutteloze hoofd dat cadeautjes en trucjes een echte vriendschap vormden... net als honden die te stom zijn te merken dat de biefstuk vol maden zit.

Zo af en toe had Greg er weleens spijt van dat hij in deze liefdeszaken in z'n eentje opereerde, en dus niemand had met wie hij zijn pret kon delen.

Hij herinnerde zich dat hertje met de donkere ogen: lange benen, het kleine gezichtje dat de inspiratie was voor haar koosnaampje, Tina. Lief en gemakkelijk naar de zin te maken. Hij had Tina leren kennen alsof hij naar een hoorspel op de radio luisterde. Hij zat met zijn rug naar haar toegewend in zo'n cafeetje met hangende planten in Studio City.

Terwijl hij zijn gegrillde zalm at, zat hij zomaar, omdat hij het leuk vond, naar haar te luisteren. Intussen was zij met haar man aan het woord. Nee, eigenlijk praatte alleen de man; hij deed niet anders, en Tina maakte alleen wat bewonderende geluiden en schonk hem alle aandacht.

Maar terwijl hij op zijn koffie wachtte, was Greg met meer aandacht gaan luisteren, want hij merkte een onderstroom. Tina's echtgenoot – hij heette Jeremy – had al drie of vier wodka's op en speelde een spelletje. Jeremy maakte het Tina onmogelijk het dineetje af te maken zonder een of ander soort verbale misdaad te begaan, en dan zou hij daarbovenop springen. Jeremy speelde het prachtig klaar haar in een val te laten lopen.

Greg had zich nog nooit tot dergelijke maatregelen hoeven te verlagen. Dat was iets voor middelmatige mannetjes die een eervolle traditie wilden handhaven, zoals hun vader en grootvader hadden gedaan. Maar dat betekende nog niet dat hij zo'n aanpak niet kon waarderen als hij die toevallig tegenkwam, zoals een man met fijne smaak zo af en toe weleens van een lekkere hamburger houdt.

En dus luisterde Greg als toetje af hoe Jeremy Tina in de val lokte. De man vertelde haar een verward, onsamenhangend verhaal, en toen ze vragen stelde, beschuldigde hij haar ervan dat ze niet naar hem had geluisterd... En toen maakte hij zich klaar haar de genadeslag te geven.

'Je luisterde niet. Je luistert nooit,' had Jeremy gesist.

'Wel waar. Ik luister altijd.'

'Je bent zo verrekt egocentrisch. Alles draait alleen om jezelf. Ik ben misselijk van al die praatjes van je.'

'Houd toch op met zo te schreeuwen...'

'*Hoe durf je het, verdomme, te wagen mij te zeggen wat ik moet doen!*'

Plotseling kreeg Greg een inspiratie. Hij kon een prachtig drama van dit voorval maken.

Hij legde geld op tafel en stond op om weg te gaan, maar bleef bij het tafeltje van de buren staan en keek op hen neer: Jeremy die half was opgestaan en een rood hoofd had, Tina met haar armen dapper over haar borst gevouwen, maar met een trillend kinnetje.

Vriendelijk zei Greg tegen Tina: 'Ik kon er niets aan doen, maar ik heb alles gehoord en zal een taxi voor u roepen.'

Jeremy sputterde: 'Verdomme, wie ben jij...'

'Houd je mond,' zei Greg. 'Treiter die vrouw niet zo. Zoek iemand van je eigen formaat als je zo nodig macho-achtig moet doen.' Greg klopte Tina op haar schouder. 'Dit hoeft u niet te nemen. Ga maar met mij mee.'

Ze had niet willen terugkeren naar het huis dat ze met Jeremy deelde, en dus betaalde Greg een motelkamer voor haar en bleef de halve nacht bij haar zitten, terwijl hij alleen maar haar hand vasthield en naar oude films keek, tot ze eindelijk tegen zijn borst in slaap viel.

Het was belachelijk gemakkelijk geweest haar in zijn macht te krijgen. Tina was van Jeremy gescheiden, had zelf een onderkomen gehuurd en toen op allerlei gebied, wat meubileren en stofferen betreft, zijn raad gevraagd. Om de Derde Akte gereed te maken, had Greg eerst Tina opgebouwd, haar daarna langzaam weer overheerst tot ze terug bij 'af' waren, en haar toen even ver gekregen als Jeremy destijds. Het was alleen veel subtieler gegaan, maar er was zo weinig moeite voor nodig dat het eerder saai dan leuk was.

Hij kon nu enige sympathie voor Jeremy voelen.

Het had erop geleken dat ze Jeremy niet miste, maar ze klampte zich nu met handen en voeten aan hem vast, herinnerde Greg zich. Wàt hij ook deed om haar kwijt te raken, hielp niet en diende er alleen maar toe dat ze nog meer haar best deed. Ze vond haar tatoeage prachtig en, als hij het zou hebben gevraagd, zou ze er een op haar alvleesklier hebben laten aanbrengen. Ze vond geen enkel verzoek te onredelijk, geen enkele sekshandeling te vernederend. Ze was in staat om drie keer achter elkaar de vloer te boenen, haar hele garderobe in één klap te vervangen, hem onder tafel in een Chinees restaurant te laten klaarkomen.

Zelfs nadat hij zich had teruggetrokken, kon hij haar niet boos krijgen. Wàt hij ook stuurde of schreef, ze bleef vasthouden. Ze wìlde hem niet loslaten en bracht haar avonden en weekends door met rondrijden in Los Angeles, op zoek naar hem.

Enkele keren had ze hem gevonden, en dat was een interessante ervaring. Zelf was hij nog nooit onderwerp van zo'n zoekactie geweest.

Maar dat was het kenmerk van de ware avonturier, nietwaar? Om ingewikkelde toestanden leuk te vinden, ervan te genieten, vooral als er nog onverwachte zaken aan verbonden waren.

Dan had je Abel, zijn buurman in een vliegtuig op de lijn Sacramento-San Diego. Greg had hem zo gedoopt omdat hij zo volhardend was.

Greg had eersteklas gevlogen, dat was een aan die baan verbonden voordeeltje, en ter ere van die gebeurtenis had hij zich champagne veroorloofd, champagne die vloeide als...

'Champagne,' had de kalende man naast hem aangevuld, waarom ze beiden hartelijk moesten lachen.

Ze hadden zich aan elkaar voorgesteld en Greg produceerde uit zijn collectie visitekaartjes dat van Ethan Richards uit Sacramento – hij had het pas verworven van de ware Ethan Richards, die hij in de lounge van het Marriott-hotel had leren kennen.

Abel droeg een sportjas van Hugo Boss en gebruikte eyeliner. Nadat ze samen kreeft Mornay en nog meer champagne hadden genuttigd, stelde hij voor samen naar de w.c. te gaan en daar een joint te roken. Greg stemde toe... en had aandachtig toegekeken toen Abel de rookdetector buiten werking stelde, de joint aanstak en, nadat ze die samen hadden opgerookt, de sportjas liet vallen en alles wat daaronder thuishoorde.

Een weeklang had Greg de avonden met Abel doorgebracht. Toen, omdat zijn eigen baan daar bijna klaar was, had hij er voor gezorgd snel een paar leuke dingen te doen, zoals Abel cadeautjes te sturen op zijn werk: smerige tijdschriften, en een magnum champagne met een dildo in een strik om de hals van de fles gebonden.

Maar hij kon Abel, net als Tina, maar niet van zich afschudden.

Weer terug in L.A. zag Greg steeds advertenties in de kranten, die luidden: ETHAN – ABEL MIST JE. NEEM CONTACT OP. Bij zijn volgende zakelijke bezoek aan Sacramento had Abel hem in het Marriott-hotel ongeveer overvallen; hij had hem eens een boekje lucifers van dat hotel zien gebruiken.

Greg had van de nood een deugd gemaakt en de situatie uitgebuit. Hij liet Abel in de veronderstelling dat ze weer fijn samen waren, jutte hem op – en verkreeg zo weer de nodige munitie voor een stel werkelijk duivelse streken.

Laat niemand ooit zeggen dat hij niet spontaan was.

Op de dinsdag na *Thanksgiving* was het bewolkt en er stond een stevige wind; de verkeerslichten boven de straten zwaaiden heen en weer en overal woei stof op, onzichtbaar, maar je voelde het in je mond knarsen.

Lynn maakte de deur van haar flat open. Ze moest moeite doen zich niet door haar spanningen te laten overheersen. Het leek of elke dag weer nieuwe spanningen meebracht, zonder dat de vorige verdwenen. Ze vroeg zich steeds af wat Greg nu weer in zijn schild zou voeren. En wat zouden de mensen om haar heen wel denken?

Angela vond dat ze zich door meer training moest laten afleiden. Het leek of ze het wel leuk vond dat Lynn nu bij haar in het clubje was, maar ze was nogal bazig en wilde zeggen wat zij vond dat Lynn moest doen en waarmee ze moest beginnen. Daarom, en ook omdat ze zich zo druk maakte om Lawrence geen extra zorgen te bereiden, probeerde Lynn haar te vermijden.

Maar ze had gedaan wat Angela had gevraagd. Booboo wist niets van de foto af. Zijn bloeddruk was weer in orde.

Lynn sloot de deur achter zich, liet alle post op tafel vallen en plofte neer op de sofa.

De wind rukte aan haar terrasdeuren.

Ze wilde graag naar buiten; slecht weer wilde ze altijd van nabij meemaken, kijken hoe het aanvoelde op haar huid, zien wat het in de haven aanrichtte.

Maar ze was te moe.

Ze kwam overeind en begon haar post te bekijken. Tussen de brieven en circulaires bevond zich een geelbruine envelop. Ze liep ermee naar de keuken en maakte hem open met een mes.

Toen bleef ze midden in de keuken verstijfd staan, alsof ze ter plekke was bevroren.

Het was dezelfde afschuwelijke foto die aan iedereen van Channel-3 was gestuurd – maar deze was veranderd. Er bevonden zich bloedende ronde plekjes waar haar tepels moesten zijn. Uit haar vagina stak een vleesmes omhoog en er droop bloed van de gebloemde lakens op het vloerkleed.

Er was iets mis met haar spieren. Ze wilde de afgrijselijke foto laten vallen, maar kon het niet. Ze hield hem omhoog, was erdoor gebiologeerd en raakte de bloeddruppels aan...

Plotseling werden haar handen weer normaal. Ze gooide de foto op de grond en ging erop staan alsof ze hem onder haar laarzen wilde verpletteren.

Maar opeens hoorde ze een inwendige praktische stem, die zich afvroeg of ze nu niet bezig was iets te vernielen dat als bewijs kon worden gebruikt. Een praktischer stem zei dat ze dan wel zou boffen, maar dat het níet zo was.

Buiten huilde de wind harder en gierde over de terrassen. Het was geen vriendelijk geluid meer.

Ze dwong zichzelf niet zo van streek te raken. Ze moest haar best doen, anders zou ze beginnen te gillen.

Maar ze bleef in een paniektoestand.

Ze moest Mike bellen.

Ze nam de telefoon mee naar de bank en belde het politiebureau, maar dat was in gesprek.

In gesprek?

Dan moest ze een verkeerd nummer hebben gedraaid.

Ze probeerde het nog eens, en nog maar eens, het blééf in gesprek.

De paniek werd haar de baas en ze voelde die op de vreemdste plekjes, zoals onder haar tong en in haar oksels.

Ze draaide het nummer weer, het blééf in gesprek, hoe vaak ze het ook probeerde.

Toen gingen de lichten uit.

Ze gilde en sprong op, waarbij ze haar knie tegen het lage tafeltje stootte. Ze holde naar de deur, rukte die open en wilde de donkere hal inrennen, maar ging terug om haar mantel te halen. Toen liep ze zo hard ze kon het gebouw uit, met uitgestoken handen in het donker.

Geen lift. Ze holde nog even terug om een paraplu te pakken, ging op de tast naar de donkere trap toe en zwaaide de paraplu voor zich uit, zoals een blinde zou doen met zijn wandelstok – het was haar enige verdedigingsmiddel.

Ze duwde de deur van het trappehuis naar de lobby open en zag licht – de straatlantaarns! Ze holde naar de deur, gooide zich ertegenaan en struikelde naar buiten, in de wind en een normale omgeving.

'Het komt door het weer,' zei Mike. 'Op verschillende plaatsen is de stroom uitgevallen. Waar ben je nu? Wat is het nummer dat ik heb gebeld?'

'Dat van Kara. Ik heb een taxi hierheen genomen, Mike. Ik kon zelfs vanuit mijn flat het politiebureau niet aan de lijn krijgen!'

'Tja, op dit soort avonden worden we voortdurend gebeld. Je bent niet de enige die in paniek is geraakt.'

'Maar ik ben wèl de enige bij wie het licht uitging op een avond dat ze een... kwaadaardig ding met de post kreeg van een gestoorde, gemene...'

'*Lynn*!' viel hij haar in de rede. 'Kalm aan nu. Als je je zo laat opjutten, speel je hem in de kaart!' Er klonk een piep. 'Mijn kip is klaar. Wacht even.'

Nicky keek op naar Lynn en ze streelde hem over zijn kop.

Mike kwam weer terug aan de lijn. 'Ik ga nu eten. Ik heb vandaag van zeven tot zeven gewerkt en sterf van de honger.'

Lynn zei: 'Kun je een agent sturen om mijn flat te controleren.'

'Vanavond nog? Ben je mal?'

'Nee. Ik wil zeker weten dat er niet met de elektriciteit is geknoeid.'

'Die elektriciteit deed gewoon hetzelfde als bij veel andere mensen. In de hele stad zijn er gedeelten waar het licht is uitgevallen. Het is erg vervelend dat dit bij jou samenviel met de ontvangst van die verdomde foto, maar dat is puur toeval. Mag ik je een raad geven?'

'Wat voor raad?'

'Doe net alsof het je allemaal niets doet. Blijf vannacht bij Kara slapen als je dat nodig vindt, maar vanaf morgen doe je alsof er niets bijzonders in je leven is gebeurd.'

Nicky duwde zijn snuit tegen haar aan, maar Lynns aandacht was uitsluitend op Mikes woorden gericht. 'Is dat niet een soort ontkenning?'

'Het is methodisch handelen en geeft aan jou de macht in plaats van aan hem. Dat zeggen we tegen al onze slachtoffers. Je kunt niet controleren wat hij doet, maar je kunt wel je eigen reactie daarop in bedwang houden. Hoe meer je dat doet, des te beter het is. En je moet je nu ècht beheersen, Lynn. Je kunt je niet zover door je fantasie laten meeslepen dat je denkt dat die gek van je naar de oostkust is gekomen om jouw elektriciteit af te sluiten.'

'Ik doe vast iets verkeerd,' zei Lynn tegen Elizabeth Vail. 'Een van de belangrijkste redenen waarom ik lid van dit clubje ben geworden, is om de stress te verminderen. Maar het ziet er niet naar uit dat het iets helpt.'

Ze zaten tegenover elkaar in het kantoortje van de fitnessclub. Elizabeth stond op, reed de bloeddrukmeter naar haar toe en legde een manchet om Lynns arm.

'Honderdtien over zeventig. Volmaakt,' zei Elizabeth. 'Wanneer heb je je voor het laatst laten onderzoeken?'

'Ongeveer een jaar geleden. Ik ben niet ziek, maar gespannen, en ik kan me niet ontspannen. Ik heb vreselijke hoofdpijnen...'

'Doe je rekoefeningen voor en na je werk?'

'Die vergeet ik meestal.'

Elizabeth stond weer op. 'Ga maar eens mee naar beneden.'

Ze nam Lynn mee naar de massagekamer. Die was schaars verlicht en had perzikkleurige wanden en hoogpolig tapijt. Er stond een massagetafel met een schoon laken erover en het rook er naar geparfumeerde zeep.

Elizabeth draaide aan een paar knoppen om de muzak wat zachter aan te zetten. 'Lente in het bos? Nee, een waterval, denk ik,' zei ze, en het geluid van zacht opspattend water vulde het vertrek.

Ze liet Lynn op de tafel gaan liggen en het volgende half uur drukte en duwde Elizabeth aan al haar ledematen en draaide die rond. Ze werkte aan Lynns nek, waar de hoofdpijnen vandaan kwamen, en schonk extra aandacht aan de bovenkant van de rug en schouders.

'Je voelt de pijn in je hoofd en nek, maar ze komt hier vandaan,' zei Elizabeth met haar rustige stem. 'Een moeilijke dag op je werk vult de driehoek aan de bovenkant van je rug met spanning. Die spanning veroorzaakt knopen terwijl ze zich uitbreidt. Voor veel mensen is de volgende stap een rugkramp, maar in plaats daarvan krijg jij hoofdpijn.'

Lynn hoorde de uitleg door het zachte geluid van vallend water heen en wenste dat het alleen de moeilijke dagen op het werk waren die haar spanningen veroorzaakten.

Uiteindelijk voelde ze zich werkelijk een stuk beter.

'Dit is de eerste keer in drie dagen dat ik niet het gevoel heb een zware ransel te moeten meedragen.'

'Zal ik je wat bewegingen voordoen die je op kantoor kunt doen om te vermijden dat de spanningen te groot worden?'

'Ja. Jammer dat je niet aan huis komt.'

'Dat doe ik wèl. Soms.'

'O, ja?'

'Voor sommige cliënten.'

'O,' zei Lynn. 'Dus als iemand niet hier kan komen, dan ga je wel naar zijn of haar huis of kantoor.'

'Dat zou ik voor jou of Bernadine doen.'

'Dank je.'

Elizabeth haalde haar schouders op. 'Jullie imago heeft mij geholpen. Laten we wel zijn, jullie zijn allebei bekend en zien er beiden fit uit, en iedereen weet dat ik jullie oefeningen in elkaar zet. Als ik te zijner tijd mijn eigen club open, wil ik dat vrouwen zoals jij en Bernadine zich laten inschrijven – en je vriendinnen meebrengt.'

De foto's van de dode meisjes waren op een kurkbord in Lynns kantoor bevestigd.

Een opname van de montage was gebruikt in de promotie voor de show. De gezichten waren indrukwekkend: vijf lieve tieners, allemaal met wipneus en haren in de war, die zwanger waren geworden, het niet durfden te vertellen en gestorven waren.

Lynn leunde achterover in haar stoel en bekeek hen om beurten. Ze had hen al een hele week bestudeerd en wist wie een moedervlek in haar wenkbrauw had en bij wie de boventanden te veel naar voren stonden.

Vijf meisjes; vijf moeders en vijf vaders, van wie ieder voor zich er alles voor over zou hebben de kans te krijgen hun dochters de raad en geruststelling te geven waarvoor het nu te laat was.

Over twee uur zouden die ouders bij haar in de studio zijn en hun verhaal voor een publiek in het hele land doen.

'Zenuwachtig?' vroeg Kara, die met twee koppen koffie binnenkwam.

'Ja.'

Kara raakte even Lynns mouw aan. 'Je ziet er geweldig uit!'

'Heus?' Lynn stond op om de hele jurk te tonen, witwollen crêpe met een staande kraag die haar gezicht omlijstte. 'Ik heb hem voor vandaag bewaard. Ik hoop dat de show goed gaat. Dat móet eigenlijk wel. Het onderwerp is heel belangrijk en interesseert veel mensen. De ouders zijn heel duidelijk. Het is onmogelijk géén medelijden met die meisjes te hebben. We komen hiermee in tweeëntwintig steden. Ik heb nog geen koffie over mijn jurk gemorst.'

Dertien minuten later zei Dennis, die vanuit de controlekamer toekeek: 'Wat is dat, verdomme?'

Kara keek naar Lynn, die met haar microfoon over de set liep. Kara sperde haar ogen wijd open. De achterkant van Lynns witte jurk was doordrenkt van iets dat op bloed leek.

'*Break*!' zei Kara tegen de regisseur.

'Maar...'

'*Break*, nu! Onderbreek de opname van haar!'

De monitor schakelde over op een reclame en Kara holde de set op. Er stonden al mensen om Lynn heen, die nu pas de reden voor al die drukte besefte. Kara trok haar snel mee naar een lege kleedkamer.

'Niet te geloven!' zei Lynn. 'Hoe kan dat nu – ik ben helemaal niet ongesteld!'

'Waar komt het dan vandaan! Moet ik een ambulance bellen?'

'Nee! Ik wil terug, doorgaan. Ik heb alleen snel een andere jurk nodig.'

Kara rende weg, kwam Pam tegen en stuurde haar naar Lynns kantoor om schone kleren te halen. Toen snelde ze terug naar Lynn, maar Dennis hield haar tegen.

'Nee,' zei hij, toen ze hem alles had verteld. 'Lynn mag niets doen voordat een arts haar heeft onderzocht. De show zeggen we af. Laat hen een vervangende film inlassen en zeggen dat die erbij hoort.'

Greg had de televisie al aan nog vóór het programma begon. Die stomme reclame – nieuwe, verbeterde Tide en cakemeel. Goed voor huisvrouwen.

Het deed hem weer eens goed beseffen dat zijn Ster toch wel tot een andere klasse behoorde.

Ze draaiden een promotiefilm voor abortus – 'Straks, over een kwartier, de Lynn Marchette-show!' – Nee, hij had het goed gezien.

Hij herinnerde zich hoe trots Lynn en Kara over dat programma hadden gesproken, hoe heerlijk ze het vonden dat het in Chicago, L.A., Miami, enzovoort, zou worden uitgezonden.

Hij zat in zijn draaistoel in zijn huiskamer en had al zijn aandacht gericht op het televisiescherm. Hij wilde geen seconde van het programma missen.

De show begon. De ouders werden voorgesteld en er werden beelden van de meisjes getoond.

Gregs mond werd droog en hij wilde wat water drinken. Hij zou toch niets zien vóór Lynn haar plaats innam, en dat deed ze nooit voor het eerste deel al een eind onderweg was. Hij zette het geluid harder aan en beende heen en weer naar de keuken, want hij moest zorgen niets te missen.

Weer op zijn stoel gezeten, dronk hij zijn water en, toen Lynn ging zitten, keek hij extra goed.

Niets.

Zou zijn trucje mislukt zijn?

De telefoon rinkelde en hij sprong geschrokken op.

Hij overwoog het antwoordapparaat de boodschap te laten opnemen, maar besloot toen toch maar de hoorn te pakken.

'Meneer Sellinger? U maakt daar wel veel lawaai.'

Hij kromp in elkaar bij het horen van die oude kraakstem; die irriteerde hem altijd al, maar op dit moment erger dan ooit. 'Sorry, mevrouw Minot. Ik zet het geluid wel zachter.'

Ze zei nòg iets, maar hij had al opgehangen. Hij zou het later wel rechtzetten.

Hij zette het geluid zachter en keek weer naar de klok. Nee, de tijd was juist. Ze waren negen minuten bezig.

Als hij niet gauw iets zag, zou hij moeten aannemen dat ze zijn trucje nog tijdig hadden ontdekt.

Maar hoe? Het was zo goed in elkaar gezet. Niemand anders dan Lynn zat ooit op de stoel van de gastvrouw. En die capsules waren vrijwel onzichtbaar.

Elf minuten. Hij kneep in de leuningen van zijn stoel en merkte dat hij zijn adem inhield en die zacht uitblies.

Hij stond op, liep even heen en weer en zijn geschoeide voeten lieten een spoor achter op het botergele hoogpolige tapijt. Hij liep zachtjes en bleef verwijderd van het niet beklede deel van de vloer; het laatste wat hij nu nodig had, was dat mevrouw Minot hem op het belangrijkste moment zou bellen. Het róde moment.

Eindelijk bleef hij vlak bij het beeldscherm staan, zó dichtbij dat hij de fijne lijntjes zag die het beeld vormden. De felheid ervan deed pijn aan zijn ogen en het leek of hij pal in de zon staarde.

Lynn wees met de microfoon, pakte hem op en begon heen en weer te lopen over de set, met haar rug naar de camera – en opeens zag hij het. Hij was vergeten dat het even duurde voor de verf zich verspreidde. Haar hele jurk was van achteren vuurrood!

Het geluid viel weg en toen werden het beeld en het logo van de Marchette-show zichtbaar. Ze gingen over op een reclameboodschap.

Nog twee reclames, toen drie reclames voor het station zelf. Daarna de stem van de presentator: 'Het programma dat voor deze tijd was geprogrammeerd, is uitgesteld. Blijf aan het toestel voor "Het beste uit de Lynn Marchette-show".'

'Fantastisch!' gilde Greg, sprong overeind en trommelde met zijn vuisten op het televisietoestel. Hij danste op het vloerkleed, juichte zichzelf toe, danste naar de keuken en weer terug.

Hij stelde zich de controlekamer van Channel-3 voor en barstte in lachen uit als hij zich Lynn, Kara en de anderen voorstelde.

Hij lachte nog toen hij naar het rinkelende telefoontoestel liep en de veren van mevrouw Minot begon glad te strijken.

'Hoezo kan dit geen overtreding zijn?' vroeg Lynn. 'Hij heeft een belangrijke en kostbare live-uitzending in de war geschopt!'

'Je baas heeft dat nog pas vijftien keer gezegd,' zei Mike, en hij keek even naar Lynns kantoordeur, waardoor Dennis en Kara net waren verdwenen. 'Ik zal je nòg iets zeggen. Ik weet niet hoe hij aan die capsules is gekomen die geld moeten markeren, maar zelfs als hij ze heeft gestolen, zou dat nog niet zo erg zijn, als je het over misdrijven wilt hebben. Deze grap is een civiele zaak en niet iets voor de politie.'

Lynn wreef zich in de ogen.

Mike sloeg haar gade. De spanning was waarneembaar aan de houding van haar schouders onder haar blouse, en haar huid had de kleur van magere melk.

Hij constateerde verbaasd dat hij de neiging voelde haar schouders beet te pakken, haar hand te nemen en te proberen haar te troosten.

'Dennis had het erover om privé-detectives in te huren,' zei Lynn.

'Om wàt te doen? We hebben geen enkele basis.'

'Dat weet hij en hij heeft al besloten het niet te doen. En hij wil het voorlopig stilhouden. Maar hij gaat de zaak veel meer beveiligen.'

Mike vroeg: 'Hoe wist Greg dat dit een goede show was om te verpesten?'

'O, dat kan ik hem zelf wel verteld hebben. Hij vroeg me uit, en ik heb hem alles verteld over welke shows bijzonder belangrijk voor me waren en welke naar de westkust zouden worden uitgezonden. Ik heb deze tot in alle details beschreven, omdat ik zo trots was dat de ouders me vertrouwden.'

'Hoe denk jij dat hij hier is binnengekomen?'

'Ik ben het met Kara eens. Hij moet haar sleutels hebben gekopieerd toen ze hem in de studio binnenliet – of al eerder de mijne hebben laten namaken. Daarbij heb ik hem goed geholpen. Mijn sleutels zijn alle voorzien van een label.'

Mike liep naar de deur. 'Hij schijnt erop uit te zijn je carrière in de war te sturen. Zou hij zelf ook beroepsmatig bij de televisie betrokken kunnen zijn?'

'Ik denk dat ik dat wel zou hebben gemerkt. Maar misschien ook niet. Er is zó veel dat ik niet weet.'

Hoofdstuk tien

'Waarom heb je het me niet verteld?' vroeg Booboo.

'Ik had het moeten doen. Ik had kunnen weten dat je het zou ontdekken,' zei Lynn.

'Daar gaat het niet om!' Lynn hield de hoorn een eindje van haar oor af, maar de stem van haar broer bleef luid klinken. 'Mijn zus zit onder het bloed, en toevallig zie ik die dag haar show niet en moet het van anderen horen...'

'Geen bloed! Verf om munten mee te merken.'

'Heeft hij dat spul gebruikt? Hoe kwam hij daaraan?'

'Dat weet ik niet!'

'Je had het me moeten vertellen.'

'Ik wilde je niet bezorgd maken.'

'Ik maak me meer bezorgd nu ik weet dat je dingen voor me verzwijgt. Waarom vertel je me niet alles? Je had gelijk wat die vent betreft. Ik wou dat ik naar je had geluisterd toen ik nog de kans had hem eens onder handen te nemen.'

Lynn sloot haar ogen en dacht angstig aan het geheim dat hij nog niet kende: de met de nachtcamera genomen foto die blijkbaar nog geen onderwerp van gesprek in het geruchtencircuit was.

Nog vóór ze met de uitzending van de pleegzorg begonnen, wist Lynn dat het een van de belangrijkste onderwerpen was die ze ooit hadden behandeld.

Elke dag die passeerde zonder dat er iets naars gebeurde met haar of de show was een reden om dankbaar te zijn.

Terwijl de namen van de medewerkers over het scherm rolden, bracht het publiek in de studio haar een staande ovatie.

Dennis gaf Mike Delano een hand, de sociaal werkers en de twee tienergasten toen ze de set verlieten. Mary Eli omhelsde Lynn even en snelde toen weg.

Kara kwam door de gang gesneld. 'Ik heb net even getelefoneerd met het kantoor van Oprah. Ze heeft ja gezegd en zal live optreden in de proefuitzending, via de satelliet!'

Lynn sloot haar ogen. 'Goddank. Ik was zó bang dat ze zou weigeren.'

Om zes uur verscheen Bernadine met champagne en ze kwamen in het kantoor van Dennis bijeen om het succes te vieren.

'Hoe voel je je nu?' vroeg Bernadine aan Lynn.

'Geweldig,' loog Lynn. Haar blijdschap over het nieuws was echter al snel vervaagd en verdrongen door haar angsten.

Ze bleef proberen moed te scheppen door zich erop te concentreren hoezeer ze bofte. Ze was een sterke, publieke persoonlijkheid en haar folteraar was ver weg en viel haar niet fysiek aan, zoals bij die arme vrouwen het geval was die elke dag hun kwelgeesten moesten zien en hun aanwezigheid voelen bij elke handeling die ze verrichtten.

Maar de moed bleef nooit.

Zodra ze een goede show had beëindigd, stormden de vragen weer op haar af.

Wat zou Greg haar aandoen tussen nu en de opname van de proefuitzending? Zijn gebruikelijke trucs die haar gek maakten? Of nieuwe en nog ergere dingen? Zou hij proberen weer een show te bederven en zou Dennis dan besluiten de proefuitzending niet op te nemen, omdat er een grote mogelijkheid op sabotage bestond?

Hoe groot was de kans dat de politie Greg kon opsporen? En als ze dat deed, kon ze hem dan van verdere ellende afhouden?

Zou ze in staat zijn te zorgen dat QTV dit alles niet ontdekte?

'Je hebt je champagne niet opgedronken,' zei Bernadine zachtjes.

Lynn nam een slokje, probeerde te lachen en dacht dat ze daarin slaagde, maar Bernadine zei: 'Is alles in orde? Nee, ik zie dat er iets is.'

'Ik... sta nogal onder druk.'

Nog steeds met zachte stem vroeg Bernadine: 'Gaat het om de man die je het leven tot een hel maakt? Dennis heeft me er een en ander over verteld.'

Lynn keek naar het stevige, elegante vrouwtje dat helemaal niet de clichéfiguur was van de vrouw van de baas. Haar ogen met lichte wimpers stonden meelevend en intelligent en het leek of Bernadine haar vroeg om haar last te delen.

'Het is vreselijk,' zei Lynn. Haar ogen prikten en ze durfde niet door te gaan.

'Wat kan ik voor je doen?' vroeg Bernadine. 'Ik kan luisteren. Wil je me er een en ander over vertellen?'

Lynn aarzelde en Bernadine zei: 'Nu is het daar niet de tijd voor. Maar je moet je ècht beheersen, schat. Je wordt nu een grote televisiester. Probeer je daarop te concentreren.'

Greg drukte de pauzeknop in toen de namen op de video verdwenen.

Interessante show; Lynn hield de touwtjes goed in handen. Hij had de show liever live willen bijwonen, maar video was beter dan niets te zien. Het was echt jammer dat hij haar niet vaker live kon zien.

Het was ook jammer dat de rest van het land dat ook niet meer zou kunnen.

Nu was het tijd om alles eens op een rijtje te zetten.

Hij stelde dat heerlijke moment uit, liep naar het raam en nam het uitzicht in zich op, zoals de lichten van de stad, die hier en daar groepjes juwelen leken te zijn, zo schitterden ze. Toen trok hij de overgordijnen dicht om de details op het scherm beter te kunnen zien en spoelde de band terug.

Hij wilde de hele stemming nog eens peilen.

Hij draaide de band af, maar liet hem bij close-ups van Lynns gezicht stilstaan, en ook bij opnamen waarop ze helemaal stond. Hij concentreerde zich op het begin en het eind van de show en merkte dat ze dan minder in beeld kwam.

Zijn hart maakte een sprongetje van vreugde. Er wàs vooruitgang.

Hij zag de spanning aan de spieren rondom haar mond en merkte de tekenen van haar lichaamstaal, al nam hij ze niet visueel waar, want hij verbond dat alles met zijn herinnering aan wat haar lichaam had gedaan toen hij er nog vrij mee kon spelen. Maar haar bewegingen waren wat stijver, dat wist hij zeker. De losse manier waarop ze op de set rondliep, was nu anders.

Nou, nou.

Opgewonden bekeek hij de band nog eens en zocht deze keer naar de tatoeage. Er waren slechts weinig opnamen die zo dichtbij waren genomen dat haar onderbeen goed te zien was, maar toch zag hij iets door haar panty heen. Die plek was nog niet helemaal verdwenen.

Hij vond het nog steeds jammer dat hij haar niet zover had kunnen krijgen een blijvende tatoeage te laten aanbrengen, zoals bij de anderen.

Maar dat werd meer dan goedgemaakt door het feit dat hij bij haar steeds opnieuw de kans kreeg te zien hoe ze zijn 'attenties' verwerkte.

Vroeger had hij zich altijd moeten verstoppen om eens een glimp op te vangen – een vrouw in haar omgeving te snappen zonder gezien te worden, maar dat was niets vergeleken met de glorieuze mogelijkheid om een videotape te bestuderen.

Geen van de anderen was dan ook een televisiester geweest.

Hij herinnerde zich nog de keer dat hij Lynn voor het eerst persoonlijk zag.

Dat was in de bar van Geoffrey, toen ze tussen dat groepje mensen van QTV stond. Haar uitstraling trof hem toen onmiddellijk. Vergeleken met de foto die nog lag opgeborgen in zijn kruipruimte, die reclamefoto uit *Broadcasting*, was ze een vibrerend, heerlijk visioen.

Die huid. Die handen.

Ze was zo teer, dat fantastische uiterlijk, dat nauwelijks de verrukkingen van het innerlijk verhulde.

Je voelde haar vitaliteit, die niet te verstoren evenwichtigheid die Lynn Marchette was.

Hij had die avond heel omzichtig moeten zijn om bij haar in de buurt te komen, zodat later niemand meer zou weten van wie hij nu eigenlijk de vriend was.

Hij was verrassend goed geslaagd en het was in alle opzichten een verrassende avond geweest – waarschijnlijk zijn beste openingsvoorstelling.

Het was wel moeilijk geweest, maar nu genoot hij dan ook.

Hij lachte zich nog steeds slap als hij aan Kara en Lynn dacht, die hem uitlegden wat satellietuitzendingen eigenlijk waren.

Mike voegde nog eens tien kilo toe aan zijn halter en gleed eronder. Dat was vijfentachtig kilo, zijn maximum, en hij zou een waarnemer moeten hebben, maar wilde er geen. Als je geen waarnemer had, moest je voor jezelf zorgen.

Hij tilde de halter van de haak, liet hem zakken en voelde het gewicht in zijn armen; zijn borst- en schouderspieren waren klaar om te worden geactiveerd. Langzaam bracht hij de halter omhoog en probeerde vooral de zaak in evenwicht te houden... tot aan het onmogelijke punt, en doorbràk dat.

Hij ging even op de bank uitrusten. In de zaal functioneerde de airconditioning, maar het zweet liep over zijn borst; hij werd er koud van en greep naar zijn handdoek.

Aan de andere kant van de kamer met gewichten bevond zich een nis met tredmolens. Daar hield Mike niet van, hij prefereerde gewichten en, als hij zich lui voelde, de Cybex-machines. Maar een andere reden waarom hij die nis vermeed, was het feit dat er daar een televisietoestel hing.

Hij was toch al een beetje te veel van Lynn Marchette bezeten en hoefde haar niet ook nog eens op het beeldscherm te zien. Zelfs op dat late uur waren er nog reclameboodschappen speciaal in haar show ingelast.

Die avond in haar flat had hij de schrik te pakken gekregen. Een schrik die je krijgt als je een stommerd bent die zichzelf voor de gek houdt.

Daar stond Lynn tegen hem te gillen vanuit de badkamer en wilde weten wat hij werkelijk dacht. Het gegil bezorgde haar hoofdpijn en hij had haar aspirine gegeven.

Wat hij werkelijk dacht, besefte hij nu geïrriteerd, was dat hij haar in zijn armen wilde nemen.

En dat had natuurlijk gemaakt dat hij zich zo veel mogelijk van haar losmaakte. Helemaal los.

De volgende dagen had hij zich steeds voorgehouden dat hij haar helemaal niet had begeerd.

Hij had zich daar zó goed van overtuigd dat, toen het gevoel na dat verknoeide programma weer kwam opzetten, hij oprecht verrast was geweest.

Toen kwam de show waarbij hij zelf gast was en alles kwam weer terug. Hij móest haar maar blijven aankijken. Een van de geüniformeerde agenten die de studio moesten beveiligen, had dat gemerkt en Mike verwonderd aangestaard.

Hij ging nog even door met gewichtheffen en nam toen een douche.

Terwijl hij zich stond in te zepen, dacht hij aan haar met die tieners in de show. Aan het medeleven dat zo duidelijk op haar gezicht lag.

Hij stapte onder de douche vandaan en greep een schone handdoek.

Hij moest zorgen dat hij dit soort gedachten niet meer kreeg.

Om ontelbare redenen was het onvoorstelbaar enige relatie met Lynn te hebben die anders was dan een beroepsmatige.

Hij gaf zijn kastsleutel af bij de receptie en liep de vochtige avondlucht in, terwijl hij nog even naar een stel collega's wuifde.

Misschien wilde hij ook geen relatie en kwam het alleen maar omdat het iets nieuws was zo nauw met een beroemdheid in contact te komen.

Misschien had hij medelijden met haar, om de hele rotsituatie, en mogelijk kon hij een manier vinden om die aan te pakken en zo in staat zijn haar hieruit te helpen, en dan zouden die gevoelens van hem wel verdwijnen.

Dat móest.

'Verrek,' zei Dennis.

'Wat is er aan de hand?' vroeg Bernadine.

Dennis stond in zijn kast, omringd door stapels truien. 'Verdomme. Ik kan die bruine met die V-hals niet vinden. Heb je die naar de stomerij gebracht?'

'Nee.'

Hij schoof woedend aan de kleerhangers.

'Zou je me niet liever eens vertellen wat er is?' vroeg ze.

'Alleen maar dat de hele zaak op het station naar de knoppen gaat.'

'Och nee.' Bernadine liep haar badkamer in en maakte een soort patrijspoortje open, een klein raampje tussen hun twee baden die ze zo hadden laten bouwen dat ze, terwijl ze met hun toilet bezig waren, met elkaar konden praten zonder te schreeuwen. 'Wat hindert je dan het meeste?' vroeg ze.

‘Moord. Rotzooi. Daklozen. Drugmisdaad...’

‘Ik bedoelde het ernstig.’

‘Die nieuwsrubriek. Elke tape is hetzelfde: een nietszeggend gezicht met ogen die niets lijken te zien. En de Marchette-show baart me ook zorgen.’

‘De show? Of Lynn?’

‘Beide.’

‘Ik weet dat ze moeilijkheden heeft, en je kunt zien hoe gespannen ze is. Maar de show lijkt even prima te verlopen als altijd.’

‘O, ja?’ vroeg Dennis. ‘Zie je geen verschil?’

‘Nee.’

‘Ik vind dat ze eruitziet of ze murw geslagen is,’ zei Dennis, terwijl hij zijn tanden poetste. ‘We moeten die proefuitzending van haar zo gauw mogelijk voor elkaar zien te krijgen. Ik wil dat ze dan op haar best is.’

‘Ik hoop dat de politie die vreselijke man kan opsporen die haar zo'n last bezorgt.’

‘Ik wist niet dat het iemand was met wie ze een relatie had.’

‘Is dat zo?’

‘Dat heeft ze me zelf verteld.’

‘Wat afschuwelijk!’ zei Bernadine. ‘Hoe kon ze... Nou ja, wie weet? Ik draai de douche aan.’

‘Doe dat raampje dicht,’ zei Dennis, maar Bernadine was al met douchen begonnen. De damp wolkte erdoorheen en hij deed het raampje aan zijn kant dicht.

‘Ze zou het openbaar moeten maken,’ zei rechercheur Howard Landrau. ‘Er ruchtbaarheid aan geven. Dat zou die hufter misschien afschrikken.’

‘Ze wil het stilhouden. Bovendien zou dat ook verkeerd kunnen gaan. Hij zou het misschien prachtig vinden,’ zei Mike.

Landrau haalde zijn schouders op. ‘Er is verder weinig aan te doen, hè?’

‘Er wordt ook niet veel geprobeerd.’ Mike keek naar zijn eigen bureau, naast dat van Landrau, waarop het dossier-Marchette lag. Er zat vrijwel niets in. ‘Die kerel zorgt er wel voor dat hij de wet niet overtreedt. In Californië is die hetzelfde als hier, wat achtervolgen betreft. We moeten altijd eerst een geloofwaardige fysieke bedreiging constateren. Ik heb niet genoeg om ermee naar de officier van Justitie te stappen, en dus zoek ik officieel zelfs niet naar hem. En officieel of niet, ik ontdek geen enkel spoor van hem. Hij is net een geest.’

‘Praat eens met haar. Zie of ze ermee naar buiten wil komen. Ik wil er wat onder verwedden dat ze er meer publiciteit mee binnenhaalt dan ze aankan.’

'Rechercheur Delano,' zei Kara tegen Lynn, die net de telefoonhoorn oppakte.

'Dag, Mike. Nog nieuws?'

'Nee. Ik bel weer eens om het idee van openbaar maken opnieuw aan je voor te leggen. Iemand anders hier vond dat een goed idee.'

Lynn leunde achterover op haar stoel en staarde naar de akoestische tegels tegen het plafond. Kara was het kantoor weer uitgelopen en ze was alleen.

Het was een angstaanjagende gedachte. Maar ze haatte dat gevoel van hulpeloosheid; ze leek wel een bang kind.

'Ik vind nog steeds dat ik dat niet moet doen. Maar wat zou er gebeuren als ik het wèl deed? Neem dat eens met me door,' zei ze.

Mike was in zijn eigen kantoor en zat rechtop, de hoorn in zijn onderarm geklemd en zijn mond er vlak bovenop. Jaren telefoneren in het bijzijn van andere politiemensen hadden hem geleerd hoe hij op normale toon kon spreken en er toch voor kon zorgen dat niet elk woord werd afgeluisterd.

'In het beste geval komt hij te voorschijn, vindt al dat licht niet leuk en holt weg om niet meer terug te komen. Die griezels vinden verstoppertje spelen prima, maar ze mogen niet worden gevonden.'

'Dan zou er dus een eind aan deze hele toestand kunnen komen en zou hij me misschien echt met rust kunnen laten.'

'Misschien.'

'Of?'

'Al die publiciteit vuurt hem alleen maar aan. Je zult een verklaring moeten afleggen, stil zitten voor interviews – dat ìs toch zo? Het is een geweldig verhaal: een televisieberoemdheid wordt lastiggevallen.'

'Ja.'

'Dat is het ergste resultaat. Hij haat het licht niet, vindt het heerlijk en wil erin blijven.'

Ze schudde haar hoofd terwijl ze luisterde en stelde zich voor hoe ze overal zou worden achtervolgd, telefoons om haar heen die bleven rinkelen, briefjes tijdens een storm, walgelijke cadeautjes die zich opstapelden, en haar uiteindelijk bedolven.

Kara nam de tijd waar die ze nu had terwijl Lynn telefoneerde en ze nam de post door. De nieuwe lidmaatschapskaart van de Broome Club was er voor Lynn. Kara legde hem op Lynns stapeltje en keek naar de brochure die in de envelop was meegestuurd.

Hoe kregen ze toch mensen die voor dat soort dingen poseerden? Die met oefeningen bezig zijnde lichamen waren volmaakt. Dat schrikte je alleen maar af.

Ze legde de folder bij de kaart en ging door, maar de beelden van stevige dijen bleven haar bij.

Ze had zich al zó vaak voorgenomen iets aan die slappe benen van haar te doen, dat onmogelijke achterste. Ze had informatie aangevraagd bij twee clubs, maar niets gelezen toen ze de folder ontving.

En dan had je Lynn, maat niets-in-het-klein, die zich kon verheugen op meer succes dan zelfs de president, en ze begon aan de lichamelijke oefeningen.

Het irriteerde Kara behoorlijk.

Lynn legde de hoorn neer, liep door haar kantoor heen en weer en keek naar het verkeer op de boulevard buiten. Het tijd verspillende gezigzag daar beneden had altijd een fel contrast gevormd met het gerichte, snelle werken bij haar boven.

Maar nu niet.

In elk van die voertuigen zat minstens één persoon aan wie zij – als ze haar verhaal bekendmaakte hoe ze door een sadistisch monster werd getreiterd – het recht zou geven haar woorden te bestuderen en te beoordelen.

Ze zag op dat moment zo'n twintig à dertig voertuigen. Vermenigvuldig dat aantal eens tot je het totaal van een uur hebt, van een dag en dan van een week. En voeg daar nog het nodige aan toe voor de passagiers die door die voertuigen worden verplaatst.

Duizenden inwoners van Boston, en daarna honderdduizenden wanneer het verhaal ook elders bekend werd. Diverse soorten media zouden ermee aankomen: het tijdschrift *People*, de roddelpers en de televisieshows.

En wat waren nu precies de feiten in haar verhaal als slachtoffer waarvan ze wilde dat iedereen die zou beoordelen?

Ondanks het feit dat ze vele malen gekwetst was door het kiezen van slechte partners voor een relatie had ze zichzelf weer op een zakenreis door een aantrekkelijke man laten oppikken. Ze had een avond met hem doorgebracht en hem daarna een week later gevraagd bij haar in de flat te komen logeren. Ze had elke avond met hem geslapen, hem aan haar vrienden en familie voorgesteld en die vonden hem allemaal bijzonder aardig. Hij had hun, en haar, mooie geschenken gegeven.

Toen had ze een eind aan de relatie gemaakt wegens gedrag waarvan zij vond dat het vreemd was, maar dat iedereen die haar kende als normaal beschouwde.

Daarna had hij erop aangedrongen dat ze opnieuw zouden beginnen.

Vervolgens had hij dingen laten gebeuren die niemand kwaad deden en waarvan ook niet kon worden vastgesteld dat hij erbij betrokken was... en sommige mensen die haar heel na stonden, vonden dat ze zijn handelingen verkeerd interpreteerde.

Om niet door te slaan, had Lynn dat deel in een geestelijk afgesloten kast bewaard. Maar nu moest ze de deur daarvan openmaken om zich in de plaats van honderdduizenden mensen te zetten die de feiten zouden bekijken en er niet over zouden willen denken bepaalde feiten te verdoezelen.

Als haar eigen familie en vrienden er niet van overtuigd waren dat zij enthousiast een situatie was binnengewalst die nu was misgelopen, wat kon ze dan verwachten dat honderdduizenden vreemden zouden denken?

Wat dachten zij van Patricia Bowman?

Wat dachten zij van Anita Hill?

Wat zou QTV denken van een persoonlijkheid die zij wilden lanceren en nu de hoofdpersoon was in een drama zoals dat van Patricia of Anita?

Lynns adem had een kringetje damp achtergelaten op het raam. Met de top van haar vinger tekende ze er een gezicht in met een neus en ogen, maar geen mond.

Het was een afschuwelijk ironische situatie. Zij die er altijd zo op gesteld was het licht op moeilijke situaties te richten, moest nu zelf kiezen in het donker te blijven.

'Ik heb wat banden en handgewichten meegenomen,' zei Elizabeth. 'Of wilde je alleen maar wat rek- en strekoefeningen doen?'

Lynn wreef over haar achterhoofd. 'Beide, denk ik.'

'Hoofdpijn?'

'Er komt er een op. Dank je dat je naar kantoor wilde komen.'

'Dat zit wel goed. Je leek erg moe toen je belde, en Bernadine Orrin zegt dat je privé-moeilijkheden hebt.'

Kara kwam met papieren binnen terwijl Lynn bezig was met een band en arm-rekoefeningen.

'Doe je mee?' vroeg Lynn.

'Nee,' zei Kara kortaf.

'Zo moeilijk is het niet...'

'Néé. Ik kwam alleen maar even je handtekening voor deze paperassen halen.'

Toen Kara weer weg was, bedacht Lynn hoezeer ze het miste om alles met haar te kunnen bespreken. Ze begreep Kara's zorgen om de show en die in het hele land te brengen; Kara was daar heel eerlijk over geweest. Maar Lynn haatte het vooral dat dit op persoonlijk vlak een wig tussen hen dreef.

'Ik heb problemen,' antwoordde ze Elizabeth. Ze begon de band te begrijpen die gymleraressen, schoonheidsspecialisten en andere persoonlijke hulpen vaak met hun cliënten hadden en die ze altijd zo oppervlakkig en slap had gevonden. Het was niet moeilijk iemand te waarderen die je kon laten ontspannen, je uiterlijk of lichaam verbeterde en dan tegelijkertijd de functie van klankbord vervulde.

Vooral als niemand om je heen meer neutraal was.

'Misschien moeten we die proefuitzending uitstellen,' zei Dennis. 'We kunnen daarbij geen sabotage riskeren.'

Onder haar bureau kneep Lynn haar handen in elkaar. 'Sinds die ene keer is er geen enkel probleem met een show geweest.'

'Maar die ene keer was heel belangrijk. Die zou nationaal gaan. Het was niet zomaar wat!'

Kara zei: 'Laten we nu nog geen besluit over die proefuitzending nemen. Ik kijk of ik voor speciale beveiliging kan zorgen. Wacht nog even totdat ik meer weet.'

'Nòg iets,' zei Dennis. 'Je bent niet in de beste conditie, Lynn. Je staat onder druk, en dat is merkbaar.'

'Ik doe mijn best, Dennis. Je kunt toch niet ontkennen dat de shows goed zijn. Het zou veel slechter kunnen.'

'Ja, maar is dat het standpunt dat we willen huldigen bij een show die we nationaal willen uitproberen?'

Toen Dennis weg was, zei Kara: 'Ik wil niet dat we deze proefuitzending kwijtraken. We hebben ons uitgesloofd om dat te bereiken.'

'Ik wil het ook niet. Maar ik raak het liever kwijt omdat wíj ons tijdschema hebben veranderd dan omdat Greg de dingen voor ons verknoeit.' Lynn probeerde te glimlachen, maar haar lippen wilden niet meedoen. 'Wat een ironie, hè? Meestal verknoeide ik zelf mijn kansen. Nu doe ìk het niet – maar Greg! En wat is uiteindelijk het verschil? Ze worden verknoeid, hoe dan ook!'

Over tien dagen was het Kerstmis; dan zou hij de kerstverlichting van zijn kerstpalm aansteken.

Wat was dit jaar alles heerlijk.

Zijn ritme was volmaakt.

Hij had in deze periode van het feestseizoen nog nooit iemand gehad en het bood vele en fantastische kansen.

Zoals de gebeurtenis die hij zojuist had voorbereid.

Greg bleef even naar de telefoon zitten staren, het apparaat voor zijn nieuwste traktatie voor Lynn.

Een technisch volmaakte traktatie – zo leek het. Maar hij had geen techniek nodig om te regelen, maar alleen als toets.

Voor een satellietdeskundige, een monteur die allerlei verbindingssystemen installeerde met hetzelfde gemak waarmee anderen hun afwasmachine aanzetten, was technologie zo eenvoudig.

De eerste keer dat hij Lynns foto had gezien, had hij al geweten dat ze heel bijzonder zou zijn.

Het was een grote buste-opname in *Broadcasting*. Ze hield een onderscheiding vast die ze met haar show had verkregen. In haar ogen was haar trots te lezen, en in de fiere wijze waarop ze voor de camera poseerde.

Hij was destijds juist halverwege een satelliettoren geweest en had een kopje koffie gedronken terwijl hij het tijdschrift doorbladerde; toen had hij die foto gezien.

Greg dronk zijn koffie graag op die manier; dan kon hij er zeker van zijn dat hij met rust werd gelaten. Zelfs die legendarische Indianen waren op grote hoogte niet zo op hun gemak als hij. Het was een deel van de reden waarom hij daarmee zo veel verdiende.

En hij had net nog een reden ontdekt om dankbaar te zijn dat hij zijn beroepslectuur bijhield.

Naderhand zou hij dat gevoel nog eens krijgen, toen hij las over de voorbereidende maatregelen om haar show landelijk uit te zenden. Al die gegevens pasten hem precies en het leek of ze voor hem gemaakt waren.

Lynn keek hem van de bladzijde af glimlachend aan. Hij had er nog nooit een op een foto uitgekozen, maar deze...

Hij kon op de foto genoeg van haar lichaam zien om te weten wat daar onder die keurige blouse zat. Smalle schouders, wat knokig, een lang middenrif. Flinke borsten. Kleine, maagdelijke tepels.

En die tinteling, die trots, die kracht...

Wat zou dat iets heel anders zijn!

Het was al bijna binnen zijn bereik.

Hij móest deze hebben.

Het presentje dat hij net had klaargemaakt, was een echte verrassing, want het was onvoorspelbaar wanneer het haar zou bereiken. Maar spoedig, dacht hij; het was tenslotte kersttijd.

En daarna zou Lynns werkelijke kerstcadeau komen.

Op zaterdag 19 december kon Lynn haar kerstinkopen niet langer uitstellen. De winkels zouden al stampvol zijn, want het was het laatste weekend vóór Kerstmis. De enige andere oplossing was dat ze tot de dag vóór Kerstmis zou wachten, evenals vele anderen, maar dat was eigenlijk nog erger dan vandaag te gaan winkelen.

Ze stond vroeg op, bracht een uur door in de Broome Club, waar Angela al aanwezig was, keek naar wat ze deed en haar bewegingen op de tredmolen verbeterde. Eindelijk had Lynn zich verborgen in de stoomkamer, waar zich al twee vrouwen van haar leeftijd bevonden die moeizaam plannen maakten voor een oudejaarsavondfeestje, want het moest zó gebeuren dat ze geen vrije tijd hoefden op te nemen om te koken.

Lynn probeerde zich de laatste keer te herinneren dat ze de luxe genoot om iets dergelijks als een probleem te beschouwen.

Van de club reed ze naar de Quincy Market. Sinds die dag met Greg was ze daar niet meer geweest. De tatoeage was nu bijna weg en ze kon nog slechts flauwtjes de omtrek ervan zien. Maar ze moest er toch onmiddellijk aan denken toen ze daar rondliep: die tatoeagestift en al die voorbeelden.

Ze liep langs een sportzaak en bedacht dat ze de beveiliging nog niet had gekocht die Mike haar bleef aanraden en een grote psychologische waarde had. Ze had haar cadeaulijstje in haar hand; ze was van plan geweest daarmee te beginnen en niet op te houden voor ze het had afgewerkt. Maar dit was een belangrijke onderbreking.

Ze kocht een houder met traangas van een zware man met een baard die haar glimlachend het wisselgeld van haar biljet van twintig dollar teruggaf en zei: 'Ik hoop dat u het nooit nodig hebt.'

'Ik ook,' zei ze.

Weer buiten, raadpleegde ze haar lijstje. Ze ging naar een kaart van het complex, legde in gedachten haar gangen vast en zou de hele zaak vermoedelijk in drie à vier uur kunnen afwerken.

Ze begon met Crabtree & Evelyn. Angela hield van die laurier-geur; een van de cadeaus die Lynn voor haar had bedacht, was een mandje met naar laurier ruikende shampoo, kamerspray, sachets en zeep. In dezelfde zaak kon ze ook spullen voor Kara kopen; daarna zou ze naar Eddie Bauer gaan voor cadeautjes voor Booboo en Dennis.

Het was druk op Quincy Market en er hing een feestelijke stemming. Er werden kerstliederen gespeeld, maar goddank niet zo afschuwelijk hard. Iedereen was in een goede stemming.

Ook bij Crabtree & Evelyn heerste een enorme bedrijvigheid. Het was een kleine zaak met beleefd maar nu druk bezet personeel en rijen klanten.

Het was moeilijk de koopwaar te bekijken; ze moest nog maar even wachten met haar inkopen voor Kara. Die zou ze beter in een grotere zaak kunnen doen.

Maar in twintig minuten tijd had ze een grote, lichtgroene mand gevuld met laurierprodukten, met inbegrip van een onverwachte bundel ondergoedhangers. En na nog twintig minuten stond ze bij de kassa, waar ze haar Visakaart afgaf.

De caissière deed de kaart in het apparaat, drukte op knoppen, fluisterde tegen een collega en wendde zich toen tot Lynn. Ze had haar hand open naar haar uitgestoken en daarin lagen de twee helften van haar kaart.

Lynn was net bezig een kaarsenuitstalling te bekijken en keek nu geschrokken op. 'Wat doet u...'

'Dit was de instructie van de computer, mevrouw. Dat betekent dat Visa de opdracht heeft gegeven hem te vernietigen.'
'Dat kàn niet!'
'Ik heb het drie keer geprobeerd.'
'Belachelijk! Er moet iets mis zijn met die computer van u.' Lynn pakte de stukken van de kaart aan en gaf de caissière haar AmEx.
Deze keer zag ze zelf ook de boodschap op het scherm. 'Kaart vernietigen'.
Opnieuw overhandigde de caissière haar twee stukken. 'Wilt u nu contant betalen, mevrouw? Ik kan geen cheque aannemen zonder een geldige...'
'Hoeveel is het?'
De optelling werd gemaakt en de computer zoemde als een in de verte aankomende trein; ze werd helemaal koud van binnen.
'Tweeënzestig dollar en tachtig cent,' zei de caissière.
'Zoveel contanten heb ik niet bij me.'
Snel nadenkend wat ze moest doen en ondersteboven van de schrik overwoog ze het traangas terug te brengen en wat ze daarvoor terugkreeg bij het geld te doen dat ze nog had. Maar dat bleek nòg niet voldoende.
En het allerbelangrijkste was niet eens dat ze het mandje moest betalen, maar hoe het kwam dat haar kaarten niet werden geaccepteerd.
Ze haalde haar twee andere kaarten te voorschijn, haar MasterCard en Optima, en zei tegen de caissière: 'Probeer deze eens.'
De mensen achter haar lachten niet meer en verloren hun geduld. Ze hoorde hen zuchten en mopperen. Iemand achteraan riep zelfs tegen haar: 'Daar krijgen ze een beloning voor. Die creditcardmaatschappijen geven de caissière geld.'
Iemand anders zei: 'Het is Lynn Marchette.'
Drukker gefluister. De mensen vertelden elkaar het verhaal. Ze moest zich maar omkeren en weggaan.
Maar ze móest het weten.
'Deze moeten ook worden vernietigd, mevrouw.' De caissière gaf haar nog vier stukken.
'Wat betekent dat precies? Dat er in de computer staat dat ik mijn rekeningen niet betaal?'
'Ja, mevrouw.'
Nu wist ze het.

Terwijl Mary wachtte tot Lynn naar de deur zou komen, bewonderde ze het uitzicht uit het raam in de hal. Er lag zo iets kalmerends in water, met zijn eeuwige bewegingen.
'Dag,' zei Lynn.
'Dag. Ik hoop dat je het niet erg vindt dat ik kom?'

Lynn schudde haar hoofd en deed de deur helemaal open.

Mary volgde haar de huiskamer in. Na lange jaren patiënten te hebben geschat, en wel zo kort en zo goed mogelijk, zocht ze in gedachten naar de juiste beschrijving en kwam tot de conclusie: *lusteloos*.

'Door de telefoon leek je van streek,' zei Mary. Ze hing haar mantel over een stoel.

'Je belde op een... Je betrapte me tijdens een vreselijk voorval.' Lynn wreef in haar ogen, die al rood waren. Haar make-up was uitgelopen.

Het leek alsof het middernacht was na een heel lange dag, vond Mary, maar het was pas twaalf uur 's middags.

'Ik kwam om troostend je hand vast te houden en te zien wat we kunnen bedenken om nu te doen.'

'Dank je,' zei Lynn.

'Wat heb je gedaan sinds ik je belde?'

'Met Mike Delano gepraat. Ik heb de creditcardmaatschappijen gebeld, maar er is geen enkel bewijs dat Greg dit op zijn geweten heeft.'

Mary ging op de bank naast Lynn zitten en nam haar hand vast. De vingers waren ijskoud.

Meestal ging er heel veel van Lynn uit. Hóeveel, dat merkte je pas nu het weg was.

Mary zei: 'Je bent veel te rustig. Ik weet dat ik je aan je hoofd heb gezeurd omdat je te gespannen was, maar dat heb ik liever dan zo apathisch.'

'Jij bent niet tevreden te stellen,' zei Lynn, met wat Mary hoopte dat het een soort glimlach was.

'Wat kunnen we doen om je eens echt te laten schrikken?'

Haar vingers lagen nog slap in die van Mary, en Lynn zei angstig rustig: 'Zoek Greg op en snijd hem met een bot mes in stukjes.'

Mary zei: 'Ik dacht eigenlijk meer aan iets zoals winkelen; dan kun je mijn kaart krijgen en mij een cheque geven.'

'Nee...'

'Zeg toch niet dadelijk nee! Het is beter dan hier somber voor je uit te zitten staren. We moeten de zaken goed uit elkaar houden. Het feit dat Greg je op allerlei manieren lastig valt, is één ding; dat is te veel om in z'n geheel in je op te nemen. Laten we het dus bij stukjes en beetjes doen. Op dit moment is het belangrijk om je boodschappenlijstje af te werken. Ik weet dat je er niet veel zin in hebt, maar...'

'Dat is zo.'

'En dat is de beste reden om het wèl te doen.'

Lynn zuchtte en stond op.

'Goed zo,' zei Mary. 'Ik wil dat je bezig bent, dingen doet. Je maakt me bezorgd als je niet voldoende reageert. Ben je niet wóedend op die ellendeling?'

'Ja,' zei Lynn. 'Dat zei ik al. Ik zou hem willen vermóórden. Maar ik probeer Mikes raad op te volgen en te doen alsof ik precies weet wat ik doe.'

Mary haalde haar autosleuteltjes te voorschijn en zocht naar tactvolle woorden. 'Ik weet dat Mike met dit soort dingen op de hoogte is. En ik ben het met hem eens dat je je er niet door moet laten beïnvloeden. Maar je moet het ook niet verdringen.'

'Ik verdring niets, Mary. Ik sta midden in het licht, met al mijn emoties verscheurd, houd me eraan vast en probeer me in te dekken. Niemand kan me beschermen, maar Mike probéért het tenminste.'

Mary volgde Lynn naar buiten en dacht aan dat waarschuwende geluid.

Zag Lynn Mike nu in een ander licht? Bestònd er iets tussen die twee?

Ze schrok. Ze was Lynns vriendin, niet haar therapeute, en ze wilde niet oordelen. Maar haar oordeel, gebaseerd op persoonlijke indrukken en op wat Kara haar had toevertrouwd, was dat Mike Delano een ruwe, dictatoriale manipulator was. En nu net het soort persoonlijkheid dat Lynn níet moest kiezen – daar moest je gewoon om bidden.

Lynn had aan Mary en Gideon verklaard waarom de politie niet harder kon optreden om te proberen al deze ellende tot een einde te brengen.

Maar was het niet mogelijk dat Mike er voordeel van had om de zaak gaande te houden? vroeg Mary zich af. Te zorgen dat Lynn hem nodig blééf hebben?

Waar kon hij anders zo'n open venster naar de media krijgen? En hoe kon hij anders zo veel macht verkrijgen?

Later, aan het diner, zei Mary tegen Gideon: 'Ik weet niet of ik haar enig goed heb kunnen doen.'

'Hoevéél kunnen we doen? Ze probeert dapper te zijn, en wij steunen haar. Daar draait het om. Ze heeft te maken met een maniak.'

'Hij is een maniak, maar ze heeft hem zèlf uitgezocht.'

'Nu geef je het slachtoffer de schuld!'

'Ik geef de schuld aan de manier waarop ze haar kéus maakt.'

Gideon zweeg en liet zijn vrouw doen wat zij in haar betere momenten haar patiënten liet doen, namelijk geestelijk een gevoel tot aan de basis onderzoeken.

'Ik vraag me af waarom míj zoiets niet kan overkomen,' zei Mary, en ze dacht aan haar vroegere keuzen wat mannen betreft.

'Dat is menselijk.'

'Hoe zie jij dat?'

Gideon lachte wat somber. 'Wat ìk denk, is hetgeen ik tegen minstens vijf leerlingen van de hoogste klas per week zeg. Het verleden is het heden niet. Wat kan het iemand schelen wat voor keuze ze vroeger maakte? De werkelijkheid is dat ze nú problemen heeft.'

'Dat is waar.'

'Waarom kunnen ze niets doen, die kerel vinden, castreren? Stel je voor: we hebben hem hier thuís gehad...'

'Ze is mager geworden,' zei Mary somber. 'En haar handen beven. Ik hoop dat ze geen medicijnen neemt. Ik heb voorgesteld dat ze een tijdje bij ons komt logeren, maar dat wil ze niet.'

Gideon trok zijn wenkbrauwen op. 'Ben je zó bezorgd? Denk je dat die man haar iets zal aandoen?'

Mary schudde haar hoofd. 'Dat betwijfel ik. Meestal is zo'n persoonlijkheid liever op de achtergrond en laat hij zijn daden voor hem spreken, maar komt zelf niet te voorschijn. Maar hoe betrouwbaar is *meestal* als we het over een psychopaat hebben? Hij heeft geen eed afgelegd dat hij zich alleen zal houden aan wat de boeken zeggen dat zulke griezels doen. Zelfs die rechercheur heeft tegen haar gezegd dat ze niet weten wat ze kunnen verwachten van een vent die zo handelt.'

'Je hebt echt respect voor die rechercheur, hè?'

Mary maakte een geluid dat afkeer moest uitdrukken. 'Breek me de bek niet open.'

'Ooggetuigen beweren dat al uw creditcards bij de kassa in tweeën werden gesneden. Acht of tien kaarten, met inbegrip van een platina AmEx.'

Lynn kende die truc, maar was er misschien ingetrapt als ze niet zo'n telefoontje had verwacht en er zich op had voorbereid.

'We zijn voor een show bezig met een onderzoek naar creditcards. Dat is het enige dat ik u kan zeggen.'

'Doet u dat onderzoek zelf? U alleen?' vroeg de verslaggever van de *Herald American*.

'Natuurlijk niet. Maar de mensen herkennen mijn medewerkers niet en bellen daarvoor geen krant op.'

'Dus heeft dit niets te maken met het programma waar zoveel reclame voor gemaakt is en dat u toen plotseling hebt afgelast. Of de geruchten over gênante foto's die op het tv-station circuleren,' ging de man voort.

'Nee.'

'Technische moeilijkheden, wilde geruchten en onbetaalde rekeningen... een mens gaat peinzen of we soms met persoonlijke problemen te maken hebben.'

De telefoonhoorn tegen haar oor was nat van het zweet, maar dat kon de verslaggever niet zien, dus legde ze alle kracht die ze kon opbrengen in haar stem.

'Absoluut niet.'

Lynn maakte een eind aan het gesprek en legde de hoorn neer. Ze veegde haar oor af met een papieren zakdoekje en droogde haar gezicht zorgvuldig, zodat haar make-up niet uitliep. Toen ging ze naar de studio.

'De politie blijft erbij dat ze niets kan doen. Maar ik ben kapot en vernederd, en voortdurend doodsbang. Elke keer dat ik begin te hopen dat het voorbij is, doet hij iets anders, iets nieuws en afschuwelijks.'

Helene Skolnik knikte. Ze was een privé-detective die Anne Klein-overhemdjurken droeg en dol was op kansen om haar superioriteit over de politie te demonstreren. Maar dat ging deze keer niet op.

'Ze hebben gelijk,' zei Helene. 'Je hebt niets om je op te baseren. Het zou je een kapitaal kosten als ik daarvoor naar Los Angeles zou moeten gaan en terugkomen met wat ik je nu voor niets vertel.' Helene boog zich over haar bureau heen. 'Hij heeft nooit via jouw telefoon gebeld of ergens een reçu van een creditcard achtergelaten?'

Lynn schudde haar hoofd.

'En je wilt niet dat ik me tot je zakencontacten in L.A. wend.'

'Die heb ik al zo veel mogelijk uitgehoord.'

'Als je ooit zijn portefeuille eens had gepakt...'

'Dat hèb ik niet gedaan. En ik word misselijk van dat "als".' Lynn stond op.

Helene stak haar een hand toe. 'Ik wou dat ik je kon helpen.'

'Ik ook. Ik wou dat er iemand was die dàt kon.'

Op weg terug naar kantoor liep Lynn even het politiebureau binnen om Mike te zeggen dat de detective niets in de zaak zag.

'Ik ben net een muis in een val, en een leeuw speelt met zijn poot met die val,' zei ze. 'Hij kan me verpletteren wanneer hij wil, maar blijft slechts spelen. En ik zit in een hoek in elkaar gedoken en geef over.' Ze pakte Mike beet bij zijn pols. 'Dit gaat niet over. Hij zal doorgaan en proberen mijn hele leven te vernietigen. Hij weet dat hij het kan doen zonder me met één vinger aan te raken. Ik heb hem alles laten zien en verteld. Ik heb hem geholpen.'

Uren later op diezelfde avond ging Mike in bed overeind zitten en keek naar zijn hand, waarop Lynns vingers hadden gelegen.

Hij had daar gezeten, naar haar ellende geluisterd en de geur van haar eau de toilette geroken.

Hij had gewacht tot ze alles moe werd en haar toen meer raad gegeven die bij de methode paste.

En de hele tijd was hij geconcentreerd geweest op haar aanraking, terwijl de rest van hem op kruissnelheid werkte.

Hij draaide het licht uit en schoof onder de elektrische deken. Het was er een met dubbele controle en hij liet beide zijden aan staan. De afgelopen twee jaar was dat de enige warmte geweest die zijn tweepersoonsbed hem bood.

Daarvóór was Renate er geweest, een jaar lang – Renate die hem had geleerd waarom hij nooit meer een relatie met een collega moest hebben. Vóór haar had hij Dee, en in haar Allston-flat was hij ingetrokken, met zijn bed en een paar andere bezittingen. Dee was aardig en hield van hem, maar acht maanden later, toen hij eindelijk begreep dat hij nooit evenveel van haar zou kunnen houden, had hij deze flat gehuurd en zijn bed teruggebracht. Hij liet haar zijn andere spullen na, die veel waardevoller waren.

In de tijd sinds Renate, die vijf jaar dichter bij haar pensioen was dan hij en goddank met dat pensioen naar een zonnig oord was vertrokken, was al zijn passie overgegaan op de misbruikte mensen die hij tijdens zijn diensturen ontmoette. Als hij nog wat vuur over had, dan bracht hij dat bij hen tot uitdrukking. Hij had nooit die overweldigende emotie voor een vrouw gevoeld die uitliep op een blèrende baby in een gemeenteflat in Dorchester, of een vuil verkrachtingsslachtoffer vol trauma's.

Hij was nog altijd dankbaar dat zijn bed leeg was, op hem en zijn elektrische deken na.

Hij sliep er prima in. Zijn nachtrust was zijn redding, die had hij nodig om de volgende dag weer zijn gebruikelijke werk te kunnen doen.

Hij wist niet waarom hij daar die avond moeite mee had.

Na een half uur stond hij op en maakte een broodje met salami klaar, waarvan hij de helft opat. De rest wikkelde hij in papier, ging weer naar bed, sliep in en werd als gewoonlijk om zes uur wakker. Hij had een gevoel wild te hebben gedroomd, maar kon zich niets herinneren.

Hoofdstuk elf

Het jaarlijkse Channel-3-feest werd op de dinsdag vóór Kerstmis in de studio gegeven. Het was voor iedereen toegankelijk, niet alleen voor personeel. Dennis hield ervan de familiegeest te handhaven, en onder de grote boom lagen mooi verpakte cadeautjes voor de kinderen en knuffelbeesten van iedereen.

Lynn had hulst in haar haren en dat had eerst een belachelijk idee geleken, maar het bleek niet erger te zijn dan de andere kenmerken van de rol die ze met enthousiasme vervulde.

Ze keek toe hoe Bernadine sereen en elegant als altijd overal rondliep tussen de aanwezigen. Dat moest zij ook doen, bedacht ze. Maar dit jaar betekende dat voor haar een te grote inspanning. Ze wist nooit wie haar de hand drukte, haar meteen op het gebloemde kussen vóór zich zag...

Twee mannen van de catering service die in de Groene Zaal bedienden, praatten zo'n beetje met enkele mensen van de Broome Club. Lynn wilde in hun richting gaan, maar toen zag ze Booboo en Angela binnenkomen en dus ging ze hun kant op.

'Dennis wil dat je circuleert,' fluisterde Kara. 'Ik blijf wel bij je familie.'

Lynn trok haar gezicht in de vereiste plooi, nam een flinke houding aan en liep in de studio rond om de mensen welkom te heten. Toen ze eindelijk weer terugkwam, zag ze Booboo met Elizabeth Vail in gesprek.

'Heb je met een toverstaf gezwaaid?' vroeg hij haar. 'Mijn vrouw probeert al jaren mijn zus over te halen meer aan lichamelijke oefeningen te doen.'

Maar Lynn hoorde het antwoord niet en haar broer blijkbaar ook niet, want hij boog zich naar Elizabeth toe. Alsof ze door een magneet werd aangetrokken, draaide Angela – die een eindje verderop stond – zich met een ruk om. Ze keek even en baande zich toen een weg naar haar man.

Maar tegen de tijd dat ze bij hem aankwam, was Elizabeth weer met de mensen van de catering service in gesprek. Angela pakte haar man bij de arm.

'Waar ben jij zaterdag opeens gebleven?' vroeg ze aan Lynn. 'Ik had je willen vragen te blijven lunchen.'

'Ik moest nog kerstinkopen doen,' zei Lynn. Ze probeerde snel van onderwerp te veranderen, maar haar broer, haar dierbare broer, die altijd met haar op dezelfde golflengte zat, of het nu wel of niet prettig was, koos dat moment uit om te zeggen: 'Je hebt sinds die rode verf toch geen problemen meer gehad, hè?' En ze moest het fiasco met de creditcards wel bekennen.

'Waarom heb je me niet meteen opgebeld?' vroeg Booboo woedend. 'Wat wordt daaraan gedaan? Neemt de politie dit nu eindelijk eens ernstig op, of is het nog altijd alleen die ene verrekte rechercheur die een televisiester wil worden?'

Er steeg een vlaag van woede bij Lynn op, bijna alsof ze spijsverteringsmoeilijkheden kreeg. 'Mike wil geen...'

'Misschien is hij alleen in Lynn persoonlijk geïnteresseerd,' zei Angela.

'Wat stom!' zei Lynn. 'En bovendien beledigend.'

In de auto op de terugweg naar Salem, zei Angela: 'Ze had niet zo tegen me hoeven te snauwen.'

'Ze voelde zich vernederd.'

'Nou ja, ze reageerde wel wat tè fel.'

'Ze is ook zo gespannen! Probeer het eens een beetje te begríjpen. Jij hoeft niet aldoor om je heen te kijken en op je hoede te zijn.'

'Ik ben ook niet degene die met een gek naar bed is gegaan!'

Al hield hij het hele jaar de kerstverlichting in de palm, toch deed hij de lampjes alleen op de avond vóór Kerstmis aan.

En nu had hij dat zojuist gedaan en zat het tafereeltje te bewonderen.

Hij moest nu eigenlijk een glas advocaat nemen, maar daar hield hij niet van. Het was zulk glibberig, dik spul, en bovendien moest hij geen alcohol nemen op avonden waarop hij zo'n belangrijke taak had.

Er was nog veel te doen om Lynns kerstcadeautje te regelen.

Het was nu donker en de gekleurde lichtjes schitterden vrolijk. Tegen die donkergroene bladeren was het een fraai gezicht.

Hij hield van dat soort contrasten.

Plotseling kreeg hij zin in een pittig kersthapje en liep naar de keuken. De stervormige koekjes die mevrouw Minot voor hem bij zijn deur had gelegd, lagen nu op het aanrecht. Hij nam een bord en legde er twee op. Toen deed hij koffie in de pot, voegde er wat kaneel aan toe en snoof behaaglijk de geur op die nu het vertrek vulde.

Nadat de koffie klaar was, bracht hij alles naar de huiskamer en ging tevreden in zijn televisiestoel zitten.

Het was een terechte keus, die stoel, gezien het doel van zijn kerstvoorbereidingen. Het had iets met de ontvanger te maken.

Hij dronk zijn koffie op. Als je er zo af en toe kaneel bij deed, smaakte dat heel lekker. Hij vond het op die manier heerlijk, vooral laat op door de maan verlichte avonden, mèt likeur, en bij een feestelijke gelegenheid zoals vanavond.

Wat kon er feestelijker zijn dan deze avond, met zijn lichtjes en de feeststemming en zijn plannen?

Hij moest nog een boodschap doen: een cadeau kopen voor mevrouw Minot. Hij zou dat ergens doen waar mensen met hun creditcard betaalden en zo weer genieten van het beeld van Lynn die voor een kassa voor schut stond.

Daarna was het tijd om aan het èchte werk te beginnen.

Kara nam een vijg uit de doos, draaide zich om en duwde de pil in de zachte vulling. Toen bukte ze zich en gaf hem aan Nicky.

'Wat doe je daar nu?' vroeg Lynn.

'Hij moet zijn plaspil hebben. Ik kan wel met hem vechten en hem en mij verdrietig maken omdat ik hem zo aan het plagen ben met te proberen dat ding zo naar binnen te duwen, of ik kan het in iets lekkers verstoppen. Wat wil je drinken? Koffie?'

'Niets, ik blijf niet lang. Ik kwam je alleen maar je cadeau brengen.'

Ze had voor Kara lange oorbellen gekocht die in een kleur koper waren gevat die precies bij haar haarkleur paste. Kara had haar drie dingen gegeven: leren handschoenen, een kristallen hanger en Chanel-zeep.

Nee, haar zus Theresa had gelijk, dacht Kara. Schuldgevoelens speelden geen enkele rol bij het geven van cadeautjes.

Theresa vond ook dat homoseksuelen niet zouden mogen stemmen.

Maar drie cadeautjes of niet, Kara voelde zich nog steeds niet op haar gemak met Lynn; ze wist nog steeds niet wat ze aan haar had.

En wat ze zag, stelde haar niet gerust.

'Waar ga je nu heen?' vroeg ze aan Lynn.

'Naar huis.'

'Ben je op kerstavond alleen?'

Ze had moeten jokken, maar Lynn zei: 'Ja.'

Kara zag hoe Lynn haar cadeautjes in een boodschappentas pakte en dat haar handen beefden.

'Hoe gaat het nu met je?'

'O, goed. En ik word er ziek van als de mensen me dat steeds vragen.'

Kara stelde nu niet de volgende vraag die op haar tong had gelegen, maar ze vond de toestand toch alarmerend. 'Je neemt... néémt toch niets, hè?'

Lynn viel bijna woedend uit. Maar daar had ze de laatste tijd te vaak zin in, en vooral Kara kon je, onder deze omstandigheden, vergeven dat ze dit vroeg.

Lynn zuchtte. 'Niets. Alleen wat aspirine of Tylenol. Ik ben nergens aan verslaafd – behalve misschien aan lichamelijke oefeningen. Ik heb het idee dat dat af en toe het enige is dat me ervan weerhoudt uit het raam te springen.'

Ze had te veel gezegd, dacht Kara, en voelde zich schuldiger dan ooit.

Het jaar daarvoor had Lynn een boompje op het terras gezet, een klein, echt boompje, dat heerlijk geurde. En op kerstavond hadden zij en Kara warme wijn gemaakt. Mary, Gideon, Booboo en Angela hadden met hen samen het boompje versierd. Ieder had slechts twee kerstboomversieringen meegebracht, want voor meer was er geen plaats.

Lynn stond naar de plek te kijken en herinnerde zich hoe ze hadden gelachen omdat alles zo in miniatuur was uitgevoerd. Gideon en Booboo hadden samen kerstliederen gezongen en hun stemmen waren door de wind meegevoerd.

Vanavond stond er geen boompje op het terras. Ze had er wel over gedacht een kunstboompje te kopen, zodat ze tenminste íets zou hebben.

Maar ze kwam tot de conclusie dat het te gek voor woorden was om zich tegen haar zin tot zo iets te dwingen.

In de haven klonk het geluid van een boei, en het klonk net als het windklokkespel bij Booboo en Angela.

Ze was nog nooit eerder op kerstavond alleen geweest, en ook vanavond was dat niet nodig geweest. En vermoedelijk had ze het ook liever moeten vermijden nu in haar eentje te zijn.

De radio voorspelde sneeuw, maar tot dan toe was het een heldere avond.

Lynn trok haar jack dichter om haar hals en boog zich iets voorover om de aangrenzende gebouwen beter te kunnen zien. Overal straalde er licht naar buiten en er klonk gelach. Rustige geluiden, want voor de meeste mensen was dit de avond vóór het grote feest.

Ze had naar Salem kunnen gaan, bij Booboo en Angela blijven logeren, vooral omdat ze voor de volgende dag tòch geen afspraken had. Kara had die middag geprobeerd haar over te halen om te blijven. Mary en Gideon aten buitenshuis, hun kerstavondtraditie, waarbij Gideon altijd kreeft wilde hebben, en ze hadden geprobeerd haar over te halen om mee te gaan.

Maar ze had het gevoel dat ze zich die avond niet moest dwingen tot plezier dat ze niet had. En ze moest rusten, om de volgende dag geloofwaardig over te komen als ze deed of ze genoot.

Ze had Mary haar zin gegeven en tòch nog kerstinkopen gedaan, en haar cadeaus waren thuisbezorgd. Die voor de familie stonden ingepakt klaar om de volgende dag te worden meegenomen.

Het werd donker. Lynn keek omhoog en zag wolken voor de maan en de sterren schuiven, die snel verdwenen.

Ze deed de deur naar het terras open. Als er werkelijk sneeuw kwam, moest ze een voorraadje zaad neerleggen.

Ze haalde een nieuwe zak uit de keuken en zocht naar de pot met droge, geroosterde pinda's, die ze als feestgeschenk voor Chip en de vogels had gekocht, en met die pot in haar hand liep ze naar buiten. Intussen was het gaan sneeuwen.

De sneeuw viel al neer in dichte vlokken. De haven leek net zo'n ding in een plastic bol die je moest schudden, waarna het ging sneeuwen.

Ze trok haar kap omhoog en legde zaad en nootjes in de hoek van het terras, waar ze tegen de wind beschut lagen. Toen liep ze vlug weer naar binnen door de kleine ruimte die ze geopend had om het vloerkleed droog te houden, maar er vielen toch druppels van haar jack op de vloer.

In Angela's familie hadden ze elkaar altijd al de cadeautjes op kerstavond gegeven. Ze had graag met die traditie willen doorgaan; het was ook zo'n heerlijke tijd om geschenken te krijgen en te geven. Kerstmis zelf was herkenbaar aan heerlijke etensgeuren en onvriendelijk, te fel licht.

Maar de familie Marchette, al vierde ze het dan niet groots – Lawrence en Lynn hadden het wel over dat ene jaar waarin er geen boom was geweest en alleen maar een piepklein gansje voor het kerstmaal – maakte toch haar cadeaus op kerstavond open. Er waren zó weinig Marchette-tradities, vond Lawrence, dat het belangrijk was te handhaven wat er restte.

En dus waren ze deze kerstavond bezig met de boom op te tuigen en de cadeautjes in te pakken.

'Hebben we nog wat nieuwe lampjes?' vroeg Booboo, terwijl hij de stroomdraden in de boom wegmoffelde.

'Hier,' zei Angela, en gaf hem een pak. 'Dat is alles.'

'Dat is wel genoeg.' Hij draaide nieuwe lampjes in het snoer en kwam tussen de takken te voorschijn, waardoor er overal naalden omlaagkwamen.

'Ik heb brandy ingeschonken.' Angela gaf hem een glas.

'Hé.' Booboo zonk neer op een stoel en nam een teugje.

Na een poosje zei Angela: 'Ze ziet er niet erg blij uit.'
'Is dat zo?'
'Ja. Geen kerststemming.'
Booboo keek in zijn glas, waarin hij de inhoud langzaam liet ronddraaien. 'Ik dacht aan de vorige kerstavond. Weet je nog? Toen zijn we naar Lynn gegaan. Het was toen heel leuk.' Hij keek nog eens naar zijn brandy. 'Ze voelt zich zo ongelukkig. Ze is op de top van haar zakelijk bestaan, maar kan er niet van genieten.'
Hij zette het glas neer, pakte een stapel niet-ingepakte dozen en stapelde ze op op tafel.
'Ik heb al deze spullen voor haar gekocht – een broche, een kasjmiersjaal, een vogelhuisje van Bean en ga maar door. Maar wat ik mijn zus eigenlijk zou willen geven, is het vermogen om vredig te kunnen genieten, maar dat kan ik haar niet schenken.'
Angela schrok geweldig toen ze twee dikke tranen over de wangen van haar man zag biggelen.
Hij wreef in zijn ogen en leunde achterover. 'Ik voel me zo machteloos!'
'Dat begrijp ik.' Angela klopte hem op zijn hand. 'Kan ik iets voor je doen?'
Booboo trok zijn schouders op. 'Die vraag stel ik mezelf ook steeds. Wat kan ik dóen?'
'Tja,' zei Angela. 'Het enige dat we vermoedelijk op dit moment kunnen doen, is haar een zo prettig mogelijke Kerstmis bezorgen.'
Booboo hield veel van zijn vrouw, maar er waren tijden dat hij haar met open mond aanstaarde, terwijl hij zich afvroeg of ze misschien op verschillende planeten waren verdwaald. Hij keek haar aan en wenste dat dit niet net nu óók het geval was. Hij zou zo graag zijn angstige vermoedens, die zware last, met haar willen delen, zodat hij zich iets beter zou voelen.
Maar naar de uitdrukking op Angela's gezicht te oordelen, stond ze nu nergens voor open. Ze keek zoals gewoonlijk: vrij ongeëmotioneerd, niets ingewikkelds, eigenlijk alleen oppervlakkig.
Booboo stond op. 'Ja,' zei hij. 'Dat is het enige dat we kunnen doen.' Hij gaf Angela een doos versiersels en maakte er zelf ook een open.

Bernadine sloot haar kleerkast. Ze ritste haar gymtas dicht, trok haar mantel aan en ging naar boven. Ze zag Elizabeth in het kantoor van de fitnessclub.
'Prettige kerstdagen,' zei Bernadine.
'O, jij ook. Leuke mantel! Is dat vossebont?'
'Dank je,' zei Bernadine. 'Het is bunzing.'
'Cadeau?'
'Niet van dit jaar.'

Elizabeth lachte even. 'Ben je benieuwd wat het deze keer zal worden?'

'Ik ben al blij met alleen mijn man. Ik verwacht hem vanavond thuis na een zakenreis. Maar ze zeggen dat het gaat sneeuwen. Hoor eens, is Lynn ook hier geweest?'

'Gisteren.'

'Wat vind jij van haar?'

'Ze houdt zich goed,' antwoordde Elizabeth. 'Het zal niet gemakkelijk voor haar zijn. Ze heeft me verteld van die grote show die ze aan het voorbereiden is, en over die vroegere vriend, die haar op de raarste manieren lastigvalt.'

'Ik maak me zorgen om haar,' zei Bernadine. 'Ze gaat er steeds slechter uitzien.'

Buiten liep ze naar haar auto. Het was niet erg koud en ze had het een beetje warm in haar bontmantel. Misschien ging het regenen in plaats van sneeuwen.

Terwijl ze het parkeerterrein van de Broome Club afreed, dacht ze erover of ze haar radio zou aanzetten, maar besloot het niet te doen. Wàt ze ook zeiden, het zou haar niet geruststellen. Als ze zeiden dat het ging sneeuwen, dacht ze dat Dennis niet zou thuiskomen, en als ze er niets over zeiden, zou ze denken dat de weersverwachting niet juist was.

Bernadine reed de grote weg op en er verschenen een paar waterdruppels op haar voorruit.

Toen ze bij haar afrit de weg verliet, kwam er al zoveel omlaag dat ze haar ruitewissers moest gebruiken, en het was duidelijk sneeuw.

De rest van de weg hield ze de lucht in de gaten. Ze keek uit of ze vliegtuigen zag, en toen ze er twee vrij laag zag overkomen, begon ze zich optimistisch te voelen.

Maar tegen de tijd dat ze haar eigen oprit inreed, waren de vlokken dik en ze vormden een waar gordijn, dat alles bedekte. De oprit was al helemaal wit.

'Verdòmme,' zei Bernadine, en sloeg met haar gebalde vuist op het stuur.

Vijfduizend meter boven Boston wikkelde Dennis Orrin de tarwecrackers die over waren van het USAir-'dinner' uit het papier en keek somber naar buiten, naar de zich snel uitbreidende donkere wolken.

Hij had ergens gelezen dat slimme zakenlieden zoals hij altijd een zitplaats langs het gangpad namen bij een vliegreis. Maar hij vond een plaats aan het raampje nu eenmaal leuker, verdorie. Hij vond het een prachtig gezicht, al die lichtjes van zijn stad dichterbij te zien komen, alsof ze hem welkom wilden heten bij zijn thuiskomst.

Deze keer had hij vermoedelijk zelfs niet aan een gangpad moeten gaan zitten, maar helemaal midden in de 747, zodat hij niet hoefde te zien hoe zijn kans om vóór kerstavond thuis te komen even snel verdween als de naar karton smakende crackers.

Ze hadden nu al veertig minuten rondgecirkeld.

Dennis wist voldoende af van de optimistische toon van berichten die aan passagiers werden doorgegeven om te begrijpen dat, ondanks de opgewekte stem van kapitein Hooha, die vertelde welk nummer zij waren in de rondcirkelende stroom vliegtuigen, het weer sneller verslechterde dan de verkeerstoren kon verwerken. Ze zouden ongetwijfeld het vliegveld sluiten voor nieuwe aankomsten terwijl zijn toestel en nog een paar andere daarboven hun rondjes draaiden.

Het was allemaal niets, en zijn reis had even weinig opgeleverd als dat rondcirkelen nu.

Twee dagen lang was hij in L.A. en San Francisco op jacht geweest naar nieuwslezers. Hele legers van bijzonder goed uitziende en interessant klinkende mannen en vrouwen, die ook iemand bleven aankijken, waren langs hem heen gegaan, in alle maten en kleuren, en allemaal hadden ze de beste opleiding en getuigschriften.

Hij at zijn laatste cracker op en stopte het cellofaan in zijn lege beker.

De sneeuw dwarrelde rond, maar plotseling verhevigden de buien zich en vielen de vlokken bijna ondoordringbaar dicht neer. Op hetzelfde moment steeg het grote toestel en Dennis boog zich naar voren, maar zag alleen de stad verdwijnen. Net had hij nog het zich voorthaastende verkeer en de schepen in de haven gezien, maar nu zag hij alleen nog een wit gordijn.

Hij voelde zich in de val zitten.

Het kwam niet door het vliegtuig. Zelfs niet door zijn plaats in het toestel, hoewel de zitplaatsen elk jaar kleiner leken te worden, waardoor zijn heupen bijna klem kwamen te zitten en hij zijn ellebogen niet kon bewegen.

Het was de afschuwelijke onmogelijkheid van de situatie.

Over nog geen drie maanden ging Les weg, en als hij, Dennis, geen vervanger in dienst nam, zou er alleen maar een lege stoel op de set staan, elke avond om zes en om elf uur.

Hij kon de vacature niet tijdelijk opvullen met een vervangster als Vanessa of een man als Irving, die het nieuws om twaalf uur voorlazen. De kijkcijfers zakten enorm als je niet onmiddellijk begon een trouwe schare kijkers voor je avondnieuwslezer op te bouwen.

Hij had de ene tape na de andere gezien en kandidaten bij hun huidige presentaties gezien. Hij had naar beelden en résumés gekeken en naar de grinnikende gezichten van impresario's, tot alles in elkaar overvloeide in één gezicht met een snor, oorbellen en lippenstift.

Was het *zijn* schuld?

Wat hij zo'n stommeling dat hij degene was die iets goeds niet herkende als hij het voor zich zag?

Zou hij zich pas voldaan voelen als Chet Huntleys reïncarnatie op de stoel van Channel-3 verscheen?

Hij zuchtte diep, harder dan hij dacht, en de vrouw naast hem keek hem even met gefronste wenkbrauwen van opzij aan.

Hij keek weer naar buiten. De sneeuw viel neer en benam vrijwel elk zicht. Hij hoopte maar dat Bernadine daar beneden thuis was en niet in dat weer rondreed. De boom zou nu in hun warme kamer pralen en misschien lagen de cadeautjes er al onder, met inbegrip van het met parels en diamanten bezette horloge dat hij samen met Pam had uitgezocht voor Bernadine. Zij en de anderen zouden in de keuken bezig zijn en er zouden lekkernijen klaarstaan die heel wat beter roken dan die rommel in zijn beker, die hij in de zak van de stoel vóór hem had platgedrukt.

Zou hij die avond nog van al die heerlijkheden thuis kunnen genieten? Of bleven ze nog een paar uur rondcirkelen tot het zicht beter werd, en hij dan thuis zou komen nadat iedereen naar bed was?

Hij zat in de val. Wanhopig in de val.

Hij haalde nog eens diep adem en stootte die kreunend uit, waarna de vrouw links van hem iets ging verzitten en over haar voorhoofd wreef.

Zijn kijkcijfers voor het nieuws waren enorm en ze zouden kelderen, en hij moest een manier verzinnen om dat te voorkomen. En de rest dan? Het middelpunt van zijn sterrenhemel, de Marchette-show – zou het daarmee zó misgaan dat hij die óók zou moeten vervangen?

Hij bekeek nu elke seconde van elke show van haar op zijn kantoormonitor. Net zoiets als een babyfoon bij een slapende baby.

Ze zag er vreselijk uit, maar ze zwoegde verder en hield alles met onzichtbare touwtjes bij elkaar die van haar naar de set en naar het publiek liepen. Ze had zelfs geen geluid nodig om dat te voelen.

Hij hoopte dat het goed met haar ging.

Die ramp met die satelliet... wat had dat een kapitaal gekost! Om nog maar niet te spreken van alles wat hij had moeten doen om de woedende betrokken stations te pacificeren.

Het idee dat er met het opnemen van een proefuitzending kon worden geknoeid, was onvoorstelbaar, was vreselijk.

Hij wilde dat de politie beter kon optreden of dat hij of een ander iets kon doen – behalve de monitor aanhouden en een paar schoolverlaters in uniform hier en daar als veiligheidsagenten neerzetten.

Geen wonder dat hij bang was. Hij liep op zand, de golven spoelden om zijn enkels en namen het zand mee terwijl hij erop liep.

En nu zat hij boven in de lucht, en zijn gezin op de grond miste hem, en misschien moesten ze allemaal de kerstavond op deze manier doorbrengen, van elkaar gescheiden...

Ting, klonk het belletje van het omroepsysteem.

Of erger...

'Beste mensen, we hebben hier gewacht, in de hoop u vanavond nog allemaal thuis naar Boston te kunnen brengen. Maar, hm, we hebben net van de verkeersleiding gehoord dat we, gezien de slechte weersomstandigheden, voor een landing moeten uitwijken naar New York...'

'Dit herinnert me nergens aan. Sorry.'

Mike zat gebogen over zijn bureau. Iemand had aan linten snoep aan de lampen gehangen, en de lucht van suiker hing overal.

Hij drukte de hoorn tegen zijn andere oor. 'Kunnen jullie de computer van Justitie niet raadplegen?'

'Zodra ik de kans krijg het formulier in te vullen,' zei de vrouwelijke rechercheur in L.A. Haar naam was Abigail Stern, en ze sprak alsof ze op kerstavond heel wat betere dingen te doen had dan een collega uit Boston te helpen een gek uit L.A. op te sporen die niet onmiddellijk in haar archieven of haar hoofd te vinden was. 'Je hebt al eerder hierheen gebeld, hè?'

'Een paar keer.'

In werkelijkheid had hij al vaak gebeld – na elke periode dat Lynn weer werd lastig gevallen, en soms alleen om iets van iemand te horen die fris tegenover de zaak stond. Hij dacht dat hij in zijn onderbewustzijn altijd hoopte dat een of andere oudgediende zou opspringen en zeggen: 'Je beschrijft die idioot met dat zwak voor ondergoed zonder kruis! Wacht, ik zal even zijn dossier pakken!'

Hij stelde rechercheur Stern met haar beperkte hulpmiddelen nog enige vragen, maar bereikte niets. Hij hing op, liet zijn bureaustoel op de achterpoten kantelen en hield zich voor dat hij naar huis moest.

Zijn dienst zat er al twee uur op. Een paar groepjes collega's die samen vast wat kerstgenoegens wilden beleven, hadden hem op weg naar huis uitgenodigd mee te gaan, maar hij had geweigerd. Het begin van de avond was juist een goede tijd om Californië te bellen.

Maar hij had nu lang genoeg aan zijn bureau gezeten. Hij kreeg het gevoel alsof hij aan die verrekte stoel was vastgegroeid.

Voor de twintigste keer wenste hij dat hij de tijd en het geld kon rechtvaardigen om eens even naar L.A. te gaan. De telefoon had immers toch zijn beperkingen, zelfs als je te doen kreeg met mensen die gemakkelijker en meer bereid tot samenwerking waren dan rechercheur Stern; hij had er al eens enkelen aan de lijn gehad.

Als hij daar zelf heen kon gaan, zou dat deel van zijn techniek dat dreef op zijn persoonlijkheid hem meer gegevens kunnen verschaffen dan hij nu kon verzamelen. Hij zou betere vragen kunnen stellen en zijn beste gave tot een maximum uitrekken: dat was zijn vermogen tot kijken en luisteren en alle details in zich opnemen, zodat hij zich een bepaald beeld kon vormen.

Maar om toestemming voor zo'n reis te krijgen, zou er een echte misdaad aan deze puzzel ten grondslag moeten liggen.

En in zijn hart was hij toch ook blij dat er geen echte misdaad was gepleegd.

De gedachte alleen al was voldoende om hem met een ruk uit zijn stoel te doen opstaan en hij greep zijn jasje. Vlak bij de deur zag hij nattigheid op de vloer, en toen de sneeuw. Vloekend trok hij zijn capuchon omhoog. Al dat natte spul in zijn gezicht was niet zijn opvatting van een prettige kerstavond, of van wat voor avond ook. Maar het was tenminste luchtige sneeuw, en het leek of ze niet bleef liggen.

Hij ging op weg naar het metrostation.

Wat zou Lynn vanavond doen? vroeg hij zich af.

Was ze alleen en hing ze rond in die prachtige flat? Was ze kerstinkopen aan het doen? Hij had zelf alles al vóór eind november gekocht. Er lag een stapel keurig verpakte dozen in zijn kleerkast voor zijn ouders, broers, schoonzussen, neefjes en nichtjes, maar veel mensen van wie je het nooit zou denken, gingen pas op het laatste moment inkopen doen.

Eigenlijk dacht hij niet dat ze aan het winkelen was, ergens op bezoek ging of haar kousen zorgvuldig bij de schoorsteen zou ophangen.

Hij dacht dat ze vermoedelijk alleen zou zijn en zich heel ongelukkig zou voelen.

Op de volgende hoek was een telefooncel en hij keek er strak naar toen hij in de buurt kwam.

Maar als hij haar belde, schiep dat – zoals een ongeletterde commandant van hem altijd zei – een president. Hij had nog nooit iets gedaan dat als een volkomen sociaal gebaar kon worden uitgelegd.

Hij had zichzelf erop betrapt de afgelopen dagen heel vaak aan haar te hebben gedacht. Op een nacht had hij gedroomd dat ze elkaar in zijn bed aan het beminnen waren. Hij werd heel opgewonden wakker en kon nòg de fluwelen huid van haar dij in zijn handen voelen, en die hele dag werd hij nog steeds geplaagd door erotische beelden van die nacht.

De telefooncel was nog een half blok verderop.

Hij kon een half boek vol schrijven met redenen waarom hij moest doorlopen.

Maar, verdomme, hij wìlde opbellen.

Toen was hij er en de hoorn lag al in zijn hand; nu moest hij alleen nog haar nummer kiezen.

Maar zijn accurate brein ging na wat er dan zou gebeuren. Dat vertoonde hem altijd een dubbel beeld van alles wat hij wilde doen: een van wat hij hoopte en een van wat er vermoedelijk zou gebeuren.

Om eerlijk te zijn, hoopte hij dat ze op een of andere manier zijn droom in werkelijkheid zouden omzetten. Dan zou díe hindernis tenminste zijn genomen.

Wat er vermóedelijk zou gebeuren, was dat zij geen enkele reactie vertoonde, en hij zou dan doen wat hij altijd deed, namelijk de houding bewaren van de bezorgde maar niet betrokken buitenstaander. Dus hing het helemaal van haar af en niet van hen beiden, en hij wilde dat hij de hoorn weer kon ophangen.

Toch bleef hij hem vasthouden – hij deed zelfs zijn handschoen uit, gooide een munt in het apparaat en begon haar nummer in te drukken. Terwijl hij naar zijn vingers op de knoppen keek, zag hij dat de sneeuwvlokken dichter gingen vallen en binnen een seconde zat zijn hele mouw vol. Hij draaide zich om en zag dat het trottoir en de straat opeens ook wit waren.

Hij trok een vies gezicht, hing de hoorn op en liep door.

Een kleine misrekening, besefte Greg. Hij had gedacht dat de winkels op kerstavond laat open zouden zijn. Maar de zaak waar hij een cadeau voor mevrouw Minot had willen kopen, was gesloten.

Hij bekeek een paar etalages en wilde net 'Leaves 'n' Loaves' binnengaan voor een paar soorten Engelse jams en biscuits die hij voor het etalageraam had zien staan, toen die zaak ook sloot.

Liever dan de aandacht op zich te vestigen, draaide hij zich om, deed alsof hij nooit andere plannen had gehad en liep rustig verder.

Een klein vergissinkje, herstelbaar, maar het was nu geen tijd voor vergissingen en pech, terwijl hij op het punt stond iets heel belangrijks te verrichten.

Hij dwong zich langzamer te lopen. Discipline was gezond; discipline hielp hem te denken.

Wat was nu zijn belangrijkste probleem?

Een cadeau voor mevrouw Minot.

Geen enkel detail mocht worden vergeten. Het was verstandig bij haar in de gratie te blijven.

Hij liep verder. Het enige dat hij nodig had, was een winkel te vinden die open was en waar hij een gepast cadeau kon krijgen. Dan zou hij zich regelrecht naar huis haasten, het aan haar geven en aan de volgende fase van die avond beginnen.

Hij kwam bij een B. Dalton-zaak, waar hij die vrouw met roze oorbellen en met haar voorkeur voor teksten had gevolgd. Ze waren open, en hij ging naar binnen.

Hij wist niet wat zijn hospita eigenlijk graag las. De paar keer dat hij in haar flat was geweest, had hij daar alleen maar enkele tijdschriften zien liggen.

Hij liet zich door de winkel leiden door zijn impressies van haar.

Even later stond hij achter in de winkel, waar een tafel vol lag met grote salontafelboeken, die er heel mooi uitzagen. Zijn oog viel op een boek met een kasteel op het omslag en hij nam het op. De geschiedenis van koninklijke architectuur.

Hij bladerde er even in. Veel wit en veel gekleurde illustraties.

Volmaakt.

Plotseling klonk er een stem via de omroep in de zaak. 'Attentie, dames en heren. Het is nu tien voor acht. Over tien minuten gaat B. Dalton sluiten. Breng alstublieft uw inkopen naar de kassa.'

Hij ging erheen en wachtte in de rij, betaalde en genoot weer toen hij dacht aan hetgeen Lynn in een dergelijke rij had ondervonden.

Hij nam het pakje onder zijn arm en liep in de gestaag neerdwarrelende sneeuw naar buiten.

Bij het naderen van zijn flatgebouw zag hij de palm met zijn kroon van gekleurde lichtjes door het raam heen. Het was een heerlijk schouwspel.

Niet zo uniek als het tafereel dat Lynns cadeau de volgende morgen zou zijn, maar op zijn eigen manier tòch amusant.

Hij liep naar boven naar zijn flat en zag, toen hij de deur van haar flat passeerde, dat mevrouw Minot thuis was. Ze was iets aan het afwassen.

Tonijn met het een of ander. Een kasserol.

Hij nam kerstpapier en pakte het boek erin. Het bonnetje viel uit de zak toen hij aan het opruimen was en hij keek er met genoegen naar, terwijl hij opnieuw dacht aan Lynns gevoelens toen ze tegenover de caissière bij Crabtree & Evelyn stond.

Hij had op nog geen vijftien meter afstand gestaan en toegekeken toen ze haar inkopen deed. Hij had wat rondgelopen, want hij wilde niet te lang op één plek blijven staan. Hij was op het juiste moment teruggekeerd, toen ze dankbaar al haar inkopen bij de kassa neerzette en haar creditcard te voorschijn haalde.

Creditcards.

Een derde, en een vierde.

Zijn hart had gebonsd; het was zo'n prachtig schouwspel geweest, puur theater. Niet zo subtiel als het afsluiten van haar elektriciteit tijdens een storm, maar wel heel plezierig in het openbaar.

Hij genoot van de lichaamstaal, die van haar, van de caissière en van de rij winkelende mensen achter haar. Het onwaarneembare teken dat van de ene naar de andere winkelbediende ging, om hen te waarschuwen dat er iets mis was, en allen hadden alleen maar ogen voor Lynn gehad.

De schaar. Die stukken.

En Lynns gezicht, al die duidelijke emoties, je zag de ene overgaan in de andere... en een toppunt bereiken toen ze merkte dat ze niets meer kon doen.

Greg had ervoor gezorgd dat goed te zien, ervoor gezorgd dat dit beeld hem kon bijblijven, om het naar eigen goeddunken op te roepen en er opnieuw van te genieten.

Hij was klaar met opruimen en keek op zijn horloge. Hij zou met het cadeau naar beneden gaan, het heel vriendelijk aan mevrouw Minot geven en haar uitnodiging om thee of sherry te blijven drinken even vriendelijk afslaan, zelfs als ze nog een andere pseudoaristocratische verfrissing kon bedenken. En dan zou hij regelrecht naar bed gaan.

Het was nu bijna Kerstmis en de kerstman was er haast.

Hoofdstuk twaalf

Zoals gewoonlijk met Kerstmis was de hal van Lynns flatgebouw verlaten.

Terwijl ze de lift naar boven nam, zette ze haar tas met cadeautjes op het vloerkleed en zorgde ervoor de bemodderde stukjes gesmolten sneeuw te vermijden. In de tas zaten haar nieuwe sjaal, een vogelboek en een broche, plus een pak resten van maaltijden die Booboo haar had [illegible] nemen: dikke plakken rosbief, mierikswortelsau[illegible] stuk kwarktaart.

Er hing [illegible] bij haar buren. Ze voelde h[illegible] n het slot stak. Ze zou [illegible] dwingen het op te hang[illegible] dag zou ze hem meteen [illegible] e handeling die ze van [illegible]

Met de boodsch[illegible] open en ging naar binnen...

... en voelde metee[illegible]

Het licht in de hal w[illegible] aan. De rest van de flat was in duister gehuld.

Ze bleef stilstaan, nog [illegible], en hield de deurknop vast. Ze luisterde aandachtig, maar h[illegible]rde niets dan haar bloed, dat door haar aderen gonsde. Ze keek om zich heen en wendde langzaam haar hoofd alle kanten op, bedacht op een teken dat dit gevoel van alarm had opgewekt.

Er was niets.

Ze hield de deur nog open en ging nog even de momenten door die waren voorafgegaan aan dit gevoel dat er iets mis was.

In de lift. Op haar etage. Tas in de hand, zwaar, uielucht. Sleutel in het slot, deur open, de gebruikelijke reeks kleine geluiden... ook nieuw? Nee.

Wat moest ze nu doen? Naar buiten gaan en de politie bellen, en vragen of iemand naar haar toe kon komen om met haar naar binnen te gaan?

Ze bleef nog een minuut staan. In de keuken zoemde de koelkast. Buiten voor het raam bewogen er lichten en de elektrische klok sprong van 6.57 op 6.58.

Niets bijzonders.

Ze duwde de deur open met haar boodschappentas, liep naar de lichtknopjes aan de wand van de gang waar de huiskamer begon en drukte ertegen.

Veel meer licht nu. Warm, geruststellend, vriendelijk licht, dat haar keurige flat bescheen.

Ze beeldde zich maar wat in.

Ze ademde weer uit, keek nog eens de kamer rond en ook de hal en de gang, liep terug, zette de tas binnen en sloot de deur achter zich af.

Ze ging naar de keuken en zette de boodschappentas op het aanrecht en stond op het punt nog eens de hele flat door te lopen om zichzelf gerust te stellen vóór ze alles wegzette, toen ze merkte dat haar handen nat waren.

Ze keek geïrriteerd. Ze moest tòch niet voldoende hebben opgepast in die modderige lift.

Ze nam een keukendoek en begon de tas en het aanrecht af te vegen.

Het eerste dat ze merkte, was dat het spul droog was en niet modderig. Het tweede was het gevoel dat het dik was. Niet waterig. Slijmerig.

Ze verstijfde.

Nu hoorde ze een geluid in de slaapkamer, een schrapend, klikkend geluid. De angst sloeg haar in de benen en kneep haar keel dicht.

Ze liet de doek vallen, holde terug naar de voordeur en trok de grendel weg, waarbij haar natte vingers eroverheen glibberden. Nu kon ze de dikke, natte plekken op het kleed zien; ze glinsterden in het licht.

Ze hoorde ook een geluid boven haar eigen hijgende ademhaling, draaide zich om en keek, en wat ze zag, deed haar een afschuwelijk moment verstijven.

Een enorme wasbeer wankelde met waggelende kop haar slaapkamer uit. Slijmerig speeksel hing in lange slierten uit zijn bek.

Snikkend van angst greep Lynn met beide handen de grendel, duwde hem terug, sprong naar buiten en gooide de deur met een slag achter zich dicht.

Twee geüniformeerde agenten volgden de mensen van het dierenasiel omhoog naar haar flat toen Mike de hal binnenstormde.

'Waar zijn verdomme die ambulancekerels? Ben je al gecontroleerd?'

'Nee,' zei Lynn. 'Moet ik...'

'Wat is dat op je gezicht? Heeft dat speeksel...'

'Dat is van mij. Het mijne. Ik heb gehuild. *Niet doen!'* gilde ze, toen hij haar handen wilde grijpen. 'Raak me niet aan! Daar zit het wèl op!'

'Kalm maar.' Hij nam haar handen in een van de zijne en liet er zijn zaklantaarnlicht op schijnen.

'Je bent gek!' zei ze. Haar stem was onzeker, dreigde te breken en weg te sterven als een flikkerende lamp in een storm. 'Nou zit het ook op jou.' Ze snikte weer.

Er stonden nu enkele mensen in de hal, aangetrokken door al die heisa.

'Alles is in orde,' zei een andere agent op luide toon tegen hen, terwijl hij binnenkwam met een man in een overal die een hoofdbedekking droeg en een lange stok met een strop aan het eind in de hand had. 'Er is iets een flat binnengevlogen en wij halen het nu weg.'

'Wat precies?' vroeg een vrouw met een strakke spijkerbroek en konijneslofjes aan, maar niemand gaf haar antwoord.

'Ik kan niet genoeg zien,' gromde Mike. Hij keek snel rond. Terwijl hij Lynns handen nog vasthield, trok hij haar mee de donkere nis in waar de post altijd lag en hij deed er de lichten aan. In de felle straling daarvan boog hij zich over haar handen en zijn neus raakte bijna de palm ervan aan. Langzaam bescheen hij elk stukje huid. Hij inspecteerde de nagelriemen en keek ook onder de nagels.

'Goddank,' zei hij eindelijk. Hij keek op naar Lynn, ontmoette haar blik en zag er woedend en bezorgd uit. 'Er is niets aan de hand.'

'Maar ik weet dat ik speeksel op me heb. Het maakte mijn handen vochtig...'

'Alleen maar je handen. Verder nergens. En je bent niet gebeten. Nietwaar?' vroeg Mike.

'Nee, maar maakt dat enig verschil? Ik heb geen enkele test nodig om te weten dat het dier geïnfecteerd is. En dat speeksel veroorzaakt al het kwaad. Nu heb ik rabiës, hondsdolheid. En jij ook.' Tranen dropen van haar kin af. Ze keek omlaag en zag een traan op zijn hand vallen, die nog steeds haar beide handen vasthield.

'Nee, dat is niet zo. Niet als we geen sneetjes of wondjes hebben. Dat virus gaat niet door een gezonde huid heen.'

'Nee?'

'Nee. Je moet natuurlijk tòch gecontroleerd worden, maar ik geloof dat je oké bent. Wat is er precies gebeurd? Ik heb alleen maar een heel korte boodschap gekregen.'

Ze vertelde het hem en hij deed zijn best goed te luisteren, maar kon het niet. Hij was zich te zeer bewust van haar kleine, vuile, warme handen in zijn grote, zweterige knuist. Hij kon haar gewoon níet loslaten.

Hij ving genoeg van haar woorden op om zich het afschuwelijke beeld te kunnen voorstellen, maar de afschuw over wat hij hoorde, werd bijna overschaduwd door het gevoel van afschuw over zijn machteloosheid.

Elk moment kon er iemand, een collega, de nis binnenkomen en dit zien. Het was belachelijk daar zo te worden aangetroffen, haar handen vasthoudend en haar geur in zich opnemend alsof het een heerlijk vers broodje bij de bakker was.

Hij moest haar loslaten, maar kon het niet.

Hij wilde haar zelf schoonmaken, haar handen inzepen, afspoelen en drogen.

Zijn armen om haar heen slaan en haar heel dicht tegen zich aan houden. Met zijn vingers door haar haren woelen.

Die nog steeds trillende mond kussen.

Een brandende lucifer tegen het monster houden dat haar maar bleef aanvallen, haar treiterde en vernederde.

'Het is een heel teer virus,' zei de arts van de eerstehulppost. Het was een Koreaanse, en Lynn had moeite haar gebroken Engels te verstaan.

De arts deed haar handschoenen uit en liet ze in een vuilnisbak vallen. 'Het virus wordt geneutraliseerd zodra het speeksel opdroogt. U hebt geboft; geen open wondjes. Over vierentwintig uur kunt u weer veilig in uw flat. Hebt u kennissen of familie waar u vannacht kunt logeren?'

'Ja,' zei Lynn. Ze had Kara gebeld, die net thuis was gekomen en nu met schone kleren voor haar op weg was naar het ziekenhuis.

De arts boog zich over haar klembord en begon nog een en ander toe te voegen aan wat de opnamezuster al had opgeschreven. Ze pauzeerde even, bladerde wat terug en keek de gegevens door.

'Staat nergens wannéér dit gebeurde,' zei de arts.

Lynn wilde antwoorden, maar deed het niet. Wat ontbrak, was te enorm.

Om een 'wanneer' vast te stellen, moest je eerst weten wat 'dit' was. Dat was van vitaal belang.

En op welk voorval van vitaal belang moest ze zich concentreren? Er waren er zó veel en ze bléven maar gebeuren, en Lynn was te gespannen en te moe om een bepaalde gebeurtenis uit die hele hoop te plukken.

Maar ze móest het doen; de arts wachtte.

Ze leunde achterover op de brancard waarop ze haar hadden neergezet en staarde naar het ronde licht aan het plafond.

Was 'dit' het slijm op haar handen waarvan ze dacht dat het haar zou doden?

Of was 'dit' alleen maar Greg zelf?

Misschien was 'dit' alle manieren waarop Greg haar folterde. Want het wàs een foltering; je kon het niet anders noemen. Lynn huiverde; haar logische verstand wilde de duidelijke dingen zien, wat je moest zien als je het begrip nader beschouwde: waar leidt foltering toe, leidt het ooit tot iets anders dan alleen verdere folteringen en de dood? Maar ze kon niet ophouden, dan werd ze overmeesterd, en dus ging ze door.

'Dit' zou ook het reisje naar Los Angeles kunnen zijn, haar ontmoeting met Greg.

Of zijn bezoek aan Boston. Haar heel warme welkom. Misschien was 'dit' het feit dat ze samen hadden geslapen.

Ze huiverde opnieuw.

Misschien had 'dit' ook niets met Greg te maken.

Zou het het feit zijn dat haar shows landelijk zouden worden uitgezonden?

Of, meer direct, de show zelf?

Haar ogen deden pijn van het naar het licht staren. Ze wreef erin, maar liet haar handen vervolgens niet zakken.

En hoe stond het met haar handen? Was 'dit' iets dat met haar handen te maken had? Niet die viezigheid erop, dat had ze al bekeken, en ze waren nu toch ook schoon.

Maar dat waren ze niet geweest toen Mike ze beetpakte.

En dat had haar vreselijk aangegrepen.

Ze ging rechtop zitten, liet haar handen zakken, wendde haar blik af van het licht en staarde nu neer op haar handen.

Ze zag zijn gezicht weer voor zich, de blik toen hij zich er onmiddellijk van wilde overtuigen dat ze geen wondjes had. Dat was niet de stoïcijnse rechercheur. Niet de voorzichtige overheidsdienaar.

En hoe stond het met haar zelf? Haar gevoel van ellende toen hij haar poging negeerde om hem te beschermen. Haar doodsangst bij de gedachte dat hij geïnfecteerd was.

Maar daar kon ze óók niet bij stilstaan, want dan werd ze overmeesterd door weer andere gevoelens.

De blik vol verwachting van de dokter veranderde en ze was nu bezorgd. Lynn zag hoe haar strakke trekken in beweging kwamen en toen haar mond, die iets vroeg, waarschijnlijk of ze zich wel goed voelde.

Maar dat deed ze niet, tenzij het goed was om iemand te zien praten en niets te kunnen horen dan het woord 'dit', dat steeds luider en sneller werd herhaald, en toen sneller en zachter, tot je opeens niets meer hoorde.

'Ik heb thee gezet,' zei Kara. 'Of wil je liever wat wijn? Als mij dit overkwam, zou ik me volstoppen met koekjes. Ga eens liggen, wil je?'

Lynn gehoorzaamde, begon zich duizelig te voelen en kwam weer overeind. Ze hadden er in het ziekenhuis op gestaan haar een kalmerend middel te geven toen ze werd binnengebracht, en ze had nog steeds dat kunstmatige gevoel dat er iets was, een of andere barricade die de werkelijkheid terughield.

De telefoon ging over en Kara ging erheen om de hoorn op te nemen.

'Mike Delano,' zei Kara, en bracht Lynn het draadloze toestel.

'Ik hoorde dat je bij de eerstehulppost bent flauwgevallen,' zei Mike.

'Ja. Maar ze vonden het tòch goed dat ik vertrok. Mike, wat is er gebéurd? Het was toch Greg, hè? Dat móet wel. Maar hoe is hij binnengekomen? En waar heeft hij die wasbeer vandaan gehaald? Mijn flat...'

'De flat ligt helemaal overhoop. Maar er bestaat geen gevaar meer als alles is opgedroogd.' En Mike ging op dreigender toon door: 'Hij is binnengekomen door je slot kapot te maken. Dat heb je blijkbaar niet gemerkt toen je de deur opendeed.'

'Ik heb niets gezien. Ik dacht wel dat ik iets vreemds merkte...'

'Wanneer?'

'Nadat ik de deur had opengemaakt.'

'En je ging tòch naar binnen? Hoe kòm je zo gek?'

'Ik wist het niet zeker! Ik ben tegenwoordig aldoor achterdochtig, om níets, en als ik er steeds notitie van nam, zou ik in een doos gaan zitten en er nooit meer uitkomen!'

'Schrikachtig zijn is één ding, maar instinct is iets heel anders. Je moet zorgen dat verschil te leren kennen. Je leven kan ervan afhangen...'

'Het lijkt mij dat mijn leven afhangt van meer actie van de kant van de politie! Kun je hem nú officieel vervolgen? Dit is toch een misdaad...'

'Ik kan proberen een arrestatiebevel wegens inbraak te krijgen, maar misschien lukt me dat niet. Er is niets weggenomen. Er bestaat geen enkel bewijs wíe er heeft ingebroken.'

'Hij heeft een hinderlaag voor me gelegd. Een dier met rabiës...'

'Dat is geen misdaad.'

'Het is een *dodelijk wapen*!'

'O ja? Kun je dat in de wet voor me opzoeken?'

'Ik ben niet degene die de wet moet nakijken!' gilde Lynn.

Maar hij had de hoorn al neergelegd.

Greg nam kleine teugjes van zijn koffie met kaneel en besloot dat hij de lichtjes in de palm tot de volgende dag zou aanhouden.

Wat een Kerstmis!

Hij was al vanaf halfvijf op en moe, maar het was de prettige vermoeidheid na produktieve arbeid.

Intussen zou de politie al wel de details hebben van alles wat hij had gedaan – de lege kooi in het lab voor wilde dieren in Kemp Park, inclusief de vermiste handschoenen, de kapotte sloten van het lab en van Lynns deur.

Met opzet en dom kapotgemaakt. Hij wilde dat ze dachten dat hij niet met een sleutel had kunnen binnenkomen omdat ze het oorspronkelijke slot had laten vervangen, het slot waarvoor ze hem een sleutel had gegeven.

Die sleutel had hij nog. Hij lag in de kruipruimte achter de ladenkast in zijn slaapkamer, samen met zijn instrumenten voor zijn ondeugende spelletjes: spullen om poststempels mee te vervalsen, fotoapparatuur, een machientje om sleutels mee na te maken, en de sleutels die hij nu had. Maar die ene bewaarde hij in een gelakte doos die alleen de sleutels bevatte die hem vol liefde in de loop van de jaren vrijwillig waren overhandigd.

Dat waren er nu honderdzevenentachtig.

Hij nam een rolletje Tums uit zijn zak en stopte er een in zijn mond.

Lynn was niet geïnfecteerd. Dat had hij van de politie gehoord. Het was leuk en belangrijk geweest dat zo te horen, want daarmee bereikte hij een doel behalve de gegevens die hij kreeg: hij kon zich tegenover de politie uitgeven voor politie.

Dat kon nog weleens heel goed van pas komen.

Hij dronk zijn koffie op, waste het kopje om en zette wat muziek op. Een wilde beat, niet de smaak van mevrouw Minot, maar die was een uur geleden naar bed gegaan. Hij was zo langzamerhand voldoende van haar manier van doen op de hoogte om de daaraan verbonden geuren en geluiden te herkennen. Hij hoefde niet meer haar flat binnen te sluipen om te luisteren of ze al snurkte.

Hij danste een wilde boogie op het vloerkleed, liep naar het raam, en leunde op de vensterbank om naar het kerstverkeer op Morrissey Boulevard te kijken.

Hij zorgde dat zijn zintuigen gespannen bleven, omdat die hem alle gegevens verschaften, maar het plezier om daarmee te spelen, was allang niet meer genoeg voor hem.

Hij vond het nog steeds leuk veranderingen aan te brengen. Hij moest ook nog altijd een souvenir hebben – gaatjes in de oren of in de neus, of een tatoeage waar zij, of hij, de rest van zijn of haar leven elke dag naar moest kijken, en dan zouden ze zich herinneren wie voor die verandering had gezorgd.

Maar de veranderingen zelf waren sinds zijn tijd in Aguanga gewijzigd. Zijn oude trucjes met wortels en zaadjes waren, bij tegenwoordig vergeleken, kinderwerk. Dat waren guerilla-technieken; alleen als hij zich verstopte of stilletjes toekeek, kon de hij rest van het proces meemaken.

Anonieme acties waren zijn smaak niet meer. Hij moest er persoonlijke genoegdoening aan beleven.
Hij hoefde er niet eens persoonlijk aan mee te doen.
Het ging nu om het proces zelf.

Er waren niet veel auto's te zien en op Morrissey Boulevard was het betrekkelijk rustig. Twee blokken naar het zuiden, waar het chiquere deel overging in het zakelijke, was een '7-Eleven' open, een supermarkt, en vanuit zijn raam zag Greg geen andere zaken die open waren. Zelfs de drukkerij waar men in ploegen werkte, was donker.
Hij had eens een meisje uit een drukkerij gehad, een typografe, in Cincinnati. Heel slank, met asblond haar dat strak in een knot op haar hoofd was weggetrokken. Toen hij haar eenmaal uit de kleren had, en dat had – als hij het zich goed herinnerde – de enorme periode van vijf dagen geduurd, was ze eigenlijk mager geweest.
Haar souvenir bestond uit gaatjes in de oren.
En ze was minstens twee keer verhuisd voor hij met haar klaar was.
Hij was niet zo op slank gesteld; slanke vrouwen waren niet zo gevoelig voor zijn subtiele tactiek. Maar toch waren er na die typografe nog een paar geweest aan wie hij wel plezier had beleefd en die hij ook fijn had veranderd. Die schooljuffrouw van de derde klas, die hij 'Juf Chips' had gedoopt; zij had een tatoeage op haar schouder voor hem laten aanbrengen. Later had hij haar meegenomen naar de ergste tenten die Las Vegas te bieden had en had haar ervan overtuigd, dat het hem enorm zou opwinden als zij onder vier ogen zo'n rol voor hem wilde spelen.
Ze had nooit de videocamera in de lamp gezien en ze zag een verzameling opgewonden schoolkinderen toen hij de band had vervangen door een andere over vogeltrek.
De dansmuziek was voorbij en er klonk nu een sloom muziekje. Hij had slaap en geeuwde; ja, het was tijd om naar bed te gaan.
Hij zette de radio af en kleedde zich uit; daarna viel hij tevreden in slaap.

Mike Delano zat over zijn bureau gebogen en keek broeierig in een lege kop.
Hij had stapels papier om zich heen liggen en probeerde er zich langzaam maar zeker doorheen te werken.
Kauwgom voor de geest; je kon gewoon denken terwijl je die rommel afwerkte – en het moest de volgende dag klaar zijn, de laatste dag van 1992.
Het enige probleem was dat ze van je verwachtten dat je iets zinnigs op die papieren schreef.
Hij kwam bij het rapport over de wasbeer die ze uit Marchettes flat

hadden gehaald. Na proeven was gebleken dat het dier inderdaad hondsdol was. Het lab had het al geweten vóór ze aan de tests waren begonnen. Hij dacht erover Lynn te bellen en het haar te zeggen, maar hun laatste paar gesprekken waren officieel geweest, kort en formeel, na hun ruzie met Kerstmis.

Twee weken geleden had hij gezien hoe zijn zus Claire tegen haar zoontje schreeuwde toen het kind voor een auto de straat op holde. Niet slim van Claire, maar menselijk; doodsangst richtte zich op het verkeerde doel. *Nu ik weet dat hij niet dood is, vermoord ik hem!* Dat had ze vermoedelijk gedacht.

Het was precies hetzelfde als hij bij Lynn had gedaan.

Zijn telefoon rinkelde.

'Met Delano.'

'Gelukkig nieuwjaar,' zei een vrouwenstem.

'Met wie spreek ik?' gromde hij.

'Rechercheur Abigail Stern van de politie in L.A. Ik zou graag je faxnummer willen hebben.'

Hij kwam overeind. 'Waarvoor?'

'Een uit een auto gemaakte foto van het hoofd van Gerard John Sellinger, man, blank, zwartbruin haar, ongeveer één meter negentig, geboren 8 november 1953. Plus een klacht onder dossiernummer zeven/twee/achtentachtig door een zekere Barbara Alice Hysmith. Treiteren na een intieme relatie, vermoedelijk inbraak, enzovoort, enzovoort, geen bewezen misdrijf. Hinderlijke telefoontjes, enzovoort, enzovoort, en dan komen we aan de laatste alinea, waar we horen dat Barbara Alice verschillende stellen ongewenst pornografisch ondergoed van deze heer heeft ontvangen, èn zich op zijn verzoek op haar dij heeft laten tatoeëren.'

'Juist,' zei Mike, en zijn hart bonsde. 'Is het heus?'

'Dat is nog niet alles. De computer kwam ermee aan nadat ik de analist er de details in vijf of zes verschillende combinaties had laten instoppen, en de foto was erbij, omdat die ten tijde van de klacht was ingeleverd ter identicifactie van de man. Maar de klacht was niet tegen Gerard Sellinger gericht. De naam waaronder de aanklaagster hem toen kende, was Greg Walter.'

'Wel verdomme!'

'En jij dacht dat ik niets wist!'

Mike reed naar Channel-3 en was zich zó bewust van de fax die naast hem op de bank lag, dat het leek alsof het ding net zo opvlamde als het kruis in de eetkamer van zijn oma.

Hij was naar het faxapparaat gehold om de foto te zien die eruit zou komen en had woedend de trekken afgezocht die te voorschijn kwamen: de haarlijn, wenkbrauwen, neus, tot de lippen en kin toe... en toen weer terug naar de lippen.

Smalle bovenlip, heel dikke onderlip, een grote mond, die de indruk maakte bij een filmster te horen.

Hij staarde er lange tijd naar.

Het deed hem meer pijn dan hij voor mogelijk had gehouden om te bedenken waar die mond overal was geweest.

Howard Landrau was op hem toe komen slenteren om te zien wat hem zo in beslag nam.

'Alec Baldwin?' zei Howard.

'Je reet.'

'Wie dan wel?'

'Een gek die Gerard Sellinger heet. Bij ons bekend als Greg Alter. De idioot die Lynn Marchette het leven zo zuur maakt.'

'Heeft ze hem al geïdentificeerd?'

'Dat komt nog.'

Landrau zweeg even en zei toen voorzichtig: 'Je geeft je veel moeite voor dit geval.'

Mike haalde zijn schouders op. 'Een grote televisieshow. Druk van boven.'

Nu, alleen achter het stuur en moeizaam laverend door het late middagverkeer op Morrissey Boulevard stelde hij zichzelf die vraag. Hij had het feit niet hoeven te verdedigen dat hij de foto persoonlijk naar Lynn bracht. Het was de gewone procedure om de reactie van het slachtoffer gade te slaan en hoe snel men de identificatie verrichtte.

Maar dat was het enige dat hij kon loslaten. Overigens was hij Landrau geen enkele uitleg schuldig, maar zichzelf wel.

Hij schonk inderdaad veel tijd aan Lynns geval. En veel energie: hij dacht tijdens zijn werk aan de zaak, en niet alleen dan, maar ook onder de douche en in de supermarkt.

Hij deed eigenlijk precies dat waarvan hij tegen Lynn had gezegd dat hij niet kòn doen – jacht maken op een niet-misdadig mens die geen misdrijven pleegde.

Zelfs deze foto – deze trofee. Nu hij hem had, wat moest hij ermee beginnen? Hij was naar buiten gelopen en had blaffend een wagen bevolen. Maar wat kon hij ermee doen? De officier van justitie had zich op een 'bedreiging-van-de-veiligheid' gericht na dat gedoe met dat hondsdolle dier, en had toegestemd in een arrestatiebevel wegens hinderlijk volgen, maar voor een zo'n kleine overtreding lieten ze hem niet naar L.A. gaan om te proberen die kerel daar te arresteren. Zelfs als die rotvent zich aan zijn deur meldde en zei: 'Hallo, ik ben Gerard Sellinger, oftewel Greg Alter, arresteer me maar...' dan moest hij hem nòg zachtmoedig behandelen en officieel in staat van beschuldiging stellen.

Zo was het.

Mike remde af voor een verkeerslicht en zag dat zijn vingers op het stuur trommelden. Op de hoek was een supermarkt; misschien kon hij beter even stoppen, een frisdrank kopen en wat kalmeren voor hij de laatste kilometer naar Channel-3 reed.

Het licht sprong op groen en zijn hersens ook. Hij gaf gas en reed door.

Hij wist wat hij zou doen. Hij zou dat gezicht van de foto overal verspreiden, op luchthavens, in hotels, taxi's en autoverhuurkantoren en alle andere soorten vervoer die de kerel zou kunnen gebruiken voor zijn reizen tussen Boston en L.A. Hij zou bij L.A. aandringen om te zien of ze daar niet nog wat meer wisten. En hoe dan ook zou hij zorgen die Sellinger/Alter/Klerelijer op te sporen – en naar L.A. gaan.

Daarbij was er niets waarvoor hij rechtvaardiging hoefde te zoeken, noch voor zichzelf noch voor een ander. Hij zou vrij nemen, de reis zelf betalen en zijn volle werk voor andere gevallen blijven verrichten.

En eindelijk zou hij de verantwoordelijkheid op zich nemen en erkennen waarom hij dit allemaal deed.

'Ik haat buikspieroefeningen,' zei Lynn.

Elizabeth legde een handdoek op de gecapitonneerde oefenbank. 'Iedereen vindt ze vreselijk, maar we moeten ze doen. De buikspieren, vooral die van de bekkenbodem, moeten een hangmat vormen voor de rest van je rompspieren.'

'Het korsetje van de natuur,' zei Bernadine van de oefenbank ernaast, waar ze zonder te hijgen zware oefeningen afwerkte.

Elizabeth lachte, maar Lynn niet. Ze wist niet meer wanneer ze voor het laatst een positieve uitdrukking op haar gezicht te voorschijn had getoverd zonder daar enorm haar best voor te hebben moeten doen.

De spanning van het niet-weten wanneer en of Greg haar weer onverhoeds zou overvallen – plus de druk om de opgewekte presentatrice te moeten spelen – veroorzaakten zware hoofdpijnen en onophoudelijke angst.

Op de muur was op dat moment juist Oprah bezig via de televisie de fitness-room toe te spreken. Ook Oprah had haar spanningen; maar Oprah hoefde niet bang te zijn voor een ander die haar in zijn ziekelijke overspanning bleef achtervolgen.

'– achtenveertig, negenenveertig, vijftig,' besloot Elizabeth. 'Nu kun je rusten. Zweet het maar eens lekker uit. Je werkt hard, Lynn. Hoe gaat het met je hoofdpijn?'

'Iets beter.'

'Heus? Of wil je me niet ongerust maken?'

'Het is ècht iets beter. Maar over een half uur komt ze weer opzetten. Ik ga terug naar mijn werk.'

Elizabeth ging op de bank zitten waarvan Bernadine was opgestaan. 'Ik meng me bij mijn cliënten niet graag in medische kwesties. Maar misschien zou je tòch je dokter eens over die hoofdpijnen moeten raadplegen.'

'Die heb ik al mijn leven lang. Ze komen voort uit problemen met mijn gebit en door spanningen. Op dit moment is mijn spanning op stratosfeerhoogte.'

'Door die belangrijke opname waarmee je bezig bent?'

'Ten dele...'

'Ik probeer me voor te stellen hoe dat is,' zei Elizabeth. 'Ik begrijp de verantwoordelijkheid om de hele tijd de indruk te moeten maken dat je alles onder controle hebt. Dat moet ik bij mijn baan ook doen. Maar onder het oog van honderdduizenden mensen? Dat zou een wrak van me maken!'

Lynn veegde met haar handdoek haar gezicht af. Er kwamen nog resten van camera-make-up van af.

'Daar gaat het niet om,' zei Lynn. 'Ik heb om die verantwoordelijkheid gevraagd en zou nooit zo arrogant zijn om me daarover te beklagen.'

Lynn probeerde om andere mensen niet met haar problemen met Greg lastig te vallen. Niemand wilde zoiets horen, wàt ze ook zeiden. Het was belachelijk en wierp een smet op haar, en ze waren bang dat zij er ook bij betrokken zouden worden.

Hoe vaak had ze al van gasten bij haar show gehoord dat anderen zich terugtrokken als ze vreesden steun te moeten geven – en had ze haar eigen impuls moeten bedwingen om zich af te schermen?

Maar soms kreeg ze het gevoel alsof al die opgekropte gevoelens haar zouden doen ontploffen als ze die niet spuide.

'Ik heb je verteld over die man die me maar niet met rust wil laten...' zei Lynn.

'Is daar nog steeds geen eind aan gekomen?'

'Het wordt alleen maar erger! Hij is mijn flat binnengedrongen, is er ingebroken en heeft daar een dolle wasbeer achtergelaten...'

'Goeie God, Lynn!'

Terwijl ze haar verhaal deed, sloeg ze Elizabeth zorgvuldig gade, om te zien of ze zich van al die ellende wilde terugtrekken, maar ze zag alleen maar afschuw en medeleven.

Elizabeth pakte Lynns handen beet. 'Niemand zou met zo iets kunnen leven! Geen wonder dat je hoofdpijn en zo hebt. Ik vind het vréselijk voor je.'

Lynn voelde zich gesterkt door haar greep en slikte eens. 'Dank je wel,' zei ze ontroerd.

In de stoombaden duwde Bernadine een lok haar terug onder haar muts en strekte haar benen uit op de houten bank.

Angela Marchette kwam binnen en ze begroetten elkaar.

Bernadine vroeg zich af hoeveel Angela van Lynns problemen afwist. Lynn en haar broer stonden op heel goede voet met elkaar, maar Bernadine had enige afstand bespeurd tussen Lynn en Angela.

Ze was echter bezorgd om Lynn en kon haar gevoelens niet vrijuit met Dennis delen. Het leek of Lynns problemen hem gek maakten.

Vóór Bernadine iets kon verzinnen om Angela eens uit te horen over dat onderwerp, zei Angela: 'Hoe goed ken jij Elizabeth?'

Bernadine keek haar verbaasd aan. 'Ze geeft me mijn oefeningen op. Ze is heel goed.'

'Ik bedoel: persoonlijk. Is ze getrouwd?'

'Nee.'

'Ze gaat naar de studio om Lynn te helpen met oefeningen. Wist je dat?'

'Ja,' zei Bernadine. 'Daar helpt ze mij ook.'

Angela schudde haar hoofd.

Bernadine wachtte, maar Angela zei niets meer. Eindelijk vroeg ze: 'Is daar iets verkeerds aan?'

'Tja,' zei Angela, 'ik zou alleen willen zeggen dat je eraan moet denken dat ze schijnbaar nogal op de echtgenoten van andere vrouwen gesteld is.'

De mensen die de hele dag bij Channel-3 werkten, waren weg toen Lynn bij het gebouw terugkwam. De receptie voor haar kantoor was in een halfduister gehuld en het duurde eventjes, nadat ze uit de lift was gestapt, vóór ze merkte dat Mike Delano daar op een stoel zat.

Hij stond op toen ze dichterbij kwam. 'Ze zeiden dat je naar je gym was en nog zou terugkomen. En toen besloot ik te wachten.'

'Wat is er aan de hand?' vroeg Lynn koeltjes.

Hij hield een map omhoog. 'Ik wil je iets laten zien. Laten we maar je kantoor in gaan.'

Ze nam hem mee naar binnen en deed de lichten aan. De vermoeidheid die doorging voor ontspanning, was plotseling verdwenen. Het was moeilijk hem aan te kijken. Ze was zich erg bewust van het nog onverwerkte moment van bewustwording dat ze op de avond van Kerstmis had gevoeld nadat hij haar handen had onderzocht. Maar ze was ook nog heel boos op hem omdat hij haar had overvallen op een moment dat ze zo kwetsbaar was.

Ze nam aan dat die gevoelens elkaar te veel aanvulden, maar wilde daar niet over nadenken, evenmin als ze bereid was haar erg verwarde emoties ten opzichte van hem te analyseren.

Mike observeerde haar en wachtte tot ze bleef staan en hem haar onverdeelde aandacht schonk. Toen dat gebeurde, maakte hij de map open en stak haar de foto toe.

'O!' riep ze uit, en greep ernaar. Ze keek er met open mond naar en hield hem toen in een onwillekeurig gebaar van afschuw een eind van zich af.

Mike keek goed. Bingo!

'Voor je te zeer van streek raakt, moet ik zeggen dat dit niet zo veelzeggend is als het lijkt,' zei hij.

'Waarom niet? Nu hebben we allerlei gegevens die we eerst níet hadden. Zijn *adres*...'

'Dat nog niet. Sinds hij op het adres woonde dat we kennen, hebben daar al twee anderen gewoond. En, zoals ik je al heb gezegd, kunnen we niet het hele land door reizen en mensen arresteren om hen naar de andere kust te brengen, gebaseerd op aanklachten als deze...'

'Maar als je zijn werkelijke adres ontdekt en zijn bewegingen kunt nagaan, zal dat je toch helpen hem te pakken te krijgen als hij híer is. Je kunt hem op heterdaad betrappen en misschien beschuldigen van iets dat veel erger is dan hinderlijk volgen. En als hij politie ziet, remt hem dat misschien af. Of niet? En die Barbara Alice Hysmith? Heb je haar gebeld? Mag ík haar bellen?'

'Ik heb haar nog niet gevonden.'

Lynn liep naar het raam, met de foto nog in haar hand. Mike zag haar naar de verlichte gebouwen kijken, al die computers.

Haar haar zat behoorlijk in de war, en twee ivoren kammetjes konden het nauwelijks in bedwang houden. De uiteinden waren nog nat van het douchen. Een lichtblauwe wollen trui trok wat op haar rug; het ding was óf gekrompen, of haar lichamelijke oefeningen bezorgden haar steviger spieren.

Ze stond strak van de spanning daaronder.

Zijn handen zouden die spanning willen doen verminderen, maar om ze nú iets te doen te geven, klemde hij de map stevig vast en kreukelde die zelfs een beetje.

'We gaan die foto verspreiden,' zei Mike. 'We zullen kopieën geven aan Kemp Park, de beveiligingsagenten hier bij de studio, het gebouw waar je woont...'

Lynn draaide zich om. 'Niet bij mijn flatgebouw. Mijn buren zijn tòch al zo nerveus. Ik wil niet dat de *Herald* weer interesse gaat tonen. Het heeft al moeite genoeg gekost hen ervan te overtuigen dat er niets aan de hand was.'

Hij deed een stap naar haar toe. 'Weet je zeker dat dat níet het geval is? Denk eens na. Ik weet dat je geen ruchtbaarheid aan de zaak wilt geven, maar dat is verdomme wel een heel goede manier om ons er verder bij te betrekken. Als de kranten vol staan van verhalen over de televisiester in gevaar, dan wil ik er wat onder verwedden dat mijn meerderen wel even zullen nadenken vóór ze dit geval opzij schuiven.'

'Ik heb erover nagedacht, maar ik wil het niet. QTV zou zó snel van het toneel verdwijnen, dat je niet zou weten dat ze er ooit zijn geweest. Die willen een levendige, gezonde presentatrice zonder problemen. Geen slachtoffer.' Ze lachte zonder dat die lach tot haar ogen kwam. 'Laat je me nu in de steek om in mijn eentje na te denken over de ironie van dit alles?'

In plaats van te antwoorden, veranderde hij van onderwerp. 'Heb je al besloten wanneer je weer naar je flat teruggaat?'

Hij zag haar diep ademhalen. 'Daar heb ik ook over nagedacht. Kara zegt dat ik zolang het nodig is bij haar kan blijven, maar het is nu genoeg geweest. Ik wil die Stanley-deur waar je het over had. Dan ga ik terug.'

Drie verschillende veiligheidsbeambten controleerden zijn identificatie toen hij naar buiten liep en lieten hem tekenen.

Dat gaf hem moed.

Hij werd er gek van als hij eraan dacht hoe slecht beveiligd ze was. Hij vond het niet zo best dat ze had besloten terug te gaan naar haar flat. Maar hij had geweten dat ze het zou doen. Haar moed vond hij een van de bewonderenswaardigste dingen aan haar.

Hij zou ook moedig moeten zijn.

Greg gleed handig Kara's flatgebouw uit, met zijn buit veilig in de zak van zijn jack.

Die hond was vervelend, maar niet gevaarlijk. Hij had geweten dat het dier hem niet zou bijten, maar hij had al dat lawaai kunnen missen als kiespijn.

Wel had hij nu wat hij had willen hebben, en hij had dat beest niets hoeven aan te doen.

Bij de meeste van zijn affaires had hij nooit met huisdieren te maken gehad. Hij herinnerde zich wat vogels, zelfs een die praatte, en een paar katten. Vrouwen in het Midden-Westen hadden niet zo vaak huisdieren; tien of twaalf van de honden die hij zich herinnerde, had hij in Californië meegemaakt. Een van zijn mannelijke relaties had een hond gehad, een kefferig balletje wol.

Had hij een eind gemaakt aan dat gekef? Hij kon het zich niet helemaal herinneren. Maar de baas van het beest herinnerde hij zich nog heel goed: Buddy, een grote kerel die het fijn vond als je hem Grote Jongen noemde. Buddy was als een blok voor hem gevallen, had zijn oren van gaatjes laten voorzien en zijn schaamhaar geverfd. Hij was veel gemakkelijker over te halen dan veel vrouwen. Naderhand was hij ook veel leuker: hij had gejammerd en gegild toen Greg hem onder druk zette en was van de ene huurflat naar de andere gevlucht, tot Greg genoeg kreeg van Buddy en Wisconsin en het risico nam om ergens in Minneapolis te gaan werken.

Het steeds weer verhuizen was een van de voordelen van zijn beroep en van zijn roeping. Afgezien van de lol ervan vond Greg dat het een extra dimensie gaf aan zijn affaires, waardoor hij in staat bleef mensen in het duister te laten tasten over waar hij nu eigenlijk woonde – want hij woonde nooit ergens lang, en kon normaal reizen om, bijvoorbeeld, luchtvrachtbrieven bij een bedrijf te stelen – en snel van woonplaats veranderen als de situatie dat nodig maakte. En de buit was steeds weer nieuw.

Niet dat hij nu plannen had gemaakt om zover door te gaan met de Lynn-episode. Hoe had hij kunnen weten, toen hij was begonnen haar in Boston te volgen, dat hij de kans zou krijgen haar helemaal naar L.A. te kunnen nareizen? En nog wel naar Geoffreys?

Maar die reis naar Californië had uiteindelijk een onverwacht voordeeltje opgeleverd. Hij had stilletjes heel wat afgelachen om het verhaal dat ze allemaal zo gemakkelijk hadden geslikt, het verzonnen feit dat hij aan de westkust woonde. Het was briljant geweest die kans te pakken en de ontmoeting daar te laten plaatsvinden.

Hij liep langs een groepje mensen dat wachtte tot het voetgangerslicht op groen sprong en elkaar vrolijk nieuwjaar wenste. Hij glimlachte tegen hen en ze glimlachten terug.

Iedereen was blij op deze oudejaarsavond.

Een tijd van verandering, een nieuw jaar, een nieuw begin maken.

In zijn slaventijd hadden ze gedacht dat hij gek was als hij dat soort dingen zei. Zijn familie had het begin van het jaar als een gewone dag beschouwd, een nacht waarin ze probeerden wat slaap te krijgen, ondanks het lawaai van het grote huis waar ze toevallig in de buurt vertoefden. De volgende dag werden ze dan wakker voor een werkdag als alle andere.

Nou ja. Hij had bewezen hoe belachelijk dat was – op vele oudejaarsavonden en bij talloze andere gelegenheden.

Hij blééf het bewijzen, met elke volgende heerlijke relatie, elke volgende verrukkelijke truc.

Kara zag hoe Lynn haar schort voorbond. 'Je bent zo mager!'

Lynn nam een kom garnalen uit Kara's koelkast. 'Dat weet ik,' zei ze somber.

Nicky sprong om hun voeten heen.

'Klaag er maar niet over. Ik zou graag jouw gewicht willen hebben. Nicky, houd op. Hij is vanavond zó druk.'

Lynn zette de garnalen neer. 'Nee. Nee, dat zou je niet graag willen. De hel waar ik middenin zit... dat is het niet waard als je daardoor slank moet worden.'

'Dat bedoelde ik niet. Ik zei alleen dat je er goed uitziet. Die Mike Delano kan zijn ogen niet van je afhouden.'

Lynn voelde dat haar wangen begonnen te gloeien. 'Dat is nu eenmaal zijn manier van doen. Hij kijkt iedereen zo doordringend aan.'

'Als hij iedereen aankeek zoals hij jou doet, zou hij vaak een pak ransel krijgen. En afkeer van jezelf maakt deel uit van het slachtofferzijn, weet je wel?'

Ze werkten even zwijgend door en maakten scampi voor het diner.

'Wij hebben samen veel gekookt,' zei Lynn.

Kara knikte.

Lynn greep de knoflook. 'Hoe komt het dat we dat niet meer doen?'

'Te druk. En te veel rotzooi. In hoofdzaak de mijne.'

'Je hoeft niet...'

'Ik bedoel niet alleen Greg, en voel me nog steeds schuldig dat ik aan je twijfelde. Ik bedoel – nou ja, het klinkt vreselijk met alles wat je doormaakt, maar... ik ben jaloers. Jij en Bernadine, en iedereen, behoren tot dat exclusieve groepje gymfanaten. Ik ben gewoon onzichtbaar. Jullie praten allemaal alsof ik niet besta...'

'Sorry. Ik wist niet...'

'Ik zit maar achter die telefoon, jij hebt succes, bent beroemd op de televisie, bij live-uitzendingen. Ik voel... ik heb het gevoel alsof jij de film bent en ik gewoon tussen het publiek zit.'

Tranen rolden over haar wangen. Lynn hield geschrokken op met haar werk en sloeg haar armen om Kara heen. 'Niet huilen. Jij huilt nooit!'

'Dat weet ik.'

'Je zegt altijd dat je niet in beeld zou willen zijn.'

'Dat wìl ik ook niet. Ik wil alleen net zo buitengewoon zijn met wat ik doe als jij bent in wat jíj doet.'

'Maar dat bèn je ook. Jij bent de enige reden dat die programma's zo goed zijn. Ik kan alleen iets beginnen met wat jíj me levert. Dat weet iedereen. ALs jij er niet was, zouden we nu niet met die proefuitzending bezig zijn.' Lynn trok een weifelend gezicht. 'Als we die krijgen.'

'O, jawel.'

Lynn wreef in haar ogen. 's Morgens werd ze wakker en verlangde dan meteen naar haar werk, al haar zintuigen geconcentreerd op hetgeen er in de studio zou gebeuren. Onvoorspelbare dingen, als die voorkwamen, maakten haar alleen beter. Door haar buitengewone band met het publiek wisten ze wanneer ze gespannen was en de mensen werden dat dan ook, en naderhand waren ze dan heel blij en klapten harder dan ooit.

Nu werd dat soort verrassingen, in haar werk en haar persoonlijke leven, gebruikt om haar te verzwakken.

De eigenschappen waarop ze bij haar shows vertrouwde, de acrobatische toeren die ze zo had geoefend, werden onbetrouwbaar.

Was ze egoïstisch om er tòch op te staan om die proefuitzending te doen? Had ze wat daarvoor nodig was en wat ze aan alle betrokkenen schuldig was?

'Ik weet het niet zeker. Ik ben al begonnen me af te vragen of we alles niet moeten uitstellen...'

'Lynn, hoor eens. Je móet deze proefuitzending doen. Als je dat níet doet, geef je toe. We zullen alle benodigde maatregelen nemen om sabotage te voorkomen. We zullen van studio's veranderen, tien keer zo veel veiligheidsmensen huren, alle verbindingen geheim houden. Maar laat je door Greg niet van die proefuitzending afbrengen.'

Toen ze naderhand uit de douche kwam, keek Lynn op de klok in de badkamer. Kwart voor een. Op straat klonk geen autogetoeter meer.

Ze nam haar douchemuts af en liet haar haren tot op haar schouders neervallen.

Die Mike Delano kan zijn ogen niet van je afhouden.

Wat zou Mike vanavond doen?

Haar fantasie spon onmiddellijk het beeld van een feest. Een wild, ruw feest van mannelijke en vrouwelijke agenten. Veel alcohol en wilde, dreunende muziek.

Of misschien ook niet. Misschien beleefde hij een intieme nacht met een of andere vrouw.

'Wil je wat bevroren yoghurt?' riep Kara, en Lynn liet dankbaar haar fantasiebeelden varen en greep haar nachtjapon.

'Een op *drie*,' herhaalde Mike, en stak zijn vingers omhoog.

'Een op drie wat?' vroeg een ander, en kwam bij Mikes groepje staan.

'Een op drie vrouwen die in het hele land bij de eerstehulpposten worden behandeld, komt daar vanwege geweld in huis.'

'Ben je gek? Is dat een nieuwe statistiek?'

'Ik zou willen weten of dit altijd zo erg is geweest. Is geweld in huiselijke kring erger geworden? Of zien we het nu alleen beter en noteren we het?' zei iemand anders.

'De lasagna is klaar,' riep Grace Landrau vanuit de eethoek.

De anderen liepen die kant op en Mike volgde, nadat hij een bord had genomen en dat nu vulde. Maar hij had de hele avond chips gegeten en had niet veel honger meer. Hij at een beetje van de lasagna, die niet zo lekker was, en schoof wat met de rest op zijn bord.

Niet lang daarna kwam het feest tot een einde.

De ondergrondse was vol met de verwachte halfdronken studenten. Hij moest eigenlijk blij zijn dat ze de metro namen en niet achter het stuur gingen zitten. Maar hij had zich tijdens al die feestdagen niet feestelijk kunnen voelen en zijn geduld met het plezier van anderen was beperkt.

Terwijl hij naar huis liep, bleef hij even voor de deur van Nancy Jean staan aarzelen en ging toen naar binnen. Het was er bomvol en hij liep bijna meteen weer weg. Maar Nancy Jean zag hem en stak haar korte armpjes uit om hem te omhelzen. Toen ze met haar ervaren ogen zag in welke stemming hij verkeerde, bracht ze hem naar een leeg tafeltje in een hoekje dat zo schaars mogelijk verlicht was in het felle schijnsel, maar het was in elk geval ver verwijderd van de dansvloer.

Hij dacht dat de feestsfeer hem zou meeslepen, maar dat gebeurde niet. Hij was niet direct droevig gestemd, maar rusteloos en afwachtend, alsof hij in bed lag en geen goede slaaphouding kon vinden.

'Ik heb je vriendin op de televisie gezien,' zei Nancy Jean. Ze zette een biertje neer en een plastic schoteltje met pretzels. 'Ze had voedseldeskundigen bij zich en sprak met hen over vet. Dat zit vrijwel overal in. En dus zet ik deze dingen maar neer in plaats van pinda's. Vertel haar dat maar.'

'Oké,' zei Mike.

'Ik weet iets nòg beters. Breng haar mee hierheen, dan zal ik het haar zelf wel zeggen.'

Mike keek haar na en zag hoe ze zich door de drukte heen werkte; zijn gevoel van ongemak was net met sprongen gestegen.

De pretzels at hij eerst langzaam en toen achter elkaar.

Hij was zijn belofte aan zichzelf nog niet nagekomen.

Hij had nog maar een paar slokken bier genomen, maar het pretzelschoteltje was al leeg. Toen stond hij op om het weer te vullen, maar begreep, toen hij halverwege uit zijn stoel was, dat het alleen maar uitstel van executie was.

Hij ging weer zitten.

Hij had zich voorgenomen dat hij de verantwoordelijkheid op zich zou nemen voor het motief waarom hij zich zo overdreven ijverig aan Lynns geval wijdde.

Het was stom om spelletjes met zichzelf te blijven spelen. Dat alles ging niet weg omdat hij er geen notitie van nam. Als hij het uitte, kon hij tenminste doorgaan naar het volgende deel van het proces van behandeling, hoe ellendig dat ook zou zijn.

Dus: waarom deed hij dit?

Omdat hij verliefd op haar was.

Hij sloeg de armen over zijn hoofd en kreunde.

Hoofdstuk dertien

'Wil je dat ik met je mee naar binnen ga?' vroeg Mike.

Lynn keek naar de nieuwe sleutels in haar hand en toen naar hem. 'Wil je dat doen?'

Hij hield de deur van het kantoor voor haar open.

Ze reed naar huis en Mike volgde haar. Hij toonde haar hoe ze haar nieuwe deur moest openen, de zeven grendels aan de binnenkant en de er heel gewoon uitziende sloten buiten, voor elk waarvan een andere sleutel en verschillende manieren van hanteren nodig waren.

'Neem er vijf minuten extra voor wanneer je naar je werk gaat of ergens anders heen, want je moet ze van buiten allemaal afzonderlijk afsluiten,' zei Mike.

Toen de deur open was, bleef ze onzeker staan en liep daarna naar binnen.

'Het ruikt hier als in een ziekenhuis,' zei ze.

'Dat komt door de desinfecterende middelen. Je hebt je eigen geur gauw genoeg weer terug. Wist je dat van katten?'

'Wat?' Ze keek de hal rond en liep toen naar de huiskamer.

Mike keek haar met geveinsde verbazing aan. Hij zat te zwammen als zo'n halve zachte met een halsketting om in een bar voor eenlingen. Hij zei niets en hoopte dat ze het zou laten rusten, maar ze vroeg hem: 'Wat moet ik van katten weten?'

'Ze moeten vreemde voorwerpen hun lucht geven om zich in de buurt ervan op hun gemak te voelen. Als je een papieren zak mee naar huis neemt en die laat slingeren, gaat de kat ermee spelen, maar dat is alleen maar om het ding zijn lucht te geven.'

'Jij bent geen mens om papieren zakken te laten rondslingeren,' zei ze onverwachts.

Ze zocht de hele huiskamer af, tuurde naar het vloerkleed en liep vervolgens door de keuken. Mike volgde haar op een afstandje en liet haar gewend raken aan het nieuwe gevoel dat de flat haar bezorgde.

Ze ging haar slaapkamer in en hij wilde achterblijven, maar hij wilde die kamer toch ook weleens zien. Hij sloot een compromis met zichzelf, bleef op de drempel staan en keek rond alsof het hem geen snars interesseerde.

De rest van haar flat was luchtig en modern, maar haar slaapkamer scheen haar gezellige hoekje te zijn. Familiefoto's en een strijkplank, die eruitzag alsof ze zich meestal niet druk maakte die weer op te klappen. Een groot bed dat zacht leek.

Toen zijn blik daar eenmaal op viel, kon hij hem niet meer afwenden.

Het bed was stevig opgemaakt, maar in zijn fantasie maakte hij er meteen een rommeltje van en legde haar erin met, hoe-heet-ie-ookweer, op de gebloemde lakens. En ook nu, net als toen de foto van die rotzak via de fax binnenkwam, trilde zijn hele lichaam, omdat hij zich moest inhouden niet zijn vuisten te gebruiken.

Hij bekeek Lynn terwijl zij rondliep in de kamer. Ze deed haar kast open en hij dacht een mouw te zien van de japon waarmee Greg haar zo had getreiterd, met dat scherpe spul.

Ze kwam er weer uit, liep langs hem heen en hij deed snel een stap achteruit toen haar parfum hem bereikte.

Hij besefte dat, zelfs ondanks de ziekenhuislucht, haar geur in de slaapkamer hing en om haar heen bleef hangen, alsof ze die had versterkt door er een tijdje binnen te zijn.

Zijn borst deed pijn.

Ze ging weer naar de keuken en rommelde daar wat rond. Haar antwoordapparaat bevond zich onder de telefoon en ze drukte op een knop.

'Hallo,' zei een mannenstem.

Mike keek Lynn vragend aan en ze zei: 'Mijn broer.'

De boodschap ging door. 'Ik wil je even welkom thuis heten. Hoop dat alles in orde is.' Hij leek bezorgd.

Toen: 'Mevrouw Marchette, met de praktijk van dokter Gurian. Uw kroon is klaar. Bel ons alstublieft voor een afspraak.'

Daarna een licht kinderstemmetje: 'Niet doen, doe me alsjeblieft geen pijn! Nee, nee, neeee! O, dat doet zó'n pijn!'

Mike zag hoe de uitdrukking op Lynns gezicht van verbazing veranderde in afschuw toen het stemmetje doorging: 'Toe, ik ben maar een klein eekhoorntje, maak me niet dood!' Toen een geluid alsof er iemand stikte.

'Nee. Nee,' zei Lynn, holde naar de terrasdeur en trok die open. Mike snelde achter haar aan en voelde hoe haar gil als een mes door hem heen sneed.

Buiten op het terras, omringd door zaadjes, lag Chip, met een gebroken nek en met een van de Liz Taylor-servetringen eromheen.

Ze huilde in Mikes armen. Zijn sweatshirt was kletsnat. Hij was helemaal van streek door het gekriebel van haar haren tegen zijn kin, het feit dat hij haar in zijn armen had, haar botten en spieren kon voelen, en de snikken die zó diep uit haar kwamen dat hij daar niet bij kon.

Toen ze eindelijk een beetje gekalmeerd was, zodat hij haar kon neerzetten, haalde hij een zak uit de keuken, liep het terras weer op en deed het arme diertje erin.

Hij wist hoeveel ze van het beestje had gehouden; ze had er af en toe over gepraat, hoe ze de vogeltjes voerde en ook dit ene dappere eekhoorntje.

Nu vertoonde die gek dus weer een andere kant. Want het was duidelijk te zien dat hij op een of andere manier van buiten af op het terras was gekomen.

Was die schoft een bergbeklimmer?

Wat hij ook was, één ding stond vast: de afgelopen week was hij tweemaal door het hele land gereisd, en deze tweede keer was zijn foto aanwezig op alle luchthavens en bij alle autoverhuurbedrijven.

'Je moet verhuizen,' zei Mike.

'Ik verhuis níet. Hij moet dit gebouw opblazen om mij eruit te krijgen!'

Ze wreef over haar nek. In haar achterhoofd kwam een hoofdpijn opzetten, bonzend, borend, genadeloos.

Vanavond zou ze er iets tegen innemen.

Ze had zo'n medelijden met Chip; en het afschuwelijke idee dat ze nu vanuit een andere richting was benaderd, bezorgde haar rillingen.

'Is dat de stem van de man op het bandje?'

'Ik denk het wel. Wie zou het anders moeten zijn?' vroeg ze.

'Ik wil alleen dat jij die stem identificeert, als je kunt. Dan weten we dat.'

'We weten het tòch wel.'

'Ja.'

Ze zwegen even. Eindelijk zei Lynn: 'Goddank dat je vanavond met me mee naar binnen ging.'

Mike keek haar aan. De tranen op haar wangen hadden sporen nagelaten en ze keek wanhopig, de vervolgde blik die hij ook wel zag bij oudere kinderen die al voldoende konden nadenken om te weten dat de omstandigheden voor hen nooit beter zouden worden.

Hij wilde haar weer in zijn armen nemen, maar moest hier als de bliksem vandaan.

'Ik moet weg,' zei hij.

Ze draaide zich naar hem om, maar zei niets.

Hij wees naar de terrasdeur. 'Ik vind het geen prettig idee dat die een toegang zou kunnen zijn. Waarom ga je vanavond niet terug naar Kara?'

'Néé. Ik wil in mijn huis blijven. Ik wil niet rustig toelaten dat hij me met stukjes en beetjes alles afneemt.'

Hij schudde zijn hoofd.

Ze zei: 'Wat heb je met het lijkje gedaan?'

'Ik heb het daarbuiten neergelegd, in de zak. Ik neem het wel mee.'

Ze begon weer te huilen. 'Ik kan me níet voorstellen dat ik hem nooit weer zal zien om hem te voeren.'

Ze boog zich voorover en sloeg haar handen voor haar gezicht. Haar schouders schokten.

Hij herinnerde zich hoe ze hadden aangevoeld.

Hij moest werkelijk maken dat hij wegkwam.

Maar toen dacht hij niet verder na, liep op haar toe en trok haar van de bank af om haar in zijn armen te nemen, en deze keer was het anders.

Deze keer leunde ze niet alleen tegen hem aan, maar was ze bij hem, omhelsde hem ook en hield hem stevig vast.

Ze kwam nog dichter bij hem staan en hun lichamen raakten elkaar over de volle lengte aan.

Hij hield zijn adem in, durfde haar niet te voelen, zich niet te realiseren hoe dicht ze tegen elkaar aan stonden.

Maar ze trok hem nog dichter naar zich toe en drukte haar gezicht tegen zijn schouder. Toen trok ze zich even terug om hem aan te kijken en hij zag haar bedroefde ogen, haar open mond en de opgedroogde tranen van verdriet op haar huid.

Zonder enige bewuste gedachte hield hij haar hoofd vast en kuste haar.

Hij had niet geweten dat hij gefantaseerd had over de smaak van haar mond tot hij die proefde.

Hij had het gevoel alsof hij zich in een film bevond en die zelf regisseerde, heen en weer sprong in zijn rol als speler en toeschouwer.

Zijn rug brandde waar haar handen zich bevonden.

Zijn eigen vingers hielden bosjes haren van haar vast en hij kneep erin alsof hij, door die te temmen, de hele situatie onder controle kon krijgen.

Maar het was belachelijk, hij was verloren, en dat gevoel nam elke seconde toe.

Mikes rug bewoog onder Lynns handen. Ze had een aandrang onder zijn sweatshirt te tasten en zijn warme huid te voelen, maar ze gaf er niet aan toe.

In zekere zin had ze het gevoel dat ze daar samen hoorden, hun lichamen in de volle lengte tegen elkaar gedrukt, maar in andere opzichten was het een boze droom.

Zijn tong was in haar mond, zijn handen in haar haren. Ze voelde zijn hart in zijn borst bonzen. Zijn gezicht was ruw doordat hij zich enkele dagen niet had geschoren. Ze raakte zijn nek aan en voelde dat zijn haar daar verrassend zacht was. Ze voelde dat ze hem dieper in de kus trok en wilde dat die al haar pijn verdreef.

Ze huilde weer, kuste hem en huilde.

Mike hoorde haar zachtjes jammeren, voelde het getril ervan in zijn mond. Hij had met een eigen geluid kunnen antwoorden, maar hij bedwong zich. Hij moest zich zo veel mogelijk bedwingen. Met elke seconde, elke aanraking, gleed hij verder af.

Ze jammerde weer, en hij voelde tranen op zijn gezicht die een deel van die eindeloze kus werden. Hij hield op en veegde haar gezicht af met zijn duimen.

Ze greep weer naar hem. Haar dijen drukten zich door haar wollen rok tegen de zijne aan. Ze bewoog zich enigszins tegen zijn kruis aan.

Hij werd nog gek.

Hij greep met één hand haar billen beet en drukte, en nu kon hij het geluid niet bedwingen. Als hij voldoende op zijn hoede was geweest, zou hij hebben gemerkt dat ze zich enigszins terugtrok, maar hij merkte niets meer – met uitzondering misschien van een vallende bom.

Terwijl hij haar steeds dichter tegen zich aan drukte, haar harder kuste, voelde hij eindelijk dat Lynn zich hijgend en huilend van hem probeerde los te maken.

Ze keek langs hem heen en haar adem ging moeizaam. Zijn eigen adem was heet en hij hijgde; de lucht kwam diep uit zijn borst.

'Wat is er aan de hand?' vroeg hij eindelijk, want hij wilde haar stem horen.

Ze schudde haar hoofd. 'Ik heb het gevoel dat ik gek word.'

Mike veegde zijn mond af. 'Dat was je met mij. Wat is er toen gebeurd?'

'Ik kreeg opeens een gevoel... zoals je in een nachtmerrie hebt. Als je in een of andere val zit, worstelt en niet kunt loskomen.' Er rolden weer tranen en ze veegde die boos af.

Mike liep naar de terrasdeur, schoof die open en kwam terug met de zak. Toen pakte hij zijn jasje.

'Het spijt me zo,' zei Lynn.

Hij wuifde het weg. 'Weet je zeker dat je hier vannacht wilt blijven? Ga je niet naar Kara?'

'Nee.'

Hij wuifde weer en liep naar buiten.

Lynn hoorde hoe de liftdeur opengin g en sloot en begon toen weer te huilen, maar daarna beheerste ze zich.

Ze droomde niet, maar werd steeds weer wakker. De beelden van Chip kwamen niet in haar slaap, maar zodra ze wakker werd, zag ze die voor haar ogen. Ze kon de film niet tegenhouden, zag Greg het diertje besluipen, het oppakken en doden. Naar boven klimmen naar haar terras en het daar neerleggen, zodat zij het zou vinden, met de zaadjes eromheen.

Misschien had ze weer naar Kara moeten gaan. Maar het was een goed gevoel te blijven waar ze was. Hoe meer stukken Greg van haar leven afbeet, des te meer voelde ze dat ze moest vasthouden wat ze nog had.

Goddank dat Mike er was geweest.

Ze miste hem, en tegelijkertijd was ze blij alleen te zijn. De angst om haar veiligheid en gezonde verstand was nu voortdurend aanwezig. Er was geen plaats voor nieuwe, flitsende, angstaanjagende reacties en impulsen.

Ze wist niet wat ze nu moest doen, en zeker niet wat ze met Mike moest doen. Profiteerde hij nu van haar toestand, op meer dan één manier?

Een deel van haar herinnerde zich hoe warm hun lichamen tegen elkaar hadden aangevoeld, maar een ander deel schrok ervan terug en was doodsbang.

Die stem was luider.

5 januari 1993

Wat jammer toch dat Lynn geen gelukkig nieuwjaar had.

Ik vind het fijn dat ze nooit weet waar de volgende verrassing vandaan zal komen.

Ik vind het fijn haar onder al die slagen ineen te zien krimpen.

'Ik herinner me niet of die servetringen verpakt waren, zodat we niet hebben gemerkt dat er een ontbrak toen ik ze jou gaf,' zei Lynn.

Kara schudde haar hoofd. 'Hij is er vermoedelijk nooit bij geweest.'

'Hij wist van het begin af dat die servetringen voor mijn beste vriendin waren bestemd. Dáárom heeft hij ze vastgehouden. Hij wist dat er een mogelijkheid zou komen om twijfel tussen ons te zaaien.'

Pam kwam binnen. 'Ik heb met de studio's gepraat over de lijst die Kara me gaf voor het vervaardigen van de proefuitzending en heb er twee uitgekozen. Beide zijn geschikt voor een satellietuitzending. Maar de Revere-studio is de beste wat beveiliging betreft.'

De telefoon ging over en Pam nam de hoorn op. 'Rechercheur Delano,' zei ze tegen Lynn.

Lynn voelde dat ze bloosde en draaide zich om, zodat Kara het niet kon zien. 'Dag. Gaat wel, dank je. Veertien februari, maar we hebben hier volgende week vrijdag een vergadering. Om drie uur, om met jou en met andere mensen die materiaal hebben verschaft, de lengte te bespreken. Nee, het is nog niet zeker wanneer alles wordt opgenomen. Dennis laat dat aan mij over, en ik heb nog geen datum vastgesteld. Maar we gaan gewoon door met de plannen. Oké. Dag.'

'Ik kan je niet overhalen hem eruit te laten?' vroeg Kara.

'Nee.'

'Hij wil profiteren. Hij wil al die glorie.'

'Hij weet door zijn vak alles af van kindermisbruik en heeft een bepaalde kennis die hij kan bijdragen. En ìk voel me zeker veel veiliger als er een rechercheur bij is.'

Dennis had griep. Zijn handen waren heet, zijn ogen zwaar en zijn gedachten dwarrelden door elkaar.

Hij lag in bed te kijken naar Dan Rather, die door het avondnieuws heen zwoegde. Dan las elk verhaal alsof het een tragedie met gevolgen voor de hele wereld was, zelfs opbeurend nieuws.

Terwijl hij daar zo lag, gebeurde er iets vreemds. Hij werd Dan. Hij, Dennis Orrin, las het nieuws van de zender voor.

Hij zag zichzelf naar de camera vooroverbuigen met precies de juiste hoeveelheid gezag en sympathie. Hij zag hoe de band werd afgedraaid met zíjn gezicht.

Bernadine kwam binnen en de fantasie was afgelopen.

'Hoe voel je je?' vroeg ze.

'Ergens tussen verschrikkelijk en dood.'

'Kan ik iets voor je doen?'

'Nee, verdomme! Alles wat je me brengt, spuug ik er zó weer uit.'

'Doe niet zo lastig!'

'Sorry,' zei hij, maar het klonk niet alsof hij het meende.

'Wat is dàt nou?' vroeg Mike aan Lynn.

Hij had de nummerplaat van een kinderfiets van de tafel opgepakt waarop 'Sean' stond.

'Die is van mij,' zei Kara. 'Voor de verjaardag van mijn neefje.'

'Koop toch iets anders voor hem en vernietig dit ding. Tenzij je wìlt dat een of andere viezerik hem te pakken krijgt.'

'Ik vind niet...'

'Heb je niet geluisterd naar wat we zelf op die vergadering bespraken? Geef kinderen nooit kleren of andere dingen waar hun naam op staat.'

Na de bespreking van de proefuitzending waren ze in Lynns kantoor; de bespreking had plaatsgevonden in de vergaderzaal van Channel-3. Kara had de lijst afgewerkt van de gasten die geen beroemdheden waren, zoals Mike en een vrouwelijke agent, een sociaal werker, de beheerder van een telefoonlijn in New York over kindermisbruik, een hypnotherapeut die zich gespecialiseerd had in volwassenen die vroeger waren misbruikt, en Mary Eli.

'Goed dan,' zei Kara.

'Ik zeg niet zomaar iets. Er lopen daarbuiten heel wat monsters vrij rond.'

Kara verdween en liet Lynn en Mike alleen achter. Om de stilte te vullen voor die kon invallen, zei Lynn: 'Probeer je al mijn vrienden van mij te vervreemden? Kara zei dat je tegen Mary hebt geschreeuwd.'

'Die blonde zieleknijpster? Ja, tegen haar heb ik geschreeuwd. Ze begon me uit te vragen wat we deden om jou te beveiligen...'

'En jij verdedigde je.'

'Ik verdedigde jóu. Die vragen zijn niet zo eenvoudig als ze lijken. Ze neemt jouw situatie niet ernstig genoeg.'

'Wat geeft jou het recht...'

'Je zou, verdomme, blij moeten zijn...'

Lynns telefoon ging over; het was voor Mike. Toen hij klaar was, zei hij: 'Dat was mijn kantoor. Vanaf morgen tot en met maandag neem ik vrij. De reden waarom ik hier na de bespreking naartoe kwam, was in de eerste plaats om je te zeggen dat ik naar L.A. ga om met Barbara Hysmith te praten.'

Lynn keek hem met grote ogen aan. 'Je hebt haar gevonden?'

'L.A. heeft haar gevonden.'

'Ik wil mee.'

Dat had hij niet verwacht. 'Nee.'

'Ik betaal voor mezelf.'

'Het gáát niet om het geld.'

De gedachte om drie dagen met haar samen te zijn, en dan nog wel in de gedwongen intimiteit van een gezamenlijke reis, was belachelijk. Sedert die avond in haar flat had hij zich vast voorgenomen zich als persoon afzijdig te houden van haar, zijn gevoelens voor haar opzij te zetten. Hij moest zich, centimeter voor centimeter, terugslepen naar zijn oorspronkelijke voornemen om zijn hele houding ten opzichte van haar op een puur zakelijke en vriendelijke wijze te houden. Punt.

Maar ze blééf aanhouden. Hij keek naar haar gezicht, dat in de anderhalve week dat hij haar niet had gezien nog magerder en bleker was geworden. Zoals ze nu was, zo geanimeerd, had hij haar in weken niet meer gezien. Hij kon zelfs niet bekennen dat het reisje niet officieel was.

Uiteindelijk was het hem onmogelijk haar niet zijn toestemming te geven.

De flat van Barbara Hysmith bevond zich in een beige gebouw van twee verdiepingen dat aan Crescenta Boulevard in Glendale lag. Er was een binnenplaats met citroenbomen; een driewieler en drie picknicktafels lagen of stonden in het rond.

Barbara was een jaar of vijfendertig en nogal lang, met lange benen die iets te dik waren. Ze had steil, bruin haar, dat ze in een vlecht droeg, en een mooie, frisse huid. Ze had een spijkerrok aan met een olijfkleurige boerenblouse.

'Je bent van de televisie, ik heb je gezien,' zei Barbara tegen Lynn toen ze de deur opende. 'Ik dacht dat het erom ging Greg Walter op te sporen. Als dit een interview moet worden...'

'Nee, nee, nee,' zei Lynn. 'Ik ben hier omdat ik eveneens een van zijn slachtoffers ben. Ik ken hem als Greg Alter.'

Vandaar af had het gesprek zich ontwikkeld. Barbara had Greg leren kennen op een strandclub in Monterey en ze waren samen uitgegaan.

'Eerst was het geweldig,' zei Barbara. 'Hij was knap, heel aardig en kocht dure kleren voor me. Hij was fantastisch tegen mijn vrienden en kennissen, maar na een tijdje werd hij smerig en wilde een videotape van ons in bed maken. Hij wilde van alles en dacht dat ik te stijf was als ik niet wilde meedoen.'

Mike vroeg: 'Hoe is het afgelopen?'

'Dat gebeurde niet. Niet toen ik het wilde.' Haar ogen stonden hol. 'Hij wilde me niet met rust laten en stuurde me pornospullen. Ondergoed dat ik al eerder had geweigerd aan te trekken en een kunstpenis met bloed erop. Het zag eruit alsof het echt bloed was. Hij bleef me maar bellen en hing dan op, soms nachten lang. Maar als ik probeerde hèm te bellen, was dat nummer altijd in gesprek.'

'Weet je het nummer nog?'

'Dat vergeet ik nóóit – 543-1288.' Ze wendde zich tot Lynn. 'De politie heeft me verteld dat jij ook een tatoeage hebt.'

'Ik hàd er een. Het was geen blijvende tatoeage en hij is nu verdwenen.'

Barbara tilde haar rok op. Op haar dij was het bekende paar lippen te zien en de letter G. Deze keer was het een vierkante letter.

Barbara zei: 'Ik had een mes willen nemen om het er zó uit te snijden. Dat wil ik nog steeds!'

'Ik ben ervan overtuigd dat er nog heel wat meer zijn,' zei rechercheur Abigail Stern. 'Ze ziet nooit zijn flat, en zijn auto blijkt een huurauto te zijn op een naam die ons niets zegt. Wat hij zegt dat hij als werk doet, is niet waar. Dat is een oude truc. En een kerel die zó gek is, werkt niet een of twee vrouwen af en zegt dan: "Nou, nou heb ik er genoeg van." De meeste vrouwen hebben het vermoedelijk nooit gemeld.'

'Daar zorgde hij wel voor,' zei Mike. 'Hij is er heel knap in om schaamte en schuldgevoelens op te wekken. Jezus, jullie hebben hier wèl veel van die idioten rondlopen!'

'Zeg dat maar niet tegen mijn baas. Die is hier alleen om te surfen.'

Lynn luisterde hoe ze kibbelden. Rechercheur Stern was klein, goedgebouwd en een jaar of achtentwintig, en ze bekeek Mike vol welgevallen, al leek het of hij dat niet merkte. Er was iets in Lynn dat een hekel had aan de interesse van de vrouw, maar ze verdrong dat gevoel en hield zich voor dat er veel was waarvoor ze rechercheur Stern dankbaar moest zijn.

'Hoe staat het met de kans nog meer slachtoffers van hem te vinden?' vroeg Lynn aan haar. 'Ik wil weten hoe we hem een halt kunnen toeroepen.'

Ze haalde haar schouders op. 'We kunnen niets doen, evenmin als rechercheur Delano. Nog erger, want wij hebben niet de druk van een prominent huidig slachtoffer. Misschien houdt hij dáárom niet met je op; om je de waarheid te zeggen, lijkt me dàt de reden. Al geef je geen ruchtbaarheid aan je situatie, je bént heel bekend. Jouw beroemdheid is een extra aantrekkingskracht voor hem. Door jou denkt hij daarin te delen.'

'Ze heeft vermoedelijk gelijk,' zei Mike. 'Maar ze heeft ook gelijk als ze zegt dat hoe beroemder je wordt, hoe sneller hij zich zal terugtrekken. Hij mag dan gek zijn, maar moet zichzelf beschermen. Hoeveel kans zou zo'n soort idioot hebben om in de buurt van Oprah Winfrey te komen?'

'Barbara Hysmith heeft twee keer moeten verhuizen. *Twee keer.*'

'Maar toen is hij er tenminste mee opgehouden,' zei Mike.

'Misschien kon hij haar de tweede keer niet meer vinden.'

'Hij heeft haar één keer gevonden en had haar weer kunnen vinden als hij dat had gewild. Hij had er alleen geen zin meer in. Nam een ander.'

Ze reden rond in een gehuurde Buick en waren op het politiebureau geweest. Nu werkten ze stapels gegevens door en om beurten spraken ze druk en bleven dan weer lang stil.

'Ze was zo openhartig. Barbara. Dat vond ik aardig,' zei Lynn. 'Goddank dat ik geen echte tatoeage heb genomen. Stel dat je die je leven lang voor je moet zien!' Ze lachte vreugdeloos, de enige manier waarop ze de laatste tijd kon lachen. 'Moet je míj horen. Alsof ik niet mijn leven lang met hèm zal moeten doorgaan.'

'Dat moet je níet zeggen,' merkte Mike boos op. 'Ga door met wat je deed. Neem haar raad aan.'

Ze reden door brede straten met lage, pastelkleurige gebouwen en exotische bomen en struiken. Lynn herinnerde zich droevig haar eerste indrukken van het verschijnsel Los Angeles. Voor haar was het toen haar persoonlijke tovertapijt geweest.

Ze sloegen een hoek om en Lynn zag haar spiegelbeeld in de voorruit van de auto. Ze zag er verslagen en moe uit. Meteen ging ze rechtop zitten en hief haar hoofd op.

'Hoorde je wat Barbara zei over haar eigen beeld?' vroeg Lynn.

'Ze zei dat ze zichzelf niet meer zonder kleren aan kan zien.'

Lynn knikte. 'Ik ook niet.'

Hij keek even van opzij naar haar.

'Toen jij in de badkamer was, heb ik haar verteld dat Greg dat badpak voor me wilde kopen en toen naderhand zei dat ik eruit puilde. Ze zei dat hij haar eens had toegeroepen dat ze naakt de huiskamer moest binnenkomen. Hij wist dat ze net onder de douche vandaan kwam. Ze dacht dat hij een grapje maakte, dat hij sexy en speels deed, weet je wel, en ze deed het. Toen bleek dat de monteur van de kabel-tv aanwezig was.'

'Jezus!'

'En dat is nog niet alles. Nadat hij was begonnen haar allerlei spullen te sturen, kreeg ze een brief, zogenaamd van die monteur, waarin stond dat ze zo lelijk en kwabbig was. In detail beschreven.'

'Helemaal ziek.'

'Hij duikt op in je onderbewuste en verminkt je boodschappen aan jezelf. Die arme vrouw.'

Mike keek nog eens naar de gestalte die hij nu heel goed kende. Slanke armen en benen, platte buik. Het was onmogelijk dat iemand met zo'n lichaam het als ondeugdelijk kon beschouwen. Maar jaren ervaring met de onderlaag van seksuele misdadigers en het oppikken van de fysieke en emotionele brokstukken van hun prooi hadden hem meer geleerd dan menigeen zou kunnen verdragen van wat er in de geest van de gekwelde slachtoffers omging.

Ze reden langs een klein winkelcentrum en bruusk stopte hij. 'Daar,' zei hij, en wees.

'Daar wat? Waar zijn we?'

'Ga die kledingzaak eens binnen. Koop een badpak en zeur me niet aan mijn kop. Ik heb ja gezegd toen je met me mee naar L.A. wilde...'

Het duurde even voor hij haar had overgehaald, maar ze deed wat hij wilde en ondertussen dook hij een winkel in en kocht een wegwerpcamera.

'Mijn speciale therapie,' was het enige dat hij wilde zeggen toen ze weer doorreden.

Hij parkeerde bij een openbaar strand bij Malibu, waar hij haar dwong een badhokje in te gaan en haar badpak aan te trekken.

'Loop het strand op,' zei hij, toen ze terugkwam. 'Ik ga je volgen.' Toen, belachelijk, voegde hij eraan toe: 'Ik zal niet kijken.'

Weer had hij moeite haar zover te krijgen, maar uiteindelijk liep ze het strand op, met haar blote voeten over het zand en spierwit vergeleken met de meeste andere mensen op het strand. Hij hield woord en keek niet meer dan hij moest doen om een goed plaatje te schieten. Hij was blij dat hij dat had beloofd, zowel voor zijn eigen bescherming als om het feit dat hij zijn belofte zo kon houden.

Hij gebruikte bijna de hele film die in de camera zat – beelden niet alleen van haar, maar ook van mannen die haar nakeken.

Hij wist niet of en hoeveel goed het zou doen.

Maar het hield hem op die grote afstand van huis en alleen met deze vrouw bezig. En misschien zou het helpen om al de verdwijnende levenslust te stuiten die hij voortdurend uit haar zag wegtrekken; dat baarde hem nog meer zorg dan hij zichzelf wilde toegeven.

Hoofdstuk veertien

'Wáár is ze?' vroeg Dennis.

'Los Angeles. Ze komt vanavond terug,' zei Kara. 'Voel je je al wat beter?'

'Soms wel, soms niet.' Dennis had een douche genomen en zich aangekleed; hij was van plan naar zijn werk te gaan, maar moest het opgeven toen hij weer misselijk werd op het moment dat hij naar de garage wilde. 'Vraag haar me te bellen als je van haar hoort, wil je?'

Bernadine hoorde hoe hij in zijn studeerkamer de hoorn neerlegde. 'Moet je niet terug naar bed?' riep ze nog snel.

'Néé.'

Ze kwam naar binnen en pakte een leeg glas op, maar haar bewegingen waren stijf van ergernis, en hij besefte dat ze veel liever was dan hij verdiende. Maar toen gingen zijn gedachten weer zweven en zijn problemen overvielen hem weer. De nieuwslezer, de Marchette-show, de proefuitzending voor QTV.

'Hoe gaat het op de fitnessclub met Lynn?' vroeg hij opeens.

'Lynn?' Bernadine fronste haar wenkbrauwen. 'Wat bedoel je?'

'Wat doet ze daar?'

'Wat ík doe, min of meer. Gewichtheffen, tredmolen, vrije oefeningen.'

'Doet ze soms vreemd? Alsof ze er met haar hersens niet bij is?'

'Wat wil je? Ze wordt achtervolgd en is bang. Ze heeft heel wat problemen.'

Bernadine wachtte, en toen hij niet voortging, vroeg ze: 'Waarom?' Maar hij gaf geen antwoord.

Ergens boven Indiana zei Mike: 'Vertel me nog eens het verhaal hoe je hem die avond hebt leren kennen.'

'Dat hebben we nu zeker al vijftig keer doorgenomen!'

'Vertel het me tòch maar. Denk eens terug; je geheugen is weer opgefrist. Misschien komt er nu iets nieuws te voorschijn.'

En dus leunde ze achterover op haar smalle stoeltje en beschreef het voorval opnieuw, het restaurant, de Grote Oceaan en de 'Farmers Market'. Mike ging met haar Gregs hele bezoek aan Boston na. Als zijn eigen goede daad voor die dag ging hij slechts heel vluchtig in op de seks en begon over het feestje bij de Eli's en de pakjes en telefoontjes.

De piloot had net voor degenen die zich voorover wilden buigen en kijken, aangekondigd dat Lake Erie beneden hen lag, toen Mike zei: 'Oké, *Murphy Brown* staat aan; hij belt je op en jij denkt dat hij dat vanuit zijn auto doet.'

'Ik weet dat hij dat daar deed. Hij zei het ook.'

'Neem dat gesprek nog eens door.'

'Ik zei dat ik de hele affaire in de kiem wilde smoren, maar hij zei dat ik dat niet moest doen. Hij vroeg me of ik me die avond herinnerde waarop we elkaar hadden leren kennen en zei dat hij vanuit Malibu belde, vlak bij datzelfde restaurant. Hij híeld maar aan dat ik hem moest zeggen hoe hij me gelukkig kon maken. Dat dit zo kil was...'

'Verplaats je weer eens in die toestand. Hoor al de geluiden,' zei Mike. 'Misschien heeft hij je met opzet misleid over de plek waarvandaan hij belde. Klinkt iets ervan als een benzinestation? Een fabriek? Hoor je de oceaan?'

Ze probeerde langzaam adem te halen en alles te voelen. 'Er zoeven auto's voorbij. Het klinkt als een grote verkeersweg.'

'Hij rijdt op een grote weg.'

'Dat denk ik.'

'Dus trilt zijn stem een beetje. Misschien is de verbinding niet zo goed.'

'Nee.'

'Klinkt het alsof hij is blijven stilstaan?'

'Ja.'

'Ga verder.'

'Ik zei dat ik misschien koud wàs. En hij... en hij...'

Lynn kwam opeens overeind op haar zitplaats.

Mike keek haar gespannen aan. 'Wat?'

'Nu weet ik waarom ik doorhad dat hij stilstond. Ik hoorde het geluid van een autoradio, van een ander, en dat hoorde ik ertussendoor, alsof er een andere wagen even stopte. Hoor eens, ik heb het nooit beseft, maar het was de Bob Hemphill-show!'

'En wat betekent dat?'

'Bob Hemphill zit op een plaatselijke zender. Je kunt hem alleen in het oosten van Massachusetts horen. Greg heeft nooit in Californië kunnen zijn! Hij was in Boston! Hij belde me op vanuit Boston!'

Anderhalve dag schold Mike zichzelf uit voor al wat lelijk was.

Hoe was het anders mogelijk dat hij zo stom was om van het ene eind van het land naar het andere te gaan, om dan te ontdekken dat hij vermoedelijk vanaf het begin aan het goede eind zat?

Toen begon hij de stukjes van de puzzel aan elkaar te leggen.

Plaats de gek nooit waar hij zegt dat hij zich bevindt. Trap daar nóóít in.

Plaats de idioot hier, waar hij thuishoort.

Verspreid zijn foto niet om je dan af te vragen waarom niemand hem zag.

Denk aan de keren dat hij zogenaamd naar het oosten kwam om aan zijn verhaal te werken, zijn bedrog. Ga na hoe het eigenlijk had móeten zijn.

En kijk gewoon niet in de andere richting. Dènk naar die andere richting. Verplaats jezelf in die gek en kijk vandaar uit; op die manier moet je hem zoeken.

Hij ziet er even slecht uit als ik, dacht Lynn, toen ze de ongewoon uitstekende jukbeenderen en doodsbleke huid van Dennis zag. Het leek of zijn kostuum minstens een halve maat te groot voor hem was, en zijn voorhoofd was bezweet.

'Kara heeft me verteld dat je van streek was omdat ik maandag niet aanwezig was,' zei ze.

Dennis veegde zijn voorhoofd af. 'Het was niet het feit dat je er niet wàs. God weet dat jij er toch niet altijd helemaal bij bent. En ik ben de laatste tijd evenmin mezelf. Het is eigenlijk... ik heb het gevoel dat ik je niet meer kan bereiken.'

'O, Dennis!'

'Ben je wel in orde, Lynn? Moet ik me erg ongerust over je maken?'

Lynn aarzelde. Ze keken elkaar aan over het enorme VIP-bureau heen, waarop een karaf stond en banden en verschrikkelijk belangrijke papieren lagen.

Ze wist eigenlijk niet wat hij precies vroeg en had het idee dat dit ook niet de bedoeling was. Dennis was altijd haar vriend en bondgenoot geweest, maar hij was ook de man die aan de andere kant van dit gigantische bureau zat, en als hij met opzet ondoorgrondelijk wilde worden om zich helderheid te verschaffen, dan zou hij dat doen.

Maar het was ook zo dat als zij geen richtlijnen kreeg, ze haar eigen houding kon bepalen.

Tegenwoordig bofte ze als ze drie uur achter elkaar kon slapen, maar dat wilde ze hem niet vertellen.

Ze ging niet meer op de weegschaal staan, want het was angstig zo veel ze afviel, maar waarom zou ze hem dat zeggen?

Buiten op straat, overal, keek ze alle kanten op en voelde zich dan nog bespied. Ze kon niet van haar auto naar haar deur lopen of van een taxi naar haar kantoor zonder zich te verbeelden dat iemand naar haar keek. Maar daar wilde ze Dennis niet mee lastig vallen.

Haar hoofdpijnen leken wel meteoorregens onder haar schedel. Ze droomde – àls ze al sliep – van valium in een pot van kaviaar. Maar dat was niet iets dat Dennis aanging.

'Als je bedoelt hoever ik met de proefuitzending ben,' zei ze, en leunde achterover, 'ik ben nog bezig een beslissing te overwegen. Ik stel je maandag op de hoogte.'

Na haar werk ging Lynn naar de Broome Club. In haar aktentas zaten vijf tabletten Tylenol met codeïne in een papieren zakdoekje gewikkeld.

Ze was al met haar drieëntwintigste minuut op de trap bezig, toen Bernadine er een beklom die naast de hare stond.

'Hoe gaat het met je? Heb je een leuke reis gehad?'

Lynn kwam in de verleiding haar precies te zeggen wat er aan de hand was. Om iets van al haar ellende te spuien. Bernadine bood een afleiding aan net op het moment dat Lynn er een nodig had. En ze had er zo verschrikkelijk behoefte aan.

Maar ze kon niet ten opzichte van Dennis een dapper en zakelijk front optrekken en dan al haar angsten aan zijn vrouw vertellen. Dus zei ze: 'Dat is een moeilijke vraag. Vertel me liever eens hoe het met jóu gaat.'

'O, goed.'

Maar dat was niet zo, dat kon iedereen zien aan het strakke gezicht, waar geen glimlachje af kon, en aan haar stijve bewegingen. Zelfs Lynn zag het.

'Hoe vind jij dat Dennis eruitziet?' vroeg Bernadine.

'Niet zo goed. Maar ik heb gehoord dat deze griep hevig is.'

'Ik bedoel zijn stemming. Hij is de laatste tijd zo anders!'

'Hij staat onder zware druk.' Die ik nog verhevig, dacht Lynn schuldig.

'Misschien ben ik gewoon een achterdochtige vrouw, maar, weet je, hij is op reis en blijft steeds langer op het station, en als hij thuis is, loopt hij zo vreemd rond...' Ze zweeg even. 'Zou Dennis een verhouding kunnen hebben?'

Lynn wendde zich tot Bernadine, struikelde en greep naar de leuning. 'Méén je dat?'

'Jazeker.'

Lynn dacht na over haar antwoord. Dennis was de laatste man die ze van overspel zou verdenken. Bovendien had hij er nauwelijks de tijd voor.

Ze besloot ronduit te zeggen wat ze dacht. 'Jij en Dennis zijn heel goed met elkaar. Dat soort paren heeft perioden dat ze eens een tijdje uit elkaar drijven.' Moet je míj horen, dacht ze, de mislukking die de geslaagden wil leiden. 'Ik geloof dat hij zich in een moeilijke situatie bevindt, en misschien reageert hij dat af op degene die hem het meest na staat. Ik geloof níet dat er een vrouw in het spel is. God, Bernadine, tussen ons gezegd en gezwegen, jij bent elke seconde van de dag bij hem, evenals ik.'

Lynn was klaar met haar eerste reeks opdrukoefeningen en Elizabeth nam haar de halter uit handen. Ze ging rechtop zitten om uit te rusten en zag Mike Delano het fitnesszaaltje inkomen met een envelop in zijn hand.

'Op je kantoor zeiden ze dat je hier was. Ik heb de kopieën van de statuten die je wilde hebben voor je band en wilde ze niet achterlaten bij de rommel op jouw bureau.'

Elizabeth hield de halter in handen. 'Houd niet te lang op.'

Ietwat gegeneerd ging Lynn op haar rug liggen en deed haar oefeningen. Ze voelde Mikes kritische blikken.

'Dat ding is te licht voor haar,' zei hij.

'Dat... is opzet.'

'Dit is de zwaarste die ik haar geef,' zei Elizabeth, en voegde een ring van tweeënhalve kilo toe aan elk uiteinde van de halter.

Mike keek aandachtig in het fitnesszaaltje, liep even zoekend rond en kwam aan met een rechte, zware halter. 'Deze weegt een dikke twintig. Die kun je gemakkelijk opdrukken.'

'Ik wil niet tè gespierd worden.'

Elizabeth zei: 'Vrouwen moeten vaker met een lichter gewicht oefenen. Die zware dingen zijn voor krachttraining en niet om je alleen maar in conditie te houden. Ik gebruik ze niet, en mijn cliënten ook niet.'

'Zij zou ze als tegenwicht kunnen gebruiken.'

'Tegenwichten stellen te veel eisen aan de ellebogen.'

'Niet als je...'

'Mike,' zei Lynn.

Later, toen Elizabeth met haar bezig was, zei ze: 'Je hebt heel wat knopen in je rug.'

Lynn sloot haar ogen. 'Ik heb veel moeilijkheden.'

'Worden de omstandigheden nog steeds niet beter?'

'Nee, alles wordt aldoor erger.'

'Bernadine vroeg hoe het nu met jou en die man stond. Ik wist niet hoeveel ik mocht zeggen – wat je wilt dat je baas weet. Dus ben ik maar van onderwerp veranderd.'

'Dank je.'

'Hel eens wat over naar links. Ik dacht dat je vriend je misschien zo gespannen maakte. Hij schijnt nogal lastig te zijn.'

'Dat is hij ook. En hij is níet mijn vriend.'

'Dat dacht ik,' zei Elizabeth. 'Maar ik ben blij dat het níet zo is. Naar wat je me hebt verteld, heb je al meer mannenproblemen dan je aankunt.'

'Zo is het. Je praat alsof je weet wat dat betekent.'

Elizabeths handen op haar schouderbladen werkten opeens iets minder. 'Ik... het is...'

Lynn wachtte of ze zou doorgaan, en toen ze dat niet deed, zei Lynn: 'Sorry. De vragen ontglippen me soms te snel. Je hoeft me geen antwoord te geven.'

'Och, het is... het is een heel lang verhaal.' Elizabeths handen hervatten hun kalmerende werk.

'Heb je nu een beter iemand?'

Elizabeth glimlachte. 'Daar werk ik aan.'

Lynn strekte haar armen voor zich uit terwijl Elizabeth met haar biceps bezig was. 'Ik weet zelf waar ik het over heb.'

'Jij?'

'Dat is een van de redenen waardoor ik me tot Greg aangetrokken voelde. Dat is de man die me het leven nu tot een hel maakt,' zei Lynn. 'Toen ik hem ontmoette, was hij zo aardig en behulpzaam. Hij leek zo anders dan de slappelingen en profiteurs die ik eerder had. Wist ik veel...'

Lynn sloot haar ogen weer en luisterde naar het geruis van de waterval. Ze stelde zichzelf voor in een groene oase, waar de koele druppels op haar gezicht vielen.

Ze voelde hoe haar rug zich ontspande. Ze koesterde de tijdelijke rust van het zachte licht, de zachte geluiden uit het bos en de handen die haar gespannen spieren losmaakten.

Dat was het enige waarvan ze kon genieten.

Lynn zat een tijdje in het stoombad en toen de hitte wat wegtrok, zette ze de thermostaat weer zó dat de grote, aan de muur vastgeklonken slang nog een paar minuten hete stoom naar binnen spoot. Ze overdacht hoe haar eigen emotionele thermostaat reageerde, omlaagging in plaats van omhoog, na elke nieuwe por van Greg.

Bij het aankleden haalde ze haar make-uptasje uit haar aktentas, keek naar de in het zakdoekje gewikkelde pillen, raakte ze aan, maar nam er geen. Ze zag het pak met foto's uit Californië die Mike haar een paar dagen tevoren had gegeven, nam ze weer op en bekeek ze toen langer.

Die strandwandeling was een merkwaardige belevenis geweest in een driedaagse marathon van vreemde dingen.

Ze bekeek de foto's nog eens. Ze zag er te mager en slap uit in dat zwarte pakje.

Maar Mike had gelijk: de blikken die haar volgden, vertelden een ander verhaal.

Elke foto bekeek ze aandachtig of ze er een andere vrouw op zag, een hond, of een ijstentje dat de aandacht kon hebben getrokken. Maar er was niets anders.

Lynn was vier blokken van haar flatgebouw verwijderd en stond bij een rood licht te wachten, toen het portier aan de passagierskant van de Lexus werd geopend en Greg in de auto sprong.

Ze opende haar mond, maar er kwam geen geluid uit. Het bloed klopte in haar aderen.

Ze reageerde meteen door aan haar kant naar de knop van het portier te grijpen, maar Greg was sneller en sloot meteen de portieren automatisch af.

Lynn zette haar hand op de claxon.

Maar Greg lachte. 'Maak je niet druk. Daar schenkt niemand enige aandacht aan. Hoe gaat het met je?'

Die aantrekkelijke lach, zijn gebruinde huid... als een uit de doden herrezene die er heel echt uitziet eer hij voor je ogen vervloeit in het niets.

Ze rilde over haar hele lichaam, maar plotseling voelde Lynn dezelfde soort reddende toevoer van adrenaline die haar altijd te hulp kwam als ze op de show slechts enkele seconden had om de situatie te redden.

'Zieke ellendeling die je bent,' zei ze, en de woorden kwamen er hard en moeilijk uit; haar keel deed er pijn van. 'Heb je nu nòg niet wat je wilde hebben? Heb je me nog niet ongelukkig genoeg gemaakt?'

Gregs lach werd breder en hij greep naar haar kruis.

Haar moed verdween. Ze gilde, en gilde nog steeds toen ze zag hoe hij zich te voet een weg door het verkeer baande, en ze bleef hem nakijken tot ze hem niet meer kon zien.

Natuurlijk nam Lynn de pillen in; niet alle vijf, maar twee nog voor ze thuis was, en toen nog een.

Ze kon Kara of Mike niet bereiken.

Ze dacht aan haar broer. Als ze nu Booboo belde, zou dat een verandering inhouden van haar houding om tegenover hem de zaak af te zwakken, waar Angela nog steeds op aandrong; die zei nog steeds allerlei onheilspellende dingen over zijn bloeddruk. Maar doordat ze de omvang van het gevaar niet aan haar broer vertelde, kreeg Lynn ook iets meer greep op zichzelf. Als Booboo niet wist hoe ernstig de dreiging was, zou hij er ook niet bij haar op aan dringen – in plaats van, zoals nu, het alleen maar voor te stellen – dat ze bij hen in Salem kwam logeren of hem bij haar in Boston liet wonen, of zelfs, als dat mogelijk was, een tijdje níet te werken.

Nu waren al die mogelijkheden eindelijk niet half zo angstaanjagend als wat er wèrkelijk gebeurde.

Maar terwijl ze het nog eens goed overwoog, belde Mike terug.

Ze ontmoette hem bij Nancy Jean en had met twee handen de kans aangegrepen om haar flat te verlaten.

Weer een angstaanjagende eerste keer dat ze zoiets deed.

Ze zat op een harde stoel en voelde nòg Gregs vingers in haar kruis grijpen, de druk van zijn handpalm.

Ze had een douche moeten nemen.

Maar dat was belachelijk.

'Ik moet er steeds aan denken dat Barbara Hysmith twee keer verhuisd is,' zei ze. 'Probeert hij mij ook zover te krijgen? Maar omdat ik bij de televisie werk, doet het er niet toe waar ik woon; ik kan altijd worden bereikt. Tenzij het dáárom gaat. Misschien wil hij dat ik stop met het programma.'

'Zou je dat doen?'

'Ik heb er nooit over nagedacht, maar misschien zou ik die proefuitzending moeten nalaten.'

Mike schudde zijn hoofd. 'Ik vind dat je moet doorgaan. Jij maakt dat programma en bent voor iedereen zichtbaar, als een reclameballon in de lucht. Je hangt daar zodat iedereen je duidelijk kan zien. Het is moeilijk commandotrucjes uit te halen met iets dat zo groot en glanzend is en waarnaar iedereen kijkt.'

Onder zijn redelijke en weloverwogen woorden gloeide Mike van woede om Gregs laatste wandaad. Om te proberen zijn gevoelens te bedwingen, staarde hij naar het kleine televisietoestel boven de bar. Op een nieuwsprogramma was een haveloos, zielig kind te zien dat in een patrouillewagen van de politie stapte.

'Katie Beers,' zei Lynn. 'Dat is een verhaal op zich.'

'Ja. En nee. Er zijn miljoenen zoals zij. Dat ene kind wordt gered en iedereen krijgt zijn sprookjeseinde; het hele land haalt opgelucht adem. Ze denken dat iemand nu daadwerkelijk het probleem van kindermisbruik aanpakt.'

Lynn keek hem aan. 'Zeg dat eens tijdens de proefuitzending.'

'Goed.' Hij staarde haar aan. 'Dus je gaat ermee door?'

'Dat wil ik, maar ik ben doodsbang. Stel dat Greg die saboteert? Hij heeft er een instinct voor om precies datgene aan te vallen wat voor mij alles betekent. Hij weet dat die proefuitzending voor mij van levensgroot belang is. Hij weet dat er niets is waarmee hij me meer zou kunnen kwetsen en vernederen dan door dat van me af te nemen. En hij komt dichterbij, wordt brutaler en gevaarlijker.'

'Dat ben ik met je eens.'

'Maar je vindt dat ik tòch moet doorgaan?'

Mike liet zijn stoel met een plof weer op zijn vier poten terechtkomen. 'We zijn nu in het voordeel. We weten dat hij òf hier in de buurt woont, òf hier veel meer tijd doorbrengt dan hij ons wil laten weten. We kijken niet allemaal naar het westen terwijl hij tussen onze benen doorglipt. En hij weet niet dat wij het weten. Dus concentreren we ons erop de Revere-studio en alle technologische regelingen goed te beveiligen. We bezorgen iedereen een lijfwacht die ook maar van enig belang voor het geheel is. En misschien, omdat we deze ene keer heel veel ogen hebben die naar hem uitkijken, ontdekken we hem en laten we ons door hem naar de steen leiden waaronder hij woont. En misschien betrappen we hem op het uithalen van een streek die ons helpt hem een behoorlijke tijd achter de tralies te zetten, en voor meer dan alleen hinderlijk achtervolgen.'

Mike nam een handjevol pretzels en brak ze allemaal tegelijk doormidden.

'En nòg iets,' zei hij. 'Het is een belangrijk programma. Het moet gebracht worden. De mensen moeten het zien!'

Een tijdlang durfde Lynn nauwelijks het terras op; ze moest steeds weer aan Chip denken. Maar ze dwong zich ertoe. Ze moest zich stevig vasthouden aan wat haar restte, en steeds meer delen van haar leven werden meegezogen door de vloedgolf die Greg heette.

Het was ijskoud buiten.

Ze voelde zijn aanwezigheid, zijn brutale vingers. De afschuwwekkende werkelijkheid van de intieme band van dit monster/mens met haarzelf.

Vroeger in Greeneville hadden ze altijd gezegd dat warme thee je bloed warm hield, maar ze had bij Nancy Jean twee koppen gedronken en haar bloed was nog even koud als de rest van haar.

Binnen rinkelde haar telefoon en ze snelde erheen. Het was haar broer.

'Ik wou dat je toch eens ernstig overwoog om hier een tijdje te komen logeren,' zei hij.

'Ik zal erover denken. Ik vind het lief van je dat je het aanbiedt, maar...'

'Ik bíed niets aan, lieverd. Ik... sméék je erom.'

'O, Boo!'

'Je kunt hiervandaan heen en weer naar je werk reizen. Angela doet dat ook, en massa's andere mensen. Je zou hier elk comfort hebben. Je eigen badkamer, ontbijt in bed, gratis 's morgens de *Globe*.'

'Ik vind niet...'

'Oké, oké, dan geef ik je ook nog *U.S.A. Today*.'

‘Hoor eens, ik ben hier een week weg geweest en heb nu een nieuwe deur zoals ze op Fort Knox hebben. Ik wil gewoon thuis in mijn eigen flat blijven. Is dàt zo erg?’ Lynn wreef over haar nek. ‘Sorry dat ik zo snauw...’

‘Hindert niet. We zijn allemaal bang.’

Het bleef de hele week ijskoud. De wind woei rommel op uit de boten en blies dat in je ogen. Hij maakte je haren vuil en je huid ruw.

Drie dagen vóór de proefuitzending zou worden opgenomen, zette Greg een bontmuts op en trok zijn lievelingslaarzen aan. Toen ging hij een eindje over Morrissey Boulevard wandelen, zomaar langs Channel-3.

Hij wist dat de opnamen in de Revere-studio plaatsvonden en wist natuurlijk precies waar die was gevestigd. Hij kende elke ingang, de afmetingen van de plafondtegels, het aantal hokjes in de mannen- en vrouwen w.c.’s en het merk deodorant in de kleedkamers.

Maar dat was over drie dagen, en vandaag was vandaag. Sinds hij zijn plannen voor een relatie met Lynn had gesmeed, had hij het heerlijk gevonden in die straat te lopen, altijd in andere en veel verhullende kleding, waarbij hij er dan ook nog voor zorgde zijn houding en manier van lopen te veranderen. Dan mengde hij zich tussen al de zakenmensen die daar snel in alle richtingen liepen.

Het was het omgekeerde van je verstoppen en toch de beste manier om je onzichtbaar te maken.

Hij keek nu elke dag naar de show, live als hij kon, en nam hem op op de video als hij moest werken.

Lynn probeerde het te verbergen, maar ze was absoluut veranderd. Als hij de banden van nu vergeleek met die van drie maanden geleden, zag hij dat ze minstens vijf kilo lichter moest zijn geworden, en ze had plooitjes in haar bovenlip. Soms beefden haar handen; dat kon je zien als ze de microfoon overnam van de ene in de andere hand. En in de auto had hij gezien hoe dof haar haren waren geworden.

Het kon hem nu niets meer schelen dat hij haar alleen maar tot een semipermanente tatoeage had kunnen overhalen. Hij hield zich nu niet meer op met zulke kleinigheden. Om in staat te zijn zo’n geregelde achteruitgang te zien als hij op de banden waarnam – dat was een beloning die ver uitging boven alles wat hij ooit had beleefd.

Een mollige vrouw met wanten aan passeerde hem en wierp hem een verblindende glimlach toe, waarbij al haar witte tanden zichtbaar werden, en ze knipoogde tegen hem. Hij glimlachte even terug en liet het daarbij.

Hij was nog helemaal niet klaar met Lynn.

Niemand had hem ooit zó lang kunnen boeien. Het was verbazingwekkend.

Om hem zó lang bezig te houden, en dat terwijl het elke dag opwindender werd... Lynn won werkelijk de hoofdprijs daarvoor. Dè grote ontdekking van de video.

Zijn droomgeliefde.

'Ze smeken ons om demo's. Er bestaat een grote markt voor,' zei Vicky Belinski. 'Zodra ze horen over Oprah én Roseanne, kunnen ze niet gauw genoeg een band hebben.'

Lynn vond het heerlijk, maar was toch bang. Grote zenders overal in het land wachtten om haar proefuitzending te zien. Grote zenders in het hele land zaten klaar om te zien hoe ze faalde.

'Je wordt heel bekend, lieverd,' ging Vicky door. 'Ik hoef nauwelijks meer uit te leggen wie je bent. Len en ik zitten enorm in spanning.'

Ze wilde dat ze tegen Vicky Belinski kon zeggen dat een gek haar achtervolgde en een van haar shows had bedorven. Ze dacht: ik ben doodsbang dat ik het op de proefuitzending er niet goed van af breng. Ik ben doodsbang voor sabotage.

Er was wel een kans dat ze dat kon zeggen en er een begrijpende reactie op zou krijgen. QTV wilde haar omdat ze mènselijk was en echt, en het was mogelijk dat Vicky zou zeggen: Waarom heb je me dat niet eerder verteld? We begrijpen het. Hoe kunnen we je helpen?

Maar QTV was ook een succesvolle onderneming die op winst uit was en gewend de vruchtbare toplaag van het televisietalent af te romen. Ze hoefden niet te werken met iemand die niet volmaakt en onbezoedeld was.

Ze waren ook menselijk. En het was menselijk om je op je gemak te voelen over de wijsheid en het succes van je investering.

'Nog drie dagen,' zei Vicky.

Lynn balde haar handen tot vuisten en antwoordde: 'Ik verlang er ècht naar!'

11 februari 1993

Ik wist dat Lynn anders zou zijn. Ik wist dat ze de uitdagendste van al mijn veroveringen zou worden.

Er waren enkele anderen die knapper waren, jonger, liever. Maar geen andere was zo machtig en werd zo bewonderd als zij.

Ze is nu heel zenuwachtig. Ze weet niet wat ze kan verwachten.

Ik vind het meesterlijk zoals ze beeft en trilt.

Overal in het land gerespecteerd? Overal beroemd?

We zullen eens zien.

Op 13 februari kregen Lynn, Kara en Dennis een rondleiding langs de beveiliging van de Revere-studio, die werd uitgevoerd door Bernard

Stricker van Stricker Beveiligingsdiensten. Hij was heel lang en mager en had een aardige stem.

'Hier is de enige ingang voor uw publiek,' zei Stricker. 'Twee van mijn beste mensen zullen hier staan als uw employés het publiek controleren. Natuurlijk zullen ze een foto van de verdachte bij zich hebben. Geen enkele andere toegang van het gebouw zal open zijn; alles blijft op slot en vergrendeld.'

Hij bracht hen naar de controlekamer en de set, waar in beide veiligheidsmensen aanwezig waren.

'Zijn alle beveiligingscodes voldoende verklaard? De regelingen voor communicatie met uw satellietgasten, de reserve-elektriciteitscentrales, alle wachtwoorden?'

'Ja, ze weten er alles van,' zei Dennis. 'Toch wil ik dat alles onafgebroken bewaakt blijft.'

'Mijn mensen zijn in ploegendienst constant aanwezig. Ik heb ook drie mannetjes aangesteld om u drieën te bewaken, vanaf tien uur vanavond tot na de opnamen morgen.'

'Mijn baas heeft iemand vrijgemaakt om je te bewaken,' zei Mike tegen Lynn. 'Vanavond, de hele tijd van de opname.'

Lynn had zijn telefoontje in ontvangst genomen bij de receptie, waar ze net een fax van Vicky Belinski las, die de geïnteresseerde markten opsomde.

'Maar ik hèb al iemand. Mensen van Stricker bewaken ons allemaal.'

'Ik wil dat er een echte politieman in je buurt is.'

'Goed,' zei Lynn. 'Dank je.' Ze wilde dat ze er allebei waren, en nog een paar anderen, en dat ze haar allemaal in een helikopter overal konden volgen waar ze heen ging. Ze zou zich nooit voldoende beschermd voelen.

'Gaat u slapen?' vroeg Lynns bewaker. Hij heette Norman Lee en was een geüniformeerde politieman met brede schouders en kortgeknipt blond haar. Hij zat op de bank de *Globe* te lezen. Vóór hem, op het lage salontafeltje, stonden een bordje met een broodje erop en een blikje cola.

Ze glimlachte zwakjes. 'Ik wil het proberen.'

'Goed dan.'

Lynn waste zich en deed haar nachtjapon aan. Gelukkig had ze die avond geen hoofdpijn. Niet dat ze iets zou hebben genomen als dat wèl het geval was geweest; er kon geen sprake zijn van de verdovende middelen die ze zichzelf had toegestaan als de pijn ondraaglijk werd; dat was onmogelijk wanneer ze over enkele uren aan een uitzending moest beginnen.

Ze ging naar bed en las een tekst die Mary haar had geleend en 'Narcistische ouders en het seksueel misbruikte abnormale dochtertje' heette. Ze had gedacht dat ze erbij in slaap zou vallen of iets zou leren, en ze deed beide. Ze sliep door tot om tien over halfzeven haar wekker afliep.

Ze nam een grapefruit en een broodje en gaf er ook een aan agent Lee. Toen dronk ze een kop koffie, schonk er nog een in en nam die mee onder de douche.

Ze was verbaasd dat ze had geslapen. Er lag een soort waas van rust over haar onrust. Dat kwam vast voort uit het feit dat ze door haar werk aan spanningen gewend was, goddank. Geestelijk had ze zich met haar microfoon, haar hersens en haar mond al in positie gebracht, en alles was klaar.

Greg had haar daar niet van kunnen beroven. Ze was gereed.

Ze wist hoe het bij een show toeging. Haar ogen, oren, handen en geest zouden het beste uit haar gehoor halen, uit haarzelf en uit haar gasten.

Ze nam een slokje van haar koffie en liet het warme water over haar rug stromen.

Ze was op hun golflengte afgestemd, en de anderen op die van haar.

Norman Lee waste zijn bord en zijn beker af. De koffiepot was leeg en die waste hij ook af; daarna veegde hij het aanrecht schoon.

De telefoon rinkelde.

'Met het huis van mevrouw Marchette, met Lee.'

'Norman? Met Mike Delano. Ik heb je hier in de Revere-studio nodig. Fellman is op weg om je daar af te lossen.'

'Moet ik niet wachten...'

'Néé, verdomme. Kom meteen hierheen! Het is belangrijk!'

Lee hing op en pakte zijn jasje. Hij klopte op de badkamerdeur, maar ze kon hem door het stromende water niet horen. Hij wachtte even, klopte toen weer en dacht er even over de deur open te doen en haar zijn boodschap toe te schreeuwen; maar dan zou die arme vrouw zich een ongeluk schrikken.

Als rechercheur Delano zei dat hij moest komen, was het niet verstandig iets anders te doen. Hij moest maar gaan.

Hij ging naar buiten en keek met gefronste wenkbrauwen naar de Stanley-sloten. Hij aarzelde nog even en dacht dat hij misschien toch maar moest wachten tot die dame de deur achter hem goed afsloot. Dat gaf Fellman ook nog even de tijd om daar te blijven voor hij vertrok.

Maar weer dacht hij aan de dringende oproep in de stem van rechercheur Delano, en hij vond dat hij maar snel op weg moest gaan.

Lynn droogde haar haren met een handdoek en wreef er mousse in. Daarna zette ze de droger aan.

Toen ze klaar was, zette ze de wilde krullen met twee kammetjes vast. Haar kleren lagen al klaar op bed; ze wikkelde zich in een handdoek en deed de deur van de badkamer open.

Een beweging ergens opzij trok haar aandacht. Instinctief, nog voordat haar hersens de boodschap hadden gekregen, begon ze zich om te draaien. Toen kreeg ze een zware, verdovende slag tegen de zijkant van haar hoofd en viel.

Hoofdstuk vijftien

Om tien over acht werd Kara door haar bewaker van Stricker in de Revere-studio afgeleverd. Ze ging naar de set waar Pam bezig was koffiebroodjes neer te zetten bij het koffieapparaat. De geluidsmensen waren in de weer om hun controlekamer in orde te maken.

Om kwart over acht keek Kara op haar horloge, ging naar de telefoon bij de controlekamer en belde Lynn op. Toen ze zeven keer de bel hoorde overgaan en geen antwoord kreeg, liep ze haar afspraken met de technici nog even door en keek hoe ze de verbinding met de satelliet op proef instelden. Toen belde ze de kantoren van alle beroemdheden die als gast zouden optreden, zogenaamd alleen ter controle.

Om halfnegen stelde Kara opgelucht vast dat alle technische regelingen in orde leken, maar ze begon zich ongerust te maken over Lynn. Ze hadden afgesproken om acht uur aanwezig te zijn en ze belde nog twee keer.

Het was niets voor Lynn om meer dan vijf of tien minuten te laat te zijn. Of te vergeten haar antwoordapparaat in te schakelen.

Maar ja, er was een politieagent bij haar en die zou haar hierheen brengen. Misschien had hij er zijn redenen voor om een ongewone route te nemen die meer tijd vergde.

Om kwart voor negen had het hele publiek al plaatsgenomen. Mary kwam en de drie andere studiogasten, daarna Dennis, Vicky en Len.

Mike Delano arriveerde net een halve minuut vóór Norman Lee binnenkwam.

Lynn kwam plotseling bij. Haar hoofd deed vreselijk pijn en ze lag slap op haar zij, in het donker en op een koude en harde ondergrond.

Ze tilde haar hoofd op en gaf een kreet toen ze daardoor een afschuwelijke pijn in haar linkerwang en oog kreeg. Ze betastte de plek en merkte dat ze bloedde.

De pijn maakte dat ze niet goed kon denken, dus drukte ze op de plek en probeerde zich tot het uiterste te concentreren.

Terwijl ze dat deed, bonsde haar hart minstens even hard als haar hoofd; daar leek een machine in te zitten.
Ze drukte nu met twee handen en liet beelden verschijnen.
Douche. Haardroger. Telefoon. Nee, dat was de telefoon die nú zachtjes overging, geen herinnering.
Lynn bewoog haar arm in een kring om zich heen.
Wol. Mantels. Een bekende geur: lavendel, haar lavendelsachets.
Ze lag in haar eigen kleerkast.
De telefoon hield op, maar begon even later opnieuw.
De opname! Had ze die nu gemist?
Ze probeerde overeind te komen, maar werd vreselijk duizelig. En koud. Ze was naakt.
Ze greep de deurknop aan de binnenkant. De deur was afgesloten. Iemand had haar ergens een slag mee gegeven en haar toen in de kast opgesloten.
De telefoon rinkelde weer.
Lynn hees zich overeind door zich aan de mantels vast te houden, leunde met haar volle gewicht tegen de deur en duwde.
Niets – en het deed pijn.
Ze probeerde zich harder tegen de deur te gooien, maar er was geen plaats om zich tegen af te zetten. De mantels omsloten haar, en ze begon die naar beneden te trekken.
Haar hart ging als een razende tekeer en haar hoofd deed pijn. De wol en de kleerhangers drukten ìn en krasten óver haar lichaam.
Opnieuw wierp ze zich tegen de deur, veel harder deze keer, maar hij rammelde zelfs niet.
Er verschenen tranen die haar gezicht nog meer toetakelden, en haar handen voelden nat en kleverig aan. Ze trapte tegen de deur, maar kreeg alleen maar vreselijke pijn in haar tenen, en toen in haar hiel.
Ze viel weer op de grond en krabbelde tussen de mantels rond, pakte de hangers, vroeg zich af of ze daarmee iets kon doen om uit de kast te komen en vond toen haar oude kegelbal.

Mike, Norman Lee, Kara en Dennis holden naar Lynns deur en Mike duwde hem zondermeer open.
Lynn leunde tegen de muur bij haar kleerkast. Haar haren zaten vol bloed en haar wang en oog waren eveneens besmeurd. Ze had een handdoek om zich heen geslagen en was over haar hele lichaam bedekt met bloedvlekken. Midden in de gang lag een kegelbal.
Kara gilde. Mike bekeek snel haar wond terwijl Lee de andere kamers ging doorzoeken.
Kara pakte een mantel, trok die om Lynn heen en hielp haar naar de bank.

Mike vuurde vragen op haar af en ze antwoordde zo goed ze kon.

'Dat is alles wat ik je kan vertellen,' eindigde Lynn. 'Agent Lee was hier toen ik ging douchen, en dat was de laatste keer dat ik hem zag.'

'Hij ging naar de studio,' zei Mike. 'Hij kreeg een telefoontje dat zogenaamd van mij afkomstig was en hoorde dat zich daar iets ergs had voorgedaan en dat hij moest komen. Er werd hem gezegd dat er iemand hierheen onderweg was om de bewaking van hem over te nemen.'

'En belde jij niet?' vroeg Dennis.

'Nee, ik heb niet gebeld.'

'Het was Greg,' zei Lynn hopeloos.

'Maar je hebt hem helemaal niet gezien,' zei Dennis.

'Nee.'

Mike zei: 'Je moet naar de eerstehulppost. Het is niet zo'n diepe wond, maar hij moet wel worden gehecht.'

Lynn trok de mantel dicht om zich heen. Ze was bleek en versuft. 'Wat moet je nu tegen Vicky en Len zeggen?' vroeg ze aan Dennis.

'God mag het weten.'

'Ik zal wel met hen praten,' zei Kara. 'Je bent het slachtoffer van een misdaad geworden. Ze waren in de controlekamer toen agent Lee binnenkwam en hebben nog niets vernomen.'

'Vóór je iets doet,' zei Mike, 'moet je Lynn even helpen wat kleren aan te trekken. Ik breng haar nu meteen naar het ziekenhuis.'

In de taxi op de terugweg naar de studio vroeg Dennis aan Kara: 'Geloof jij dat allemaal?'

'Bedoel je of ik denk dat het is gebeurd zoals Lynn zei? Waarom zou ik dat níet geloven?'

Dennis ging rechtop zitten. 'Misschien ben ik sceptisch ingesteld, maar als ik iemand, die aan drugs verslaafd is geweest, versuft en gedeprimeerd vind, met een hoofdwond, op de ochtend dat ze een band moeten opnemen van een show die een doorbraak kan betekenen, dan is mijn eerste gedachte niet dat zo iemand is overvallen door een geheimzinnige vreemde. Misschien was ze high en is ze ergens tegenaan gevallen.'

'En heeft zichzelf in die kast opgesloten?'

'Wij hebben haar niet in die kast gezien.'

'Ze néémt geen drugs. Ze heeft alleen pillen genomen als ze erge kiespijn had. Die verdovende-middelenzaak dateert van jaren geleden.'

Dennis zei: 'Hoe weet je dat?'

Lynn lag op haar zij terwijl de arts haar slaap hechtte. De Lidocaïne die men in haar gezicht had ingespoten, moest ook haar gevoelens hebben uitgeschakeld. Ze leek helemaal blanco; ze wist niets en dacht aan niets.

Ze moest Mike een en ander vragen, en Kara en Dennis. Eigenlijk zou ze Booboo moeten bellen.

Maar ze had er geen idee van waarmee ze moest beginnen.

Ze wilde ook niets vragen, niets horen.

Ze was er zelfs nog niet aan toe te overwegen waar ze die nacht moest slapen. Ze maakte zich geen zorgen en was ook niet bang.

Dàt maakte haar bang.

'Er is mij gezegd,' zei de arts, om een gesprekje te beginnen terwijl hij aan iets knipte dat ze niet zag, 'dat ik u geen vragen moet stellen over wat er is gebeurd.'

'Ik ben neergeslagen,' zei Lynn. 'Ik heb degene die het deed niet gezien, noch het wapen waarmee het is gedaan, àls er een is gebruikt.'

'Zomaar op straat?'

'Nee. Het... is nogal ingewikkeld.'

'Mag ik ook niet weten wie u bent?'

'Als u het maar niet tegen de media vertelt,' zei Mike, die met zijn notitieboekje open binnenkwam.

De arts hield op met zijn werk en wendde zich tot Mike. 'Hoor eens, is dit een huiselijke situatie? Werd ze neergeslagen door iemand die ze kende? Want je moet wel gek zijn als je teruggaat naar omstandigheden die een geweldsuitbarsting als deze mogelijk maken. En het helpt niet om te proberen het te verbergen.'

'Wacht even,' zei Mike. 'Zo is het helemaal niet. Ze is neergeslagen door een vent die haar al lange tijd achtervolgt en het leven zuur maakt.' Hij keek Lynn aan. 'Ik heb net gesproken met een van de mannen die de flat hebben doorzocht, en ook het gebouw. Er is geen enkel spoor dat er iemand binnen is geweest. Zoals gewoonlijk is de gek weer onzichtbaar.'

Nadat Greg Lynns flatgebouw had verlaten, was het nog te vroeg om naar de toestand in de Revere-studio te gaan kijken. Hij moest eigenlijk nog iets dringends doen, maar was te zeer opgewonden om zich daar nu om te bekommeren. Dus liep hij de Muffin Hut op Demeter binnen; die lag vlak om de hoek bij de studio. Daar ging hij op zijn gemak ontbijten.

Hij bleef maar denken aan die zwaargebouwde blonde agent die zo snel was weggegaan bij degene die hij moest bewaken.

Dit was een nieuwe methode, die zijn werk nòg beter maakte.

Hij, Greg, had vaak telefonisch de stemmen van mensen geïmiteerd; zijn mimische gaven bleven niet beperkt tot het nabootsen van een handschrift. Maar om te doen alsof je van de politie was tegenover een andere politievertegenwoordiger – dat was klasse.

Hij genoot er echt van het spel op deze uitstekende manier te spelen.

De enorme inspiratie die hij had opgedaan toen hij voor het eerst Lynns foto in *Broadcasting* had gezien, en dat feit in verband had gebracht met de combinatie van zijn huidige huisadres en haar zakenadres, was bijzonder veelbelovend geweest – en terecht.

Hij nam twee Tums uit een rolletje en kauwde erop.

Er was eens een meisje van eenentwintig in Seattle, wier vader een gepensioneerde politieman was en nu als chauffeur in een limousine reed. Die vent was helemaal gek geworden en was vreselijk bezorgd en beschermend toen zijn dochter klaagde over wat haar was overkomen. Greg had het idee dat hij het meisje voor zichzelf had willen houden en haar misschien al jaren misbruikte. Greg dacht dat hij vermoedelijk de man een grote dienst had bewezen door hem een excuus te geven haar nog meer aan zich te binden.

Hoe dan ook, wat Greg voor de grap deed, was haar op haar werk opbellen en net doen of hij haar vader was. Dan zei hij haar dat ze hem daar en daar moest ontmoeten. Daarna belde hij dan de vader, gaf zich uit voor een agent zo-en-zo van de verkeerspolitie en deelde de man rustig mee dat ze een ongeluk had gekregen.

Hij had het vier of vijf keer gedaan. Die ouwe wist dat het onzin was, maar weet je dat ooit ècht als het je kind betreft? Dus stuurde Greg hem links en rechts, tot hij van voren niet meer wist dat hij van achteren leefde, totdat het meisje weer opdook. En het werd elke keer leuker...

Hij was klaar met zijn ontbijt, betaalde de caissière, trok zijn jas aan, sloeg een das om en zette een muts op; daarna ging hij naar buiten. Er zou nu wel voldoende drukte bij de ingang van de studio zijn, het publiek zou vertrekken en alle hoge pieten zouden als een kip zonder kop rondlopen. Nu kon hij erheen gaan en het tafereel goed in zich opnemen zonder enig risico te lopen.

'Geen wonder dat je niet via de voordeur wilde binnenkomen,' zei Elizabeth Vail en deed een schoon laken om de matras van de massagetafel. 'Voelt dat even erg aan als het eruitziet?'

'Het doet pijn,' gaf Lynn toe.

Voorzichtig hielp Elizabeth haar op de tafel.

'Ik heb overal pijn, als ik eerlijk moet zijn.'

Elizabeth schudde haar hoofd. 'Wat is dat toch ellendig voor je! Ik vroeg Bernadine waarom zij opbelde om voor jou een afspraak te maken en ze zei dat je was overvallen.'

Lynn keek omhoog naar het plafond. Ze had er schoon genoeg van zichzelf te horen jammeren.

'Dat is het officiële verhaal. Maar het is niet precies zo gebeurd.

Greg is vanochtend op de een of andere manier mijn flat binnengedrongen en heeft me neergeslagen.'

'O, Lynn!' Elizabeth boog zich over haar heen om haar te knuffelen.

'Hij heeft het voor elkaar gekregen en de proefopname onmogelijk gemaakt. We zouden ècht helemaal veilig zijn, maar dat was niet zo. Nu weet ik niet meer hoe het verder gaat. Met de proefuitzending en... met mij.'

Lynns beschadigde oog begon onder het verband te branden en ze probeerde haar tranen in te houden. Maar ze moesten er ééns uit, hoe gênant het ook was.

Gelukkig gebeurde dat niet terwijl ze bij Bernadine, Dennis of Vicky in de buurt was.

Of bij Kara, die zich al onzeker genoeg voelde wat de nabije toekomst betrof.

Of bij Booboo, die razend zou zijn.

Mike had niet gegeten, maar hij had toch geen trek.

Hij zat op zijn opgemaakte bed en was nog helemaal aangekleed. De televisie stond aan. Larry King interviewde een of andere yuppie over de economie.

Soms kon hij beter denken als er geluid klonk op de achtergrond.

De dag was voorbij, en hij brandde van verlangen om meer over dit fiasco te weten te komen; de zaak achtervolgde hem.

Terwijl Larry zachtjes voortmompelde, greep Mike een pen en tekende wat onzinnige droedelfiguurtjes in zijn notitieboekje.

Wat zou Greg op dit moment doen?

Dat was een goed begin. Daar moest hij maar mee beginnen.

Hij was vast aan het vieren dat hij de politie van Boston zo bij de neus had genomen.

Mike smeet de pen tegen de muur. Nee, eikel, de politie van Boston interesseert hem geen snars. Opnieuw. Wat doet hij nu?

Zoekt hij Lynn? Wil hij haar weer overvallen?

Mike liet het notitieboekje vallen, vouwde zijn handen achter zijn hoofd en onderzocht die mogelijkheid van alle kanten. Hoe zou die gek daarover denken? Hoe zou hij het opnieuw proberen?

Het klopte niet.

Hij besloot verder terug te gaan.

Vanochtend om zes uur. De gek weet van de opname af, en hij weet ook dat wij weten dat hij ervan op de hoogte is. Hij moest alles hebben geweten van de genomen veiligheidsmaatregelen.

Hij is in het flatgebouw waar Lynn woont, heeft een draadloze telefoon bij zich en kent alle te nemen maatregelen, de naam van Lee, mijn naam.

Hij wacht tot ze onder de douche is; hoort dat op een of andere manier. Kan hij soms aan de buizen horen wanneer haar douche gaat werken? Of luistert hij gewoon aan haar deur?

Dan is ze onder de douche en hij belt Lee; zijn imitatie van mijn stem is goed genoeg om Lee te overtuigen. Lee gaat weg, de gek gaat naar binnen, wacht tot Lynn de badkamer uitkomt en slaat haar dan neer met zijn vuist of met een of ander voorwerp.

Nu hij weer dacht aan het bloed en aan Lynns gezwollen gezicht, zo naakt als ze was en zo verward, voelde Mike zich opnieuw misselijk worden. Maar nu ging het goed, dacht hij; hij moest zó doorgaan.

Dus hij slaat haar neer en sluit haar op in de kast, verdwijnt snel naar buiten en gaat ervandoor. En wat doet hij dan? Gaat hij ergens zitten en wil hij nu dat hij kon zien wat hij had aangericht?

Dàt was het. Hij had haar al eerder iets aangedaan, er was een precedent. Trekt hij zich verder terug op de achtergrond en begint hij weer anoniem bepaalde dingen te doen?

Wat voor plezier verschaft hem dat nu hij al zover is?

Dus zal hij haar wéér iets aandoen. Deze keer erger. Hij wacht tot het avond wordt nu ze naar hem op de uitkijk zijn; of hij wacht een week of een maand en laat haar in haar sop gaar koken en bang zijn, en dan neemt hij haar eens goed te grazen.

Mike ging rechtop zitten. Dat klonk niet zo best.

Larry had plaatsgemaakt voor de reclame. Mike wist niet wat het aanbevolen produkt was, maar het beeld liet een lekker broodje zien, en opeens kreeg hij trek.

Hij liep naar de keuken en pakte wat tonijn met gesmolten Zwitserse kaas, nam dat mee naar bed en dacht verder na terwijl zijn mond en maag werkten.

Hij stelde zich de gek voor zoals hij haar volgde, gaf hem verschillende wapens in handen, liet hem haar op verschillende plaatsen overvallen: in een flat, een garage, het televisiestation, op straat.

Het klopte niet. Hij wist dat hij het mis had.

Oké. Dan iets anders. Vernedering. Wat doet hij dan? Weer een hinderlaag, maar deze keer een verkrachting? Verkrachting en verwonding?

Ze hadden een paar jaar geleden in Roslindale een verkrachter gepakt die zijn slachtoffers beide ogen indrukte eer hij hen verkrachtte. Mooi: zaken vóór plezier.

Maar dat leek toch ook niet op die gestoorde kerel van toepassing te zijn.

Waarom niet?

Omdat geweld eigenlijk niets voor hem was.

Goed zo, Mike. Kijk maar eens hoe haar gezicht nu gehecht is en beweer dan maar dat geweld niets voor haar overvaller is.

Hij ademde diep uit, at zijn broodje op en dacht verder na.

Weer reclame. Mondwater. Een paartje dansend bij sentimentele muziek. Meteen praten en kussen, frisse, naar pepermunt ruikende monden die elkaar proefden.

Toen kwam er een herinnering bij hem boven.

Mike en Lynn in haar huiskamer. Haar lichaam onder zijn handen. Het gevoel van haar been, hun benen tegen elkaar; de smaak van haar huid.

Het leven in haar, dat door haar heen vloeide, en even van hem was.

Nu, op zijn bed zittend, wreef hij over zijn neus om die herinnering te verdrijven, maar die bleef koppig hangen.

Aanvankelijk was ze er helemaal bij geweest, bij hem. Ze waren twee hittegevoelige raketten. Ze hield hem stevig vast, was dicht tegen hem aangevlijd. Haar kus was even gretig geweest als de zijne.

Voor het eerst sinds die ochtend liet hij het beeld voor zijn ogen komen zoals ze daar de handdoek had laten vallen om de mantel aan te trekken die Kara voor haar ophield.

Haar huid, haar blanke, zachte huid waardoorheen de ribben zichtbaar waren; lange, krachtige dijen. Haar soepele borst, ronde borstjes die niet veel wogen.

Hij moest ophouden. Het was tegen alles in wat hij had geleerd om een naakt slachtoffer met andere ogen te zien dan die van beroepsmatige onverschilligheid en waardig medeleven.

Toen zag hij haar wond weer, en die zag hij nu even helder als zojuist haar naakte lichaam. Het geronnen bloed en het haar vol rode rommel, die versufte en hulpeloze gelaatsuitdrukking.

Natuurlijk had die gek een seconde gehad om haar goed op te nemen voor hij haar een klap tegen haar hoofd gaf. Een blik op bekend terrein, dat eens gratis voor hem beschikbaar was geweest.

Mike werd steeds woedender.

Maar het was ook niet goed zich zo te voelen. Om deze overval, deze zaak, persoonlijk op te nemen, hielp geen steek. Gevoelens verkleurden en bedekten feiten en processen, verstopten alles, zoals rubbercement in een machine.

Was haar naaktheid voor Greg deel van het spel? Had hij genoten van haar beeld onder de douche, toen ze naar buiten kwam om zich aan te kleden en alleen een peignoir of een handdoek had om zich te bedekken, omdat ze dacht dat Lee er was? En dat ze onder die bedekking naakt zou zijn?

En als hij nu doordacht, wàs het echt de bedoeling om meteen de politie een loer te draaien? Wilde hij Norman, hem, de andere politiemensen en bewakers met opzet voor schut zetten? Had hij Lynn daarom op die manier gepakt, vlak onder hun neus?

Vermoedelijk niet. Evenals het geweld leek het alsof de politie slechts een bijkomende zaak voor Gregs doel was.

Dus terug naar af. Wat wàs Gregs doel vandaag?
En waarom juist vandáág?
Die proefopname. Die wilde hij gebruiken.
Larry King sprak op het scherm weer met de economie-yuppie. Een satellietinterview.
Nee.
Greg gebruikte die proefopname niet. Hij gebruikte Lynn. Lynn was zijn instrument.
Hij vond het heerlijk die proefopname in het honderd te sturen en wist dat we erop wachtten dat hij dat zou doen. Dus terwijl wij wegen afzetten en voorzorgsmaatregelen namen, kwam hij vroeg aanzetten, in een nieuwe vermomming en met een andere methode, en beschadigde het belangrijkste onderdeel waar de proefuitzending niet zonder kon.
Dat klopte.
Larry sprak. Er kwamen close-ups van hem, van zijn grote tanden.
Iets wat rechercheur Stern in L.A. had gezegd, kwam bij hem boven: 'Je beroemdheid op de televisie kan misschien juist datgene zijn wat hij zoekt.'
Zocht die griezel vaker vrouwen van de televisie op? Of was Lynn een nieuwigheid voor hem? Hoe dan ook, het moest fantastisch voor hem zijn haar zo op het scherm voor zich in zijn hol te zien.
Mike herinnerde zich nog iets: Barbara Hysmith's tatoeage. Lynns tatoeage. Het porno-ondergoed waarin Greg hen had willen zien, die japon met dat enorme decolleté.
De man hield van dingen zien en zeggen. Zonder het zeggen. Dan scheen hij er vooral van te houden om zelf het zien te regelen.
Had hij daar zijn gerief van gehaald, om Lynns tatoeage daar op de televisie te zien zolang die zichtbaar was gebleven?
Mike ging opeens rechtop zitten en alle broodkruimels vielen op de grond.
Hij kreeg een idee.

'Dag, dit is Lynn Marchette. We gaan er nu een tijdje tussenuit en werken aan een uniek nieuw programma dat we u de komende weken zullen brengen. Blijf kijken voor gegevens over het begin van ons nieuwe programma van shows, en intussen volgt hier een van mijn favoriete shows.'
Lynn drukte op de pauzeknop van de videomonitor en stopte het beeld van de Lynn Marchette Show dat haar stem opnam zonder dat zij zelf in beeld kwam. 'En?'
Mike knikte. 'Dat maakt hem stapelgek!'
'Ik doe het niet graag, en Kara en Dennis ook niet. Ze willen dat er op de kopie een datum wordt vermeld. Ze zijn bang dat ze te veel kijkers verliezen.'

'Het werkt misschien al gauw. Hij wil natuurlijk zien wat hij aan je gezicht heeft aangericht. Als hij eenmaal weet dat hij je voorlopig niet op de televisie te zien krijgt, zal hij proberen je persoonlijk te zien te krijgen.'

'Daar moet ik ècht niet aan denken.'

'Denk er dan níet aan. Denk er alleen aan hoe het zal zijn als hij je niet langer steeds overal achtervolgt.'

Tegenover WDSE-TV, op de Morrissey Boulevard 330, stond een kantoorgebouw waarvan drie flats leeg waren. Op de eerste etage, in een flat die uitzicht bood op straat, stond Mike met een verrekijker 's morgens, 's avonds en tijdens de lunchpauze te turen als Lynn het gebouw van Channel-3 in- en uitliep en speurde naar iemand die haar observeerde.

Ook op haar woonflat had hij uitzicht vanuit een ander leegstaand gebouw, een lege winkel in een flat in aanbouw, schuin tegenover haar onderkomen.

Hij had een week vakantie genomen.

Het zat hem enorm dwars dat hij haar een echte politieman had beloofd die evenwel niet echt genoeg was geweest.

Hij hoopte dat nu te kunnen goedmaken.

Als hij gelijk had, zou binnen korte tijd die gestoorde vent wel weer komen opdraven.

Dan zou hij de ellendeling laten volgen naar de plek waar hij woonde of logeerde, waar hij bewijzen zou kunnen vinden die hem zouden helpen, en dan zou hij hem kunnen arresteren en in staat van beschuldiging stellen.

En dan – zo hield Mike zich voor – kon hij zich eindelijk van deze zaak distantiëren. En zijn best doen dit alles, en Lynn, te vergeten.

Greg was er helemaal aan gewend om te zien zonder gezien te worden. Maar hij was er niet aan gewend achtervolgd te worden met dezelfde precisie die hij zelf toepaste.

Het duurde maar twee dagen.

Om tien voor halfzes op de middag van de 16e februari stond Mike in het donkere kantoor. Het vuil op het raam dat hem hielp zich overdag verdekt op te stellen, was lastig als het buiten donker werd. Hij kneep zijn ogen een beetje dicht terwijl hij de voorbijgangers van WDSE-TV goed bekeek.

Sommige mensen herinnerde hij zich van de vorige avond: het waren employés van Channel-3 en mensen die in omliggende gebouwen werkten. Er was een man van een luchtexpresdienst die nog een pakje kwam afhalen.

Toen zag Mike een man van wie hij dacht dat hij hem vijf minuten geleden ook al had gezien. Had hij een boodschap gedaan? Waar ging hij nu heen? Hij bleef bij het gebouw van Channel-3 staan en keek op zijn horloge, alsof hij op iemand wachtte. Keurige overjas, glanzende schoenen. Waarom wachtte hij eigenlijk buiten nu het zo koud was?

Mike keek eens naar de foto van Greg Alter die hij op de raamstijl had geplakt. Hij kende elke haar op die rotkop, maar hij keek tòch, en een seconde later zag hij in zijn verrekijker diezelfde neus en kin, in profiel.

Hij duwde de kijker in zijn zak en wilde naar beneden hollen en de straat oversteken. Hij wilde zich op de man werpen en hem aftuigen. Hij zou dat gezicht in elkaar willen timmeren, dat héle gezicht, niet alleen één kant, en dan eens kijken hoe leuk de vrouwen je dàn vonden, rotzak.

Maar hij had geweten dat hij dat zou willen doen, en hij was ettelijke malen in gedachten nagegaan wat hij werkelijk zou doen, en dat deed hij nu.

Hij pakte zijn draadloze telefoon en belde naar Lynn op kantoor. Toen liep hij de lege flat uit en haastte zich doelbewust de straat op. Daar verborg hij zich achter een geparkeerde vrachtauto en wachtte tot het beest hem naar zijn hol zou leiden.

Een overjas was niet Gregs lievelingskledij. Hij was lang en lastig, en hij zou zich prettiger hebben gevoeld in een nonchalant jack met een ritssluiting. Maar op dit uur zou hij opvallen als hij geen zakelijke kleding droeg.

Hij had zich een paar dagen koest gehouden en beschouwde zijn waarnemingen bij de Revere-studio als zijn dessert. Hij had zelfs Kara Millet gezien voor zij de kans had hem in de gaten te krijgen. Niet dat ze hem zou hebben herkend, ingepakt als hij was. Dit koude weer was fantastisch als je mensen wilde observeren.

Vandaag was het eigenlijk niet koud genoeg om de veiligheidsmarge te leveren die hij wenste, maar hij was min of meer gedwongen hierheen te komen.

Hij wilde zo graag zien hoe Lynn er met haar decoraties – van hem gekregen – uitzag.

Hij had alle kranten uitgeplozen, want hij dacht dat die lui van WDSE-TV misschien niet in staat waren geweest haar verwondingen geheim te houden, maar er stond niets van in. Hij had gedacht dat ze wel weer gauw terug zou zijn op de buis, niets scheen haar ooit te weerhouden, maar toen kwam de aankondiging dat ze een tijdje wegbleef om iets nieuws voor te bereiden.

Hij wilde niet wachten tot ze er weer normaal uitzag.

Dus was hij hier, en hij wilde alleen maar een glimp van haar opvangen, en dat zou nu binnen een half uur gebeuren.

Hij keek nog eens op zijn horloge. Waarschijnlijk al binnen vijfentwintig minuten. Meestal ging ze om kwart voor zes naar huis.

Hij hield zijn blikken gericht op de mensen die het gebouw uitstroomden. Hij keek naar hen door het glas van de voorgevel, zodat hij iedereen kon zien aankomen vóór ze buiten waren.

En plotseling leek het of hij een elektrische schok kreeg: daar was Lynn. Toen ze dichter bij de deur kwam, nam ze haar donkere bril af.

Eerst zag hij het verband niet, alleen een soort zwelling op haar gezicht, maar toen ze dichterbij kwam, zag hij dat het een vleeskleurig verband was. Haar slaap en jukbeen en alles daaromheen waren verkleurd. En, o, jongens: dat oog was één grote, dikke, donkere eikel, een eikel met een spleetje erin waar het ding werd dichtgedrukt. Dichtgedrukt door hem.

Hij beet zich in de binnenkant van zijn wang om niet in lachen uit te barsten.

Lynn had haast, meestal liep ze niet zo snel. Hij moest een paar passen achteruit doen om weer te verdwijnen tussen al de voorbijgangers die zo'n goede achtergrond vormden, en toen was ze al op het trottoir. Ze liep een eindje de straat op en wenkte naar een taxi.

Waar ze níet blauw of geel was, was haar gezicht bleek. Dat vond hij geweldig. Haar houding was een beetje anders, niet zo... energiek. Verbeeldde hij het zich of was haar niet opgezwollen jukbeen iets scherper, een teken dat ze nog meer gewicht was kwijtgeraakt?

Een taxi stond stil en ze stapte in. Greg zag hoe de wagen zich een weg zocht door het drukke spitsuurverkeer. Hij bleef kijken tot hij hem niet meer kon zien.

16 februari 1993

Nieuwe reeks! Haha! Ze kàn niets doen. Ze is er niet toe in staat. Haar gezicht ziet eruit alsof ze in een naaimachine is gevallen. Ik vind het geweldig!

Het hele avontuur was gewoonweg fantastisch. Hij had nog nooit in zijn leven zo veel deining veroorzaakt. Golven en golven, het was een zich steeds uitbreidende vlek.

Greg zette Channel-7 aan om te zien of er op het nieuws iets werd vermeld over de overval op Lynn. Hij begreep waarom haar eigen zender er niets van zou willen zeggen, maar de concurrentie zou het maar al te graag doen. Als ze ervan af wisten.

Vermoedelijk wisten ze nergens iets van.

Misschien zou hij er eens voor moeten zorgen dat ze het wèl te weten kwamen.

Niet voor de eerste keer voelde hij zich weer intens gelukkig dat hij eraan had gedacht die ochtend een camera mee te nemen.

Hij was bezig te proberen het gebruik van zijn camera iets te verminderen. Het was leuk, maar een foto was een tastbaar bewijs dat ooit eens tegen hem zou kunnen worden gebruikt. Hij gaf verreweg de voorkeur aan de onzichtbare gegevens die hij zo vol verrukking verzamelde.

Maar af en toe kon ook hij de verleiding niet weerstaan. Wie wel? Je kon immers altijd nog verbranden wat niet moest worden bewaard.

Het nieuws was voorbij. Niets behalve de gebruikelijke vervelende onzin.

Maar hij begon zich steeds meer aangetrokken te voelen tot het hele televisiegebeuren. Tot dan toe had hij er alleen maar van genoten om Lynn te zien, maar het zou super zijn om hen over hèm te horen praten.

Greg ging achterover op zijn televisiestoel liggen en dacht na. Wat zou hij moeten doen om dat te bereiken? Hij zou moeten beginnen met mensen ècht pijn te doen. Een zijtak van zijn huidige activiteiten, zijn werk voor hem laten spreken.

Hij fronste zijn wenkbrauwen. Het was riskant. Hij had zich al die jaren niet voor niets net binnen de grenzen van de echte misdaad gehouden.

Maar ja, met al zijn ervaring was hij nu beter en gladder dan ooit. Als er een misdadiger bestond die niet te pakken was, dan was hij dat wel.

Hij zette de televisie weer aan, zocht een ander journaal, hoorde hoe de nieuwslezers hun banale verhalen oplazen en zag zichzelf al als de ster van de dag, de reden waarom ze zo ernstig keken en met zulke doodgraversstemmen praatten.

Dit kon een kans betekenen die enorme groeimogelijkheden bood.

Het was de eerste etage. Mike had Greg het kleine gebouw zien ingaan, zijn flat zien betreden en de lichten aandoen. Hij zag het blauwachtige geflikker van de televisie. Dat ging zo een tijdje door, toen ging het uit en even later weer aan.

Voor het raam was een kerstverlichting te zien, die over iets gedrapeerd was dat op een palm leek.

Hij kon er niet over uit waar die flat lag. Verdomme nog aan toe! Hij had zich de hele tijd voor de mal laten houden en geslikt dat die kerel in Californië woonde, terwijl hij in dezelfde straat als Channel-3 een flat had.

Zijn bloed gonsde van woede in zijn hoofd.

Hij moest verdergaan met zijn plannen. Wat mannetjes hierheen halen en naar binnen gaan.

Maar hij bleef daar staan, en iets zei hem dat hij het zo niet moest doen.

Er lag daarbinnen natuurlijk bewijs, spullen die zouden helpen die knaap vast te nagelen; hij wìst het. En hij wist ook dat hij nú naar binnen moest, anders was alles weg.

Hij wachtte nog even en vroeg zichzelf af of hij dat werkelijk geloofde, of dat hij gewoon niet meer kon wachten.

Hoe het ook zij, hij ging naar binnen.

Greg hoorde verbaasd dat er werd gebeld. Mevrouw Minot gebruikte altijd de telefoon, en verder kon er niemand voor hem komen.

Hij liep naar de deur, keek door het kijkgaatje en werd meteen ijskoud en misselijk.

'Doe open,' zei Mike.

Dit kon niet waar zijn.

'Doe die verrekte deur open.'

Greg dwong zich het misselijkmakende gevoel te verdringen. Hij had altijd al geweten dat dit misschien eens zou kunnen gebeuren. Het deed er ook eigenlijk niet toe. Ze konden nooit bewijzen dat hij op een of andere manier de wet had overtreden. Zelfs al zouden ze hem in staat van beschuldiging willen stellen met dat stomme statuut van hinderlijk volgen, dan was hij er toch zo weer uit.

Hij was veilig. Hem overkwam niets. Die rechercheur Delano kon hem niets maken. Het zou misschien zelfs wel amusant kunnen zijn de man met zijn eigen stem welkom te heten.

Glimlachend deed hij de deur open.

Mike keek de gek doordringend aan.

Wat een figuur! Gezicht van een filmster, glanzend zwart haar, goed gevormd.

Maar er ging iets van hem uit dat op een onzichtbare mist leek, net als een kwalijke geur, maar het was geen van beide.

Hij had dat gezicht met een steen kapot willen slaan.

'Waarmee kan ik u van dienst zijn?' vroeg de gek.

Mike stapte naar binnen en keek snel rond. Daar stond het televisietoestel op een tafeltje tegen de wand, met de palmboom in een grote pot met rijen kerstlichtjes. Een tafel en een paar stoelen, zachte, dure meubels.

'Ik ga deze flat doorzoeken.'

Gregs glimlach werd breder. 'Och, ik geloof nauwelijks...'

Mike trok het pistool van zijn heup. 'Houd je bek vóór ik je vermoord.' Hij haalde het arrestatiebevel uit zijn zak.

Greg wilde iets zeggen en Mike zei: 'Speel geen spelletjes met me. Doe niet alsof je niet weet wie ik ben.' Hij kwam dichter op Greg toe, binnen zijn nevel. Het leek nu meer op een geur, zó sterk dat Mike moest vechten om te blijven waar hij was. 'En maak geen moment de fout om te denken dat je niet tot over je oren in de stront zit.'

Greg vouwde zijn armen over elkaar en staarde Mike aan. Vóór hij iets kon zeggen, draaide Mike zich om en liep weg, naar de slaapkamer.

'Waar ben jij, verdomme, van plan heen te gaan?' gilde Greg. Hij sprong op en ging Mike achterna. Al zijn bezittingen lagen verborgen in de kruipruimte van de slaapkamer, maar de ladenkast die de opening bedekte, was slechts voldoende om mevrouw Minot ervan verwijderd te houden.

Mike bukte zich en richtte zijn pistool op Gregs borst. 'Weg met die handen, klootzak,' gromde hij en liep door.

Nu kreeg Greg zijn eerste werkelijke schrik. Hoever zou Delano gaan? Wat wisten ze? Vermoedelijk niet veel, of de man zou hier niet alleen zijn en dreigementen uiten.

Hij zou vanavond vertrekken en op een volgend adres gaan wonen, dacht Greg, zoals hij altijd deed, en dan kon niemand nagaan wat hij deed of met wie hij contact opnam. Hij kon op afstand nog genoeg lol aan Lynn beleven, en deze sufferds zouden geen enkele kans hebben hem te vinden.

Maar zou Delano nu de kruipruimte vinden? Als dàt gebeurde, kon dit allemaal uiterst vervelend worden.

Plotseling stond Greg doodstil.

Hij had zich net iets herinnerd. De foto's van Lynn lagen op de kast, links van hem. Hij kon nog net weerstand bieden aan de verleiding zich om te draaien en die kant op te kijken.

Die verrekte foto's. Hij had ze nooit moeten nemen. Ze waren vrijwel het enige bewijs dat hij die overval had gepleegd.

Hij moest ze te pakken zien te krijgen en verbergen.

Hij voelde energie in zich opborrelen en door hem heen gaan, zoals altijd gebeurde bij belangrijke missies. En dit was heel ernstig.

Hij kreeg zichzelf weer zodanig in bedwang dat hij glimlachte en die onverschillige, brutale manier van spreken terugkreeg.

'Je kunt het maar beter opgeven,' zei hij. 'Ik heb niets wat jou kan interesseren. Wie je ook bent.'

Zoals hij had gehoopt, vuurde deze pesterij Mike juist aan. Hij keek sneller om zich heen, leek ingespannen, trok laden open en controleerde eronder. Hij wachtte tot Mike zich helemaal van hem had afgewend en over een la had gebogen en greep toen snel als een slang naar links en pakte de foto's.

Mike wendde zich weer tot hem, net toen hij de foto's in zijn broekzak stopte.

'Wat deed je daar?'

Greg glimlachte en haalde zijn schouders op.

Mike was in één sprong bij hem en deed een uitval naar zijn zak.

'Blijf van me af!' gilde Greg, en duwde hem uit alle macht van zich af.

Mike werd tegen het dressoir gegooid en maakte een enorme smak. Het pistool viel uit zijn hand en hij voelde een felle pijn in zijn rug. Even wist hij niet hoe hij zich moest bewegen en hij kreeg het hondsbenauwd.

Greg holde de huiskamer in.

Met een schreeuw uit zijn diepste binnenste hees Mike zich overeind, holde struikelend achter hem aan en zag dat Greg iets deed aan de achterkant van het televisietoestel. Mike zag iets wits in zijn hand flitsen dat Mike zojuist in zijn zak had zien verdwijnen.

Greg verstijfde en Mike ook. Beiden haalden zwoegend adem, waarvan het geluid door de kamer weerklonk.

Mike wilde hem weer aanvliegen, maar hij was niet in balans. Elke beweging sneed als een laserstraal door zijn rug. Nòg een slag en hij kon voorlopig uitgeteld zijn. Hij had er geen idee van waar zijn pistool lag. Zijn ogen doorzochten de kamer, zochten naar iets waarmee hij uitstel kon bereiken, de toestand stabiliseren, en zijn blikken vielen op de kerstverlichting in de palmboom.

Als een arend stortte Mike zich op het snoer lichtjes. Hij trok met één beweging het hele snoer los en met dezelfde beweging gooide hij dat over Greg heen.

Vloekend probeerde Greg zich te bevrijden. Mike trok aan beide einden en Greg kwam gillend op de grond terecht. Lichtjes raakten los en werden onder Gregs gewicht verpletterd, waardoor ze beiden onder de glassplinters kwamen te zitten.

Mike merkte niets van de sneden in zijn handen, veroorzaakt door het snoer en de kapotte lampjes, noch van de steeds erger wordende pijn in zijn rug; hij trok het snoer steviger aan en bond de uiteinden aan elkaar, waardoor hij Gregs armen vastbond tegen zijn bovenlichaam. Toen snelde hij zo goed en zo kwaad als het ging naar de achterkant van het televisietoestel en zag iets wits: de foto's die Greg achter in het toestel had gestopt.

Mike had ze in zijn hand en probeerde ze eruit te trekken zonder stukken in het toestel achter te laten, toen Greg zich van de grond omhoogwerkte en zich op Mike wierp.

Maar Mike sprong opzij.

De reusachtige lus die hij in het snoer lichtjes had geknoopt, kreeg de hoek van het televisietoestel te pakken. Greg zag wat er ging gebeuren en schreeuwde, probeerde zich weg te draaien en verloor zijn evenwicht. Even later viel hij op de grond, en het televisietoestel kwam met een smak op zijn hoofd terecht.

De telefoon begon te rinkelen en hield niet meer op.

Hoofdstuk zestien

Lynn sliep slecht. Mary noemde het een posttraumatisch effect. Ze droomde dan van Greg, onder het bloed of dood, of van Greg in haar flat. Soms verwisselde ze met hem van rol en was dan zelf het verminkte lijk.

Soms ook verscheen hij niet in de droom, niet als zichzelf, maar Lynn wist dan dat hij in een of andere vorm aanwezig was, want dan werd ze met een schok wakker, bezweet en misselijk, net zoals bij de duidelijkste dromen gebeurde.

Dan lag ze daar te wachten tot haar hart weer normaler klopte. Eindelijk kon ze zich dan ontspannen, want dan herinnerden haar geest en haar lichaam zich dat ze niet meer op haar hoede hoefde te zijn.

Meestal viel ze dan na tien minuten of een kwartier weer in slaap, maar als dat niet gebeurde, stond ze op.

Als het al na vijven was, trok ze haar trainingspak aan, reed naar de Broome Club en liet ze zich sussen door het biologerende werk op de namaaktrap... daarna lag ze in het zachte licht van de massagekamer terwijl Elizabeth haar behandelde voor ze onder een hete douche ging staan.

Als het nog nacht was, trok ze een mantel aan over haar nachtpon en liep het terras op.

Het werkte kalmerend om de scherpe kou op haar gezicht te voelen. Over het water uit te kijken en de lichten te zien, en te weten dat ze weer thuis was. En haar carrière liep weer; net deze week was de show weer live terug op het scherm, en haar gezicht weer toonbaar met de nodige camouflagestift en make-up. Binnenkort zou ze weer een gesprek met QTV hebben over een nieuwe datum voor de proefuitzending.

Wanneer ze daar buiten in de duisternis stond, was het moeilijk niet aan Mike Delano te denken.

Ze stelde zich hem voor zoals ze hem de laatste keer had gezien, vlak voordat hij uit het ziekenhuis was ontslagen. Hij had zich moeizaam bewogen en zat in een korset omdat hij een paar ribben had gebroken. Zijn handen en gezicht waren aan het helen, maar hij had nog heel wat wondkorsten en blauwe plekken.

Op de dag dat ze hem had bezocht en hem appels en wat zuurtjes had gebracht, was er ook een andere politieman op bezoek geweest, die vreemde grapjes over ziekenhuisnachthemden had gemaakt. Het leek of de man zich door haar geïntimideerd voelde, en de beide mannen hadden haar min of meer genegeerd. Ze bleef twintig minuten voor ze vertrok en was toch geïrriteerd geweest.

Haar redenen om Mike te bezoeken, schenen niet meer te bestaan, maar ze bleef wel aan hem denken.

Ze herinnerde zich maar al te duidelijk die vreselijke nacht dat ze was thuisgekomen en Chip dood op het terras had gevonden.

Haar verdriet, haar huilbuien.

Ze herinnerde zich haar lichaam en dat van Mike, en hoe ze beiden automatisch naar elkaar toe werden getrokken, alsof elke beweging en ademhaling al eerder had plaatsgevonden, vaak zelfs. Ze proefde nog zijn lippen en voelde nog hoe ze haar best had gedaan zich zo dicht mogelijk tegen hem aan te drukken.

En ze kon zich ook even helder herinneren dat ze vluchtige opwellingen had gevoeld, net als een kapotte koplamp; zo leken die koortsachtige vlagen van haar gevoelens.

In de weken na Gregs dood, terwijl haar wereld langzaam weer normaal werd, had ze die herinnering eens nader beschouwd en zich dezelfde genadeloze vragen gesteld die ze voor de camera aan anderen stelde.

Voelde ze zich echt tot Mike aangetrokken? Was ze verliefd op hem, of ging het daarheen? Of was het een reactie geweest die voortkwam uit een zo ontzettend emotionele behoefte, dat ze gewoonweg vurig naar zo'n band had verlangd?

Waarom had er een soort kortsluiting plaatsgevonden die leidde tot hetgeen er die nacht was gebeurd? Kwam het door haar stress, stress op den langen duur of alleen van die nacht? Of waren het haar echte gevoelens die bovenkwamen, haar terughielden van een vergissing, zodat ze geen fout beging ten opzichte van Mike en zichzelf?

Ze wist er werkelijk geen antwoord op.

Hoe zou Mike zich voelen? Gaf hij om haar? Of had hij gewoon even gehoor gegeven aan zijn impulsen, had hij zelf een ontsnapping of een soort opluchting nodig gehad?

Ze kon ook die eventuele vragen van hem niet beantwoorden.

Toen het bericht over hetgeen er gebeurd was haar bij Booboo en Angela had bereikt, was ze vlug naar het ziekenhuis gegaan en had hem daar om de paar dagen bezocht. Maar afgezien van een kaartje of telefoontje zo nu en dan scheen er geen enkele reden te bestaan om het contact in stand te houden; en Mike zelf scheen dit niet van haar gewenst te hebben.

Dus kon ze alleen maar besluiten dat wanneer zijn gezicht of stem, of – in godsnaam hoe kòn het – zijn handen of mond in haar gedachten bovenkwamen, dat alleen maar uit dankbaarheid kwam.

Hij was bijna gedood omdat hij haar had willen verdedigen en ze dankte aan hem het feit dat ze nog leefde.

Hoe kon ze verwachten níet te worden vervolgd door een onontwarbaar kluwen emoties als ze aan hem dacht?

En na alles wat ze had doorgemaakt, nadat ze op intieme manier en op zo véél manieren was lastiggevallen, had zij dan werkelijk nog een liefde te schenken die geen zielige parodie was op de ware liefde?

Het was alleen maar juist om Mike te beschermen, net zoals hij haar had beschermd. Hem tegen haar te beschermen.

Mike kon nog steeds niet volledig dienst doen – kon om te beginnen nog niet zo lang zitten, noch op een stoel op kantoor of in een auto, noch zelfs boven een bord met taaie chili bij Nancy Jean.

Maar hij kon er ook niet tegen niets te doen. Hij zag tè veel mensen die dat deden, en het eindigde er altijd mee dat ze zich voor iedereen en alles afsloten en gek werden.

Het formele onderzoek naar Gregs dood had hem van alle blaam gezuiverd. Maar als je politieman was en er was iemand gestorven waarbij jij de enige aanwezige was, dan deed het er niet toe wat er nog meer al dan niet was gebeurd of wie jou vrij van blaam verklaarde. De geesten wachtten overal op je en hoopten dat je ze zou binnenlaten.

En dus hees hij zich elke middag, als de verveling tè erg werd en zelfs angstaanjagend, in een schoon sweatshirt en nam de ondergrondse naar zijn werk. Hij zou met een wuivende handbeweging alle vragen van wat-doe-jij-verdomme-hier wegvagen en om zijn bureau en dossiers heen lopen.

Dat had hij die dag ook gedaan, en hij had uitgevoerd wat langzamerhand zijn dagelijkse tocht naar Nancy Jean was geworden. Het leek of hij er behoefte aan had veel licht en stemmen om zich heen te zien en te horen. Hij was nu thuis, keek even in zijn brievenbus en zag tussen de gebruikelijke rekeningen en reclamefolders nog een kaart van Lynn, met een gedrukt bedankje voorop in plaats van 'Beterschap'.

Ik ben je enorm veel dank verschuldigd voor je toegewijde hulp, had ze op de binnenkant geschreven. *Ik hoop dat je je nu veel beter voelt.* Hij was ondertekend met: *Het allerbeste, Lynn.*

Dat maakte hem even woedend. *Het allerbeste, Lynn?* Hoezo, wat allerbeste?

Hij stond op, deed de deur open, viel zomaar neer op het opgemaakte bed en las toen de rest van zijn post door.

Hij had de belofte aan zichzelf gehouden en er zijn belangrijkste geestelijke project van gemaakt om zich van dit geval te distantiëren, en ook van Lynn en zijn gevoelens voor haar. Elke dag vol pijn werd hij er weer aan herinnerd waarom hij het niet zover had moeten laten komen. Zijn hart deed hem evenveel pijn als zijn zij en zijn schouder, en alle andere plaatsen die gekneusd, gewond of gebroken waren geweest.

Hij wist niet wat Lynn dacht of wenste, alleen dat ze genoeg kans had gekregen te reageren op de opening die hij zo duidelijk had getoond. Maar dat had ze niet gedaan, ze had alleen haar innige dank getoond en verder niets, en als hij nu verder zou blijven staan wachten op meer, dan was hij toch wel een geweldige klootzak. Of het probleem nu was terug te voeren op onverschilligheid of psychische gewonde gevoelens, of lege plekken, hij had er verder geen behoefte aan.

De mensen zeiden dat politiemensen van een ander slag waren dan de rest van de mensheid. Misschien was dat waar, maar beroemdheden... die kon je verdomme niet bijbrengen wat er werkelijk in de wereld te koop was, wat echt was en wat er niet bij klopte.

Hij keek woedend naar de kaart. Hij deed hem nog eens open en las de boodschap weer, het keurige handschrift, de nietszeggende twee zinnetjes.

Het allerbeste, Lynn.

Hij gooide de kaart in de richting van de prullenmand, maar keek niet of hij die ook had bereikt.

Op de tweede dinsdag in maart, even voor halfvier 's middags, bracht Pam een envelop naar Lynn in haar kantoor.

Kara kwam binnen toen ze hem openmaakte.

'Ik ben bezig de bandenbibliotheek te reorganiseren,' zei Kara. 'Wil je dat ik... Wat is er aan de hand?'

Lynns gezicht was lijkbleek geworden. Kara keek snel naar de brief die Lynn in haar handen hield.

Ze las de met de machine getikte regel hardop, over Lynns schouder meekijkend: *Je dacht dat alles voorbij was, hè? Ga maar eens in je auto kijken.*

De Lexus stond er nog net zo als Lynn hem die ochtend had neergezet, afgesloten, en op zijn gewone plekje in de garage.

Met trillende vingers drukte Lynn op het knopje op de sleutel en hoorde een klikje toen de portieren werden ontgrendeld. Ze maakte het portier aan de bestuurderskant open en Kara liep naar de kant van de passagier.

Ze zochten de stoelen af en de vloer, keken onder de stoelen, in het handschoenenkastje, de console en de opbergvakken van de portieren.

Niets.

Lynn drukte de sluiting van de kofferruimte in en haastte zich om de auto heen teneinde de achterbak open te maken.

Daar lag Nicky, dood, zijn tong uit zijn bek, en de manier waarop zijn kopje lag, maakte duidelijk dat zijn nek was gebroken.

Ze gilde en bleef gillen en hoorde ook Kara schreeuwen; ze kon hun gegil niet meer uit elkaar houden en kon er ook niet mee ophouden.

Toen de politie kwam, was Kara op het toilet om over te geven. Lynn ontving hen in haar kantoor, twee mannen die ze nog nooit had gezien.

Haar haren waren nat van het zweet en de tranen. Ze had het koud en rilde en kon zich niet concentreren.

Ze wist niet waarmee ze moest beginnen, dus gaf ze slechts antwoord op hun vragen.

Ja, ze wist zeker dat ze haar auto had afgesloten. Niemand anders had een sleutel. Nee, ze wist niet wie het briefje kon hebben geschreven.

Ja, er waren meer van dit soort dingen gebeurd.

De twee mannen wachtten tot ze verder zou gaan.

'Dat was een man met wie ik afgelopen herfst korte tijd ben omgegaan. Hij stuurde me rare dingen en viel me lastig op mijn werk. Hij doodde een wild eekhoorntje dat altijd op mijn terras klom en het vogelzaad opat. Hij heeft mijn creditcards ongeldig gemaakt, is bij me ingebroken en heeft me neergeslagen. Het blééf maar doorgaan.'

Ze zweeg en haalde diep en bevend adem. 'Er waren hier de hele tijd beveiligingsbeambten. En Mike Delano was er ook mee bezig als hij tijd had. Ik heb een uur geleden geprobeerd hem te bellen...'

'Hij is met ziekteverlof,' zei een van de politiemensen.

'Dat weet ik. Hij is gewond geraakt in een gevecht met de man over wie ik het nu heb...'

'Degene die rechercheur Delano heeft gewond? Maar die is gedood.'

Lynn kon alleen maar knikken.

Kara wilde met niemand praten, ook niet met haar.

Eindelijk liet Lynn haar achter op het damestoilet en schonk een glas water uit de karaf op haar bureau; toen zocht ze in haar aktentas naar pillen.

Maar Tyleno met codeïne was niet wat ze nodig had en ze legde de tabletten weer weg.

Ze ging op haar bureaustoel zitten en sloeg de armen om zich heen alsof ze het koud had. Van binnen leek alles bij haar in de war en ze huiverde alsof ze griep had. En ze bleef maar rillen.

Ze ging naar een drogist, kocht een kalmerend middel dat zonder recept verkrijgbaar was en nam daarvan vier tabletten.

Toen ze het politiebureau had opgebeld, was haar verteld dat Mike Delano meestal 's middags kwam. Zijn telefoon thuis was aangesloten op zijn antwoordapparaat.

Ze nam een taxi en bleef op het bureau wachten tot Mike zou komen.

Ze ging op de stoel naast zijn bureau zitten en werd verscheurd door allerlei emoties. Geen wonder, op zo'n dag; er was ook zo veel gebeurd! Maar dit was iets nieuws, want de herinnering aan haar vorige bezoek daar stond haar plotseling scherp voor de geest.

Ze rook bijna de hot dogs. Ze herinnerde zich hoe ze Mike naar zijn bureau had zien toekomen, rustig zijn weg tussen de collega's zoekend – een weg die hij precies kende. Ze zag het sweatshirt van de politieacademie weer en moest plotseling denken aan het verschil met het keurige pak met das van de vorige dag.

Ze herinnerde zich zijn aandacht, het feit dat hij aldoor met gefronste wenkbrauwen keek, het donkere haar, dat steeds over zijn ogen viel. De hoge en toch zo onpersoonlijke massa papier op zijn bureau, alsof er nooit tijd was geweest er iets van zichzelf neer te zetten. Zelfs geen tijd had om dingen van zichzelf te hèbben.

Die dag had hij haar tegengesproken. Niet alleen die dag; hij was altijd tegen de draad in; dat had ze alleen toen nog niet geweten. Hij had haar uitgedaagd en aangezet tot nadenken en ze herinnerde zich hoe ze enkele keren woedend tegen elkaar waren uitgevallen. Maar uiteindelijk had ze in dat kantoor iets gevonden dat bij haar allang zoek was: een gevoel van veiligheid.

Ze verlangde er vurig naar dat weer te voelen.

Plotseling was Mike daar in levenden lijve en hij kwam op haar toe. Zijn gezicht veranderde niet; het leek of ze daar gewoon dagelijks zat.

Zijn lichaam was enigszins zijwaarts gebogen, maar hij bewoog zich toch soepel.

Hij had weer een bruin zakje bij zich, met natte plekjes, en de geur van hot dogs werd nu werkelijkheid.

'Wat is er aan de hand?' vroeg hij, en liet zich voorzichtig op zijn stoel zakken.

De tranen die ze de hele dag had verdrongen, lieten zich niet meer wegslikken. De vraag op zich was voldoende geweest. Of niet alleen de vraag: wat was het eigenlijk? Het politiebureau, de stoel, dat stomme, dampende zakje met hot dogs? Plotseling drong tot haar door wat er allemaal tussen toen en nu was gebeurd.

'Het gaat om Greg,' zei ze. 'Hij leeft.'

Mike schudde zijn hoofd. 'Nee, dat is niet zo.'

‘Het móet, Mike. Hij valt me wéér lastig.’

Er ontstond een verandering bij Mike toen ze haar verhaal vertelde, maar dat nu enigszins aan scherpte had verloren, omdat ze het al zo vaak had moeten doen. Zijn gezicht verloor iets, of kreeg er iets bij – dat kon ze niet meteen vaststellen en ze probeerde het ook niet. Ze concentreerde zich erop de gebeurtenissen begrijpelijk te vertellen.

Hij viel haar niet in de rede en bleef haar voortdurend aankijken.

Toen ze klaar was, vroeg ze: ‘Wat was eigenlijk precies de oorzaak van Gregs dood? Dat heb ik nooit geweten.’

Mike knipperde even met zijn ogen. ‘Wat zou je denken van hersenen die uit zijn hoofd puilden?’

Ze keek de andere kant op. ‘Dus volgens jou bestaat er geen twijfel aan dat hij gedood is.’

‘Absoluut niet.’

‘Dan...’

‘Wie heeft er een sleutel van je auto?’

‘Niemand. Ik heb een extra sleutel in mijn bureau, op mijn werk, en er zit een klein exemplaar in mijn beurs. Lexus noemt het een beurssleuteltje. En dan is er nog een sleutel om aan iemand bij een restaurant te geven om de auto te parkeren. Die blijft in de auto, in de consoleruimte.’

‘Hoe staat het met Kara’s flat? Heb jij een sleutel?’

‘Ja,’ zei Lynn.

‘Wie nog meer?’

‘Een paar zussen van haar, denk ik.’

Zijn lunchpakketje lag nog ongeopend op zijn bureau. Hij keek ernaar en wendde zich toen weer tot Lynn zonder het open te maken.

‘Wie weet iets af van hetgeen jou de laatste tijd is overkomen?’

‘Vrij veel mensen.’

‘Noem ze eens op,’ zei hij, en trok een blocnote naar zich toe.

‘Kara. Mary en Gideon Eli. Mijn baas en zijn vrouw. Mijn broer en schoonzus. Nogal wat mensen van Channel-3 en ook enkele van QTV.’

‘Is dat het hele lijstje?’

Lynn haalde haar schouders op. ‘Politie en beveiligingsbeambten. Mensen van mijn fitnessclub. Sommige buren weten er iets van.’

Ze zag dat hij alles opschreef. ‘Waarom wil je dat weten? Denk je dat het iemand is die Greg nabootst?’

Hij keek niet op. ‘Dat weet ik wel zeker.’

‘O ja?’ snauwde Lynn, die opeens woedend was.

Nu keek hij op en zijn ogen waren ondoorzichtiger zwart dan ooit. ‘Je wilt me toch niet in ernst zeggen dat ik niet weet wat een dode is als ik hem met mijn eigen ogen zie?’

'Nee, maar...'

'Niets te maren. Ik doe dit werk al jaren, en als ik op een brancard neerkijk, weet ik wanneer iemand dood is. Die gek was dóód, Lynn, dood als een verkeersslachtoffer. Zijn hersenen vloeiden over het vloerkleed heen.'

Mike drukte zich op uit zijn stoel, liep naar een kast en kwam terug met twee folders. Hij liet er foto's en formulieren uit op zijn bureau glijden.

'Verslag van de lijkschouwer. Opnamen van de plaats van de misdaad. Opname van pathologie. Crematiecertificaat.'

Lynn concentreerde zich op wat er niet bloedig uitzag en probeerde niet naar de rest te kijken. Ze hield haar maag in bedwang. Het was Greg; daar bestond geen twijfel aan. Ze kende zelfs dat overhemd.

'Als er weer iemand probeert je zoiets te flikken,' zei Mike, 'dan weet ik niet wat je wel moet doen, maar het is níet deze gek die uit de la van het mortuarium is ontsnapt, zijn broek heeft aangetrokken en nu jou weer het leven lastig maakt.'

Hij scheurde een blaadje van zijn blocnote, keerde het om, zodat ze het kon zien, en zei: 'Hier is de oplossing.'

Zijn gebaar zei: En reken niet op mij om het te vinden.

Lynn wist niet wat ze anders moest doen en las wat er stond.

Ze wilde weghollen, weg van die rij bureaus en de schijnbaar ongeïnteresseerde rijen rechercheurs.

Maar tegelijkertijd hield iets haar vast – omdat ze zich herinnerde hoe heerlijk het was zich veilig te voelen, of alleen het naakte feit van het politiebureau?

Nee, het was simpel, werkelijk.

Ze legde het velletje weer op zijn bureau.

Ze was alleen erg geschrokken door het feit dat ze nu was gestrand.

Buiten bleef ze onzeker op het trottoir staan en voelde zich als een verlicht doelwit.

Ze wist niet zeker of ze op Mike zelf had gerekend of op wat hij vertegenwoordigde: een officiële omschrijving van hetgeen haar overkwam als een misdaad met een schuldige, en niet een of ander ingebeeld probleem van haar.

Maar het deed er niet toe, want het leek erop dat het niet meer bestond.

'Hier is de oplossing...'

'Als iemand weer probeert je zoiets te flikken...'

Als.

Kara's flat was leger dan hij zou zijn geweest als er helemaal niets in had gestaan.

Geen getik van pootjes op de grond, geen snuffelende neus aan haar voeten.

Ze was al een uur thuis, net lang genoeg om telefoontjes te beantwoorden en de rommel op te ruimen die de slotenmaker had achtergelaten. Nu vroeg ze zich af wat ze met Nicky's spullen moest beginnen.

Ze liep naar het raam van de huiskamer en keek naar het verkeer in de vroege avond zonder het echt te zien.

Haar bel rinkelde. Het was Lynn, en Kara drukte op de knop om haar binnen te laten.

'Hoe is het ermee?' vroeg Lynn.

'Gaat wel.'

'Je hoeft voor mij niet...'

'Oké. Verschrikkelijk.'

'Ik begrijp het,' zei Lynn rustig. 'En ik vind het zo akelig voor je. Het was zo'n allerliefste hond.'

'Wat ga je nu doen?'

'Ik weet het niet. Het land verlaten? Ik weet niet wat ik wil doen, zelfs niet wat ik moet dènken.'

Kara vroeg: 'Is Greg ècht dood?'

'Ja. Ik heb foto's van zijn lijk gezien.'

Kara's waarnemingsvermogen, afgestompt door verdriet, stak haar. Lynns ogen waren vochtig en haar bewegingen ongecoördineerd.

Kara kende die tekenen. Ze had die jaren geleden gezien, ze destijds steeds duidelijker zien worden.

'Wat is er dan aan de hand?' vroeg Kara.

'Ik wéét het niet. Mike Delano zegt dat iemand aan het imiteren is wat Greg deed.'

Kara wendde zich af. Ze kookte inwendig van woede. Haar werk, haar hond, haar léven... en ze moest maar hulpeloos toekijken terwijl Lynn een op macht beluste rechercheur napraatte en God mag weten wat voor drugs slikte; ze maakte van alles een nog grotere warboel.

Ze draaide zich met een ruk om naar Lynn. 'We hadden dit achter de rug! Greg zat jou achterna en sloeg jou neer, en toen niet meer, want hij was dood! *Zo ìs het toch?*'

'Ja.'

'Ik heb altijd aan jouw kant gestaan, al die jaren. Nietwaar? Lynn en Kara, we waren een span. Ik deed alles wat jij wenste, accepteerde je beslissingen, of ik het ermee eens was of niet, en we hielpen elkaar er zo goed mogelijk uit te zien.'

Lynn wilde iets antwoorden, maar Kara weerhield haar. 'Het is tijd eens eerlijk te zijn. Heb jij soms problemen waarvan niemand iets weet? Met wie en met wat houd jij je bezig? Ben je weer verslaafd, Lynn?'

'Néé!'

'We doen hier altijd heel voorzichtig over, maar dat kan nu niet meer!' schreeuwde Kara. 'Word je afgeperst? Weet iemand dat je drugs gebruikt en zetten ze je onder druk?'

Lynn beefde, maar ze keek Kara recht aan. 'Ik doe niets en sta onder niemands druk, dat weet je, anders had ik het je allang verteld. Ik ben dol op mijn beroep en probeer dat goed uit te oefenen.'

'Hoe verklaar je dan...'

'Ik kan het niet verklaren.'

Mike bleef meestal de hele middag werken; het was beter dan al het andere wat hij op dat moment kon doen. Maar nadat Lynn weg was, merkte hij dat hij het lawaai en de drukte om zich heen niet kon verdragen.

Hij ging naar buiten en zonder het te weten bleef hij op het trottoir op vrijwel dezelfde plaats staan waar ook Lynn had gestaan terwijl ze haar snel verminderende mogelijkheden overwoog.

En om alles nog erger te maken, was het een prachtige dag.

Hij wilde met zijn vuist op iets inslaan.

Hij liep langzaam weg. Het was niet gemakkelijk, maar toch niet meer zo moeilijk als het eerst was toen elke stap hem als het ware messteken in zijn zij bezorgde. Uiteindelijk bereikte hij de metro en reed een tijdje rond.

Tegen het midden van de middag kwam hij terecht bij de haven.

Het was er druk voor een gewone werkdag. Meeuwen doken neer om brood op te pikken dat kinderen rondstrooiden. Er liepen wandelaars rond, er waren fietsers en er stonden zelfs een paar ijskarretjes. Hij zag een verkoper van hot dogs en dacht heel even aan de onaangeroerde zak in de prullenmand op zijn kantoor, maar had toch nergens trek in.

Bij een bank bleef hij staan en steunde er even op. Hij was zich er zeer van bewust dat Lynns flatgebouw daar in de buurt was. Haar flat zond vrijwel magnetische signalen uit.

Hij had gedacht te maken te hebben met de betrekkelijk eenvoudige opgave om te beslissen niet door te gaan met een persoonlijke verhouding.

Maar nu had de situatie plotseling onvermoede lagen, hoeken en verborgen plekjes gekregen.

Hij wilde eigenlijk niet weten welke van de mogelijke verklaringen van wat er wel of niet aan de hand was de juiste zou zijn.

Hij wist alleen niet zeker of hij wel een keus had.

Hij ging rechtop staan en wandelde door, bewust weg van het gebouw waar Lynn woonde. Hij slenterde langs winkels en deed het langzaam aan, de enige manier waarop hij kon doorgaan na al die bewegingen waaraan hij niet meer gewend was.

Hij dacht aan de lijst die hij voor Lynn had opgesteld. Ze had hem op zijn bureau laten liggen.

Hij bleef staan en zag zijn spiegelbeeld in de etalageruit van een zaak waar T-shirts werden verkocht. Wat dacht je dan dat ze zou doen? vroeg hij aan het beeld. Na alles wat ze heeft meegemaakt, moet ze dan nu onmiddellijk knikken en een potlood pakken om een lijst te gaan analyseren van haar beste vrienden en verwanten, teneinde te beslissen wie kan hebben besloten haar treiteraar te vervangen?

Hij dwong zich te blijven staan en zichzelf aan te kijken terwijl hij de volgende vraag stelde, de enige die hem al de hele middag kwelde.

Is zij het zèlf? Heeft zij zelf besloten de gek na te bootsen?

Heeft ze aandacht nodig – van haar vrienden, collega's en familie? Van de politie, van hem?

Is dit het idiote gedrag van een belangrijke televisieberoemdheid?

Zou ze zó gestoord kunnen zijn, dat ze niet beseft wat ze aan het doen is?

Hij bleef daar lange tijd staan en bekeek zijn eigen strakke gezicht.

'Neem eens wat vrij,' zei Vicky Belinski. 'Zorg dat je wat rust krijgt.'

Lynn nam de hoorn van de telefoon steviger beet. 'En dan?'

'Dan zien we wel verder.'

Lynn kon niet meer op tegen die beleefde spelletjes. 'Maak me dat alsjeblieft goed duidelijk, Vicky. Ik wil weten wat de bedoelingen van QTV zijn. Denk je dat we in de komende maanden nog tot een proefuitzending komen? Of ben je bezig de zaak voor onbepaalde tijd uit te stellen?'

Even bleef het stil, toen klonk er een zucht uit Californië. 'Voor onbepaalde tijd.'

De volgende dagen kwam Kara naar haar werk, deed wat ze moest doen, en Lynn deed hetzelfde, maar verder hadden ze absoluut geen contact.

Lynn werkte zich erdoorheen door haar publieke verschijning als een regenmantel aan te trekken. Glimlachen, handjes schudden. Doe alsof je op het scherm moet komen. Dit moest haar helpen zich normaal te gedragen.

Ze dùrfde zich niet gewoon voor te doen. Ze waagde het niet zich zo kwetsbaar op te stellen.

Dennis riep haar bij zich voor een gesprek dat ongeveer hetzelfde inhield dat Kara haar voor de voeten had gegooid: had Lynn drugproblemen? Hoe was die ellende met Kara's hond ontstaan? Bestond er een vendetta tussen haar èn Kara?

Alleen 's avonds en 's nachts, als ze alleen was, kon ze zich overgeven aan de depressie en angsten van een doodsbange en gedeprimeerde vrouw die deze getalenteerde televisiepresentatrice in feite was.

Ze bleef de kalmerende middelen nemen die ze bij de drogist had gekocht, maar probeerde zo weinig mogelijk te slikken.

Op vrijdag moest ze naar de tandarts. Ze overwoog de afspraak af te zeggen, maar deed het toch niet; ze had die wortelkanaalbehandeling al veel te lang uitgesteld.

Fysieke pijn was een soort opluchting. Die verdrong de andere. En ze kende die lichamelijke ellende, met al zijn aspecten en beperkingen.

Waar en hoe ze ook kon, moest ze proberen afleiding te zoeken.

'Vanavond zult u wel pijn hebben,' zei de tandarts toen hij klaar was. Hij was een sympathieke man, die het erg vond mensen pijn te moeten doen, en hij had de neiging te denken dat men nog minder kon verdragen dan het geval was. 'Ik geef u wat Percodan en een recept om meer te halen.'

'Nee, dat hoeft niet,' zei Lynn.

'Neem nou maar mee! U zult ze nodig hebben.'

'Ik heb die afspraak met opzet op een vrijdag gezet,' zei ze, terwijl haar halve gezicht nog verdoofd was en niet meedeed. 'Ik hoef pas maandag weer aan het werk en dan is het wel over.'

Dr. Gurian schudde zijn kalende hoofd. 'Vanavond om een uur of acht zit ik kreeft te eten in Wellfleet en ik ben pas maandagochtend weer bereikbaar. Wilt u nu mijn weekend bederven doordat ik me bezorgd moet maken om uw pijn?'

'U hóeft zich niet bezorgd te maken,' zei Lynn.

'Dat doe ik wèl. Neem die pillen nou maar mee naar huis.'

De tandarts had gelijk. Tegen de tijd dat hij zijn kreeft openbrak, lag Lynn met een ijskompres op de bank. Het hielp niet veel en verdoofde alleen haar kaak zolang ze het kompres stevig tegen haar pijnlijke wang drukte. Na een tijdje hield ze daarmee op, nam nog wat aspirine en dacht eraan hoe Mike haar had gedwongen die in te nemen toen ze weer eens zo'n vreselijke hoofdpijn had gehad.

Net als de lucht van hot dogs maakte de zurige smaak dat ze hem plotseling levendig voor zich zag.

Het was vreemd hoe vaak dat met verschillende dingen gebeurde.

Ze wist niet of ze Mike zelf miste, of de schijnbare troost die ervan uitging iemand te kunnen bellen als er iets gebeurde, dat je dan iets kon doen.

Maar elke keer als ze aan Mike dacht, moest ze aan zijn lijst denken.

En dat was zo erg! Ze ging die na in haar hoofd en probeerde zich voor te stellen dat degenen die daarop voorkwamen van haar narigheid zouden genieten, en dan moest ze het altijd weer opgeven.

Het enige dat ze misschien zou kunnen verdragen aan de lijst was de bijna uit te sluiten mogelijkheid dat er een of ander onevenwichtig mens bij Channel-3 was die ze nauwelijks kende, en die haar nu uit jaloezie slinks aanviel. De roddelpers stond vol met dergelijke gevallen: een of andere arme, zieke geest die een heel scenario en een agenda had en een zondeboek nodig vond.

Ze bleef steeds maar nadenken over de video- en geluidsmensen, de mensen van de regie, de telefonisten, en ze vroeg zich dan af wie er bezig was Greg na te bootsen.

Of zou het iemand van de politie zijn? Veel mensen daar hadden toegang tot alle benodigde gegevens.

Ze had Helene Skolnik gebeld en een boodschap achtergelaten. Helene was privé-detective. Ze had er ook over nagedacht weer bewakers van Stricker in dienst te nemen, deze keer voor eigen rekening, maar om haar persoonlijk te bewaken. Maar in hoeverre durfde ze haar angst voor het oog van het publiek bij het televisiestation duidelijker te maken?

De aspirine hielp niet en ze dacht aan de Percodan in haar tas.

Ze had echt pijn in haar mond.

Slaap zou helpen, maar ze was zo rusteloos als ze sliep. Haar pijn zou de nacht tot een nog grotere bezoeking maken dan hij al was.

Percodan zou haar kunnen ontspannen en tegen de pijn helpen, waardoor ze gemakkelijker de slaap zou kunnen vatten.

Ze zocht haar tas op, maakte een monsterpakje open en nam twee pillen met water in, en daarna nog een.

Een paar minuten over tien maakte ze zich klaar om naar bed te gaan, en haar mond deed net iets minder pijn toen Helene Skolnik terugbelde.

'Sorry dat het al zo laat is, maar je zei dat het belangrijk was.'

Lynn vertelde haar wat er met Nicky was gebeurd.

'Maar de man is dood?'

'Ja. De politie denkt dat iemand hem nabootst.' Door haar tandartsbehandeling en de medicijnen die ze had geslikt, sprak ze onduidelijk.

'Ik kan je nauwelijks verstaan!'

'Ja, ik ben vandaag bij de tandarts geweest.'

'Ik geloof niet dat ik je kan helpen,' zei Helene, na even te hebben gezwegen. 'Er is niets waarop ik me kan baseren, als de politie al deed wat ik zou doen en er niets mee heeft bereikt. En de situatie is... bizar, om het zachtjes uit te drukken.'

'Ja, en daarom heb ik ook hulp nodig,' zei Lynn, en weigerde te reageren op weer een wenk dat niet alleen de situatie zo bizar was.

Hoofdstuk zeventien

Pam kwam Lynns kantoor in om lunchgeld bij Kara en Lynn op te halen.

Lynn pakte haar handtas, zocht naar twee losse dollarbiljetten in haar portefeuille en herinnerde zich dat ze de envelop met kleingeld, dat ze uit de bankautomaat had gehaald, in haar aktentas had gestopt. Ze boog zich over het bureau om de tas te pakken en greep erin, op zoek naar de envelop.

Iets krabde gemeen over haar hand. Ze gilde en trok haar hand terug. Er vloeide bloed uit, veel bloed, zó veel dat binnen enkele seconden alles onder zat.

Even keken Pam en Kara verstijfd toe. Toen begon Pam te gillen en Kara griste ergens een stapeltje papieren zakdoekjes uit, rende naar Lynn toe en drukte die tegen haar hand.

'Wat is er gebeurd?' riep Pam uit.

Met haar vrije hand pakte Lynn de met bloed bedekte aktentas en gooide hem toen neer. Toen tilde ze hem op bij de onderkant en liet de hele inhoud op de grond vallen.

Een boek, folder, papieren, kleerborsteltje, pennen... en iets metaalachtigs met wit plastic...

'Is dat niet het mesje van een keukenmachine?' vroeg Pam. 'God, Lynn, het is zo scherp als een scheermes!'

'U boft,' zei de arts van de eerstehulppost terwijl een verpleegkundige Lynns arm schoonmaakte.

Lynn voelde dat ze bijna een hysterische lachbui kreeg. Wàt voor ellendige dingen ze ook beleefde, altijd was er iemand die haar vertelde dat ze bofte. Ze verbeet de lach met een kuchje.

'Twee centimeter verder en het was de slagader geweest,' zei de dokter. 'U kunt God op uw blote knieën danken. Dan was u zo snel doodgebloed dat u geen tijd meer had om hierheen te komen.'

De arts heette Turco en was dezelfde open en vrolijke man die haar had geholpen toen ze was neergeslagen. Hij keek nieuwsgierig op haar neer terwijl hij maatregelen nam om de slordige striem te hechten die over haar halve handpalm liep.

'Vertel het me nog eens,' zei hij.

Lynn had zo af en toe getrild, en nu begonnen haar tanden ook te klapperen. Ze zei: 'K-kan dat even wachten tot u k-klaar bent?'

'Nee, de afleiding helpt u. Geef me de Lidocaine eens. Rustig, mevrouw Marchette. Zo. Waaraan hebt u zich zo gesneden? Een sikkel?'

'Het mesje van een keukenmachine.'

'Sorry dat ik zulke domme grapjes maak,' zei de arts. 'Ik heb de neiging dat te doen wanneer ik niet meer weet wat ik moet zeggen. En dat weet ik ook helemaal niet, nu ik Lynn Marchette hier opnieuw heb met weer een ernstige verwonding waar ik geweld achter vermoed.'

Lynn keek naar haar hand terwijl hij ermee bezig was, maar zag het niet helder; ze voelde zich overal verdoofd, en niet alleen in haar verdoofde handpalm. Ze wist dat dit heerlijke koude gevoel spoedig zou verdwijnen, maar het enige dat ze nu wilde, was niet te veel nadenken.

'De vorige keer werd u door de politie gebracht,' zei de arts. 'Nu was het uw assistente. En we mogen er geen van allen over praten dat het u betreft.'

Hij trok de naald met de zwarte draad door de huid vlak naast de snee.

'Wat betekent dit allemaal? Ik zal u eens iets zeggen,' zei hij. 'Toepassing van geweld in huiselijke kring.'

Nu brak de lach los. Lynn kon hem niet inhouden, en het kon haar ook niet meer schelen. Maar het ging weldra over in huilen. De verpleegkundige keek haar triest aan en bood haar toen een doos met Kleenex aan.

'Kunt u niet beter uw mond houden?' zei ze tegen de dokter.

'Het spijt me,' zei hij. Hij leek werkelijk geschrokken. 'Ik maak alles alleen maar erger, geloof ik. Ik vind het alleen zo verschrikkelijk om vrouwen weer op te lappen zodat ze kunnen teruggaan naar degene die hen heeft mishandeld, zodat ze opnieuw mishandeld kunnen worden. Dat is alles.'

Booboo kwam naar het ziekenhuis en stond erop haar mee te nemen naar Salem. Lynn stemde toe, op voorwaarde dat ze eerst bij haar flat langs gingen.

Ze pakte kleren in voor een paar dagen en wat er nog over was van de monsters Percodan.

Terwijl ze naast haar broer gezeten over de Tobin Bridge reed, voelde Lynn zich heel hulpeloos. Ze reed altijd zelf over deze brug, ging dan haar broer en schoonzus opzoeken en besliste zelf wanneer ze wilde teruggaan. Nu wèrd ze gereden. Dat gevoel deed haar neiging tot paniek nog toenemen.

Booboo zei: 'Was het het mesje van je keukenmachine?'
'Ja. Ik heb ernaar gekeken zodra ik binnenkwam.'
Haar broer vloekte: 'Dan zijn ze wéér je flat binnengedrongen.'
'Ik denk het niet. Dat mesje kan al lang geleden zijn weggenomen.'
'Maar dat weten we niet. Ik kan er niet tegen dat je daar zo onbeschermd bent. Je kunt niet aan de gang blijven met het veranderen van sloten. Wat ben je nu verder van plan? Je wilt daar niet weg, je wilt niet bij mij en Angela logeren. Je wilt ook niet verhuizen naar een...'
'Ik wil gewoon niet zitten wachten tot ze me weer iets aandoen. Dat is wat ik wil. Ik zal zorgen dat er iemand is die me beschermt.'
'Toch niet die verdomde rechercheur?'
'Nee. Ik zal iemand in dienst nemen. Ik wil een detective, iemand die kan ontdekken wat er in 's hemelsnaam aan de hand is en daaraan een eind kan maken.'
Ze reden de oprit voor het huis op. Dikke bossen krokussen begonnen hun paaskleuren te tonen.
Booboo tilde haar reistas uit de kofferbak. 'Ik geloof dat we met sommige mensen eens een praatje moeten gaan maken,' zei hij.

'Arbor Investigations' hield kantoor in een gebouw van rookglas in Worcester. Lynn en Booboo wachtten in dure stoelen weggedoken in de wachtkamer. Er hingen aan twee wanden originele olieverfschilderijen van Parijse straattafereeltjes en aan de derde wand was een aantal onderscheidingen opgehangen. De vierde wand was van helder glas. Daarachter zat een receptioniste, en achter haar zaten, voor enkele gesloten kantoordeuren, drie vrouwen en een man te werken voor beeldschermen.
De telefoon van de receptioniste zoemde en ze bracht Lynn en Booboo een van de kantoren binnen waar twee mannen bij een bureau stonden.
'De heren Craig Reeb en Dominick Speranza,' zei ze.
'Ik ben Lawrence Marchette en dit is mijn zus Lynn.'
De mannen keken naar Lynns verbonden linkerhand en gaven haar hun rechterhand.
'Natuurlijk heb ik uw programma vaak gezien,' zei Reeb, de oudere man. Hij was een jaar of zestig, had grijzend bruin haar en een militaire houding. Speranza leek bedrieglijk ontspannen, iets dat Lynn bij vrijwel alle hoge politiemensen had opgemerkt. Er werd geen tijd verspild met woorden, de blikken misten niets.
Ze leken precies wat haar broer had gezegd: het soort privédetectives aan wie banken hun vertrouwen schonken, zijn bank en vele andere.
Ze begon zich een heel klein beetje minder hopeloos te voelen.

'We hebben begrepen dat u een probleem hebt, dat u overal wordt lastig gevallen,' zei Reeb. 'Vertelt u ons er eens wat meer over.'

Lynn wees op haar gewonde hand. 'Dit is vandaag gebeurd. Twintig hechtingen. Ik heb me gesneden aan het mesje van een keukenapparaat. Iemand had dat in mijn aktentas gestopt, zodanig dat ik me eraan zou snijden als ik in mijn tas greep.'

'Waar was u?' vroeg Speranza.

'Op mijn kantoor op het televisiestation.'

Hij schreef iets op in een klein, gelinieerd notitieboekje.

'Bent u bij de politie geweest?' vroeg Lynn.

'Die heb ik een half jaar geleden verlaten,' zei hij met enig respect.

Reeb vroeg: 'En verder?'

'Een week geleden werd er op kantoor een briefje voor me afgegeven. Een beveiligingsbeambte vond het. Er stond in dat ik in mijn auto moest gaan kijken. Mijn assistente en ik haastten ons naar de parkeergarage. Wat we vonden was – was het lijkje van haar hondje in *mijn* kofferbak.'

Alle afschuw kwam weer boven en ze moest veel moeite doen om niet weer met huilen te beginnen.

Reeb vroeg vriendelijk: 'Woont u alleen?'

'Ja.'

Booboo schraapte zijn keel. 'Ik heb haar al zó vaak gevraagd bij mij en mijn vrouw te komen logeren, of mij bij haar te laten overblijven. Maar ze is zo koppig als een ezel. Toch moet er nu iets gedaan worden.'

'Dat lijkt mij ook.' Reeb had achter zijn bureau gezeten, maar stond nu op en kwam eromheen gelopen.

'Hebt u al eerder dit soort situaties behandeld?' vroeg Lynn.

'Jazeker, mevrouw.'

'Denkt u dat u me kunt helpen?'

'Och, dat lijkt me wel mogelijk.'

'Goddank,' zei Lynn opgelucht.

Booboo sloeg zijn arm om haar heen. 'Wat heb ik je gezegd?'

Reeb drukte op een zoemer en de receptioniste deed de deur open. 'Wat wilt u drinken?' vroeg ze. 'Koffie? Frisdrank?'

'Niets, dank u,' zei Lynn.

'Neem iets,' drong de detective aan. 'We moeten veel gegevens van u horen. Dat duurt wel even. Drink dus liever iets.'

'Goed dan. Graag. Koffie, alleen met melk.'

Nadat de receptioniste was vertrokken, begon Speranza weer te schrijven. 'Ik noteer alle gevallen die u me beschrijft, plus de tijden en de data.' Hij liet Lynn het notitieboekje zien. 'Is dit juist?'

Ze las het. 'Ja.'

'Nog meer voorvallen?'

'Niet in deze reeks.'

'U bent al eerder lastig gevallen?' vroeg de gewezen politieman.

Lynn wendde zich tot Booboo. 'Heb je het hun niet verteld?'

'Niet dat het ophield en weer begon; niet precies.'

De receptioniste kwam binnen met de koffie en Lynn nam dankbaar een klein slokje.

Speranza sloeg een nieuwe bladzijde op. 'Wanneer hebben die andere gebeurtenissen plaatsgevonden?'

Lynn wreef over haar pols, die pijn deed omdat ze bleef proberen hem in een zo gemakkelijk mogelijke houding te laten.

'Ze begonnen in oktober en eindigden in februari. De man die me had lastig gevallen, werd op zestien februari gedood.'

Het bleef even stil. Toen zei Speranza: 'We hebben het dus over lastig vallen door twee verschillende personen.'

'Ja,' zei Lynn.

'Bent u al bij de politie geweest?'

Ze zuchtte en wilde antwoorden, maar Booboo was haar voor.

'De politie was nutteloos. We hebben alleen maar haar woord dat ze pogingen heeft gedaan...'

'U hebt *alleen maar* het woord van de politie van Boston?'

Booboo schudde zijn hoofd. 'Laat me uitpraten, wilt u? Die kerel, die rechercheur, heeft geprofiteerd van de positie van mijn zus...'

Lynn legde haar hand op de schouder van haar broer om hem te kalmeren. 'Zo zie jíj het, maar ik ben het niet met je eens. Mike weet zelfs nog niet eens wat er vandaag is gebeurd. Maar deze heren willen niet onze mening horen.' Ze wendde zich weer tot de privé-detectives. 'Ik moest eigenlijk maar van voren af aan beginnen.'

'Dat zou geen kwaad kunnen,' zei Speranza.

Haar hand brandde en lag zwaar en pijnlijk op haar schoot. Ze was doodop en duizelig van de honger, en de warme koffie had de nog niet geheelde wond in haar mond weer opengemaakt, waardoor ze pijnsteken tot achter in haar hoofd voelde.

Maar ze dwong zichzelf alles te vertellen, en haar beroep zorgde ervoor dat ze alle stukjes van de puzzel duidelijk aan elkaar kon passen, ondanks alle gevoelens die ze daarbij kreeg.

Ze stokte even bij de seksuele details, maar dat zou haar niet zijn overkomen als Booboo er niet bij aanwezig was geweest.

Op een gegeven moment tijdens haar verhaal constateerde ze verbaasd dat Speranza geen notities meer maakte. Maar ze ging door, net zoals ze deed als een show niet helemaal ging zoals ze had bedoeld.

Toen ze klaar was, bleef het een volle minuut stil.

Daarna zei Reeb: 'Dit is allemaal heel geheimzinnig. Vreemd dat dit patroon van lastigvallen zich gaat herhalen terwijl de veroorzaker ervan dood is. Ik moet u nu een vraag stellen: Wat denkt u in uw diepste binnenste van deze hele zaak?'

Lynn wreef over haar arm. 'Mijn enige antwoord is dat iemand die weet wat er allemaal is gebeurd, dat nu imiteert.'

'Iemand die u goed kent.' Het was geen vraag.

'Dat wil ik liever niet overwegen,' zei ze. 'Ik zou willen dat het een anonieme persoon was die gestoord is en iets tegen me heeft. Maar ja, de logische conclusie luidt dat het iemand is die me goed kent.'

'Wat denken uw collega's ervan?'

'Dat zíjn de mensen die me goed kennen.'

Weer even stilte, en toen vroeg Reeb: 'Wie is uw directe chef bij Channel-3?'

'De algemeen-directeur, Dennis Orrin.'

'Wat denkt hij ervan?'

Lynns maag leek zich om te draaien. Ze moest eerlijk zijn. 'Hij... is van mening dat dit allemaal, gezien enkele problemen van mij in het verleden, een vendetta kan zijn.'

Speranza boog zich naar haar toe. 'Wat voor persoonlijke problemen?'

'Drugs. Ik heb nu absoluut géén drugprobleem meer, maar hij...'

'Waarom zegt hij dat dan?'

Lynn zuchtte. 'Lang geleden was ik af en toe afhankelijk van medicijnen omdat ik vreselijke pijn leed door problemen met mijn gebit. Dennis weet daarvan. Ik denk dat het nu bij hem opkomt...'

Speranza en Reeb keken elkaar aan.

Reeb zei: 'Wilt u ons even verontschuldigen?'

In het kantoor ernaast leunden de twee mannen tegen een leeg bureau.

'Wat denk jij ervan?' vroeg de oudere man.

'Ik ben niet positief. Maar als ik zou moeten raden...'

'Doe dat eens.'

'Dan denk ik dat de eerste reeks handelingen echt was, en dat – nu die kerel dood is – zij zelf opnieuw begint.'

'Dat maak ik er ook uit op.'

'En wat is zij? Een beroemdheid die het in de kop is geslagen? Sympathie en aandacht nodig heeft? Wat zou het zijn?'

'Ze lijkt erg van streek,' zei Reeb, 'maar niet gek. Zou ze een rare streek aan het uithalen zijn om daarop een programma te baseren?'

Speranza knikte langzaam. 'Misschien. Misschien is de werkelijke bedreiging ten einde gekomen vóór haar dat schikte. Voordat de camera's erbij konden komen.'

'Maar ik acht haar toch niet in staat het hondje van haar vriendin te doden.'

'Wie weet hoe ze werkelijk over die vriendin denkt?'

'Dat is zo.'

'Tja, Jezus, ze kan ons niets tonen dat anderen dan haarzelf aanwijst. Zij beschikt over alle nodige middelen. En het mesje waaraan ze zich zo heeft gesneden, kwam uit haar eigen flat. Het lijkt er ook op dat de bazen van Channel-3 hier niet erg in geloven. Mijn enige vraag is: waarom kwam ze ermee naar òns toe?'

Reeb ging rechtop staan. 'Haar broer maakt zich vreselijk ongerust over haar. Hij heeft haar vermoedelijk daartoe gedwongen.'

'Wacht eens even,' zei Booboo. 'Een uur geleden zei u dat u kon helpen, maar nu hebt u plotseling geen tijd meer.'

'Niet voor zo'n ingewikkelde zaak. We hadden begrepen dat het een eenvoudige zaak van lastigvallen was. We hebben niet genoeg mensen om...'

Booboo werd rood tot in zijn nek. 'Het ìs een eenvoudige zaak van lastigvallen.'

De oudere man zei verzoenend: 'Ik begrijp dat het voor u en uw zus zo lijkt. Maar nadat we alle omstandigheden hebben gehoord, moeten we wel tot de conclusie komen dat de zaak tè ingewikkeld is...'

'Het zou veel te veel tijd gaan kosten,' zei Speranza. 'En we kunnen dit niet inpassen in ons schema.'

Booboo wilde nog iets zeggen, maar Lynn viel hem in de rede. 'Verspil er verder geen woorden aan.'

'Maar dit is een belediging! De bank geeft die kerels heel wat opdrachten...'

'En zal daarmee doorgaan. Ze zijn duidelijk goed, maar wensen mijn geval niet te behandelen. Ze geloven me niet. Ga mee, Booboo. We vertrekken.'

In de auto op weg naar Booboo's en Angela's huis kon ze zich ten slotte niet meer inhouden.

'Het is weer precies zo als vroeger,' snikte ze. 'Iemand vergalt mijn leven en niemand kan me helpen.'

'Die klootzakken,' zei Booboo. 'Ik had je niet mee daarheen moeten nemen. Waar halen ze de euvele moed vandaan om een beroemde televisiepersoonlijkheid als een stuk oud vuil te behandelen?'

'Zij zijn het niet alleen. Iedereéén denkt er zo over. Er is geen enkele verklaring en het klinkt allemaal zo ongeloofwaardig, en dus geloven ze niets. Ze deinzen snel terug.'

Ze had geen tissues meer, maar haar neus liep en de tranen stroomden uit haar ogen. Ze zocht in haar tas of ze er misschien nog eentje kon vinden, maar er was niets en ze begon steeds harder te huilen, met snikken die uit haar diepste innerlijk opwelden.

De tranen stonden nu ook bij haar broer in de ogen. Hij sloeg zijn sterke arm om haar heen, trok haar opzij tegen zich aan en hield haar zo vast terwijl hij verder reed.

Lynn lag in het bed in de logeerkamer en was klaarwakker. Door de hor drongen straatgeluiden in de kamer.

Angela had wonderen verricht toen ze die kamer inrichtte. Het bed had leuk beddegoed, bedrukt met madeliefjes, en de doorzichtige gele gordijnen waaiden mee met het windje. Op het nachttafeltje stonden alle denkbare soorten lotion en make-up.

Maar Lynn merkte dat alles nauwelijks. Ze kon de slaap maar níet vatten. Haar hand voelde aan alsof hij helemaal open lag en haar armen schouderspieren deden zó'n pijn alsof ze een zwaar auto-ongeluk had gehad. En de twee Percodans die ze had ingenomen, hielpen totaal niet.

In gedachten ging ze alle gebeurtenissen en gesprekken van die dag nog eens na. Ze had haar krachten nu echt nodig, maar op deze manier kreeg ze die niet. Het leek alsof alle energie door een piepklein gaatje uit haar werd weggezogen.

'Het klinkt allemaal zo ongeloofwaardig, en dus geloven ze niets.'

Ongeveer haar eigen woorden.

'Wat denkt u in uw diepste binnenste?'

Ze herinnerde zich de uitdrukking op het gezicht van de ondervrager: Je kunt me vermoedelijk tòch niet overtuigen, maar probeer het eens, als je kunt.

'Iemand die u goed kent...'

'Ja.'

Lynn ging op haar andere zij liggen en legde haar hand op het hoge, harde kussen. Angela had het haar speciaal voor dat doel gegeven.

Ze had het allemaal al eens grondig overwogen. Moest ze nu werkelijk gaan denken dat iemand als Kara of Dennis bezig was te proberen haar te laten doodbloeden?

Maar ze móest het overwegen.

Het leek eigenlijk zinvoller te denken wat die privé-detectives duidelijk hadden gedaan: dat deze persoon niemand anders was dan Lynn, Lynn zelf.

Het raam bevond zich achter het voeteneind van haar bed. Ze hoorde buiten wat ritselen, het zachte gepiep van een diertje en ging rechtop zitten, boog zich voorover om het te zien. Maar er was niets, zelfs niet het geluid dat het diertje maakte om weg te komen.

Ze ging aan het voeteneind van haar bed zitten en haalde diep adem om te proberen het beven tot bedaren te brengen dat haar deze vreselijke nacht steeds weer overviel terwijl ze rondzocht in en vocht met alle gedachten die in haar hoofd rondtolden.

Maar de zoete lucht van vochtige aarde kon het gif niet verdrijven dat aan dit alles ten grondslag lag: het idee dat de privé-detectives misschien gelijk hadden.

Haar nieuwe treiteraar was een spookbeeld.

Een wezen dat niet tastbaarder was dan het diertje waarvan ze zojuist had gedacht dat het vlak bij haar raam zat.

Ze ging achteroverliggen en de tranen kwamen.

Kon het heel misschien werkelijk zo zijn? Leed ze aan waandenkbeelden?

Was het werkelijk mogelijk dat *zíj* deze feiten had gepleegd nadat Greg was gestorven?

Zichzelf had gesneden?

Nicky had gedood?

Ze had shows gebracht over slachtoffers van verkrachting en getuigen van moord die zich plotseling, tientallen jaren na de misdaad, alles herinnerden nadat ze eerst die gedachte volkomen hadden geblokkeerd. Zou zij dat ook doen, over tien jaar wakker worden en zich dan deze handelingen herinneren? Overkwam dat zowel de daders als de slachtoffers?

Misschien zou zij het nog eens merken.

Hallo, Mary? Is het mogelijk jezelf te martelen en te proberen zelfmoord te plegen, en een hond te doden zonder dat je weet dat je dat hebt gedaan? O, nee, zo maar, ik vroeg het me alleen maar af. Dag.

Terwijl ze daar lag, begon Lynn te lachen. Het was dezelfde verdwaasde stem die op de eerstehulpafdeling was losgebarsten, en ging even snel over in gesnik.

De tranen rolden over haar wangen en maakten de madeliefjes van het dekbed kletsnat.

'Ik weet niet wat ik moet beginnen,' zei Kara tegen Mary, met wie ze aan het telefoneren was. 'Ik ben doodsbang voor Lynn en mezelf, en voor de show. Ik heb zelfs Dennis ervan moeten overtuigen dat ìk niet betrokken was met hetgeen er hier aan de gang is.'

'Wat kun je doen?' vroeg Mary.

'Ik zou naar een andere baan kunnen uitkijken, denk ik. Maar al ben ik nòg zo woedend op haar, toch wil ik Lynn niet in de steek laten. En bovendien staan ze daar buiten niet met geweldige baantjes als producer op me te wachten.'

'Ik wil niets horen over jou en een andere baan,' zei Mary, die de hoorn even iets lager hield om op de klok te kunnen kijken. Ze had nog vijf minuten vóór haar volgende patiënt kwam. 'Je hebt het hier altijd zo fijn gevonden. Maar je schijnt nu te voelen dat de show door Lynns situatie in gevaar wordt gebracht.'

'Dat is ook zo. Kijk maar eens wat er al is gebeurd. We stonden op het punt die proefuitzending te krijgen en liepen die mis. We hopen dat QTV de opname nu later zal doen, maar dat doen ze niet als Lynn niet snel weer de oude is. Dennis is heel nerveus over Lynns oordeel. En Lynn maakt en breekt de show.'

'Kun jij meer verantwoordelijkheden op je nemen wat het treffen van beslissingen en de organisatie van de show betreft? Je niet verder inlaten met Lynns problemen? Soms moet je dat met sommige mensen doen. Hun problemen worden dan te omvangrijk. Daar kun jij je niet bij laten betrekken.'

'Ik heb erover nagedacht eens met Dennis te praten. Op het moment heeft Lynn de eindbeslissing over alle beslissingen wat de programma's betreft, afgezien van hemzelf. Ik was van plan hem te vragen ook een woordje te mogen meespreken.'

'Dat lijkt me zinvol,' zei Mary.

'Het is een klap in Lynns gezicht.'

'Is dat zo, Kara? Of doe je alleen wat je móet doen?'

21 maart 1993

Jammer dat het alleen haar linkerhand was.

Daar had ik aan moeten denken. Ik wilde haar uitschakelen, zodat ze niet meer kon werken of functioneren.

Ik wil alles bij stukjes en beetjes van haar afnemen, haar dwingen met steeds minder en minder te leven... zoals zij mij heeft aangedaan.

Ik kijk naar haar op het scherm. Ze loopt daar rond alsof de wereld van haar is.

Ze heeft er geen idee van wat andere mensen moeten meemaken, alleen maar om van de ene dag in de andere te leven.

Maar ik zal ervoor zorgen dat ze dat steeds beter gaat begrijpen.

Begrijpt dat hetgeen zij van een ander afneemt, ook van haar kan worden afgenomen.

Na twee weken logeren zei Lynn tegen Booboo: 'Ik ga terug naar mijn flat.'

'Lynn, daar loop je gevaar!'

'Ik kan overal gevaar lopen.'

'In je flat ben je alleen en kwetsbaar. Er ìs al iemand binnengedrongen.'

'Dat weten we niet,' zei Lynn. 'Ik heb mijn keukenmachine eeuwenlang niet meer gebruikt en kon daarom ook niet merken dat het mesje weg was. En die deur is zogenaamd niet open te krijgen. Ik moet naar huis. Ik kan niet vanuit Salem werken.'

Booboo zei: 'Werk is niet het belangrijkste...'

'Voor mij is het belangrijk. Het is vrijwel alles wat ik nog heb. En het betekent bescherming. Als ik de show niet had, zou ik een nog veel gemakkelijker doelwit zijn.'

'Er zijn andere privé-detectives.'

Lynn schudde haar hoofd. 'Ik wil niet nogmaals zo'n vernedering ondergaan.'

'Zou je geen andere flat kunnen nemen?'

Lynn keek hem aan. 'Een andere flat in Boston? Ik speel het al nauwelijks klaar om te bestaan en de show te doen, en te hopen dat QTV niet alle hoop heeft opgegeven om me landelijk uit te zenden. Ik heb geen tijd naar een andere flat te gaan zoeken.'

Booboo tikte op de lage salontafel. 'En als ik er nu eens een voor je zocht? En al je kleren en spullen overbracht? Een veiliger flat, zonder terras, zonder glazen deur. Geen slot dat elke vent met een sleutel kan openen. Laat me het proberen. Laat me het alleen maar een tijdje proberen.'

23 maart 1993

Ik wìl haar uitzendingen stoppen.

Dan heb ik eindelijk wat rust. Dan hoef ik haar niet te zien of te horen, voor me of op de televisie. Ik zal dan niet meer hoeven toe te zien hoe iedereen weg is van dat wezen, die dief die je je grootste schatten ontrooft en dan gewoon doorgaat, en het je nog onder de neus wrijft ook.

Ze vraagt medeleven omdat ze alleen staat.

Ze weet niet wat het is om alleen te zijn.

Dat weet ik.

Ik verkeer de hele dag onder de mensen, maar ben in feite alleen.

Binnenkort zal ook Lynn weten wat het is om alleen te zijn. De mensen zullen bij haar uit de buurt blijven. Ik zal ervoor zorgen dat dat blijvend is.

Niemand weet wat ik voel. Ze denken dat ik op Lynn gesteld ben.

Ik kan niet veel langer doorgaan met te zijn voor wie ik me uitgeef, en dan toch mezelf te zijn. Soms is het heel moeilijk dat goed uit elkaar te houden.

'Pilgrim Trust' had een gemeubileerde eenkamerflat in Gloucester Street. Op dat tijdstip was die net leeg en hij zou pas eind juni weer in gebruik worden genomen.

Booboo had de slotenmaker van de bank gevraagd iets aan het slot van de flat te doen en van haar auto, en de nieuwe sleutels kregen alleen Lynn en hijzelf. Hij stond erop dat ze beiden die sleutels altijd bij zich hadden. Haar telefoon in haar eigen flat werd zodanig afgesteld dat alle gesprekken werden doorverbonden naar de nieuwe woning. Hij had wat kleerkasten opgescharreld en verhuisde haar garderobe. Tegen de zondag was bijna alles in kannen en kruiken. Alleen haar planten moesten nog worden overgebracht en die deed ze zelf in een kartonnen doos, nadat ze haar broer naar Salem had teruggestuurd omdat Angela daar herhaaldelijk om had gevraagd.

Mike Delano kwam net aan toen ze de zaak op slot deed en met de kartonnen doos in haar armen stond.

Hij wees naar haar verbonden hand. 'Waarom heb je me daar niets over verteld?'

Lynn zei: 'Wat een idiote vraag! Wat had het voor zin jou iets te vertellen toen Kara's hondje werd vermoord?'

In plaats van te antwoorden, zei hij: 'Ik ben net in het ziekenhuis geweest voor fysiotherapie en liep daar Frank Turco tegen het lijf. Hij vroeg me wat er in godsnaam met jou aan de hand was.'

Lynn tilde de doos wat hoger op om de sleutels in de zak van haar trui te laten vallen. Toen liep ze naar de lift.

'Als je erachter komt, wil je het mij dan ook laten weten?' zei ze.

'Er is hier in de buurt totaal geen parkeerplaats,' klaagde Mike. 'Het heeft me tien minuten gekost om een plekje te vinden. Waar sta jij?'

'In de garage op de hoek. Bij de flat hoort een parkeerplaats daar.'

Hij keek rond in de kleine huiskamer. Het was er luchtig, en een driedelig raam bood uitzicht op de straat, maar het leek in de verste verte niet op haar fantastische uitzicht op de haven. De meubels waren zoals je die in een goede hotelkamer vindt, niet goedkoop, maar saai.

Ze stond van hem afgewend en hing wat theedoeken op, en hij nam de gelegenheid waar haar eens te bestuderen. Ze was absoluut afgevallen, zelfs vergeleken met twee weken geleden, en ze had vrijwel geen kleur. De druk van hetgeen er gebeurde was nu op een andere manier zichtbaar, een nieuwe manier die er zelfs niet was geweest op het toppunt van de Greg-ellende. Hij kon het merken aan haar houding en de wijze waarop ze sprak en blijkbaar niet kon lachen. Ze zag er verschrikkelijk moe uit. Om haar ogen had ze veel make-up, de soort die veel verdoezelde.

'Je ziet er niet best uit,' zei Mike.

Ze keek hem aan. 'Ik vóel me ook niet goed. Ik ben kapot!'

Hij was bang dat ze hem zou vragen weg te gaan en zei: 'Ga je mee naar Nancy Jean? Ze vraagt me steeds jou weer eens mee te brengen.'

'Dr. Turco zei dat ik wel had kunnen doodbloeden. Dat was op die dag dat ik naar een firma van privé-detectives ben geweest.'

'En?'

Lynn leunde achterover op haar stoel en sloeg haar armen over elkaar. Zelfs in het warme restaurant had ze het nog koud. 'Eerst zeiden ze dat ze zouden helpen. En daarna dat ze het niet op zich konden nemen.'

'Waarom niet?'

'Het was te ingewikkeld, ze konden de zaak niet in hun werkschema inpassen, enzovoort. Maar het was gemakkelijk te zien wat ze dachten. Ze dachten dat ik gek was. Deed alsof, of hallucinaties had.'

'Wie waren die idioten?'

'Arbor Investigations. Dat zijn geen idioten. Ze waren alleen niet overtuigd.'

Later op de avond werd de muziek langzaam en dromerig. Nancy Jean vulde hun koffiekopjes nog eens en keek van de een naar de ander. Toen zei ze: 'Sta toch eens op en ga dansen, lieve mensen. Jullie zijn hier niet bij een dodenwake.'

'Néé,' zei Mike.

Nancy Jean glimlachte. 'Moet ik je stoel eens helemaal achteroverdrukken?'

Mike wist niet zeker hoe het gebeurd was, maar zijn armen waren om Lynn heen geslagen en ze bewogen zich op een of ander heel sentimenteel muziekje.

Het bracht alle dag-en nachtdromen terug die hem de afgelopen maanden hadden geplaagd. De rondingen van Lynns gestalte waren voor hem even bekend alsof ze elke nacht naast hem lag, hoewel hij haar toch alleen die ene keer had vastgehouden.

Hij had van alles geprobeerd om niet aan haar te denken. Toen dat onmogelijk bleek, had hij geprobeerd zijn emoties in zijn gebruikelijke rol te dringen: als het hem onmogelijk was haar aan haar nachtmerrie over te laten – de nachtmerrie die hem nog geen dag had gekost om te begrijpen dat die werkelijk bestond – dan zou hij alles doen wat hij kon om te helpen. Binnen zijn huidige beperkingen en zonder er persoonlijk bij betrokken te raken.

Nu scheen dat besluit met alle andere te verdwijnen.

Zijn handen beefden. Hij wilde niet dat ze dat zou merken, en dus raakte hij haar slechts heel luchtig aan. Dat scheen het erger te maken, en dus verstevigde hij zijn greep weer.

En hij wilde dat er nooit een eind aan zou komen.

'Prima werk,' zei Mike, en keek naar het slot op de deur van haar nieuwe flat.

'Mijn broer heeft er iemand voor genomen die veel voor de bank werkt. Booboo en ik hebben de enige twee sleutels en zorgen ervoor die altijd bij ons te hebben. Ik laat de mijne niet meer in mijn tas zitten.'

'Je broer is te ver weg om de enige te zijn die hier naar binnen kan. Het lijkt me beter als je mij ook een sleutel geeft.'

'Ik heb hem beloofd dat ik er niemand een zou geven.'
'Zeg hem maar wat ik je zei. Ga je nog met andere privé-detectives praten?'
'Nee.' Lynn trok haar gebreide jasje uit. 'Je kunt je er geen voorstelling van maken hoe vernederend het was. Mijn broer vloog een van die mannen bijna aan.'
'Tja, maar wat moet je nu verder doen? Als je erop staat in de stad te blijven...'
'Ik heb geen keus. Ik moet hier zijn voor de show. De keus is niet aan mij om die niet te doen, dus begin daar maar niet over. QTV heeft de proefopname al voor onbepaalde tijd uitgesteld.'
'Wat rot voor je!'
'Dat vind ik ook.'
'Ik zou je kunnen helpen een andere privé-detective te zoeken.'
Ze zuchtte. 'Waarom zou een ander me geloven als zij het niet deden?' Ze keek hem strak aan. 'En jij gelooft me ook niet.'
Hij liep het kleine keukentje in, nam een glas en dronk wat water. 'Ik wist niet wat ik moest denken,' zei hij eindelijk.
Lynn lachte, maar het was een gesmoord geluid. 'Dat helpt, relatief gesproken.' Toen hoorde ze zichzelf vragen: 'Wat denk je nu? Geloof je me nu?'
Ze stonden een eindje van elkaar af. Mike nam twee grote stappen en sloeg zijn armen om haar heen.
'Ik geloof je,' zei hij, maar zijn stem klonk onvast.
Hij hield haar vast zoals hij op het dansvloertje had gedaan. Maar nu dansten ze niet, waren niet in het openbaar, en ze had er zo genoeg van te doen alsof en zich maar steeds te beheersen.
Ze hield hem stevig vast en zijn lippen sloten zich over de hare. Ze waren warm en gretig, en hij haalde moeizaam adem.
Zijn handen gleden over haar heen en de hare woelden in zijn dikke haardos, die ze op zijn rug liet vallen. Ze had nog steeds verband om. Haar vingers vonden zijn ruggegraat en volgden die.
Hij maakte een geluid, drukte haar dicht tegen zich aan en ze voelde de hitte van zijn erectie.
Het was donker geworden in de flat. Het enige licht kwam uit het keukentje en van de straatlantaarn buiten. Lynn keek naar zijn gezicht vol schaduwen en wist niet precies wat ze erin las.
Hij hield haar schouders vast en kuste haar weer, wat meer beheerst nu, maar ze voelde hoe zijn handen trilden.
'Je bent niet veilig en je zou niet alleen moeten zijn. Ik vind dat ik bij je moet blijven.'
'Bedoel je hier wonen?' vroeg Lynn.
'Dat bedoelde ik eigenlijk niet. Daar heb ik nog niet over nagedacht. Maar ja, wel zo'n beetje. Tot we een oplossing voor de zaak vinden.'

Hij hield haar nog steeds vast bij de schouders, maar plotseling wist Lynn niet zeker of ze dat wel zo fijn vond.

Er leek een koor in haar oren te klinken. Booboo, Angela en Kara...

'Hij profiteert van je...'

'Je bent nuttig voor hem...'

'Vraag je je nooit af of hij geen heel lijstje van namen heeft...?'

Mike keek naar haar en liet zijn handen zakken.

Hij merkte altijd alles. Hij kon haar lezen, aanvoelen; ze had al vanaf dat eerste gesprek aan zijn bureau dat gevoel gehad.

Hij was een expert in het horen van dingen die niet werden uitgesproken, wat niet onder woorden hoefde te worden gebracht.

Was dat vanavond ook het geval geweest?

Greep hij toe op haar meest kwetsbare momenten – in haar nog onbekende onderkomen, nu al haar persoonlijke hulpbronnen uitgeput waren, ze eenzaam en doodsbang was – om een soort opening voor zichzelf te verschaffen in haar tijd en emoties, om een behoefte voor hem te creëren?

Ging het er alleen maar om zichzelf in een zo voordelig mogelijke positie te brengen?

De telefoon rinkelde.

'Ik wilde je komen halen,' zei Booboo. 'Ik heb drie boodschappen voor je achtergelaten.'

'Het spijt me. Ik heb niet naar mijn antwoordapparaat geluisterd en ben uit eten geweest.'

Lynn luisterde naar haar broer en zag hoe Mike zijn jasje oppakte en het aantrok. Toen ze de hoorn ophing, deed hij de deur al open.

'Doe hem meteen achter me op slot,' zei hij tegen haar.

Hoofdstuk achttien

Mike besloot in het vervolg elke dag haar show te bekijken. Als hij niet naar haar toe kon gaan, kon hij dat in elk geval doen. Dan wist hij dat ze tenminste gedurende die tijd veilig was.

Hij wilde niet thuis kijken, en ook niet bij Nancy Jean, besloot hij toen hij daar op maandagochtend heen ging. Als hij Lynn daar op de televisie zag, met dat vieze dansvloertje vlak voor zijn neus, zou hij gek worden. De herinneringen van zijn lichaam kwelden hem zo al genoeg. Hij had geen behoefte om 'de plaats van de misdaad' steeds terug te zien.

Dus sloeg hij een andere straat in en liep naar een cafeetje een eind verderop, waar hij in de bar haar programma kon bekijken met een zwijgende, grijze, oude man die onafgebroken Camels zat te roken, en een even zwijgzame barman.

Het hele uur zat hij gebiologeerd te staren. Zelfs al was de druk waar ze persoonlijk onder gebukt ging in haar bewegingen te bespeuren, toch was ze ongelooflijk goed. Ze had de zaak stevig in de hand en presenteerde het programma op meesterlijke wijze.

Hij was stapelgek op haar.

Voor de twintigste keer sinds de vorige avond hield hij zich voor dat hij haar dat had moeten zeggen. Dan had ze hem misschien bij zich laten blijven en zou hij haar werkelijk goed kunnen beschermen, misschien had hij iets kunnen ontdekken om een eind aan de ellende te maken.

Vervolgens bekeek hij de zaak weer van de andere kant: ze was nog niet klaar om hem aan te horen. Het zou haar twijfels omtrent hem niet wegnemen, maar haar slechts ergeren en ze zou zich inwendig nog meer verzetten, hem verder van zich verwijderen.

Want hij wist dat ze twijfels had; hij kon iemands gevoelens altijd goed interpreteren, en nu hij er persoonlijk zozeer bij betrokken was, was hij bijna helderziende.

Hij kon het haar niet kwalijk nemen. Gezien alle omstandigheden móesten haar gevoelens wel tegenstrijdig zijn. Ze zou waarschijnlijk denken dat ze geen enkele man meer kon vertrouwen en dat allen haar pijn en verdriet bezorgden. Als ze zijn zuster was geweest, zou hij haar hebben aangeraden voorlopig geen enkele verbintenis aan te gaan, zelfs al wilde ze dat.

Dus zou hij wachten en proberen niet weer te eindigen met zijn handen op haar lichaam en te proberen zijn mogelijkheden te overwegen op een hoger niveau dan zijn penis.

22 maart 1993

Ik kan niet veel langer verdragen naar haar te moeten kijken en zal ervoor zorgen dat ze niet meer op de televisie zal verschijnen.

Ik moet intussen gewoon doorgaan en blijven zoals ik nu ben en zoals ze me kennen.

Maar alleen tot ik de kans krijg.

Mijn Greg, ik mis je elke dag meer.

Mijn tatoeage troost me niet meer. Niet nu ik weet dat je voor altijd van mij bent heengegaan.

Die nacht, onze laatste nacht samen, zei je tegen me dat ik op je moest wachten omdat je naar mij toe zou komen. Ik had moeten weten dat je het niet ernstig meende. Je raakte me aan, maar alleen als niemand het zag. Je wilde Lynn hebben. Je keek naar haar zoals je vroeger naar mij keek.

Ik had voor mezelf moeten opkomen en onze liefde niet geheim moeten houden. Ik had haar niet moeten toestaan dat ze jou kreeg. Het was al erg genoeg dat ik jou aan haar kwijtraakte. Toen zorgde zij er ook nog eens voor dat ik je nooit zou terugkrijgen.

Je bent dood, en dat is háár schuld.

Maar ik moet haar nog steeds zien – niet alleen tegenover me, maar ook op die verdomde televisie, steeds opnieuw.

Iedereen kijkt naar Lynn.

Ik kan je niet uitstaan, Lynn.

Je hebt alles voor me verpest. Ik had in jouw plaats moeten zijn.

Op donderdag, na haar werk, dwong Lynn zichzelf naar de Broome Club te gaan.

Ze had geen energie voor de trap, dus ging ze even gewichtheffen, maar had er al snel geen zin meer in.

Ze zag Angela een eindje verderop bezig en overwoog naar haar toe te gaan. Maar zoals de laatste tijd steeds weer gebeurde als ze iemand wilde opzoeken, verscheen ook nu Mikes lijst als een verlicht schilderijtje voor haar ogen.

De vorige avond was ze begonnen Mary's telefoonnummer in te toetsen, had het lijstje gezien en was er toen mee opgehouden.

Mary wist wat ze meemaakte. Als Mary zo'n betrouwbare vriendin was, waarom belde Mary háár dan niet op?

Elizabeth was met een andere cliënte bezig, maar was klaar toen Lynn beneden naar de douches ging. Lynn begroette haar.

'Ben je net binnengekomen?' vroeg Elizabeth.

'Ja. Maar ik kan het níet opbrengen.'

Elizabeth bestudeerde haar even. 'De laatste keer dat ik je zag, zag je er veel beter uit. Wat is er gebeurd?'

Het was het eerste meelevende gezicht dat Lynn voor zich zag sinds haar broer haar bij het weggaan had geknuffeld. Ze begon te huilen.

'Ga mee,' zei Elizabeth, en nam haar mee naar de massagekamer. 'Ik heb een paar minuten vrij. Ik hoop dat hij leeg is.'

Deze keer hielpen het kalmerende licht en de landelijke geluidseffecten echter niet. Elizabeth bewerkte haar stijve armen en benen, maar ze bleven strak. Ze had ook niets anders verwacht.

Lynn wilde niet weer haar ellende bij Elizabeth uitstorten, maar het leek of de woorden uit zichzelf uit haar mond stroomden.

'Geen wonder dat ik je hier niet heb gezien,' zei Elizabeth toen ze klaar was. 'Je had me moeten bellen; dan was ik naar je toe gekomen. Kan de politie nu níets doen?'

Lynn wilde antwoorden, maar de deur ging open en Angela kwam binnen.

'Hier ben je dus! Sorry dat ik zo binnenval,' zei Angela. 'Ik wist dat je in het gebouw was, maar je reageerde niet toen ik je liet omroepen. Bernadine belde hierheen op en zoekt naar je.'

Lynn probeerde Bernadine vanuit de munttelefoon terug te bellen, maar haar nummer thuis gaf geen antwoord. Ze nam een douche, kleedde zich aan en probeerde het nog eens, maar het resultaat was hetzelfde. Toen verliet ze de club en ging op weg naar Gloucester Street.

Toen ze bij haar flatgebouw in de buurt was, hoorde Lynn haar naam roepen.

De Lincoln van Bernadine stond langs het trottoir geparkeerd en Bernadine stapte uit.

Ze was lijkbleek. Haar fijne haren hingen in natte slierten om haar hoofd en in de al invallende duisternis zag Lynn tranen.

'God,' riep Lynn uit, 'wat is er aan de hand? Is er iets mis?'

'Dit,' zei Bernadine hees, en ze drukte haar iets in de hand.

Het was het pakje met foto's van Lynn in haar badpak aan het strand in Californië.

Lynn begreep er niets van. 'Ik snap dit niet!'

'Ik ook niet,' zei Bernadine. 'Ik begrijp niet hoe deze foto's in de la van mijn man in onze slaapkamer terechtkomen.'

'Maar dat is onmogelijk. Ze zijn van mij! Hoe kan...'

'Vertel jij me dat maar eens! Slapen jij en Dennis samen?'

'Néé!'

Er waren scherpe trekken om Bernadines neus. Ze haalde adem alsof het haar pijn deed en haar borst bewoog wild onder haar zilverkleurige trui.

Bernadine begon te snikken. 'Wat moet ik hiervan geloven, wat moet ik in godsnaam denken?'

Lynn voelde dat Bernadine woedend op haar was. En er was nòg iets, iets dat haar pijnlijk bekend voorkwam: de hopeloze wetenschap dat zij hier niets aan kon doen. Ze werd door een of andere maalstroom meegezogen, en niemand wilde geloven dat ze er niets mee te maken had.

Ze wilde Bernadines hand pakken, maar die werd met een ruk teruggetrokken.

Lynn zei: 'Die foto's zijn in Californië genomen. Het was een soort therapeutisch project. De rechercheur met wie ik daarheen ging, probeerde me mijn zelfvertrouwen terug te bezorgen.'

De verklaring klonk zelfs in haar eigen oren stom, en Bernadine staarde haar nijdig aan. Toch ging ze door.

'Na hetgeen er met Greg gebeurde, had ik... nou ja, je weet wel, toen zag ik het helemaal niet meer zitten met mezelf. En hij maakte dat steeds erger. Mike, de rechercheur, probeerde me te helpen door me te tonen dat ik bewonderd werd.'

'Lynn.' Bernadine schudde haar hoofd. 'Moet ik dat soms geloven? Denk je dat de hele wereld slikt wat jij vertelt? Wat zou je denken van de volgende uitleg? Ja, je was onzeker, en dus moest je de algemeen-directeur verleiden. Misschien zou hij dan vergeten dat híj helemaal niet meer zo zeker is van jóu! Hij zou er misschien geen notitie meer van nemen dat jij alleen maar ellende en ongelukken aantrekt!'

Bernadine boog zich naar haar toe en schreeuwde: 'Ik heb nog een goed woordje voor je gedaan en verdedigde je toen Dennis dacht dat je weer drugs nam! Ik zei dat we je moesten handhaven toen hij zei dat je te veel problemen en te veel onheil aantrok!

Tja,' zei ze, en ze schudde haar hoofd, waarbij de tranen om haar gezicht vlogen, 'dank je, Bernadine!' Ze gaf zichzelf een schouderklopje. 'Dank je dat je zo'n stommerd was!'

Er liepen mensen langs hen heen die het gebouw in- en uitgingen, parkeerden en wegreden, maar niets kon Bernadine meer schelen en ze wees naar Lynn. 'Ik wil er wat om verwedden dat je dáárom bent verhuisd! Om dichter bij het televisiestation te zijn! Je schoonzus probeerde me wijs te maken dat Elizabeth achter Dennis aan zat, maar jíj was het! Je liet je zelfs door mij in vertrouwen nemen, en intussen *sliep je met mijn man!* Dit is de plek waar je Dennis ontmoet, *nietwaar?'*

'Nee. Nee! Luister *alsjeblieft* even naar me. Zoiets zou ik nóóít doen. Vraag het hem maar! Dat zal hij je ook zeggen! We hebben de afgelopen weken nauwelijks met elkaar gesproken!'

'Ik wel. Hij ontkende het en zei dat hij die foto's nog nooit had gezien.'

'Hij sprak de waarheid. Iemand heeft ze daar neergelegd. Iemand heeft ze bij me weggenomen...'

'Dus zijn we weer terug bij de *geheimzinnige iemand*? Maar ík heb er genoeg van!' Bernadine wreef verwoed over haar natte wangen. Zonder haar keurige make-up zag ze er ouder en magerder uit. Ze griste Lynn de foto's uit de handen, veranderde vervolgens van mening en smeet ze op de grond. Toen holde ze naar haar auto, startte met veel geknars en reed weg.

Lynn had haar willen volgen, maar dwong zichzelf om te wachten en ging naar binnen. Om de opvallende stilte te verbreken, zette ze de nieuwsberichten aan en zag verbaasd dat Dennis zelf de berichten oplas.

Ze wachtte tot hij klaar was, trok toen de telefoon naar zich toe om hem in de studio te bellen, maar deed het toen toch niet.

Ze trok een luchtig jasje aan en ging naar beneden, naar de garage.

Mikes lijst flitste door haar hoofd, maar ze drong dat beeld terug.

Ze was ook al zó lang met Bernadine en Dennis bevriend. Ze waren bijna familie. Dennis stond vaker op haar lievelingsfoto's dan welke man ook, met uitzondering van Booboo.

Ze moest daar iets aan doen.

Dennis deed de voordeur open en fronste zijn wenkbrauwen.

'Toe. Laat me even met jullie beiden praten,' zei Lynn.

'Ik weet niet of...'

'Lynn?' riep Bernadine een eindje achter hem. 'Wat doe je hier? Ik denk dat ik het wel weet!'

'Zeg het haar, Dennis,' zei Lynn.

'Dat heb ik al gedaan.'

'We zien elkaar nauwelijks, behalve voor korte zakelijke besprekingen,' zei Lynn. 'Ik wist zelfs niet dat hij vanavond het nieuws zou voorlezen.' In de voorstad, waar ze zich nu bevond, was het te koud voor wat ze had aangetrokken en Lynn huiverde. 'Mag ik binnenkomen?'

'Beter van niet,' zei Dennis. Hij zag hoe haar gezicht betrok. 'Alles is mis. We moeten eerst de kans hebben het zelf weer in orde te maken.'

'Het is ten dele míjn schuld. Ik wil jullie meehelpen.'

Dennis antwoordde haar zo vriendelijk als hem mogelijk was, maar zijn ogen stonden hard. 'Ruim jij liever je eigen rommel op en laat het aan ons over om onze zaken te regelen.'

Lynn had de monsters Percodan gebruikt en op het recept een nieuw voorraadje gehaald, maar er nog niet één van genomen.

Toen ze terugkwam van de Orrins, kreeg ze plotseling een razende hoofdpijn en nam er twee in.

Mikes lijst danste steeds voor haar ogen en de namen leken steeds weer op haar hersens in te hameren, stuk voor stuk, net als bij het begin van een van haar shows.

Ze trok de gordijnen dicht om de straatverlichting niet te zien en ging op bed liggen wachten op de verzachtende invloed van de medicijn; als haar hoofd niet meer zo bonsde, kon ze misschien weer beter denken.

Ze probeerde na te gaan wat er met de foto's was gebeurd toen ze hierheen was verhuisd.

Waren ze achtergebleven in de oude flat?

Waren ze bij de rest van haar bezittingen ingepakt geweest?

Haar hoofd dreunde nog steeds. Ze stond op, dronk wat water, ging weer liggen en nam uiteindelijk nog twee pillen.

Er kwam een gedachte bij haar op.

Als het eens niet dezelfde foto's waren? Zou het een ander stel kunnen zijn?

Ze stond op, begon haar laden te doorzoeken en vervolgens haar kasten en papieren. Daarna begon ze opnieuw, maar nu meer methodisch, en ze doorzocht achter elkaar elke kamer.

Weer naar bed.

Wat had ze daarmee willen bereiken? Vaststellen dat er een ander stel bestònd? Dat had ze niet kunnen vaststellen, maar ze wist ook niet dat het níet zo was.

Maar wat dan?

Mike zou een tweede stel kunnen hebben. Niemand anders.

Ze moest gedoezeld hebben, want het digitaal-klokje naast haar bed stond op 2:50.

Maar of ze nu sliep of half wakker was, haar hersenen waren heel produktief geweest.

Als in een viewer was er voor haar ogen een band teruggespoeld en er waren stukken uitgezocht om haar te tonen.

'Het lijkt me beter als je mij ook een sleutel geeft...'

'Ik vind dat ik bij je moet blijven...'

Ze had Mike die zondagavond kunnen aanmoedigen langer te blijven, maar ze had dat niet gedaan, omdat ze voorzichtig was.

Omdat ze zich was gaan afvragen of haar vrienden en familie gelijk hadden met de bewering dat Mike een profiteur zou zijn.

Als zij allen nu eens wel, en zijzelf geen gelijk had?

Kon Mike een van die ellendige miskleunen zijn zoals ze die vroeger steeds opnieuw maakte? Even erg als Greg? Erger?

Mike was degene die haar van het begin af had geloofd... en die alle bewijzen tegen Greg had gevonden. Hij was de expert die alles voor haar interpreteerde, degene die haar steeds weer vertelde hoe machteloos het stelsel was ten opzichte van deze meesterlijke net-niet-misdaad.

Het was Mike die een echte politieagent had willen hebben in plaats van een beveiligingsman om haar bij die proefuitzending te beschermen... en degene van wie de stem was nagebootst om haar beschermer bij haar weg te lokken.

Mike was degene die met Greg had gevochten toen Greg stierf.

Lieve God in de hemel, zou Mike aldoor degene kunnen zijn geweest die haar dit alles aandeed?

Gebruikte hij zijn bijzondere instinct om de situatie te manipuleren, en háár ook, om zijn eigen psychotische redenen?

Zou Greg slechts een zondebok zijn geweest? Zou Mike verantwoordelijk zijn voor de dood van een onschuldige man?

De pijn kwam weer opzetten en leek haar schedel te verpletteren. Het flesje met pillen stond op het nachtkastje, maar het was tien minuten over halfvijf. Als ze nu nòg een pil nam, zou ze tijdens de show geen honderd procent zijn.

Ze wist dat ze niet meer zou kunnen slapen.

Ze zette een kan koffie en zette de televisie aan. Toen zocht ze alle kanalen af en gebruikte de stortvloed van geluiden om de stemmen in haar hoofd te verdringen.

Hoofdstuk negentien

De show was bijna voorbij, en Lynns hoofdpijn was overgegaan in een zeurend, drukkend gevoel. De pillen schenen haar scherpzinnigheid evenwel niet te hebben beïnvloed, en ze was blij dat ze de verleiding had weerstaan om ook nog die laatste pil te nemen, – dat was al na vieren geweest. Zodra de namen van de medewerkers over het scherm kwamen, had ze echter het gevoel totaal òp te zijn. De ellende van de afgelopen nacht, plus het bijna volkomen tekort aan slaap, had haar nog maar net voldoende kracht gegeven door de show heen te komen.

Dat was alles wat ze ging doen. Zorgen door de show heen te komen. Dan zou ze naar huis gaan en zo'n verdomde pil nemen, de gordijnen dichttrekken, haar ogen sluiten en het hele weekend blijven liggen als dat nodig was.

'Dennis?'

'Hallo, Vicky!'

'Hoe staan de zaken daar?'

Hij overwoog zelfs niet eens bepaalde dingen voor haar te verzwijgen. God weet wat ze had gehoord of alsnog zou horen.

'Niet zo best,' zei Dennis.

'Ik heb een paar shows gezien. Lynn ziet er vréselijk uit.'

'Ja.'

'Verschillende stations dringen er bij ons op aan de opname van die proefuitzending uit te stellen. Maar ik zal ze moeten zeggen dat we het hele project laten vallen.'

Hij zweeg en Vicky zei: 'Dat spijt me.'

'Mij ook.'

Kara vroeg aan Dennis: 'Weet Lynn het al?'

'Nog niet. Ik zal na het weekend met haar praten.'

'Heb je nog nagedacht over hetgeen ik je vroeg?'

Dennis wreef in zijn ogen. 'Ja. En je hebt gelijk. We zullen jou uitvoerend producent maken. Jij en Lynn zullen elkaars beslissingen moeten goedkeuren.'

'Ik voel me zó gemeen dat ik dit nu doe. Maar het is niet persoonlijk bedoeld. Het enige dat ik wil, is onze show redden.'

'Ik ben ervan overtuigd dat Lynn dat zal begrijpen,' zei Dennis.

26 maart 1993

Ik wil dat je sterft zoals ik bezig ben te doen.
Alles is nu gereed.
Niemand kan in je nieuwe flat komen. Maar ik wel...

Lynn ging haar flat in en liep rechtstreeks naar haar slaapkamer, waar ze twee Percodanpillen innam.

Ze had niet meer gegeten sinds... de lunch gisteren? Ze had nog steeds geen trek, maar medicijnen op een lege maag konden haar misselijk maken.

Ze roosterde een Engelse muffin en at er zoveel van als ze kon verwerken.

Toen kleedde ze zich uit en draaide de douche open.

Voor haar ogen zag ze steeds weer Bernadines natte gezicht; een duidelijk beeld van pijn en verdriet.

Lynns schuld. Háár verantwoordelijkheid. Bernadine leed door haar.

Nee, niet waar, en ook niet juist. Maar evenmin recht te zetten.

Ook Kara had door haar een verschrikkelijke, persoonlijke tragedie ondervonden.

En haar arme broer maakte zich vreselijke zorgen, zó erg dat zelfs zijn gezondheid erdoor werd beïnvloed...

Dennis, zijn persoonlijke leven en zijn werk waren op hun kop gezet...

Ze dacht aan Mike, en haar maag begon op te spelen.

Ze had de weerzinwekkende gedachte aan Mikes werkelijke rol in haar nachtmerrie van zich afgezet, want ze had die ochtend in staat moeten zijn te werken. Maar haar eigen afspraak met zichzelf was nagekomen en de vragen overvielen haar opnieuw.

Eindelijk draaide ze de kraan dicht en droogde zich af. Ze wikkelde haar natte haren in een handdoek en drukte tandpasta op haar borstel.

Toen boog ze zich over de wasbak heen om haar tanden te poetsen en zag in de spiegel dat een stukje stof van de handdoek aan haar lip zat vastgeplakt. Ze tilde haar hand op om het stukje textiel met haar tandenborstel weg te tikken.

Plotseling begon haar lip brandende pijn te doen.

Lynn wreef erover en begreep niet dat het een beetje tandpasta was geweest dat van haar borstel was gevallen en nu de ellende veroorzaakte. De brandende pijn werd onmiddellijk ondraaglijk; het deed pijn alsof er een vlam over haar gezicht sloeg.

Ze sperde uit doodsangst haar ogen wijd open toen ze zag dat de huid van haar mondhoek opzette en wit werd, terwijl zich een lucht van schroeiend vlees verspreidde.

Ze gilde om haar gezicht, dat er afgrijselijk uitzag in de spiegel, steeds opnieuw, onophoudelijk; verdwaasde gillen die zelfs háár doof maakten.

Het was de eerstehulpafdeling van een ander ziekenhuis, maar de ervaring was afschuwelijk en toch hetzelfde.

Ze herinnerde zich slechts vaag het gebons op haar deur, en het feit dat ze hem had geopend voor weer een stel agenten, die ze nog nooit had gezien.

Het scheen dat de stad een onuitputtelijk aantal politiemensen had.

Maar niet voor dingen die zij nodig had.

'Er is blijkbaar iets in die tube geïnjecteerd. Het lijkt me afvoerschoonmaakspul,' zei de arts. 'Ik geloof dat er alleen maar uitwendige schade is aangebracht. Als u het spul had doorgeslikt, zou uw slokdarm zijn weggevreten.'

Hij had Lynn Marchette herkend en trok een wenkbrauw op, en ze had zelfs niet geprobeerd iets te verklaren of goed te praten.

Het had geen zin.

Ze wilde alleen maar naar huis, naar bed, de dekens over haar hoofd trekken en alles vergeten.

Die brandwond was nog het minst erge.

Het waren de beelden die ze in gedachten voor zich zag die haar pijn deden, die moest ze zien te verdringen.

Het idee wat een tandenborstel vol tandpasta had kunnen aanrichten aan haar tong en de binnenkant van haar mond.

Bijna hetzelfde als die andere beelden: van het eekhoorntje en het mesje van de keukenmachine...

'Weet u zeker dat u niet wilt dat er iemand wordt opgeroepen? Familie of vrienden?' vroeg een verpleegster.

Lynn schudde haar pijnlijke hoofd.

Ze wist dat ze zich wijd openstelde voor ergere dingen door naar haar flat terug te gaan.

Maar ze kon zich er nauwelijks meer over opwinden.

Ze sliep een paar uren zonder te dromen, en toen ze wakker werd, was het donker. Ze stapte uit bed om naar de badkamer te gaan, maar voelde zich duizelig en misselijk.

De zalf op de wond was er nu af en de plek zag er rauw en nattig uit.

Weer bedacht ze hoe haar mond en keel op die manier hadden kunnen worden verminkt.

Vaag vroeg ze zich af waarom ze niet angstiger was.

Iets voelde.

Maar er drong niets tot haar door.

Ze moest denken aan mensen die LSD slikten en van gebouwen afsprongen, ervan overtuigd dat ze konden vliegen. Zo'n soort gevoel had ze. Letsel deed er niet toe. Daar kon ze zich niet meer over opwinden.

Het verschil was alleen dat die mensen zich machtig voelden. En zij voelde zich alleen maar... alsof ze al dood was.

Er was geen enkele reden om op te staan, en dus kroop ze weer onder de dekens.

Ze viel weer in slaap, maar het geluid van de deurbel wekte haar. Ze ging niet opendoen, maar na nog twee keer het geluid te hebben gehoord, stond ze op.

'Wie is daar?' vroeg ze door de intercom.

'Mike.'

'Ik... ik voel me niet goed.'

'Dat heb ik gehoord. Doe eens open, wil je?'

Opnieuw merkte ze dat ze de weg van de minste weerstand nam en gewoon de deur opendrukte.

Daar stond hij voor haar met zijn Tuft-sweatshirt aan. Hij fronste zijn voorhoofd toen hij haar in haar nachtpon zag, een te grote maat T-shirt met poesjes erop en die half van haar schouder was gegleden. Haar haren hingen voor haar gezicht en over haar rug. Ze had de make-up van de studio nog niet verwijderd, en wat daarvan over was, zat nu vlekkerig om haar ogen en op haar wangen. Bij haar mondhoek zag hij een natte, rode plek, waaruit een bloederige vloeistof droop.

Hij draaide een lamp aan en ze knipperde met haar ogen.

'Het rapport zei dat er iets scherps in je tandpasta zat. Is dat in je mond gekomen?' vroeg hij.

'Nee.'

'Ze onderzoeken de tube. Wat was er gebeurd vóór je je tanden ging poetsen?'

'Hm-hm.'

Met zijn handen op haar schouders trok hij haar onder de lamp en boog zich dichter over de wond.

Haar geest was nog een fototoestel dat wel zag en registreerde, maar niet reageerde. Ze voelde de vingers op haar blote huid, de warme adem op haar wang, en rook de geuren van scheercrème en zuurkool.

'Dat doet vast erg veel pijn,' zei hij.

Ze gaf geen antwoord. Maar ze geeuwde, en dat deed pijn. Ze slaakte even een kreet.

'Hebben ze je niets gegeven om erop te doen?'

'Jawel.'

'Waar is dat?'

'In de badkamer.'

Hij ging erheen en smeerde het er met een wattenstaafje op.

'Laten we eens gaan zitten,' zei hij.

Ze volgde hem naar de huiskamer en ging in een leunstoel zitten. Mike nam tegenover haar plaats.

'Wanneer heb je die tandpasta gekocht?' vroeg hij.

'Die heb ik pas bij de drogist beneden gekocht. Dat heb ik al tegen de politie gezegd.'

'Dus heeft iemand er daar mee geknoeid. Of er is iemand hier geweest. Maar alleen je broer heeft de sleutel.'

Ze liet haar hoofd met de verwarde haren tegen de rug van de stoel leunen. Ze was doodmoe.

Mike stond op en klopte haar stevig op haar knie. 'Praat tegen me, Lynn. Wat is er met je aan de hand?'

'Ik ben moe.'

'Je bent apathisch! Ik maak me bezorgd om je.'

De camera reageerde op de schrik in zijn stem.

Hij zei: 'We moeten dit nagaan, ontdekken wat er is gebeurd. Je moet wakker worden en meewerken. Iemand doet zijn uiterste best je ellende te bezorgen, nu nog meer dan vroeger, en we moeten weten wie dat is. Hóór je me?'

'Ja. Je lijst.'

'Laten we die nog eens maken.' Hij haalde zijn notitieboekje te voorschijn, plus een pen. 'Kara. Mary. Orrin. Zijn vrouw. Je broer...'

Lynn kwam moeizaam overeind uit haar stoel en ging naar de keuken, waarbij ze zich vasthield aan de ruggen van de stoelen.

Mike keek er met open mond naar. 'Waar ga jij in godsnaam naar toe?'

Ze gaf geen antwoord. Hij volgde haar en zag haar bezig bij de koelkast, waar ze Coca-Cola uit een tweeliterfles stond te drinken.

Hij zei: 'Die had ik voor je kunnen halen.'

Ze was klaar en stak haar arm uit om de fles terug te zetten, maar hij gleed uit haar handen. Mike sprong naar voren om hem op te vangen, maar miste hem en hij belandde op Lynns blote voet en sproeide cola uit over de hele keukenvloer en de kasten, en op hen beiden.

De pijn in haar voet scheen een knop om te draaien, en plotseling kon Lynn weer voelen, zelfs de kleverige vloeistof op haar benen. Ze kreeg tranen in haar ogen en werd overvallen door een machteloos gevoel van wanhoop.

Mike bracht haar weer naar de huiskamer. Ze huilde en beefde. Toen ging hij naar de slaapkamer, trok de deken van het bed, kwam daarmee terug en stopte die om de stoel om haar heen in.

Toen haar huilen minder werd, zei hij: 'Ik weet dat je die lijst vreselijk vindt...'

Lynn jammerde iets dat hij niet verstond.

'Wat?' vroeg hij.

'Jij staat er niet op!'

'Wat bedoel je?'

'Ik bedoel: ben jíj degene die me dit aandoet?'

Hij staarde haar aan.

'Is die lijst niet alleen maar een stukje waarheid volgens Mike?' gilde ze, terwijl de tranen over haar wangen stroomden. 'Jij bent hier geweest! Heb jij mijn tandpasta vergiftigd? Ben jij eigenlijk degene die hier gek is? Liet je me geloven dat het Greg was, terwijl jij het was?'

Mike was opgesprongen.

'Denk jij dat ìk je iets zou aandoen?'

'Jij hebt altijd alle gegevens gehad! Verzorgde mijn beveiliging! En wat voor sloten, deuren en wachtwoorden je ook regelde, toch bleven er allerlei dingen gebeuren!'

'Ik heb ander werk laten liggen om jou te helpen en heb dertig uur per dag gewerkt! En ik ben je trouw gebleven toen alle anderen je in de steek lieten!'

Hij trilde van woede, en boven de hals van zijn sweatshirt stonden de pezen van zijn hals gespannen.

'Val dood, jij! Sta je nog wel met twee benen op de grond? Ik heb voor jou met een maniak gevochten, Lynn! Ik heb bijna de dood gevonden terwijl ik probeerde jou te beschermen!'

Hij liep met grote passen naar de deur en trok die open. 'Wat mij betreft, kun je regelrecht naar de hel lopen!'

27 maart 1993

Ik vind het niet voldoende om haar alleen met pijn te laten betalen. Ik wil de kans krijgen haar precies te vertellen wat ze mij heeft gekost. Ik wil haar in leven houden tot ik haar alles heb verteld.

Ik wil dat zij weet dat zij, en zij alleen, er schuld aan heeft dat Greg niet bij mij is teruggekomen.

Anders was hij wel gekomen. Hij heeft alle anderen in de steek gelaten, en dat zou hij ook met Lynn hebben gedaan. Maar door haar is hij nu dood.

Zij zorgde ervoor dat ik hem nooit meer kan terugkrijgen.

Ik haat je, Ster. Ik haat het als je bij me in de buurt bent. Ik haat het je levend en wel voor me te zien.

Ik dacht niet dat het zo moeilijk voor me zou zijn je weer te zien verschijnen. Ik dacht dat ik mijn plannen kon uitvoeren zonder me door jou te laten beïnvloeden. Maar het was veel moeilijker dan ik dacht om mijn verdriet voor jou verborgen te houden. Ik moet lief tegen je doen terwijl ik je alleen maar voor mijn ogen zou willen zien sterven.
Mijn haat wordt steeds groter. Nadat jij Greg hebt vermoord, kon ik er zelfs niet over schríjven. Mijn haat vervulde me zodanig, dat ik geen woorden kon vinden.
En het is nu bijna onmogelijk die nog langer te verbergen.
Ik probeer uit alle macht me voor te doen als degene voor wie ik me uitgeef, want als ik mijn ware ik te gauw toonde, zou me dat weer het nodige kosten.
Maar ik kan het doen. Ik doe het zelfs zó goed dat ik af en toe vergeet dat ik beide persoonlijkheden ben.

Lynn verlangde er vurig naar zich weer half verdoofd te voelen.
Al die gevoelens waren onhoudbaar.
Ze wilde alleen maar slapen; maar zodra ze haar ogen sloot, werd ze door allerlei angsten overvallen. Stemmen fluisterden. Haar wond brandde erger, het was één grote en steeds groter wordende plek, waardoor ze haar mond niet kon bewegen zonder vreselijke pijn te krijgen.
Ze wilde liever geen Percodan meer nemen en had nee gezegd toen de laatste eerstehulparts haar medicijnen had aangeboden. Maar nu was het medicijn innemen of flauwvallen van de pijn.
Omstreeks zaterdagavond had ze er al vier geslikt, herinnerde ze zich.
Er was iets dat haar zei dat het er meer moesten zijn geweest, want inwendig scheen elk gevoel haar weer te verlaten. Maar het afnemen van de doodsangst was heel verleidelijk. Ze wilde niet riskeren dat gevoel te verliezen, en daarom dacht ze maar niet te veel na over de aanleiding van de gevoelloosheid.
En haar mond, haar mond. In de spiegel zag ze aan één kant een reeks grote blaren op haar onder- en bovenlip, en het deed zó'n pijn om haar mond te openen, dat ze niets at. Als ze dorst had, of pillen wilde slikken, nam ze een rietje en stak dat aan de goede kant in haar mond.
Ze droomde van Mike.
Geen nare dromen, maar wazige, zachte dromen; de enige goede dingen in de vreselijke films die haar bestookten.
In een ervan lag ze op haar sofa in haar eigen flat aan de haven en had zó'n hoofdpijn; dat ze haar ogen niet kon opendoen. Mike masseerde voortdurend haar hoofd en overal waar zijn vingers drukten, verdween de pijn.

Op zondagmiddag was ze een tijdje wakker en haar mond was erg opgezwollen. Ze probeerde de afscheiding, die een vies korstje had gevormd, met een watje en peroxyde te verwijderen, maar zelfs de zachtste aanraking maakte dat ze het uitschreeuwde. Ze zocht naar haar zalf, maar kon die niet vinden.

Ze probeerde wat yoghurt te eten, maar nadat ze ontdekte dat ze haar lippen niet wijd genoeg van elkaar kon krijgen om een lepel in haar mond te doen, gaf ze het op.

Ze overwoog of ze de yoghurt in een mixer zou doen met wat melk om hem zo vloeibaar genoeg te maken om te drinken; dat zou in elk geval voeding betekenen.

Maar zelfs het denken aan het te voorschijn halen van de mixer was te ingewikkeld.

Het enige dat ze echt wilde, was weer gaan slapen.

Op weg naar de slaapkamer liep ze toch even de badkamer in om nog eens naar de zalf te zoeken, maar gaf dat spoedig weer op.

Haar laatste daad voor ze weer neerviel op het bed, was over de wasbak heen van dichtbij haar gezicht in de spiegel te bekijken. Ze had altijd op die manier contact met zichzelf kunnen maken, als dat nodig was – om onredelijke angst te onderdrukken, haar aandacht ergens op te richten of een probleem op te lossen.

Ze trok haar neerhangende schouders op, duwde de haren uit haar ogen en probeerde geconcentreerd rond te kijken. Morgen moest ze een show doen.

Haar lichaam wist wat ze niet aankon, en er bestond geen enkele kans dat ze een uitzending zou kunnen presenteren.

In plaats van contact te krijgen met haar spiegelbeeld ontdekte ze dat ze geknield op de grond voor het toilet lag en probeerde haar toch al lege maag nog leger te maken.

Ze dacht dat ze Kara had opgebeld, maar toen ze eindelijk die maandagochtend om zeven uur weer wakker was, wist ze niet zeker of ze werkelijk had opgebeld of het alleen maar had gedroomd.

Ze draaide nu Kara's nummer en kreeg haar antwoordapparaat.

Ze probeerde haar eigen lijn bij het televisiestation. Geen gehoor.

Ze kon het niet opbrengen Dennis te bellen.

Daarom probeerde ze elke tien minuten haar eigen lijn, en eindelijk kreeg ze verbinding met Pam.

'Ik heb mijn lip bezeerd,' vertelde Lynn haar. 'Hij is helemaal opgezet en ziet er vreselijk uit, en ik kan ook niet goed praten. Ik heb Kara niet kunnen bereiken; ze is vermoedelijk op weg naar jullie toe. Ze moet maar een herhaling nemen.'

Lynn hoorde zichzelf lispelen en de pauzes tussen de woorden schenen enkele seconden te duren. De uitspraak van iemand die verdovende middelen heeft gebruikt. Ze overwoog of ze zou proberen Pam te verklaren hoe vreselijk haar pijn was, en dat ze pijnstillende middelen had ingenomen.

Maar waar maakte ze zich druk om? Geloofde iemand nog een woord van wat ze zei?

Uitgeput door alle inspanning stak de pijn aan haar mond nog feller dan tevoren en ze nam drie Percodans vóór ze weer naar bed ging.

'Ik kan niet weg,' zei Mary. 'Ik ben vandaag volledig bezet en heb zelfs geen tijd om naar de w.c. te gaan.'

'Het is een noodgeval!' Kara keek even naar Pam, die knikte. 'Pam zei dat ze klonk als een compleet wrak. Er moet iemand heen, maar niemand wil.'

'Verdorie. Nou, goed dan.'

In haar droom kwam Lynn de badkamer uit en werd neergeslagen, maar de slag kwam tegen haar mond aan in plaats van bij haar oog in de buurt. Ze zag niet wie haar had neergeslagen, maar was ook niet meteen bewusteloos. Er werd opnieuw geslagen, en nog eens, tot ze wenste dat ze bewusteloos zou raken in plaats van wakker te worden en die afschuwelijke pijn aan haar mond te voelen.

Toen verscheen Mike, pakte haar hand en trok haar weg van degene die haar sloeg, wie dat ook mocht zijn. Hij bracht haar naar buiten, de flat uit, en meteen een andere deur in, waardoor ze plotseling bij Nancy Jean waren.

Daar hoorde ze mooie muziek. Vriendelijke geuren van voedsel en rook omringden haar en Mike, terwijl ze zich over de dansvloer bewogen. In haar droom was het een piepkleine ruimte, en terwijl ze daar dansten, zag Lynn dat ze de enige aanwezigen waren. Er was niemand anders, zelfs Nancy Jean niet, alleen zij waren er maar, Lynn en Mike, die zich voortbewogen op de maten van de zachte muziek.

In plaats van in de gebruikelijke danshouding, hielden ze elkaar met beide handen vast. Mikes armen waren om haar heen geslagen, zó stevig dat ze nauwelijks kon ademhalen, maar toen ze een ervan beetpakte, werd de greep wat losser.

Mikes wang tegen de hare voelde ruig aan. Zijn huid was koel en de haren in zijn nek waren heerlijk zacht onder haar hand, die daar blijkbaar heen was gekropen. Haar andere arm lag om zijn middel en hield hem even stevig vast als hij haar.

Ze bewogen zich op de maat van de heerlijke muziek, en het leek alsof hun lichamen aan een of ander centraal bewegingspunt waren vastgeklonken.

Ze merkte dat alle mensen die niet binnen waren zich buiten bevonden en probeerden naar binnen te komen. Ze kon hen horen. Ze hief haar hoofd op en zag hen door het venster, met hun gezicht tegen het venster gedrukt.

Mike zei iets, maar Lynn kon hem niet verstaan, want de mensen buiten maakten te veel lawaai en bonsden op de deur.

Toen werd ze wakker.

Ze merkte dat het lawaai echt was.

Ze opende haar ogen en zag bloedvlekken op haar kussensloop, nat en nog vers.

Haar eerste ingeving was uit bed te springen, maar ze kon er slechts heel langzaam uit komen. Al haar bewegingen waren sloom, alsof er zich lood in haar ledematen bevond.

Er stonden mensen voor de deur.

Ze raakte even haar mond aan. Het deed niet zo'n pijn meer, maar haar hand was wel nat van het bloed toen ze hem terugtrok.

Ze liep langzaam naar de badkamer en moest zich onderweg steeds vasthouden aan de wanden.

Er zat bloed op haar kin en ook op haar nachtpon. Ze bekeek zich in de spiegel, nam een handdoek en hield die tegen haar mond.

Zo verscheen ze bij de deur van de flat. Toen ze daar was, leunde ze tegen de muur om even te rusten.

'Lynn! Doe de deur open!'

'Hoor je ons?'

Kara en Mary. Haar vriendinnen.

Dat waren ze toch?

Ze kon zich niets meer herinneren.

Met slappe vingers trok ze aan het slot en kreeg eindelijk de deur open.

Kara snakte naar adem en Mary greep Lynn beet bij haar armen. Lynn liet de deur los en viel bijna.

Ze hielpen haar naar de slaapkamer, waar Mary het bebloede kussen van het bed trok en het schone ervoor in de plaats legde.

'En vertel ons nu eens het hele verhaal,' zei Mary. 'Wat is er gebeurd?'

'Iemand...' Dat was een woord dat ze niet moest gebruiken, herinnerde Lynn zich vaag. 'Er zat... een bijtmiddel in mijn tandpasta. Dat heb ik op mijn lip gekregen. Lìp.'

Kara huilde. Lynn hoorde haar snuiven, keek naar haar en begon mee te huilen. Haar tranen schenen in dezelfde andere dimensie te vallen als waarin alle andere dingen gebeurden. Ze druppelden heel langzaam naar beneden.

Mary ging op het bed zitten. 'Ben je bij een dokter geweest?'

Lynn knikte. Het deed pijn en ze huiverde even. 'De politie kwam. Ik ben bij de eerstehulppost geweest. Mijn tweede tehuis.'

'Welke politie? Mike Delano?'

'Nee...'
'Heeft de dokter je medicijnen gegeven? Ben je daarom zo versuft?'
'Niet... deze dokter... ik had al wat...'
Mary wierp een blik op haar nachtkastje en greep naar Lynns flesje met Percodan.
'Je bent er bijna doorheen. Heb je deze pillen al sinds vrijdag ingenomen?'
'Ja.'
'Vóór vrijdag ook?'
'Zo af... en toe...'
Mary wendde zich tot Kara, maar Kara liep naar het raam. Ze keek naar buiten en was nog steeds aan het snikken.
'Ik bel je broer op,' zei Mary. 'We hebben iemand nodig die je kan helpen.'
'Dat kan Mike ook,' zei Lynn, tussen haar bijna dichtgekoekte lippen door. 'Bel Mike.'
Mary keek de andere kant op. 'Ik geloof niet...'
'Ja!' siste Lynn. Elk woord was een opgave. 'Ik moet... hem zeggen...'
'Degene die jij nu nodig hebt, is je broer. Hij geeft om je.'
'Mike... geeft ook... om me!'
Mary stond op van het bed en keek weer even naar Kara's kant. Ten slotte zei ze: 'Nee, dat doet hij níet. Hij staat niet aan jouw kant.'
'Jawel, hij...'
'Luister eens, Lynn. Ik herhaal nooit wat ik in mijn praktijk heb gehoord, maar ditmaal heb ik geen keus. Jij gaat nu voor alles.' Mary klemde haar handen in elkaar. 'Mike is je vriend niet. Hij denkt dat je zelf achter al deze ellende zit, dat je het jezelf aandoet.'
Kara draaide zich bij het raam om en luisterde.
'Mike is gisteren bij me geweest, in mijn praktijk,' zei Mary. 'Hij stond erop op zondag te komen en heeft me een uur lang over jou uitgehoord. Hij stelde me allerlei vragen en wilde weten waarom een vrouw een manie kon krijgen die haar ertoe dreef dit soort dingen te doen.
Natuurlijk heb ik hem alleen maar algemene antwoorden gegeven. En ik heb hem duidelijk gemaakt dat ik niemand ooit persoonlijke gegevens verstrek.
Maar, Lynn, hij gelooft dat jij er iets bij te winnen had om deze achtervolgingswaanzin te verlengen. De misdadiger is dood, maar de daden gaan door.'
'Wat is die Mike een rotzak!' zei Kara.
Mary knikte. 'Je hebt al genoeg narigheden gehad,' zei ze tegen Lynn. 'Je hoeft niet nòg meer ellende aan te halen door iemand als je vertrouwenspersoon in te schakelen die in feite je vijand is.'

Booboo ging op haar bed zitten en hield Lynns hand vast terwijl hij met haar meehuilde.

'Ik had je moeten dwingen bij ons te blijven; je met een ketting moeten vastleggen.'

Mary kwam binnen. 'Ze hebben in Laurel Glen een bed vrij. God, wat haat ik die namen! Alsof je beter wordt door naar een hotel te gaan dat landelijk klinkt.'

'Ik wil er niet heen,' zei Lynn.

'Ik kan het je niet kwalijk nemen,' zei Mary. 'Maar het is niet wat je denkt. Het is er heerlijk, en het personeel is uitstekend. Je zult er niet de eerste beroemdheid zijn van wie ze geheim houden dat hij of zij er is opgenomen.'

Booboo vroeg: 'Ben jij officieel haar dokter?'

'Als je dat wenst.'

Hij wendde zich tot Lynn. 'Helpt je dat?'

'Ik wil er tòch niet heen.'

Booboo stond op. 'Misschien moet ik doen wat ik al veel eerder had moeten doen,' zei hij. 'Misschien zou ik mijn zus moeten vastbinden en haar onder dwang meenemen naar mijn huis. Mijn vrouw en ik kunnen daar voor haar zorgen.'

'Dat zou ik je niet aanraden,' zei Mary. 'Wanneer die verdovende middelen uit haar lichaam zijn, zal ze zich vreselijk voelen. En ze heeft heel wat geslikt. Daar weten ze in een ziekenhuis wel weg mee. En zij zijn erop ingericht die wond zodanig te behandelen, dat er verder geen gevaarlijke infectie ontstaat.'

Mary zei tegen Lynn: 'Je moet uitrusten in een genezing brengende omgeving, met de juiste voeding en medicijnen. En in Laurel Glen ben je veilig. Niemand kan daar binnenkomen en je iets aandoen.'

Ze lieten Lynn alleen achter in de slaapkamer terwijl Booboo de auto ging halen en Mary en Kara alles achter haar opruimden en een koffer inpakten.

Ze lag achterover op de kussens en deed haar betraande ogen dicht.

Ze had in uren geen pillen meer geslikt en haar mond voelde vreselijk aan; het leek of hij in brand stond.

'In Laurel Glen ben je veilig. Niemand kan daar binnenkomen en je iets aandoen.'

Er kon ook niemand binnenkomen in haar beide flats.

Wie kon ze nog vertrouwen? Wie zou haar beschermen als zij zichzelf niet kon beschermen?

Of hoefde ze zich daar niet langer bezorgd om te maken, omdat haar beul zou slagen en zij dood zou zijn?

Er lag nog steeds een barrière van pijnstillers tussen Lynn en haar gedachten. Hun macht om haar te kwellen was beperkt, maar dat werd nu anders. In het ziekenhuis was er geen redding voor haar, niets zou de stoot opvangen.

Goddank dat haar broer er was. Haar heerlijke broer, die dol op haar was en die ze absoluut vertrouwde.

Was er dan niemand anders?

'Mike is je vriend niet...'

Maar dat was hij wel. Lynn dacht werkelijk dat hij het wèl was. Hij had haar dat op allerlei manieren verteld, en zij had hem afschuwelijk behandeld, zijn vertrouwen in haar geschonden.

Ze dacht aan Mike in haar flat, terwijl hij haar met haar hoofdpijn hielp. Hij had haar zijn tijd geschonken, zijn vaardigheden ingezet om haar voor gevaar te vrijwaren. Hij had faxen verzonden en getelefoneerd, vragen gesteld. Was Greg gevolgd en een confrontatie met hem aangegaan.

Mike was door haar bijna gedood.

Mary moest zich vergissen.

Maar waarom – Lynn wreef in haar ogen en probeerde zich te concentreren – waarom had hij Mary over haar uitgehoord? Waarom had hij gezegd dat hij vermoedde dat zij zich voordeed alsof ze nog steeds werd vervolgd?

Was zíjzelf dan misschien degene die het bij het verkeerde eind had?

Ze kreunde en probeerde zich in bed om te draaien, maar het deed te veel pijn.

De laatste tijd wist ze zo vaak niet zeker wat wat was.

Ze wist zelfs niet zeker wat ze zelf dacht of moest denken.

Dus kon ze ook niet zeggen dat ze zeker was van Mike. Of wel? Misschien dacht hij werkelijk dat ze een gestoorde, aandacht zoekende zottin was.

Voorzichtig ging ze verliggen, greep naar de telefoon en draaide onhandig een nummer.

Mikes antwoordapparaat functioneerde.

Ze wist niet hoe ze met een paar woorden een boodschap kon doorgeven en verbrak daarom de verbinding. Toen belde ze het politiebureau.

'Rechercheur Delano is niet aanwezig, mevrouw.'

Lynn probeerde haar lippen verder van elkaar te krijgen. Ze vond het vreselijk dat haar stem zo raar klonk. 'Wanneer... wanneer is hij er... weer?'

'Dat kan ik niet zeggen. Met wie spreek ik?'

Vóór Lynn haar naam kon noemen, besefte ze dat het niet slim was zich bekend te maken terwijl ze zo vreemd klonk.

Eigenlijk moest ze helemaal niet met Mike praten als ze zo klonk.

Maar ze wilde wel met hem praten.

‘Hallo? Wilt u een boodschap achterlaten, mevrouw?’

Ze wilde weten waarom Mike, als hij haar ècht vertrouwde, zoals hij zei, Mary die vragen had gesteld.

Ze moest hem vertellen dat ze vreselijk veel spijt had van die verschrikkelijke beschuldigingen...

Maar de in-gesprektoon zoemde al aan haar oor.

28 maart 1993

Wat een tragedie dat mijn eigen schat zo weinig tijd meer had.
Lynn heeft die afgepakt.
Goed, nu is ook haar tijd tot een eind gekomen.
Die neem ik haar af.
Bijna is alles voorbij.

Alle kamers in de Laurel Glen waren privé. Die van Lynn bevond zich op de eerste etage en bood uitzicht op een tuin vol bloemen en kruiden.

Booboo stond erop daar bij haar te blijven. Hij sliep korte perioden op een vouwbed en hield de wacht bij haar, zorgde voor haar en gaf zijn taak alleen dàn over aan een verpleegkundige, als er een infuusnaald aan te pas kwam.

Toen het woensdag was geworden, was hij zelf ziek, hoestte en was koortsig, en men stuurde hem naar huis.

‘Blijf in deze kamer. Laat niemand binnen,’ zei hij met hese stem tegen Lynn, terwijl Angela buiten op hem wachtte om hem terug te brengen naar Salem.

Lynn zat voor het raam toen Mary kwam.

‘Waar is je broer?’

‘Naar huis; ziek.’

Ze keek op Lynns kaart en voelde haar pols. Daarna onderzocht ze Lynns mond, waarop een korst zat.

‘Ik hoor dat je niet eet. Geen eetlust?’

‘Nee,’ zei Lynn.

‘Wat kunnen we daaraan doen?’

Lynn keek weer naar buiten, naar iets anders dan die vrolijke energie.

Mary zei: ‘Wat zou je denken van een stoombad? Dan breng ik je naar je club en rijd je naderhand hierheen terug. Je kunt een van die behandelingen nemen die je zo prettig vindt. Ik zal meteen een afspraak maken. Wat is het nummer?’

‘Booboo zei dat ik hier moest blijven.’

‘Dat is wel in orde. Je gaat met je dokter mee.’

Mary zou blijven aanhouden, dat wist Lynn. Ze trok een trui aan en deed een haarband in haar haren.

Mary keek met gefronst voorhoofd naar haar terwijl ze in de Broome Club de trap afliepen. Lynn bewoog zich als een slaapwandelaarster, hield zich vast aan de leuning en keek niet waar ze liep.

Elizabeth Vail kwam uit de ruimte waar de tredmolen stond. Ze wilde Lynn begroeten, maar zweeg plotseling, en op haar gezicht was duidelijk schrik te zien.

'Wat is er gebeurd?'

'Ik... ben gewond.'

Mary keek naar Lynns onzekere bewegingen, waaraan geen enkel verband te bespeuren was. 'Ik geloof dat ik hier maar op je blijf wachten.'

'Dat hoeft niet,' zei Lynn.

'Je moet niet alleen zijn.'

'Dat ìs ze ook niet,' zei Elizabeth. 'Ik zal haar niet alleen laten.'

'Nou... goed dan. Ik ben terug over... wat denk je, een uur?'

'Dan zijn we wel klaar,' zei Elizabeth.

Ze bracht Lynn de massagekamer in, waarvan de verlichting de gebruikelijke rustgevende gloed uitstraalde. De hitte van de stoombaden ernaast verwarmde de lucht. Elizabeth draaide aan de knoppen om het geluidsbandje met de waterval te krijgen, want ze wist dat Lynn daarvan hield.

Ze hielp Lynn op de tafel te gaan liggen en staarde naar haar rode en opgezwollen mond.

Lynn wachtte op de vragen en wist dat ze er niet tegen opgewassen zou zijn die te beantwoorden.

Mary had het voortdurend over haar depressie, maar wàs het werkelijk een depressie, deze geestelijk witte vlakte? Ze voelde zich hopeloos. Alles waarvoor ze zo hard had gewerkt, was vrijwel verloren gegaan.

En ze had er geen hoop meer op dat het ooit zou veranderen. Ze had er geen idee van wie haar dit alles aandeed.

Elizabeth trok de banden uit de openingen in de tafel en maakte ze vast, één dwars over Lynns borst en armen en de andere over haar benen.

Het was niet prettig je totaal niet te kunnen bewegen, zelfs niet om je even te krabben.

'Heeft Mary tegen je gezegd dat je me moest vastmaken?' vroeg Lynn.

Elizabeth keek op haar neer en Lynn dacht dat ze haar niet had verstaan. Ze wilde de vraag herhalen, maar zweeg, haar mond verward half open toen Elizabeth opzij ging en zich begon uit te kleden.

Lynns hart bonsde; een of ander instinct reageerde op gevaar voordat ze er bewust aan dacht.

Elizabeth had haar shorts uitgedaan, trok nu haar panty uit en hief haar rechtervoet omhoog, zodat Lynn die kon zien.

Op haar enkel, in blauw en rood, zat dezelfde tatoeage die Greg aan Lynn had opgedrongen: de lippen en de letter G.

Onder de banden begon Lynn te transpireren. Haar nog half verdoofde hersens probeerden te werken, streden met de vragen die plotseling in haar oprezen.

Elizabeth boog zich dicht over Lynn heen. Haar gezicht was opeens zo anders; ze knipperde niet meer met haar ogen en had haar lippen op elkaar geperst.

'Jij hebt hem vermoord,' fluisterde Elizabeth. 'Jij hebt hem ingepikt en gehouden, en hij ging dood, en dat kwam allemaal door jóu.'

'Greg,' bracht Lynn met moeite uit.

'Hij hield van mij. Ik was zijn Tina. Dat was zijn liefdesnaampje voor mij. Hij heeft me het leven gered; hij redde me van een man die me altijd sloeg.

Greg verbrak de relatie met me. Maar hij was teruggekomen. Die andere vrouwen betekenden niets voor hem. Maar jíj...' Het gezicht van Elizabeth vertrok van haat tot een masker. 'Jij kwam op de televisie, iedereen híeld van je.' Ze spuugde haar woorden honend en monotoon uit. 'Jij zorgde ervoor dat hij je niet kon weerstaan.'

'Ik probeerde van hem àf te komen,' protesteerde Lynn, en probeerde zich los te maken van de banden. 'Hij blééf maar doorgaan. Hij wilde me niet met rust laten, stuurde me pornografie en...'

'Ik weet het. Ik weet alles wat hij deed.' Elizabeth begon haar kleren weer aan te trekken, maar veranderde van mening en ging toen rechtop staan. Haar halfnaakte lichaam was bleek in het zachte licht en de beenspieren glinsterden als parelmoer. Ze legde haar handen op haar bekken en duwde dat naar Lynn toe.

'Dit is het lichaam waarvan hij werkelijk hield, waarmee hij naar bed ging! Niet dat van jou!' Ze sloeg hard op Lynns buik en Lynn schreeuwde het uit.

'Je hoeft niet zo te gillen!' Elizabeth ging weer normaal staan. 'Je pijn is zelfs nog niet eens begonnen.'

Lynn kon het niet geloven, niet bevatten.

Haar vertrouwde trainster werd opeens een vijand, dat was toch onmógelijk – haar beul, haar moordenaar, als ze Elizabeths woorden moest geloven...

Het was niet Kara, Dennis, Mary... of Mike...

Elizabeth. Elizabeth, die altijd had gemaakt dat ze zich beter voelde. Elizabeth die nu een uur lang alleen met haar zou zijn.

'Ik rijd je straks naar binnen voor je stoom. Genoeg stoom om je te tonen wat èchte pijn is vóór je doodgaat. Je kunt schreeuwen zo hard je wilt, maar dan dwing je me alleen ook mijn andere speelgoed te gebruiken – zoals het bijtmiddel dat ik in je tandpasta had gespoten. Dan brand ik de hele rest van je mond uit vóór iemand je kan horen.'

Er sloeg een golf van doodsangst door Lynn heen.

Haar hersens kwamen eindelijk tot leven, werkten op volle capaciteit, zochten naar een uitweg.

Elizabeth begon de grote tafel te draaien, zodat ze hem naar het stoombad kon rijden.

'Wacht even,' zei Lynn. Ze was zwak en hulpeloos onder die banden, maar ze kon nog praten. En daar was ze goed in. 'Ik begrijp er niets van. Je moet het me eens uitleggen. Jij had een verhouding met Greg, toen ontmoette hij mij...'

'Toen niet. Er waren eerder nog anderen. Maar die anderen heeft hij weer laten zitten. Daarom bleef ik op hem wachten en zorgde er te zijn zodra hij besefte dat hij míj terug wilde hebben...

Ik ging naar alle plaatsen waar we samen waren geweest. En soms vond ik hem, en dan zag ik de waarheid in zijn ogen: de anderen betekenden niets voor hem. Toen...' ze maakte een griezelig keelgeluid – 'kwam jíj... die avond bij Geoffrey's...'

'Was jij die avond samen met hem in L.A.?'

'Ja.' Het gefluisterde woord klonk wanhopig. 'Je keek dwars door me heen. Greg keek ook door me heen. Greg en ik zaten samen, met dat stel mensen aan het tafeltje naast dat van jou... en hij had alleen maar oog voor jou.

Hij was verbaasd mij die avond bij Geoffrey's te zien. Maar hij vroeg me toch bij hem te komen zitten. En toen zei hij dat ik naar huis moest gaan en op hem wachten; hij zou later komen. Maar hij is nooit meer gekomen.'

Elizabeth snikte gesmoord en hield toen sidderend haar adem in.

'Toen begreep ik dat hij tegen me had gelogen. Hij was niet blij geweest me te zien. Maar hij moest doen alsof, anders had ik misschien een scène gemaakt en de aandacht op hem gevestigd. En dan... dan... had hij de kans misgelopen om jou in te palmen.'

Ze snikte weer en scheen niet meer met huilen te kunnen ophouden. Maar terwijl Lynn nog toekeek, beheerste Elizabeth zich en haar withete woede kwam tot uiting in elk woord.

'Ik heb Greg pas die avond voor het eerst leren kennen,' zei Lynn, die uit alle macht probeerde Elizabeth aan de praat te houden. 'We hadden geen enkele afspraak tot hij hier naar Boston kwam. Hoe wist je dat hij en ik hier samen waren?'

Elizabeth boog zich over de tafel en spuugde de woorden gewoon in Lynns gezicht. 'Ik zag je tatoeage. De eeuwige kus. Op de televisie in Los Angeles. Toen wist ik waar mijn Greg was gebleven. En ik kwam hierheen en kreeg deze baan.'

Elizabeth glimlachte. Heel even was haar vroegere, zonnige blik terug, maar die maakte heel snel plaats voor een masker van gemene triomf.

'Ik manipuleerde mezelf met die band in een van je shows. Ik liet die voor vrijwel niets in L.A. maken, zonder mij erin, voor het geval Greg die dag naar jouw show keek. Toen zorgde ik dat jíj lid van deze club werd.'

Elizabeth duwde de tafel weer een eindje vooruit en haalde zwaar adem. Haar gezicht en hals waren nat van het zweet.

Lynn zocht naar verdere vragen. 'Wist Greg dat je in Boston was?'

'Hij heeft me een keer bijna betrapt. Bij die vriendin van je, die dokter. Maar hij heeft het nooit geweten.' Ze slikte. 'Hij stierf eer ik het hem kon zeggen.'

Zouden deze gesprekken ergens toe leiden? Stelde Lynn alleen maar het onvermijdelijke uit?

Maar ze kon niets anders doen.

Dus zei Lynn: 'Ik heb nooit zelfs maar aan jou gedàcht.'

Elizabeth gaf met haar hand een harde klap op Lynns wang. De pijn was erg en het leek of er een raket ontplofte. 'Je had het kunnen weten, zo'n slimme televisiester als jij! Je weet dat elke sufferd een baan bij een fitnessclub kan krijgen – er waren mensen in die show van je die daar woedend over waren. Je weet zelfs waar de loper is voor alle kleedkasten hier – die heb je me zien gebruiken als iemand zijn kleedkast niet kon openkrijgen. Maar ik ben ook slim, zie je – slim genoeg om al jouw sleutels en die van Bernadine te laten namaken. Slim genoeg om je telefoontjes af te luisteren. Slim genoeg om te weten wat ik moest doen met foto's die jij, stom genoeg, in je kleedkast achterliet!'

Elizabeth gaf een schop tegen de tafel en Lynn voelde een trilling door zich heen gaan.

'Slim genoeg om het zó te regelen dat een ziek en zwak mens een fout kan begaan met het aanzetten van de stoom in het stoombad,' zei Elizabeth.

Het geluid van de waterval werd luider.

Elizabeth opende de deur en meteen voelde Lynn een golf van hete, vochtige lucht over zich heen slaan. Ze raakte in paniek, duwde tegen de leren riemen en gromde van de inspanning.

'Houd toch op!' siste Elizabeth en liep achteruit naar binnen, terwijl ze de tafel achter zich aan trok. 'Dat was maar onzin over het gewichtheffen dat je niet moest doen. Ik wist dat een stommerd als jij dat wel zou geloven. Ik heb les gegeven in echte gymnastiek en ben bijzonder sterk. Als je je zou kunnen losmaken, maar dat lukt je niet, dan zou ik je doden met mijn...'

Lynn probeerde haar hoofd en nek omhoog te krijgen, probeerde te zien wat er ging gebeuren, en plotseling zag ze dat Elizabeth opzij werd gegooid door een waterstroom die haar ondersteboven wierp.

Was er iets gebroken? Zouden ze beiden verdrinken in een overstroming in het stoombad? Lynn gilde en voelde hoe de stoom zich vastzette op haar hele lichaam, en ze gilde opnieuw...

... en besefte dat zij niet de enige was die herrie maakte.
De mensen in het stoombad gilden. Er spoot overal met veel lawaai water omhoog. Lynn hoestte toen ze een stroom over zich heen kreeg. Ze probeerde weer omhoog te komen, zo hoog ze kon.
De tafel werd bij de deur weggetrokken en een zich verdringend groepje viel erop aan.
Elizabeth – en Mike Delano. Met een kreet die diep uit zijn binnenste kwam, greep Mike de polsen van Elizabeth vast en sloot er een paar handboeien omheen.

'Ik moest gewoon vechten om tussen de politieauto's heen hier naar binnen te kunnen komen,' zei Mary. 'Wat is er in 's hemelsnaam gebeurd?'
'Het was degene die geprobeerd heeft mij te vermoorden. Ze probeerde het weer, in het stoombad. Ze hebben haar nu gearresteerd. Het was Elizabeth.'
Mary zonk neer op de bank waarop Lynn zat. 'De *trainster*?'
Lynn knikte. Ze had haar knieën opgetrokken en haar armen eromheen geslagen, in een poging om niet meer te beven.
'Mijn God,' zei Mary. 'Mijn God! Zij... Is het wel goed met je? Voel je je duizelig of zo?' Ze nam Lynns hand in de hare en voelde haar pols. 'Ik begrijp níet dat ze jou hier alleen hebben achtergelaten.'
'Dat hebben ze ook niet gedaan,' zei Mike, die net de hoek om kwam. Hij hield een hand op zijn rug. 'Ik was maar een minuutje weg omdat we Vail naar buiten brachten.'
Lynn strekte haar benen uit en stond op. 'Je zei dat je het zou uitleggen,' zei ze tegen Mike. 'Doe dat nu eens. Vertel me alles wat...'
'Ik zal het je op weg naar de eerstehulppost uitleggen.'
'Ik ga niet weer naar een eerstehulpafdeling.'
'Niet voor jou. Voor míj. Ik heb die ribben wéér gebroken.'

Lynn zei: 'Je zei dat je me geloofde. Waarom heb je dan Mary al die vragen over mij gesteld?'
Mike wendde zich tot haar, dook pijnlijk in elkaar en veranderde achter het stuur van houding. 'Niet over jou. Over Vail. Ik was aan het proberen na te gaan wat ze eigenlijk wilde. Dacht Mary dat ik jóu bedoelde?'
'Ja. Ze waarschuwde me dat je niet aan mijn kant stond.'
'Ze is gek!'
'Ze is ook niet erg op jou gesteld.'
Mike zette bij rood licht zijn voet op de rem en kromp opnieuw in elkaar.
'Ik heb geprobeerd je te bellen nadat ze dat tegen me had gezegd,' zei Lynn. 'Ze wilden me niet zeggen waar je was. Ik dacht dat je me ontliep, en weet dat ik vreselijke dingen tegen je heb gezegd.'

Hij aarzelde. 'Ongeveer een dag lang had ik zelf ook zin je te vermoorden. Toen begon ik te beseffen dat je zo sprak omdat je doodsbang was.'

Hij keek haar aan en tuurde toen weer naar de weg. 'Ik wil er wat onder verwedden, dat je niet hebt geweten dat ik iemand had die je overal volgde.'

'Heb je me laten bewaken? Waar?'

'Overal. Ik wilde dat al je gangen werden nagegaan; wilde zien of er iemand was die wéér iets zou willen proberen. Toen Mary je in Laurel Glen liet opnemen, dacht ik dat je daar wel even veilig zou zijn. Vandaag bewaakte Norm Lee je. Hij wist niet dat er problemen aan verbonden konden zijn als je naar de Broome Club ging, want ik had hem niet verteld wat ik onderzocht. Dus nam hij niet de moeite me meteen te vertellen dat je daar was, totdat het... bijna...'

Lynn verwachtte dat hij zou zeggen 'te laat was', maar hij zei niets. Ze staarde hem verbaasd aan en zag een Mike Delano die ontegenzeglijk probeerde niet toe te geven aan zijn gevoelens.

Ze moest haar blikken afwenden en haar bloed gonsde. Ze wist niet wat ze moest zeggen of doen.

Mike schraapte zijn keel. 'Toen je me niet kon bereiken,' zei hij, 'was ik in Los Angeles om Elizabeth Vail onder de loep te nemen.'

'Maar waarom?' vroeg Lynn. 'Hoe kwam je erbij haar te verdenken?'

Hij haalde zijn schouders op, maar onmiddellijk trok hij weer een pijnlijk gezicht.

'Laat mij rijden,' zei Lynn.

'Nee, als ik stilzit, word ik stijf. Herinner je je nog wat ik tegen je zei die eerste dag dat je me op het politiebureau kwam bezoeken? Toen je zo'n spottende opmerking maakte over Tufts, onze politieacademie?'

'Neem nooit zonder meer aan dat wat je ziet, ook als het de waarheid is,' zei Lynn prompt.

Mike knikte. 'Ik blééf maar doorzeuren over die verdomde lijst. En jij hield vol dat het niemand van je vrienden of familie kon zijn. Eindelijk zei ik tegen mezelf: houd ermee op om aan te nemen dat ze het bij het verkeerde eind heeft.'

'Let op die taxi.'

'Ik zie hem. Dus ging ik na wat ik van je leven had gezien en probeerde er de stukjes uit te verwijderen die niet pasten. Wat voor stukjes het ook waren – niet alleen degene die mij niet aanstonden. En weet je wat er steeds weer naar voren kwam? Dat stomme gesprek in die fitnessclub. Toen ik daarheen ging om je voor je proefopname de rapporten over kindermishandeling te geven. Vail kletste maar door over kleine gewichten, maar ik wist dat zij een ervaren gewichtheffer was. Ze bracht de gewichten aan op de manier zoals alleen gespierde mannen doen. Die willen zien wat ze optillen, dat zet hen aan tot grotere prestaties. Ze sprak ook alsof ze er alles van af wist en gebruikte termen die je alleen maar bij die macho-clubs hoort. En zij was niet iemand die gewend was aan teer werk met dames. Heb je die spieren van haar gezien? Ze is zo sterk als een paard.'

Hij toeterde en passeerde een langzaam rijdende Honda. 'Destijds zette ik het van me af. Maar toen begon ik me af te vragen waarom iemand zijn ervaring verzwijgt. Ik dacht dat ze dat misschien deed om ook andere geheimen te verheimelijken.

Ik controleerde haar dossier bij de Broome Club en ontdekte dat ze kort daarvoor uit L.A. hierheen was verhuisd. Toen begon ik laag voor laag te verwijderen. Ik had gelijk – ze had daar bij twee clubs gewerkt. Ze is niet helemaal normaal – is al drie keer in een inrichting opgenomen. Maar wat me werkelijk alarmeerde, was het tijdstip waarop ze hier in Boston kwam. Greg ontmoette jou in L.A., begint iets met jou en vertelt je niet dat hij eigenlijk hier woont. Vail verhuist hierheen, wurmt zich bij een van je shows naar binnen en komt zo in je leven. Greg gaat dood, en iemand neemt zijn "taak" over.'

Mike keek haar aan. 'Daarvoor was er niemand anders van je vrienden en verwanten níet in je leven. Niemand behalve ik.'

Lynn kreeg weer een gevoel van schaamte. 'Het spijt me zo...'

'Laat maar zitten.'

Even later zei Lynn: 'Elizabeth was altijd zo aardig tegen me. Ze hielp me en was ècht een steun en toeverlaat.'

'Ze wachtte haar kans af.'

'En wachtte op Greg. Ze zei tegen mij dat hij altijd weer bij haar terugkwam. Hebben ze ècht een relatie gehad?'

Mike schudde zijn hoofd. 'Niet een die meer betekende dan al zijn andere. Maar tegen de tijd dat zij voor zichzelf alles op een rijtje had gezet, was hij de grote liefde in haar leven. Dat denk ik tenminste.'

'Dus de vragen die je Mary stelde...'

'Ik moest wat meer af weten over slachtofferpathologie, jaloezie, obsessies en manieën. Ik testte een hypothese. We zien steeds weer slachtoffers van overvallen die niet de juiste gevoelens betreffende hun aanvallers hebben. Het is tijdelijk, het is alleen de geest die zijn best doet de ervaring binnen een bekend raamwerk te absorberen. En toen dacht ik: en als het slachtoffer nu eens zelf een gestoorde is? En als die gevoelens eens niet tijdelijk zijn? Ik denk dat dat hetgene is wat er met Vail is gebeurd. En jij werd de gehate rivale. Ze wilde je martelen en vernietigen.'

Ze zwegen even terwijl Mike op het parkeerterrein van de eerstehulp rondreed, op zoek naar een plaatsje.

'Ze was echt van plan me te vermoorden,' zei Lynn, en wreef over de gekneusde plekken op haar borst, waar de leren riemen vastgesnoerd waren geweest.

'Ze had er nog dichter aan toe kunnen komen als die slang niet net op die plek in het stoombad had gehangen. Ik moest haar verrassen voor het geval ze een wapen te voorschijn had willen halen. Ik wilde net de deur opendoen en haar ermee nat spuiten, toen ze me die moeite bespaarde.'

'Hoorde je wat ze tegen me zei?'

'Niet veel ervan. Ik was er nog maar net.'

Hij keek de andere kant op, naar buiten, en Lynn dacht dat hij een vrije plek zag. Maar toen hij zich naar haar toe wendde, zag ze dat zijn ogen rood en nat waren. Hij pakte haar hand en kneep er eens in.

'Je kunt nu weer teruggaan naar de flat aan de haven,' zei Mike. 'Dat moet een fijn gevoel voor je zijn.'

'En of! Maar ik voel me toch nog wat wazig...'

'Je ziet er anders uit. Levendiger.'

'Ik voel me vies. Mijn haren; ik transpireer en heb geen make-up gebruikt. En die wond op mijn mond ziet er verschrikkelijk uit. Ik lijk nèrgens op.'

'Dat vind ik niet.'

'Dank je.'

Hij haalde zijn schouders op en trok een gezicht. Ze zaten vast in het verkeer op het spitsuur.

'Ik moet terug naar mijn tijdelijke flat vóór ik naar huis terug kan gaan,' zei Lynn. 'Officieel ben ik nog patiënte bij Laurel Glen. Mary moet me nog ontslaan.'

'Verdomme.'

Tijdens haar afwezigheid was haar ziekenhuiskamer in orde gemaakt, alsof ze terugkwam van een kortstondig verlof. Het bed was schoon en rechtgetrokken en hyacinten van Angela vulden de lucht met hun geur.

De verpleegkundige die Lynn en Mike naar de kamer had gebracht, glimlachte en vertrok.

Lynn haalde haar koffer te voorschijn en begon haar kleren op te vouwen.

Mike deed de deur dicht. Toen sloeg hij zijn armen om Lynn heen en drukte haar tegen zich aan.

Ze voelde zich duizelig.

Maar het was nu een ander soort duizeligheid. Iemand had een grote loden last van haar schouders genomen. Er gingen allerlei opwellingen door haar heen, net als kinderen die willen proberen hoever ze bij hun vader of moeder kunnen gaan. Zo ver? Kan ik dat nou doen?

Mikes handen gleden omlaag tot net onder haar middel, en zo drukte hij haar stevig tegen zich aan.

Ze trok zich een eindje terug. 'De deur kan niet op slot.'

Mike nam een stel handboeien van zijn riem, sloeg één kant ervan om de deurknop en de andere om een in de muur aangebrachte kledinghaak. 'Nu wel,' zei hij.

Hij raakte even de helende wond aan op haar mond. 'Doet dit pijn?'

'Niet erg.'

Hij greep haar handen en tilde die tot boven zijn schouders, terwijl zijn handen zich over haar rug bewogen terwijl hij haar hals, kin en mond kuste.

Zonder haar los te laten, trok hij zich even terug en bestudeerde haar gezicht.

Lynn wist precies wat hij dacht, want zij voelde hetzelfde. 'Je denkt dat ik me nu zal terugtrekken,' zei ze.

'Doe je dat?'

Ze raakte zijn gezicht aan en haar vingers trokken de lijn na van zijn zware, ruige wenkbrauwen, en toen die van zijn lippen.

Hij maakte een geluid en drukte haar weer stevig tegen zich aan, kuste haar mond en gebruikte daarbij zijn tong. Toen, even bruusk, beëindigde hij de kus en duwde haar hard tegen zijn schouder.

'Geef me antwoord,' zei hij bijna boos en vlak in haar oor.

'Ik wil niet ophouden,' zei ze zachtjes.

Ze vond zijn mond weer en deze keer was het háár tong die tot de aanval overging. Hij liet het toe, verwelkomde het en toonde hoe heerlijk hij het vond door gretig met zijn handen door haar haren te graaien en ze daar te houden.

Het raam stond open en de geuren van de tuin woeien naar binnen en vermengden zich met die van de hyacinten. Het werd al donker en de laatste vogelgeluidjes waren in de bomen en onder de dakrand hoorbaar. Het deed Lynn denken aan haar eigen flat en aan de opwinding van Mikes kussen, die eerste keer.

De smaak van zijn tong, die stevige, zachte warmte... het beven dat ze in zijn lichaam voelde...

Plotseling werd ze overvallen door een kille vlaag. Ze maakte zich los en bleef verward staan, terwijl haar adem nog heel snel ging.

'Wat is er?'

'Ik weet het niet,' zei ze. 'Ik krijg zo'n raar gevoel!'

'Als we ophouden, doen we dat nu.'

Zijn borst zwoegde onder zijn overhemd. Een zwarte haarkrul trilde in zijn nek.

'Nu. Je moet nú beslissen.' Zijn donkere ogen keken haar doordringend aan. 'Als je wilt wachten, wachten we. Dat vind ik niet leuk, maar ik zal het wèl doen.'

Lynn was weer duizelig en wreef over haar voorhoofd.

'Ik zal niet liegen, Lynn. Ik zou er een moord voor doen om nu met je naar bed te gaan. Maar jij moet het ook willen.' Hij sloeg zijn armen over elkaar. 'Misschien wil je niet. Misschien heb je nog steeds het gevoel dat je jezelf moet beschermen.'

Plotseling drong het tot Lynn door dat dit nu net datgene was dat was verdwenen: de noodzaak zichzelf te beschermen. Dat gevoel was weggevallen, viel nog steeds van haar af... zou vermoedelijk nog lange tijd doorgaan met verdwijnen.

Ze had zich nooit tegen Mike hoeven te beschermen en zou dat ook nooit hoeven te doen. Onder zijn gesloten uiterlijk had hij een reusachtig vermogen om lief te hebben en edelmoedig te zijn.

'Je kunt er nu geen rem meer op zetten,' zei hij. 'Ik heb al zó lang gewacht! We leggen samen deze weg af, en helemaal, of we houden nú stil. Begrijp je dat?'

'Ja, ik begrijp het.'

Nog steeds bewoog hij zich niet en raakte haar niet aan. 'Zèg het dan. Zeg wat je wilt.'

'Ik wil met jou slapen.'

Hij sloot zijn ogen, trok haar tegen zich aan en deed dat zodanig dat ze precies tegen elkaar pasten.

Lynn vond de verbonden plek op zijn rug en liefkoosde die zachtjes. Hij greep achter zich en drukte haar hand stevig tegen zich aan, om aan te tonen dat ze niet voorzichtig hoefde te zijn.

'Ik wil je geen pijn doen,' fluisterde ze.

'Dat moet ìk zeggen.' Eén mondhoek ging bij hem omhoog. 'Net iets voor jou om bang te zijn míj pijn te doen.'

'En waarom níet?' zei ze. 'Jij hebt mij al zo vaak beschermd.'

'Niet vaak genoeg,' zei hij, en legde zijn handen om haar gezicht. 'Je bent zo dapper. Ik houd van je.'

De tranen vloeiden, maar ze had geen hand vrij om die af te vegen en ze rolden over zijn vingers. 'Ik houd van jóu.'

Hij draaide haar om, zodat ze met haar rug tegen de muur stond, en drukte zich tegen haar aan. Ze kusten elkaar en hun lichamen voelden elkaar over de hele lengte.

Ten slotte deed Mike een stapje achteruit en pakte de onderkant van haar sweatshirt beet, dat hij over haar hoofd uittrok. Lynn wachtte niet tot hij haar beha losmaakte, maar greep achter op haar rug en deed het zelf.

'Ik heb echt niet naar je gekeken, die keer toen je in dat badpak rondliep,' zei Mike. 'Maar nu kijk ik wèl.'

Hij bekeek haar toen ze de beha liet vallen. Zijn handen sloten zich om haar borsten en ze haalde hijgend adem toen zijn harde vingers over haar heen gleden.

Maar na een poosje hield hij op. 'We hebben allebei nog te veel kleren aan,' zei hij, maar zijn stem was niet erg duidelijk.

Lynn stapte uit haar broekje en begon het zijne omlaag te trekken.

Toen ze eindelijk samen op de heerlijk geurende lakens lagen, was Lynn degene die niet kon wachten en ze trok Mike bovenop zich.

Hij greep omlaag, duwde haar benen van elkaar en binnen een seconde was hij in haar. Hij gromde alsof hij pijn had.

'Is er iets?' hijgde Lynn, en raakte zijn verband aan.

Hij gaf geen antwoord, maar bewoog zich in een onweerstaanbaar ritme, dat haar dwong hem te volgen.

Ze liet alles van zich afglijden. Haar handen bewogen zich over zijn rug en haar vingers drukten in zijn dijen. Mikes mond lag op de hare. Ze wist niet dat ze zachte geluidjes maakte, maar hij bracht haar met meer druk tot zwijgen terwijl hij zich sneller bewoog, zijn lichaam bijna tegen het hare aan sloeg.

Op het laatste moment hief hij zijn hoofd op en zijn adem verliet sissend zijn mond terwijl hij heel diep in haar doordrong, en ze wist niet meer dat hij haar gil had gehoord voor die haar ontsnapte en Mike zijn hand voor haar mond sloeg.

2 april 1993

Ik kijk elke dag naar mijn tatoeage.
Die gaf me altijd zo veel kracht. Nu niet meer; niets doet dat.
De eeuwige kus heeft zijn macht verloren.
Niets heeft meer enige macht voor mij. Ik heb niets bereikt.
Ik moet haar hier zelfs nog op de televisie voor me zien.
Lynn leeft, Greg niet meer.
En ik? Ik doe het geen van beide.
Maar daarin kan ik verandering aanbrengen.
Ik zal eerst mijn dagboek verbranden. Dan zal ik sterven. Zou ik Greg dan terugzien?
Bestaat er liefde na de dood?

'Ze had twee ex-echtgenoten die geen van beiden iets van haar willen weten,' zei Lynn tegen Bernadine, 'en een oude vader in een verzorgingshuis die al twintig jaar niet meer weet hoe hij zelf heet. Niet alleen wilde niemand iets met haar te maken hebben vóór ze stierf, maar er is ook niemand die haar as wil.'

'Jíj neemt die toch niet, hè?'

Lynn leunde tegen de rug van Bernadines keukenstoel. 'Zover kan ik niet gaan.'

'Hoe speel je het klaar haar niet te haten? Ze heeft geprobeerd je te vermoorden.'

'Ze is een slachtoffer.'

'Bekijk je het ècht zo?'
'Ik probeer het.'

'Ben je nerveus?' vroeg Kara.

Lynn lachte. 'Gezien hetgeen er het afgelopen halfjaar allemaal is gebeurd,' zei ze, en boog zich voorover naar de spiegel in Mary's logeerkamer om haar perzikkleurige hoofdtooi recht te trekken die bij haar korte kanten jurk paste, 'is het huwelijk niet zo angstaanjagend.'

Mary kwam binnen. 'Ben je klaar? Je ziet er prachtig uit! Het is bijna tijd om naar beneden te gaan.'

'Is iedereen aanwezig?' vroeg Lynn.

'Booboo en Angela. Pam. De man en de vrouw van QTV. Mikes ouders, zussen en broer, en een paar fantastische politiemensen die Kara gewoon meteen moet zien. Bernadine Orrin. De burgemeester is net aangekomen. Alleen Dennis is er nog niet.'

'Hij kan elk moment komen,' zei Kara. 'Hij maakte net een half uur geleden zijn uitzending af.'

Lynn wendde zich tot haar. 'Ik vind toch dat de nieuwe algemeendirecteur het zo had kunnen regelen dat de nieuwe nieuwslezer niet op mijn trouwdag dienst moest doen.'

'Ik heb het geprobeerd, maar hij wilde werken.'

'Hier is Dennis,' riep Bernadine van beneden.

'Het is hier verrekte koud,' zei Mike zachtjes tegen Lynn toen ze hun plaatsen bij Mary's schoorsteenmantel vol bloemen innamen.

'Sst. Mary houdt ervan als het koel is.'

'Is het nog niet genoeg dat jij me een half jaar lang blauwe ballen hebt bezorgd...'

De burgemeester pakte zijn notities en maakte zich klaar om een aanvang met de ceremonie te maken.

'Wat ben je toch romantisch!' fluisterde Lynn.

'Ik bèn romantisch. Zodra we deze iglo uit zijn en op het strand in Jamaica liggen, zal ik je tonen hóe romantisch.'

Hij sloeg zijn arm om haar middel. 'Je ziet er fantastisch uit in die japon; eigenlijk geloof ik dat ik het je nu maar zal demonstreren.'

'Ik ben gereed om te beginnen,' zei de burgemeester.

'Een moment,' zei Mike, en trok Lynn dicht tegen zich aan om zijn mond op die van haar te drukken.